Helmut H. Schulz
Stunde nach zwölf
Zeit ohne Ende

Helmut H. Schulz

Stunde nach zwölf
Zeit ohne Ende

Sieben Erzählungen

Verlag Antaios

Helmut H. Schulz: Stunde nach zwölf und Zeit ohne Ende.
Sieben Erzählungen

320 Seiten
© Verlag Antaios, Schnellroda 2024

ISBN: 978-3-949041-19-8

Dieses Buch erschien 2022 in der Reihe *Mäander* bei Antaios. Die Auflage war auf 600 Exemplare begrenzt, in Leinen gebunden und wertvoll ausgestattet. Aus dieser zehnbändigen Reihe sind nun vier Bücher ausgekoppelt, denn die Nachfrage aus der Leserschaft ist groß, und viele haben keinen der *Mäander*-Bände ergattern können.
Es liegen neben den Erzählungen von Schulz außerdem vor: Jochen Kleppers *Kriegstagebuch 1941*, Jean Raspails Roman *Der König jenseits des Meeres* und Richard Hasemanns Kriegserzählung *Südrand Armjansk*.

Verlag Antaios, Rittergut Schnellroda, 06268 Steigra, antaios.de

Bild Umschlag: Erich Andres / United Archives GmbH / Alamy Stock Foto

Satz und Gestaltung: Verlag Antaios
Gedruckt und hergestellt in Deutschland

STUNDE NACH ZWÖLF (1985)
 Das Leben und das Sterben   S. 7
 Die Festung – die Stadt   S. 38
 Die Rache   S. 70
 Vor dem Frieden   S. 92

ZEIT OHNE ENDE. DREI BERICHTE ÜBER EINE JUGEND (1988)
 Rulaman   S. 133
 Die Gesichte der Blinden   S. 185
 Der Weg des Ritters   S. 248

HELMUT H. SCHULZ UND ARMIN MOHLER
 Einige Erläuterungen von Götz Kubitschek   S. 299
DER ERZÄHLER HELMUT H. SCHULZ
 von Armin Mohler   S. 303
BÜCHER VON HELMUT H. SCHULZ   S. 317

Das Leben und das Sterben

Während der ganzen Schwangerschaft ging es ihr schlecht, sie erbrach das Essen und litt an Schwindelanfällen. Das Kind bewegte sich oft. Es wechselte seine Lage und trat mit den Beinen nach ihr. In ihrem Bauch wuchs ein Wesen heran, das ihre Kraft fraß und zum Dank dafür nach ihr trat. Das gab ihr viel Stoff zum Nachdenken: Sie haßte dieses Kind. Es bestürzte sie, daß ihre moralische Erziehung, die Grundsätze des Schwesternberufes, kurz gesagt, daß ihre menschliche Existenz vor der Realität des Krieges nicht standzuhalten vermocht hatte. Eine Zeitlang, die kurze Frist, die ihr vergönnt war, sich einzufügen, wehrte sie sich, vielleicht tat sie es sogar jetzt noch, jedenfalls entglitt ihr diese alte Welt, so wie ein Bild mit der Entfernung unscharf wird. Manchmal schien es ihr, als sei nur ihr Körper zurückgeblieben, die Hülle, und der Inhalt ihres Lebens wie von einem Insekt ausgesogen. Immerhin tat sie ihre Pflicht und wartete auf ihren Zusammenbruch, denn ohne Zweifel mußte sie eines Tages auf der Strecke bleiben wie ein abgetriebener Gaul, nicht allein weil ihre physische Kraft versagte, sondern weil ihren Adern, Muskeln und Sehnen der Motor fehlte, jener geheime Mechanismus, der ein kompliziertes Zusammenspiel vieler Faktoren ihres individuellen Lebens war.

Aus ihrem Leben verschwanden die Träume. Noch im Bund Deutscher Mädel hatte sie solche Träume, wieviel Wert sie auch immer gehabt haben mochten; eine ideale Mutter hatte sie werden wollen, eine hervorragende Schwester, zuverlässig, von Patienten geachtet, von Ärzten respektiert - geträumt mit aller Ehrfurcht vor sich selbst. Sie glaubte an Gott, war mit einem Mediziner gut verheiratet, mittelständisch situiert, *Mama Germania*. Jetzt hatte sie es einfach satt, mit einem Bauch herumzulaufen, der von Tag zu Tag schwerer wurde. Sie ahnte, wie sinnlos diese Folter war, und es fehlte ihr die Überzeugung, sich für ein ungeborenes Leben zu schlagen, wo ihr das eigene schon denkbar wertlos erschien.

Ihre Mutter, eine verwitwete Kinderärztin, schrieb ihr vom Starnberger See, wo sie arbeitete und wohnte, daß ein Kind zu erwarten für jede Frau ein schönes Ereignis sei. Von vielen werde die Empfängnis sehnsüchtig erhofft, und eine mit diesem Ziel vollzogene Vereinigung zwischen Mann und Frau habe denn auch etwas unsagbar Schönes.

Die Schwangere verstand nicht mehr, was die Mutter meinte, wenn sie von einem schönen Ereignis sprach, auch wußte sie nichts von der Schönheit der Empfängnis. Ihrer Erfahrung nach gab es zwei Arten von Empfängnis. Im allgemeinen wurden Frauen vergewaltigt, das war die eine Art, die häufigste. Die andere gab es vielleicht, wenn die Frau Gefallen an einem Mann fand und wenn sich, falls Zeit genug blieb, Sympathie zu Liebe entwickelte. Den Männern, die sie kannte, fehlte es aber an Zeit. Es war ihnen begreiflicherweise egal, was nach der Vergewaltigung mit den Frauen geschah. Sie zogen ja in den Krieg und wußten von keiner Rückkehr. Und daher wäre es besser gewesen, die schöne Empfängnis zu verhindern.

Hin und wieder stellte sich die Schwangere ihre Mutter vor, wie sie dort im Haus am Starnberger See des Abends – oder wann immer – sauber gewaschene, gebildete Männer (Herren) empfing, die Klavier spielten, über Mozart und Rainer Maria Rilke sprachen und später, wenn die Mutter wollte, das unsagbar Schöne taten. So gesehen hatte die Mutter ein Recht, ihre Tochter zu tadeln. Die Schwangere war auch imstande, zumindest früher, eine Klaviersonate anzuhören oder ein Gedicht von Rilke aufzusagen. Allerdings wußte sie nicht, ob sie heute noch einmal in diese Welt eintauchen konnte oder wollte. Mit ihrem neuen Weltgefühl hatte sie etwas erworben, der Frucht vom Baum der Erkenntnis nicht unähnlich: Die Welt der Realitäten widerlegte die Welt der Ideale schlagend.

Am Schluß des Briefes stand noch was von einer leichten Niederkunft; in Gedanken vertauschte die Schwangere die Adjektive und ersetzte das Wort *leicht* durch *wunderbar*, was einen neuen, einen völlig idiotischen Sinn ergab, so idiotisch wie die Welt und wie der Brief. Sie schrieb jedoch keine Antwort und ließ ihre Mutter in dem Glauben, in Küstrin mit dem Russen vor der Tür gehe es zu wie in einem irdischen Paradies.

Aber sie fand den Brief ihrer Mutter sehr übertrieben.

»Diese alte Stadt ist wie ein Bollwerk, glauben Sie mir, Schwester Ursula«, erklärte der fette alte und häßliche Mann, in dessen Haus sie lebte. »Hier wird sich die Hunnenflut brechen, und unser Herr Jesus Christus ...«

Er ekelte sie sehr, der alte Mann, und sie empfand seine christlichen Sprüche – obschon sie selbst eine Christin war –

wie ein Sakrileg, so als wenn der Alte mit seinen plumpen Beinen auf einem Heiligtum herumtrampelte. Der Pfarrer trug seine alten Talare im Hause auf, so daß er ständig wie im Amt aussah, ein schäbiger Küster oder etwas Ähnliches. Es wäre ihr lieber gewesen, die Oberin hätte sie woandershin verlegt. Das Pfarrhaus mit seinen gediegenen Möbeln und den Nippes, mit den Kruzifixen und den Bibeldarstellungen an den Wänden ging ihr auf die Nerven. Kam sie vom Dienst, suchte sie Ruhe, so strich der Alte so lange vor ihrer Tür herum, bis sie es nicht mehr aushielt und ihn hereinließ. Dann setzte er sich schnaufend und redete.

Zum Beispiel wollte er wissen: »Wie soll denn das Kind heißen, Schwester Ursula?«

Sie gab keine Antwort. Selbst auf eine Distanz von mehr als einem Meter glaubte sie einen schleimigen Belag auf der Haut zu spüren, wenn der Alte redete oder wenn er bloß auf seinem Stuhl herumrutschte und nach einem Anknüpfungspunkt suchte.

»Und schreibt denn auch der Vater?«

Dieses Geschwätz widerte sie deshalb an, weil der Alte nicht begriff, daß der Krieg alles umwertete, weil er überhaupt nichts begriff. Sonst wäre er aufgestanden und hätte das Bild des Heilands mit dem Gesicht zur Wand gedreht. Es wäre eine Geste gewesen, eine schwache, hilflose, aber sie hätte ihn verstanden. Eine solche Geste hätte sie beide verbinden können. Sie, eine gut ausgebildete Schwester, eine Operationsschwester, ging nach so vielen Monaten Krieg noch immer wie in halber Betäubung zum Dienst ins Lazarett, weil auch sie den Widerspruch zwischen Leben und Sterben nicht zu lösen vermocht hatte. Es war die Stunde der Metzger, die Stunde, in welcher Männer und Frauen einander alles ungestraft antun durften; *alles* bedeutete hier mehr als ein Wort. Wo leicht gestorben wird, ist das Leben immer schwer. In dem Lazarett, in welchem sie eingearbeitet worden war, ließ sie der Krieg mit den erstaunlichsten Arten des Todes bekannt werden, aber auch mit den konkretesten Formen des Lebens. Auch heute noch konnte sie den Todeskampf eines Jünglings mit ansehen, aber obschon sie keine Antwort mehr erwartete – das Fragen nach dem Warum nicht lassen.

»Ihr Sohn oder Ihre Tochter wird in dieser Stadt zur Welt kommen«, prophezeite der Alte mit Zuversicht. Er suchte ihr auch körperlich näherzukommen, indem er sie aufforderte, mit ihm zu beten. Einmal hatte sie ihm nachgegeben und ihm ihre Hände überlassen.

»Helfen Sie mir«, bat er. Er litt an Harnverschluß. Sie schüttelte energisch den Kopf. Jammernd verfolgte er sie, als sie die Flucht ergriff und sich in einem anderen Zimmer einschloß. Das alles gehörte zu den Verkehrsformen des Krieges.

Obwohl der Kittel wegen ihres angeschwollenen Bauches hinten sperrte, mußte sie ihn anziehen. Wäsche besaß sie nicht mehr viel. Gewöhnlich assistierte sie Wehrkamp, einem Chirurgen, den alle Schwestern fürchteten. Er pflegte kaum zu sprechen, und wenn er redete, kam meist eine Zurechtweisung. Während sie ihm die Instrumente reichte, schwankte sie, er griff fehl und sah auf. Soweit ihr erinnerlich, sah er sie überhaupt zum erstenmal an.

»Man schafft sich in solchen Zeiten keine Kinder an.«
Sein Zynismus gab ihr wieder Kraft.

»Verzeihen Sie, Herr Oberstabsarzt«, sagte sie betont kalt, mit klopfendem Herzen, beides kam aus weiblicher Empörung, »es wird nicht wieder vorkommen!«

Es gelang ihr, sich zu sammeln, während er operierte. Wehrkamp nähte mit genau berechneten, ruhigen Bewegungen die Fleischlappen um einen Oberarmstumpf.

Am Fenster stehend, tranken sie beide Kaffee. Frühwinterliches Licht drang durch die obere Hälfte der Scheibe, die untere war weiß belegt – drüben, auf der anderen Seite, stand eine Baracke, der ihren sehr ähnlich. Ein Notlazarett sah wohl immer so aus. Sie hatte kein besseres kennengelernt, aber auch die Verbandplätze kannte sie nicht. Irgendwo floß die Oder. Eisschollen trieben jetzt darauf, und sie dachte, daß es ein harter Übergang werden würde. Ohne Zweifel sprengten Pioniere und Todt-Leute auch diese Brücken.

»Warum sind Sie nicht zu mir gekommen«, fragte Wehrkamp.

Sie verstand ihn nicht gleich. Zu einem solchen Satz gehörte eine Menge Mut, aber dann sah sie, wie die Hände des Chirurgen zitterten. Wehrkamp nahm eine Ampulle aus der Kitteltasche und machte sich ohne Umstände eine Injektion.

»Sie auch?«

Sie griff zu und injizierte sich von seinem Morphium. Mehr als eine angenehme Stille fühlte sie danach eigentlich nicht. Ihr schien, als sei sie jetzt von der allzu konkreten Welt abgeschirmt. Dabei konnte sie wahrnehmen, was um sie herum geschah, freilich ohne daran beteiligt oder darin einbezogen zu sein. Das eben war der Witz. Deutlich konnte sie die Gesichtszüge Wehrkamps erkennen, seine Wangenfalten, die ergrauten Brauen und die zwei kleinen Schmisse am rechten

Mundwinkel. Unter dem Kittel sahen langschäftige Stiefel hervor.

Wehrkamp ging zum Fenster, rauchte und betrachtete ein Röntgenbild, während ein Verwundeter auf den Tisch gelegt wurde. Der Chirurg trennte den Arm oberhalb der brandigen Stellen bis zum Knochen durch, im selben Augenblick lärmten die Sirenen. Sie unterbrachen auch bei Alarm keine ihrer Arbeiten, weil es in den meisten Fällen unmöglich gewesen wäre. In das Schnarren der Knochensäge mischte sich das Feuer der angreifenden Flugzeuge. Vereinzelt krachten Einschläge von Sprengbomben. Sie zuckte bei jeder Detonation zusammen.

»Laufen Sie ja nicht weg«, sagte Wehrkamp warnend, aber ohne den drohenden Tonfall, den alle Schwestern und wohl auch einige Ärzte fürchteten. »Allein kann ich nicht weitermachen.« Er traute ihr wohl nicht mehr. Die Einschläge kamen näher, eine Bombe traf die gegenüberliegende Baracke, Splitter flogen durch das Fenster; einer traf ihre Hand. Aus einer Fingerschlagader floß ihr Blut, es war eine große Schweinerei. Während Wehrkamp gelassen die Fleischlappen um den Stumpf vernähte, während sie durchhielt und ihm assistierte, kam der Verwundete zu sich, aber da war der Angriff vorüber.

»Ich werde Sie nicht mehr anschreien, Schwester Ursula«, sagte Wehrkamp, als er ihren Finger nähte. »Sie sehen übrigens, wie gut es war, daß Sie sich für mein Morphium entschieden haben.«

»Einen Morphiumrausch habe ich mir anders vorgestellt«, gab sie zur Antwort.

»Ich werde Sie, wie gesagt, nicht wieder anschreien«, fuhr der Chirurg fort, »aber ich kann Sie auch nicht nach Hause schicken.«

»Und dabei war die ganze Aufregung umsonst«, bemerkte einer der hinzutretenden Kollegen Wehrkamps, »deine Amputation ist mittlerweile zu seinen Vätern versammelt.«

Sie haßte die alte Stadt mit ihrem Festungsmythos, niemals würde sie freiwillig hierher zurückkehren. Und dennoch verband sich mit dem Namen der Stadt Küstrin jetzt eine Hoffnung, die sich mit einem anderen Wort fassen ließ: Wehrkamp. Nach dem Angriff, der sie beide nähergebracht hatte, arbeiteten sie regelmäßig, das heißt täglich zusammen, und als es sich ergab, quartierte sie Wehrkamp in der Pfarre ein. Der Chirurg bezog eines der unbenutzten Zimmer. Sie entdeckte Bücher und Tagebuchblätter. Es war nicht ungewöhnlich, daß Offiziere Tagebücher führten und Bücher mitschleppten, bei Wehrkamp schien ihr dieser Zug bemerkenswert.

Sie waren jetzt ständig zusammen, auch in dienstfreien Stunden; sie gewöhnte sich an sein Morphium, und er ließ sich herab, mit ihr zu reden. Einmal öffnete sie ihm ihr Herz. Er ließ sie ausreden und sagte: »Frieden ist dem Krieg vorzuziehen«, worauf sie überzeugt nickte. »Das stammt nicht von mir, sondern von Herodot«, fuhr Wehrkamp fort, »und es bezeichnet eine Erfahrung. Wir stehen vor dem Frieden, aber wir werden ihn teuer bezahlen müssen.«

Ähnliches hatte sie schon gehört, so oft, daß sie alles für Geschwätz hielt, denn es blieben immer nur Worte. Aber bei Wehrkamp hatte sie das Gefühl, hinter den Worten stehe ein ganzer Mensch.

»Und was soll man tun«, fragte sie, »warten, bis der Friede von selber kommt, bis wir uns weißgeblutet haben? Bis der Friede notwendig eintritt, weil keiner mehr eine Hand rühren kann, um zu kämpfen«, sie zog ein Gesicht, »wenn man so etwas mit einem Begriff wie Kampf überhaupt noch fassen kann. Krieg ist ein Zustand geworden, in welchem Bewaffnete möglichst viele Wehrlose abschlachten.«

»Das eben ist die Tragik, wir können jetzt nichts anderes machen, als auf den Zusammenbruch zu warten.«

»Ich habe noch nie an die Stunde danach gedacht«, sie fand es selbst merkwürdig, daß in ihrer Vorstellung der Augenblick des Kriegsendes auch das Ende ihrer Existenz war. Jetzt sah sie deutlich den Fehlschluß. Nervös sagte sie, daß sie wahrscheinlich so etwas wie eine Nationalsozialistin sei.

Häufig wurden sie von dem Alten abgefangen. Wehrkamp behandelte ihn und riet ihm zur baldigen Flucht. Aber der Pfarrer glaubte noch immer an den Durchhaltemythos.

»Hören Sie, ich kann nichts mehr für Sie tun. Sie müssen schnell in eine Klinik, verstehen Sie?«

Sie beobachtete, wie sich der Alte zurechtsetzte. Sie fragte sich, ob sie später einmal, falls es ein Später geben sollte, einem so abstoßenden alten Mann Liebe und Güte entgegenbringen würde.

Der Alte sagte: »Man wird diese Stadt halten, Herr Oberstabsarzt. Man muß sie halten. Was soll denn sonst werden?«

Sie kannte Wehrkamp bereits gut genug, um zu verstehen, was in ihm vorging. Daß er schwieg und sich nicht weiter mit der Frage beschäftigte, bedeutete nur, daß er es nicht für der Mühe wert hielt, sich mit dem Alten auseinanderzusetzen.

»Schön, tun Sie, was Sie wollen. Als Arzt habe ich Ihnen einen vernünftigen Rat gegeben.«

Sie forderte Wehrkamp auf, in die Stube zu kommen, um ihn und sich von dem Alten zu erlösen. Der Alte blieb zurück, mit bösen Augen; er litt, sie sah es, aber dieser Gedanke bereitete ihr keinerlei Unbehagen. Als sie den Schlüssel herumdrehte, als Wehrkamp sie fragend ansah, nahm der Wunsch, ihn zu besitzen, Gestalt an.

Sicherlich wußte Wehrkamp ziemlich genau Bescheid über sie und über alle Schwestern. Ihr Wunsch war unsinnig, das begriff sie. Wehrkamp würde niemals mit ihr schlafen. Vor ihren Augen fiel er zusammen, sie half ihm bei der Injektion, und sie nahm sich selbst ihren Teil. Die Stille kam, sie legte sich auf das Bett, und er kam zu ihr.

»Was ist das«, sagte er leise und freundlicher, als sie es gewohnt war. »Nach uns die Sintflut?«

»Ja, vielleicht, ich weiß es nicht.« Sie begriff sofort, wie enttäuscht sie gewesen wäre, wenn er ihr Angebot ernst genommen hätte. »Verzeih«, sagte sie.

»Schlimm ist, daß der Krieg alles in seinem Umkreis infiziert«, erklärte er.

»Ist das auch von Herodot?« fragte sie, während Ironie und Zärtlichkeit ihr Herz überfluteten, weil Wehrkamp so verzweifelt und hartnäckig an die Vernunft glaubte.

»Nein, es sind meine eigenen Erfahrungen.« Er nahm sie in die Arme, etwas platzte in ihr, sie heulte sich an seiner Schulter aus.

Sie schlief ein. Erst als sie Geräusche hörte, erwachte sie. Wehrkamp schnallte um, eine Kerze brannte.

»Wenn wir hier wegmüssen, bleiben wir zusammen?« fragte sie.

»Soweit es an mir liegt, ja«, sagte Wehrkamp. »Es braut sich was zusammen, drüben auf der anderen Seite der Oder, auf den Höhen werden Stellungen gebaut.«

Jetzt, wo ihr das Leben weniger wertlos erschien, empfand sie auch wieder die heillose Angst der ersten Kriegstage. Sie redete vom Krieg und den furchtbaren Toden, die man sterben konnte. Und ihr fiel ein, daß es wie eine Auslese sei, die das Schicksal hielt, aber sie glaubte das alles nicht mehr recht.

»Steh auf«, sagte Wehrkamp, »es wird Zeit.«

Sie zog sich an und lauschte. Daß jemand für sie und für sich ein Frühstück machte, daß Männer und Frauen einfach füreinander leben konnten, solche Erfahrung lag noch vor ihr. Als er zurückkam, fing sie erneut an, von ihren Ängsten zu sprechen. Er unterbrach sie: »Ich bin kein Freund von dieser Philosophie.«

»Werden wir einmal ohne Morphium leben können?«

In diesem schneearmen, aber kalten Winter zog ein endloser Strom Flüchtender über die Landstraßen. Es schien, als sei die Erde geborsten und habe alle diese Menschen ausgeworfen zum Jüngsten Gericht. Vor dem grauen Himmel hoben sich die Gestalten schwarz ab, und die ungeheure Menschenmasse bewegte sich im Kriechtempo vorwärts. Von Zeit zu Zeit gab es einen Stau, sei es, weil eine Brücke die Trecks behinderte, sei es, daß sich Militärfahrzeuge freie Bahn verschafften und die Leute mit ihren Wagen von der Straße trieben. Die hochrädrigen zweiachsigen Karren, planverdeckt und von zwei oder nur einem Gaul mehr geschleppt als gezogen, waren schwer beladen. Wer noch gehen konnte, der ging neben dem Gefährt. Alte Frauen, Kinder und deren Mütter hockten eingesunken auf den Sitzbrettern. Zwischen diesen Kolonnen zogen einzelne ihren Handwagen, eine magere Ziege, ein Schaf waren mitunter angebunden.

»Sie sollten sich anschließen«, bemerkte Wehrkamp ein weiteres Mal, aber der Pfarrer schüttelte den Kopf. Er war damit beschäftigt, Teppiche zusammenzurollen und Geschirr einzupacken. Auf der Diele und in den Zimmern türmten sich Gepäckstücke. Verzweifelt lief der Alte in der Stadt umher, auf Suche nach einem Fuhrwerk, das seinen Besitz wegbringen würde, aber er fand keins. Unterdessen rüstete die Stadt zum Kampf. Während all dieser grauenhaften und ungeheuren Bewegungen trafen Wehrmachtverbände ein, wurden Gräben gezogen und Panzersperren gebaut, Küstrin sollte eine Festung werden.

»Sie sollten sich anschließen«, wiederholte der Arzt mit Nachdruck, »man wird Sie zum Volkssturm holen.«

»Nein, der Respekt vor meinem geistlichen Stand ist wohl doch größer.«

Die Schwangere nahm es zur Kenntnis; vor ein paar Wochen noch hatte er fest daran geglaubt, daß sich Küstrin halten könnte. Jetzt stand der Krieg vor der Tür. Die Festungsstadt würde sicher nicht standhalten, und sie empfand Befriedigung darüber, daß Küstrin aufhören würde zu bestehen.

»Pfeifen Sie auf das Gerümpel hier«, sagte Wehrkamp.

»Ich bin nicht reich, Herr Oberstabsarzt, ich bin ein armer Mann, der immer in Gottesfurcht gelebt hat.« Er versuchte dem Arzt die Hand auf die Schulter zu legen, aber der schob sie mit Entschiedenheit weg. Die beiden Schmisse am

Mundwinkel, der kalte durchdringende Blick, das glatte, aber nicht feiste Gesicht, alles schien mehr auf einen zivilen Intellektuellen als auf einen uniformierten Dutzendmenschen hinzuweisen.

»Wann brechen wir auf?« fragte sie.

Wehrkamp sagte, daß sie zu jeder Stunde verlegt werden könnten, nannte Ortsnamen, die sie rasch auf der Karte suchte. Alle lagen am jenseitigen Oderufer, und sie entsann sich, wie die Landschaft im Sommer und Herbst ausgesehen hatte; flache grüne Felder zuerst, dann abgeerntete braune oder graue Flächen, eine ziemlich große Senke bis zu den Seelower Höhen, glatte Fahrstraßen.

Er fragte: »Bist du eigentlich gläubig?«

Augenblicklich entstand vor ihr ein Bild der zwölf Jünger. Sie hatten umgeschnallt und Maschinenpistolen in den Händen. Ihre Augen waren durch topfartige Stahlhelme verdeckt.

Als sie Wehrkamp diese Vision mitteilte, lächelte er. Vielleicht sah sie ihn zum erstenmal auf diese Weise lächeln, es gefiel ihr. Er erschien ihr jetzt sanft und freundlich, er, den kaum ein menschliches Signal zu erreichen vermochte. Sie erinnerte sich ihrer Lyzeumszeit, der Schwesternschule und der Arbeit, erinnerte sich daran, wie sich Kinder an Märchen erinnern.

»Warum fragst du es ausgerechnet heute?«,

»Manchem ist es eine Hilfe«, sagte Wehrkamp, »ich komme gerade jetzt darauf, weil uns dieser Herr ein leuchtendes Beispiel der Zuversicht gibt.«

Der Alte faltete die Hände und begann etwas zu murmeln, aber Wehrkamp schloß barsch: »Nehmen Sie Vernunft an. Wer weiß, wie wir uns noch einmal begegnen.«

Später, als der Alte gegangen war, lagen sie nebeneinander, und sie lauschte der Stille nach, die sich regelmäßig mit der Droge einstellte, ein ihr bereits vertrauter Zustand. Weshalb Wehrkamp sie derart fesselte, fragte sie sich immer dringender, sich genau bewußt, daß ihr Interesse, ihre Liebe zu *einem* Menschen sie an die ganze Menschheit band.

»Wozu das alles«, fragte sie, »wozu? Warum lassen wir es uns gefallen?«

»Etwas zwingt uns zu kämpfen, ähnlich wie Panzerechsen. Es gibt uns in so grauenhaft vielen Exemplaren, daß es auf eine oder zwei Millionen von uns nicht anzukommen scheint.«

»Und weshalb arbeiten wir noch«, fragte sie weiter. »Letzten Endes verlängern auch wir alles, oder?«

»Das ist etwas ganz anderes«, behauptete er. »Ich kann einen Panzer stehenlassen, aber ich kann keinem Verletzten meine Hilfe verweigern.«

Sie fand ihn sehr widersprüchlich und tastete nach ihrem Bauch, verzweifelt darüber, daß sie dieses Kind austragen mußte.

»Es ist schwer zu erklären«, räumte Wehrkamp ein. »Zumindest, wir können uns nicht aus der Pflicht entlassen, auch wenn wir die nicht lieben, die wir kurieren. Wer weiß, da alles in dieser Welt einen Sinn hat, wird auch der Krieg einen haben. Jedenfalls hat er seine eigenen Gesetze, was Leben und Sterben betrifft.«

In das Haus des Pfarrers zogen zwei Offiziere ein, sie beanspruchten viel Platz für sich und für ihre Sachen. Wehrkamp kannte sie und hatte anscheinend mit ihnen schon früher zu tun gehabt. Die Schwangere spürte Eifersucht, weil sie von diesem Früher ausgeschlossen war, sie fühlte Widerwillen gegen die Offiziere, von denen der eine adlig, der andere zwar bürgerlich war, sich aber eher noch anmaßender benahm. Sie ging beiden aus dem Wege.

An einem Abend wurde gefeiert. Es blieb ihr nichts übrig, als teilzunehmen. Ärzte, Offiziere und Schwestern tobten die halbe Nacht in der Pfarre herum. Auf den Teppichen wälzten sich Paare, wippende nackte Hintern glänzten im Licht der Kerzen, während der Geistliche seinen Rausch ausschlief und jemand anhaltend kotzte.

»Wenn jetzt eine Bombe fiele«, sagte Wehrkamp, »in dieses Haus, wäre das die himmlische Gerechtigkeit?«

Auf die Schwangere machte dieser Abend Eindruck. Was sich hier zu einem Fest versammelte unter dem Dach eines Geistlichen, das hätte die Persiflage einer Kabarettszene abgeben können. In solchen Zeiten ließ sich jedoch nichts mehr übertrieben darstellen, jede Übertreibung blieb hinter dem Tatsächlichen zurück. In einer Ecke saß ein junges Mädchen und weinte. Es angelte nach seinen Kleidungsstücken, die von ein paar angeheiterten Herren in Verwahrung genommen waren. Das Gelächter machte Wehrkamp nervös, er sagte so etwas wie: Bitte, meine Herren, worauf das Mädchen seine Sachen bekam und gehen durfte.

»Ich habe mir das Gelände drüben angesehen«, sagte einer der Offiziere. »Sie sind zwar kein Soldat, Wehrkamp, aber ich habe schon Gelegenheit gehabt, Ihren militärischen Sachverstand kennenzulernen. Drüben – der Übergang ist sicherlich nicht mehr aufzuhalten –, drüben kann es gelingen, den Russen zum Stehen zu bringen. Man ist sich oben offenbar ganz im klaren, welche Katastrophe eintreten würde, wenn die Schlacht an der Oder verlorenginge.«

Wehrkamp schwieg, und der Offizier sagte: »Der Führer braucht die gewonnene Zeit für den Frieden im Westen. Darüber ist man sich oben wohl klargeworden.«

»Ich werde mich gelegentlich eines Ihrer Fahrzeuge bedienen müssen, weil ich nun einmal vorhabe«, ein leichtes Zögern in der Stimme verriet ihr, daß Wehrkamp eben erst zu diesem Entschluß gekommen war, »Vater zu werden.«

Sie gingen bald nach oben.

In den folgenden Tagen begann die Evakuierung. Sie fuhr mit Wehrkamp, der einen Marschbefehl für eines der Oderdörfer jenseits des Stromes bekommen hatte. Mit Last- und Personenwagen, Leiterwagen und Planwagen ging es über die Oder in Nordwestrichtung. Sie nahmen einen Teil der Verwundeten mit.

Nach der Verlegung – sie waren in einem verlassenen Bauernhaus untergebracht – geschah nichts. Sie warteten auf Medikamentenkisten und Verbandzeug und hatten im übrigen damit zu tun, einen Verbandplatz einzurichten. Wehrkamp war unruhig und besorgt, hier schien eine Front im Entstehen mit einigermaßen sorgfältig geplanten Einrichtungen. Träge flossen die Tage weiter, während sich auf beiden Seiten des Stromes die Streitkräfte sammelten.

Vor und zwischen ihnen irrten Tausende umher, wenn nicht Hunderttausende. Wehrkamp sagte: »Verglichen mit diesen modernen Kriegen haben die Kabinettskriege der Zopfzeit beinahe etwas Freundliches gehabt. Mitten im Siebenjährigen Krieg reiste Lessing nach Leipzig. Krieg war

Sache der Könige. Vielleicht waren die Leute damals aufrichtiger. In den grauen Zeiten ist man noch nicht so weit gewesen, Menschen in Ressourcen für einen Krieg zu verwandeln. Man scheute den Massenmord.« Er beobachtete mit dem Glas die Bewegungen auf der Ebene, die endlosen Züge.

»Und die Nutzanwendung?«

Er nahm das Glas herunter und sagte belehrend: »Schwester Ursula, es gibt keine Nutzanwendung. Das alles ist natürlich Unsinn, die freie Betätigung eines ungeforderten Gehirns, eine Art, mit dem Krieg fertig zu werden.«

Sie hätte gern weitergefragt, denn was Wehrkamp dachte, schien ihr so ungeheuerlich, daß sie selbst nicht weiterdenken wollte. Sie ahnte, daß seine Bemerkung auf eine völlig andere Welt abzielte, eine Welt ohne Schrecken, ein Paradies ohne Gott.

»In den ausgehenden zwanziger Jahren bin ich Kosmopolit gewesen«, erklärte er, »bis in die Knochen antibolschewistisch. Für mich war der Nationalsozialismus das Mittel zum Zweck, nicht der Zweck selbst.«

Sie stellte keine Fragen mehr, aber sie wünschte, der Krieg wäre zu Ende, oder es würde wenigstens so viel Ruhe eintreten, daß es lohnte, darüber nachzudenken. Sie war in den Krieg gegangen, noch keine fünfundzwanzig Jahre alt, und sie hatte keinen Sinn darin gefunden, Verwundete für die nächste Schlacht herzurichten. Dennoch, der Krieg hatte sie erzogen. Vielleicht wäre sie niemals zu einem solchen Realismus gekommen ohne die Erfahrung des Krieges und jetzt mit Hilfe Wehrkamps.

»Ich glaube«, sagte sie, »Krieg wirkt auf ganz verschiedene Weise. Die einen gehen als Gegner von Kriegen aus dem

Krieg. Ist er bloß eine bösartige Erfindung? Was treibt die einen wie die anderen?«

Im Zimmer, das sich Wehrkamp als Zentrale eingerichtet hatte, standen ein Schreibtisch mit Löwenfüßen, eine Chaiselongue, medizinische Einrichtungsgegenstände, ein Wandschirm, eine zum Instrumentenschrank umgerüstete Vitrine und einige Stühle. Ein Feldtelefon verband ihn mit anderen Stellen, es hatte noch eine altmodische Kurbel. Hier sah jedenfalls nichts nach Krieg aus.

»Ich will dich untersuchen, solange noch Gelegenheit dazu ist«, sagte er.

Sie schlüpfte aus den Sachen und legte sich auf die Chaiselongue. Wehrkamp wusch sich in einer Waschschüssel, er bereitete sich auf eine Untersuchung vor, wie sich alle Ärzte auf Untersuchungen vorbereiten, stellte Fragen, tastete und horchte, aber es waren eben nicht nur die Hände des Arztes, es waren die Hände des Geliebten, denen sie sich überließ. Sie brauchte nicht erst zu fragen, wie es um sie stand, sein Gesicht verhieß nichts Gutes.

»Werde ich sterben?«

Er schwieg.

»Vielleicht«, sagte sie, »hilft es mir, dich kennengelernt zu haben.«

Durch das Dorf kamen Trecks, kamen schreiende Frauen, froh, ihre Leidensgeschichte jemandem aufhalsen zu können. Sie konnten nicht behandelt werden. Es gab weder eine neurologische noch eine venerische Abteilung auf diesem Notverbandplatz. Manch einer half ein bißchen Ruhe, andere starben an unstillbaren Blutungen, oder sie starben auf dem

Operationstisch. Frauen, das war etwas Neues in den Lazaretten. Es kam auch der alte Pfarrer, wurde vom Wagen gehoben und ins Haus getragen. Er wimmerte mit geschlossenen Augen, während Wehrkamp den Katheter einführte.

»Ich verlange in ein Krankenhaus gebracht zu werden«, sagte der Pfarrer.

Wehrkamp fragte, ob der Wagen auf ihn, den Pfarrer, noch warte?

Sie sah, wie hoffnungslos das alles war, das mahagonifarbene Gesicht des Alten, der in den wenigen Wochen, in denen sie ihn nicht ertragen mußten, rapide abgenommen hatte, ein Sterbender, der nach einem sauberen Bett in einem Krankenhaus verlangte, als könne das noch helfen. Ein paar Männer holten ihn und legten ihn auf den Pferdewagen. Langsam setzte sich das Fuhrwerk in Bewegung, es war hochbeladen und schwankte auf dem holprigen Weg aus dem Dorf.

Allein mit Wehrkamp, konnte sie die Tränen nicht mehr zurückhalten.

»Ist es möglich, daß wir uns lieben, Wehrkamp, und hätte es einen Sinn, für jetzt, für später, sollte es ein Später geben?«

»Liebe hat immer etwas Irrationales«, behauptete Wehrkamp, »damit müssen wir uns abfinden.«

Sie wollte den Schrank öffnen, in welchem das Morphium war, aber Wehrkamp schüttelte den Kopf.

Über der Landschaft hinunter zur Ebene dämmerte es. Grau und kalt war das Land, in Gräben und Löchern, in Bunkern und Stellungen starrte alles vor Stahl und Eisen.

An irgendeinem Morgen zerbrach die Stille. Sie erwachte durch den ersten Einschlag, er drang ihr bis in die Zehen, und sie wußte, daß jetzt die Schlacht begann. Es mochte drei oder vier Uhr sein, draußen war es hell. Sie brauchte etwas Zeit, um sich anzuziehen und um sich über diese Helligkeit zu wundern. Aber sie hatte es oft erlebt, daß im Krieg die Bilder rasch wechselten: In der Stille konnte im nächsten Augenblick die Hölle los sein, und, umgekehrt, inmitten von Höllen gab es Ruheplätze. In ununterbrochener Folge dröhnten die Abschüsse. Sie ließen sich einzeln nicht mehr unterscheiden. Wehrkamp kam, fertig angezogen, mit kleinem Gepäck. Er trug einen kurzen Pelz über dem Arm und warf ihr das Kleidungsstück zu. Außerdem hatte er eine Maschinenpistole umgehängt. Sie hatte ihn noch nie bewaffnet gesehen. Auch wenn er Uniform trug, war er ihr nicht als Soldat erschienen. Es wurde anscheinend ernst, wenn sich Wehrkamp zum Kampf rüstete oder wozu immer. Mit Wehrkamp bestieg sie einen Kübelwagen. Die beiden Offiziere aus Küstrin nahmen sie in die Mitte. Gewohnt, nicht viel zu fragen, tat sie, was Wehrkamp anordnete, der sich neben den Fahrer setzte. Der Wagen holperte über gefrorene Wege. Hinter ihnen flammte die Ebene im grellen Licht.

Einer der Offiziere bemerkte: »Angriff mit Festbeleuchtung, russische Taktik, wird später an den Militärakademien gelehrt.«

»Falls es gut geht«, antwortete der andere.

»Was brauchen Sie denn noch«, sagte Wehrkamp, »um überzeugt zu sein, daß es nicht schiefgeht. Wir reißen doch aus wie die Hasen. Der Übergang über die Oder ist ja bereits Tatsache. Was brauchen denn die Militärs noch, um an Tatsachen zu glauben.«

Seine Stimme klang gereizt, er schien sich auf etwas vorzubereiten, das mit dem Übergang der Russen über die Oder nichts zu tun hatte. In dem Licht sah sein Gesicht weiß aus, aber auch die Gesichter der anderen waren von Spannung gezeichnet. Aber sie wußte, daß ihre Stunde geschlagen hatte. Wie lange sie fahren würden, wie sie untergebracht werden konnten und ob Wehrkamp wirklich bei ihr blieb, davon hing jetzt alles ab.

An ihnen vorbei zogen Kolonnen nach vorn. Hin und wieder wurde ihr Kübelwagen angehalten, aber sie durften passieren. Die Zeit kroch, und ihr Fahrzeug bewegte sich nicht viel schneller. Es arbeitete sich über Schneisen und Waldwege und Reste von Chausseen in westliche Richtung, während sich hinter ihnen die Lichtbündel von Scheinwerfern mit dem heraufdämmernden Morgen mischten und während die Ebene zerbarst wie unter einem Vulkanausbruch.

Wehrkamp saß schräg oder halbschräg vor ihr. Sie spürte Nässe an den Beinen. Er versicherte: »Im nächsten Dorf, so bald wie möglich, halten wir an.«

Sie schüttelte den Kopf, hier, mitten im Kampfgebiet, gab es sicherlich kein Dorf, kein Haus, in dem sie das Kind zur Welt bringen konnte. Sie haßte das Kind nicht mehr, sie wollte es einfach los sein.

»Wir werden anhalten«, wandte sich Wehrkamp an die Offiziere, »und einer der Herren wird mir eventuell assistieren müssen.«

»Machen Sie keine Witze, Oberstabsarzt«, sagte einer der Männer, »wir haben Ihnen aus alter Freundschaft geholfen, jetzt müssen Sie mit uns, nicht wir mit Ihnen.«

Das Auto fuhr auf einer besser erhaltenen Straße in Richtung Osten, als die erste Wehe einsetzte.

»Es handelt sich nicht um mich«, bemerkte Wehrkamp, wie zufällig hob er die Waffe.

Jetzt nahm der andere das Wort: »Es handelt sich nicht um Sie, es handelt sich um eine Geburt, wenn ich richtig verstehe. Lassen Sie Ihre Frau hier. Eine Geburt ist ja keine Krankheit. Wird schon gehen. Wir können hier nicht bleiben. So begreifen Sie das doch!«

Es interessierte sie jetzt wenig, aus welchen Gründen die beiden Offiziere nicht bleiben durften. Sicher hatten sie Gründe. Es kam ja übrigens auf sie gar nicht an. Der Wagen bog in ein Dorf ein, das zerschossen und verlassen am Weg lag.

»Also halten wir an, in Gottes Namen«, der eine Offizier tippte dem Fahrer auf die Schulter, der drosselte den Motor. Sie hörte keinen Geschützdonner mehr, sie wurde in ein Haus getragen, von Schmerzen geschüttelt. Wehrkamp begann sie auszuziehen und ihr die eiskalten Füße zu reiben. Das Haus war voller Hausrat, Möbel, am Herd gestapeltes Holz, so als würde jeden Augenblick jemand hereinkommen. Der Fahrer machte Feuer und stellte Töpfe auf die Flammen.

Die Nacht brach an. Manchmal schien es, als kehrten die Wehen zurück, dann wieder ruhte ihr Körper aus. Schmerzen verspürte sie nicht, wenigstens nicht immer. Das Haus war durchwärmt, Licht brannte, eine Petroleumlampe. Am Tisch saßen die Offiziere. Wehrkamp ging auf und ab. Der Fahrer las in einem Buch, das heißt, sie glaubte nicht, daß er wirklich las, denn von Zeit zu Zeit glitt sein Blick voller Unruhe über die Gruppe Männer am Tisch. Zum Lesen trug er eine Brille, die ihm etwas Väterliches gab.

»Hören Sie, Oberstabsarzt«, die Stimme des Offiziers klang fest, es schien sich eine neue Runde in der Auseinandersetzung anzubahnen. Der Fahrer ließ das Buch sinken und nahm die Brille ab. »Wir warten jetzt«, Blick auf die Uhr, »na, sagen wir zehn Stunden. Sie müssen uns endlich sagen, wie das weitergehen soll. Vielleicht ist der Russe schon dicht hinter uns.«

»Ich will nicht von der Verantwortung reden«, schaltete sich der andere ein, »wir haben getan, was möglich war.«

»Schön«, sagte Wehrkamp, »fahren Sie. Lassen Sie mir Ihren Fahrer hier. Ich muß operieren.«

»Sie sind ja wahnsinnig, Wehrkamp. Anstatt hier die Zeit zu vertrödeln, hätten wir fahren sollen. Wir wären mindestens in Potsdam. Ihre Frau Gemahlin, oder wer die Dame ist, läge in einer Klinik ...«

»Fahren Sie«, sagte Wehrkamp. »Ich habe es satt. Ich habe *Sie* satt.« Er wendete sich an den Fahrer. »Ihnen stelle ich es frei, zu bleiben oder zu fahren.«

»Wenn ich mir das alles überlege«, sagte der Offizier, »so ist mir, als lernte ich Sie erst heute kennen. Wir fahren. Packen Sie auch, kommen Sie mit, entschließen Sie sich, aber schnell.«

Der Gedanke, jetzt weiterzumüssen, im offenen Wagen bei Kälte und vielleicht Nässe, löste Entsetzen in ihr aus. Ihr Körper schien ihr wie entzündet. »Nein«, bat sie, »nicht weg.«

Wehrkamp hielt ihr einen Topf hin und befahl: »Trink, soviel du runterbringst.«

Sie schluckte von dem Schnaps, langsam verschwammen die Figuren und Gesichter vor ihren Augen, die beiden älteren Herren in Uniform, der Fahrer mit Schürze und seinen vielen Schüsseln und Wannen, Wehrkamp, der sich zur Arbeit fertigmachte, die Hände wusch und bürstete. Der Fahrer zerriß Laken oder andere große Wäschestücke, und sie hörte Wehrkamp zu ihm sagen, er sei doch ein Mann, er werde so etwas aushalten können, solch eine Operation, und sozusagen bei einem vernünftigen oder einfach guten Werk mithelfen, das werde er doch wohl können. Dann wurde ihr übel; auf dem Tisch, auf welchen Wehrkamp sie mit Hilfe des Fahrers getragen hatte, versuchte sie sich auf die Seite zu wälzen. Ihr Gehirn blieb klar, seltsamerweise, aber sie spürte doch wenig, auch als sich ihr Magen stoßweise entleerte. Sie blieb so weit klar, um sich aufzusagen, was alles nötig war, um eine Operation auszuführen, sie dachte, was alles zuvor in Bewegung gebracht werden mußte, ehe der Chirurg das Messer ansetzte. Und sie sah, wie die drei Männer aufeinander losgingen, verschwanden.

Als sie erwachte, lag sie in einem Pferdewagen. Jede Bewegung des Gefährts löste einen Schmerzstoß in ihr aus. Sie versuchte sich aufzurichten.

»Liegenbleiben!« Wehrkamp saß bei ihr, rauchte, was sie noch nie bei ihm gesehen hatte.

»Lebe ich?« fragte sie.

Sie merkte, daß er gespannt die Umgebung beobachtete. Sie hörte das Räderknarren vieler Wagen, sie vernahm Stimmen. Neben ihr lag ein zugedeckter Körper. Wehrkamp erklärte: »Die Leute wollten ihn mitschleppen. Ich konnte ihn nicht einfach runterwerfen.« Er zuckte die Schultern.

»Er hätte vor ein paar Wochen abfahren können, weiß Gott, worauf er gehofft hat. Merkwürdig, wie oft sich Menschen im Krieg begegnen.«

Sie begriff, um wen es sich handelte; um den Pfarrer. Aber es machte ihr nichts aus, neben einem Toten zu liegen. »Hab ich ein Kind?« fragte sie.

»Im Kasten. Dort ist es geschützt.« Nach einer Weile fragte Wehrkamp: »Willst du nicht wissen, ob du einen Jungen oder ein Mädchen bekommen hast?« Und wieder nach einer Weile ergänzte er: »Es ist ein Junge, ein künftiger Soldat, durch den Krieg gezeugt, für den Krieg gezeugt, ein Mensch, der Häuser anzündet, Frauen schändet, Männer tötet und der endlich auf meinem Tisch landet, ein Bein verliert oder einen Arm. Damit kommt er noch billig davon.«

Der Mann, der den Wagen lenkte, drehte sich herum und sagte: »Herr Oberstabsarzt müssen endlich sehen, die Uniform loszuwerden.«

Unter ihren Decken und auf dem Stroh war ihr warm, und wären die Stöße des Wagens nicht gewesen, so hätte sie von sich gesagt, sie fühle sich den Umständen nach wohl.

»In ein paar Wochen haben wir Frieden«, sagte Wehrkamp, »der Russe ist über die Oder. Er geht auf Berlin zu.«

Für das Kind interessierte sie sich nicht sehr, und nicht nur, weil sie krank war. Der Keller in einem Schulgebäude in oder bei Altlandsberg bot ihr und anderen Schutz, Wehrkamp hielt sich irgendwo versteckt. Nach der verlorenen Oderschlacht strömten die Reste der Wehrmacht in Richtung Westen auf Berlin zu, und es war ihr wie allen klar, daß die letzte Schlacht dieses Krieges nahe bevorstand. Vielleicht dauerte alles nur noch wenige Wochen oder gar Tage. Ihre Gedanken waren bei Wehrkamp mehr als bei ihrem Kind, welches von den Frauen im Keller versorgt wurde. Milch gaben ihre Brüste nicht her, und es mußte ihr als ein Rückfall in uralte Zeiten erscheinen, wenn sie sah, daß ihr Kind an fremden Brüsten saugte, daß es reihum ging, und ihr wurde auch zum erstenmal bewußt, daß inmitten des massenhaften Sterbens, des vielfältigen Todes immer auch Leben entstanden war, so als gäbe es keinen Krieg, so als arbeite sich die Zukunft heran an das Elend der Gegenwart. Sie wunderte sich, welche Gedanken ihr Kind in ihr auslöste, aber eine besondere Zuneigung zu ihrem Kind hatte sie nicht.

Sie lebte schon jenseits der Krankheit der Deutschen, der Todessehnsucht, und dennoch konnte sie sich dem Wesen nicht nähern, welchem sie das Leben gegeben hatte. *Das Leben geben,* eine banale Wendung – letzten Endes hatte sie dem Kind nichts gegeben. Ohne Wehrkamp würde es nicht einmal dasein. Weshalb es Wehrkamp auf sich genommen hatte, seine Haut zu riskieren um einer Sache willen, die ihn eigentlich nichts anging, das ahnte sie nur. Er hielt fest an seiner Pflicht, kam, um nach ihr zu sehen, und er war mit ihr zufrieden, wie ihr schien. Sie drang in ihn, sich abzusetzen, nach Hamburg oder München, um nicht noch in Gefangenschaft zu kommen. Durchaus nicht sicher aber war, ob er sie liebte. Sie zitterte vor der Stunde, wenn Wehrkamp nicht mehr kommen würde.

Sie stand auf, es ging ganz gut, obschon die heilende Wunde schmerzte. Eine der Frauen hielt ihr einen Spiegel hin, und sie erschrak vor dem Anblick einer müden, verdreckten alten Frau. Auch meinte sie in dem trüben Licht des Kellers graue

Haare auf ihrem Kopf zu entdecken. Wehrkamp sah ihr eine Weile zu, wie sie versuchte, mit den Fingern das Haar zu kämmen. Dann sagte er, ein bißchen Grau mache nichts, und er sei ganz zufrieden mit ihr und mit sich. Gynäkologie habe ihm nie sonderlich gelegen. Für einen Laien wäre die Arbeit gar nicht so schlecht ausgefallen. Ein Kaiserschnitt, und das ganz allein gemacht, nicht übel.

Ihr Verlangen nach seiner Zärtlichkeit war so groß, daß sie seine Hand nahm und auf ihren Kopf legte.

»Du mußt so bald wie möglich weg«, sagte er.

Ihr schien, sie habe Ähnliches von ihm gehört, und er hatte damals recht gehabt, aber sie wollte bleiben, und er sollte bleiben, und er sollte gehen, und sie würde gehen. Nach einem solchen Krieg mußte einem doch alles leicht erscheinen, wenn es nur nichts mit dem Krieg zu tun hatte.

Er trug einen Anzug und sah abgerissen und heruntergekommen aus. Als er gegangen war, nahm sie ihr Kind und betrachtete es mit eindringlicher Sachlichkeit. Es schrie nicht, es bewegte sich nicht, nur die kleinen Fäuste ballten sich und öffneten sich mit träger Regelmäßigkeit wie im Zorn, ein Kind des Krieges. Manchmal zuckten die feuchten Augenspalten, es lebte, ohne Zweifel.

Nie hatte sie an einen Namen für ihr Kind gedacht, dieses Kind hatte keinen Namen. Aber sein Körper war ganz gut, er war groß und schien auch ziemlich schwer zu sein. Als sie das Kind auszog, um es zu waschen, sah es aus wie ein nackter weicher Vogel. Es würde sterben, das wußte sie jetzt, und plötzlich tat es ihr leid darum. Es tat ihr leid um das Wesen, das sie nicht gewollt hatte, welches aber unzweifelhaft jetzt ein Recht auf sein Leben besaß, und nun begriff sie auch, was den Zyniker und Skeptiker Wehrkamp bei der Stange hielt. Er liebte keinen seiner Patienten. Er fügte ihnen Schmerzen zu, aber das Recht jedes einzelnen auf ein eigenes Leben, das erkannte Wehrkamp irgendwie an. Er hatte also gar nicht so sehr als Arzt gehandelt, wie sie jetzt einsah, obwohl er als Arzt getan hatte, was nötig gewesen, er hatte ... ja, als was hatte er gehandelt? Noch fehlte ihr das Wort, es mußte eine neue Bezeichnung sein.

Sie stand auf ihren eigenen Füßen, sie konnte gehen, und sie konnte ihr Kind auf den Armen tragen. Sie konnte antworten, wenn sie die Mütter des Kellers fragten, wie es dem Kind gehe, und es ging diesem Kind erstaunlicherweise von Tag zu Tag besser. Noch immer nährten es andere Frauen, aber sie begann sich darum zu kümmern, woher sie Lebensmittel für ihr Kind bekommen würde. Noch mußte es hier in Altlandsberg Verpflegungsstellen der Wehrmacht geben, und sie gehörte zur Wehrmacht. Was sie vorerst brauchte, gaben ihr andere, oder Wehrkamp brachte etwas. Übrigens sah der Arzt in diesen Tagen noch schlechter aus, der Kranke war nun er, der Hilfs- und Schutzbedürftige.

»Morgen oder übermorgen gehe ich. Wohin, weiß ich noch nicht. Hier sind Briefe an meine Frau, die Adresse steht auf dem Umschlag. Wenn du überlebst, schick sie ab. Nun leb wohl!«

Sie machte eine Menge durch in diesen Minuten. Sie erfuhr, daß Wehrkamp eine Frau hatte. Sie erfuhr, daß sie jetzt besser bleiben mußte, weil die Uhr abgelaufen war, und daß er gehen mußte, weil auch seine Uhr abgelaufen war.

»Ist sie Ärztin«, fragte sie.

Er hörte ihre Frage, ein bißchen hinterherhinkend sagte er: »Man wird sich fremd in diesen Zeiten.«

Sie dachte, es sei eine seltsame Liebe gewesen, ihre erste und eigentlich zugleich unerfüllteste. Daß sie friedlich in seinem Arm geschlafen hatte, im Rausch, daß er sie und ihr Kind betreut hatte; wahrhaftig, eine kürzere Liebe und eine unerfülltere konnte es nicht geben. Aber sie fühlte, daß sie von nun an anders war.

Er gab ihr die Hand.

Die Stadt war ein Heerlager, sie hatte schon lange keinen Überblick mehr, was sich eigentlich hier abspielte. Als sie nicht weiterwußte, einige Tage, nachdem Wehrkamp verschwunden war, meldete sie sich in einem Lazarett und versah ihren Dienst. Es kam das Übliche, sie suchte überall nach Wehrkamp, es kam aber auch die letzte Fluchtwelle. Sie stand am Weg und sah zu, wie die verschiedenen Truppenverbände aufbrachen, auf Krädern, in Autos, in Lastwagen, in und auf Panzern. Das Heer machte keinen frohen Eindruck. Es war eine geschlagene Armee, die abfuhr, in verdreckten Sachen, verkommen und verlaust. Mit einem Bündel und mit ihrem Kind reihte sie sich in den Zug ein. Fahrzeuge gab es nicht mehr genug, und sie war ungeheuer einsam nach Wehrkamps Flucht. Sie ging also mit in dem großen grauen Zug, der keine Orientierung hatte, nur eine Himmelsrichtung. Sie ging alle Zickzackwege mit, gedankenlos und zukunftssichtig.

An einem Platz stauten sich die Züge, sie mußten einiger Bäume wegen umgeleitet werden. Dort standen Leute, und von den Ästen, die noch kein Laub zeigten, hingen seltsame Früchte. Gehängte hatte sie schon gesehen und sich die typischen Haltungen eingeprägt, die schiefen langen Hälse, die Stellung der Beine. Sie hatte Wehrkamp nicht an seinem Gesicht erkannt, sie erkannte ihn an seinen Sachen, den geliehenen oder organisierten Sachen. Sie ging einfach weiter bis zu einem nächsten Halt. In einer ausgeräumten Turnhalle sollten sie nächtigen, neue Befehle erhalten, und sie fand einen Platz, um ihr Kind zu säubern und zu füttern. Sie kaute Brot, speichelte es ein, bis aus dem Brot ein flüssiger Brei geworden war, der sich in den Mund des Säuglings tröpfeln ließ. Sie beschwor das Schicksal, ihr die Last einer Entscheidung abzunehmen und das Kind sterben zu lassen. Aber das Schicksal handelt nach eigenen Gesetzen; diesem Kind war bestimmt, erst nach langer Qual zu sterben, es sollte nicht verhungern und verdursten, es sollte vorerst leben.

Sie schloß die Augen und wünschte sich weit weg, aber in diesen Wunsch hinein pendelte der Erhängte, er teilte ihr Leben. Sie wußte, daß sie nur wenige Minuten lang die beiden Schlagadern am Hals des Kindes zusammenzudrücken brauchte, um sich und das Kind zu erlösen. Viel Kraft brauchte sie dazu nicht. Oder sie konnte es mit einem Kissen ersticken. Auch eine Erkältung, eine Lungenentzündung hätte das Kind kaum überstanden, aber sie tat nichts. Sie saß da und wartete auf das Wunder ihrer Erlösung.

Dann schrie das Kind und bewegte die Arme, bewegte die Lider und bäumte sich auf mit seinem kleinen Körper; sie beugte sich hinab und träufelte etwas von dem Brei in den kleinen Rachen. Ein warmer Geruch schlug ihr entgegen. Es war dieser Geruch, der sie weckte. Das Kind, es würde nicht sterben, wie sie einsah, es war hungrig, und es würde mit jedem Tag hungriger werden und stärker zu leben anfangen.

Dieses Kind trat an die Stelle Wehrkamps. Sie nahm es an sich, schob es unter ihren Mantel und legte sich schlafen. Von Zeit zu Zeit fütterte sie ihr Kind, wie Vögel ihre Jungen nähren, und immer nahm es die Nahrung an. Es würde sicherlich eine weite Wanderung werden. Sie würden ankommen, dessen war sie jetzt gewiß.

Die Festung – die Stadt

Sie erinnerten sich vieler Einzelheiten ihres vergangenen Lebens, als sie aus den Wohnungen in den Keller umgezogen waren, zu Anfang April. Ihr Haus, der Beamtenblock, im Norden der Festung, selbst ein Bollwerk gegen den Feind, hatte nach vorn zur Straße hin eine Reihe von Balkons. Im Erdgeschoß Läden: einen Gemüseladen, ein Pelzgeschäft, Pelz-Schulz, den großen Zigarrenladen, an der Ecke den Drogisten, um die Ecke herum die Gardinenspannerei. Genau auf der Ecke stand eine Plakatsäule, eine wichtige Einzelheit, später. Über der Straße, der sogenannten Promenade mit Ahornbäumen und Bänken darunter, gegenüber also befanden sich ein Bäcker, ein Fleischer, eine kleine Molkerei, der Friseur und die Apotheke; im Versorgungssystem der Festung wichtige Kettenglieder. Wenigstens solange ihre Vorräte reichten. Noch floß Wasser aus den Hähnen der Leitungen, noch ließen sich die Toiletten spülen. Im Innern des viereckigen Hofes der Festung stand eine Kastanie in einer Gartenanlage aus Blumenbeeten. Jetzt wuchsen Krokusse und frisches Gras, die beiden Hinterhausflügel hießen demzufolge auch Gartenhäuser.

Die Einzelheiten, an die sie sich erinnerten, sind nicht alle aufzuzählen, aber sie lassen sich in zwei Gruppen teilen: in die wirklichen Erinnerungen an freundliche Zeiten und Lebensumstände, wo sie in den Geschäften einkauften, und in die unklaren Empfindungen schlimmer Zeiten. Diese letzte Art ihrer Erinnerungen enthielt einen Teil Zukunftsangst. Anders ausgedrückt, es suchten sie bei ihrem Kelleraufenthalt Gefühle heim, von deren Existenz sie zuvor keine Ahnung gehabt hatten: Trauer, Schmerz, das Gefühl einer großen Schuld und vor allem: *die Furcht vor dem Feind*. Die eben aufgezählte Reihe erfaßt jedoch nicht alle Gefühle des Kellervolks der Festung, einer von vielen in der Stadt, mit deren Fall sich der Krieg endgültig entscheiden mußte.

Jeder begann auch seine Beziehungen zum ehemaligen Nachbarn und jetzigen Leidensgenossen zu überprüfen und manchmal zu revidieren, im Guten wie im Bösen.

Es gab nur wenig Männer in der Festung, viele Greise und einige Knaben; keiner von ihnen über vierzehn. Die Greise lagen auf Sofas und Bettgestellen und fröstelten trotz ihrer Decken unter der Kellerfeuchte. Ein paar Glühbirnen beleuchteten die Greise, die Frauen und die Kinder. Für letztere war die Kellerfestung ein Abenteuerspielplatz. Sie kannten die Angst schon sehr gut, aber nicht die vor dem Tode, denn hierzu fehlte ihnen das Bewußtsein ihres einmaligen Lebens. Sie kannten die Angst vor dem Krach der Fliegerbomben, kannten die rötlichen Flammen des Phosphors, das in Massen gegen sie und gegen ihre Mütter eingesetzt worden war; diese Kinder schrien viel, waren zitternde Nervenbündel, aber mit eintretender Ruhe wurden sie wieder so etwas wie Kinder, die gern spielen und die lachen können. Was an ihren Seelen verletzt war, mußte sich erst noch zeigen. Die Mutigsten unter den Größeren belebten also die Festung; später wurden sie für ihre Mütter zu einem wichtigen Element des Standhaltens.

Die Frauen fürchteten sich auf Frauenart vor dem, was ungefährlich war. Sie malten ihre Angst aus mit Wenn und Aber; immerhin bildeten die Frauen das Volk der Festung. Sie hüteten die kleinen Kinder, ermahnten sie, höflich und freundlich zu den Feinden zu sein. Diesen Frauen ging das Leben ihrer Kinder über alles. Gern hätten sie die Festung verlassen, wäre es ihnen erlaubt worden und hätten sie gewußt wohin.

Einige Männer, die rüstigsten der Greise, befahlen in diesem unterirdischen Reich kraft ihrer Ämter, ihrer Armbinden, Spaten, Äxte und Stahlhelme. Einer von ihnen trug eine große Pistole am Gürtel; er wie die übrigen wäre natürlich nicht imstande gewesen, die Festung zu verteidigen. In den Wohnungen, auch hinter den Barrikaden längs der Promenade lagen Soldaten. Fenstersimse, Balkoneinfassungen waren mit Waffen belegt, Gewehren, Maschinengewehren, Panzerfäusten. Die Festung starrte vor Waffen; in den Zimmern, die noch wenige Tage zuvor den Greisen, Frauen und Kindern gehört hatten, wirtschafteten die Verteidiger der Festung. Ein starker Zug Schützen, ein paar Flieger, alle unter dem Kommando eines Oberleutnants, der das Haus zur Festung ausbaute. In einem der drei Eingänge richtete er seinen Gefechtsstand ein, mit Feldtelefon, Funker und Ordonnanz, Feldbetten und Tisch für Karten. Der zweite Eingang wurde unter dem Befehl einer Sanitätscharge zum Verbandplatz, und bei dem dritten brachen die Soldaten Türen und Zargen heraus, um ein kleines offenes Fahrzeug unterzustellen. Alle Durchgänge zierten Malereien aus der Gründerzeit, tanzende Mädchen mit Kränzen, Ziegen, Lämmer vor gebirgigem Hintergrund.

Noch war kein Schuß in die oder aus der Festung gefallen. Allgemein empfand es das Kellervolk als Wohltat, daß die Luftangriffe der nahen Feinde wegen eingestellt werden mußten, damit wuchsen ihre Chancen zu überleben ein wenig. Hin und wieder überquerten Tiefflieger die Festung und feuerten mit Bordwaffen auf alles, was sich bewegte, aber diese harmlosen Angriffe konnten nicht einmal mehr die Knaben dazu bewegen, die Straße vor der Festung oder deren Hof zu meiden, auch wenn hin und wieder einer getroffen wurde. Bald setzte jedoch Artilleriefeuer ein, was allem Streit unter dem Kellervolk, ob sie ungeschoren davonkommen würden oder nicht, vorerst ein Ende setzte. Der mit der Pistole im Halfter rief zwar: »Es handelt sich um ein Übungsschießen! Kein Grund zur Beunruhigung, laut Nachrichtendienst ...«, aber da schlugen oben Granaten ein. Der Keller erzitterte, und es lohnte also nicht zu antworten. Niemand wagte es, zu lachen, obwohl sie nach mehreren Jahren Luftkrieg Explosionen gut voneinander unterscheiden konnten und wußten, daß sie hier unten einigermaßen geschützt blieben, solange es sich um Artillerie dieses Kalibers handelte. Natürlich hätten sie lieber der Rundfunknachricht geglaubt. Einer der Greise sagte, das Ende des Kampfes um *die Festung – die Stadt* vorwegnehmend: »In Rußland damals, wo ich den Bauchschuß erhielt, gingen die Russen gut mit Tieren um, mit den kleinen Panjepferdchen zum Beispiel. Es war auffallend, wie gut die Tiere behandelt wurden, namentlich Pferde.«

Dieser Herr redete seit achtundzwanzig Jahren über nichts anderes als über seinen Bauchschuß aus dem ersten Weltkrieg, wie die Alten diesen Krieg zur Unterscheidung von dem jetzigen gern nannten. Der Russe stand heute dicht vor der Festung, ohne Zweifel. Ihm war anheimgegeben, gut oder böse zu sein. Die Eingeschlossenen rechneten einfach auf Gnade. Wurden Schuld und Sühne gegeneinander abgewogen, so blieb ihnen sicher nur wenig Hoffnung. Jeder einzelne sträubte sich gegen den Gedanken, eine wirkliche Rolle in diesem Krieg gespielt zu haben. Als Ganzes, als Volk, bei allen Unterschieden, traf das Unglück sie leider gleichermaßen. Mancher räumte vor sich selbst ein, einmal etwas wie Stolz auf alle diese überraschenden und glänzenden Siege des Führers empfunden zu haben. Die Mehrzahl gab jedoch jetzt vor, Hitler habe sie nie interessiert.

Von einem anderen Sofa aus wendete sich einer der Greise an den Herrn mit dem Bauchschuß aus dem ersten Weltkrieg. Er fragte ihn unüberhörbar ironisch: »Was haben wir Ihrer Meinung nach zu erwarten? Es gibt doch nur zwei Möglichkeiten. Entweder – oder. Vae victae!«

»Ausgeschlossen«, bemerkte eine jüngere Frau. »Das geht doch nicht.«

»Sie meinen, es geht technisch nicht, ein Volk auszurotten? Da mögen Sie recht haben. Nur hilft Ihnen Ihr Glaube an die Reproduktionskraft des Homo sapiens im Augenblick gar nichts.« Mit dieser Bemerkung verriet sich dieser Greis als ein Zyniker, eine ziemlich verbreitete Haltung unter dem Kellervolk.

Hier erklärte der mit der Pistole: »Das warten wir ab. – Stammen Sie nicht aus dem Baltikum, Herr von Schramm? Sie werden wohl noch ein paar Brocken Russisch wissen. Wir werden unter Umständen Ihre Hilfe in Anspruch nehmen müssen.«

Herr von Schramm erwiderte ruhig: »Sie sind ein Phänomen, Herr Oberapotheker Rose, das Nonplusultra dieser Festung. Legen Sie vor allem Ihre Verkleidung ab und überlassen Sie die Rettung all dieser Leben der Vorsehung und diesem Herrn mit dem Bauchschuß. Er ist, wenn ich ihn richtig verstanden habe, russifiziert aus der sibirischen Gefangenschaft heimgekehrt und wird die bolschewistische Lebensweise am ehesten annehmen. Mich lassen Sie in Ruhe.«

Gerade als das Gespräch interessant zu werden anfing, setzte oben Maschinengewehrfeuer ein. Alle fielen in angstvolle Starre. Oberapotheker Rose rückte die Pistole nach vorn und wendete sich dem Ausgang zu, der sogenannten Gasschleuse, stockte aber, als Herr von Schramm ihm nachrief: »Und lassen Sie das Übungsschießen einstellen!«

Das Gefecht dauerte nur kurz. Einbrechende Dunkelheit setzte ihm ein Ende. Als Ruhe eingetreten war, kam ein Oberleutnant in den Keller, ein Mann von vielleicht dreißig Jahren mit geschwärztem Gesicht, in dem die Augen gefährlich hell leuchteten. Er nahm den Helm ab. Alle sahen ihn an, in der Hoffnung, er werde eine günstige Wende herbeiführen oder ankündigen.

Er sagte: »Der Russe steht ein paar Straßenzüge weiter, meine Herrschaften. In den nächsten Tagen wird es also Straßenkämpfe geben. Wir werden die Stellung so lange wie möglich halten. Was dann kommt ...«, er zuckte die Schultern und fuhr fort: »Der Bäcker hat gebacken, Fleisch gibt es auch. Versorgen Sie sich vor allem mit Wasser. Es ist gerade ruhig.«

Der Oberleutnant setzte den Helm wieder auf, wartete aber noch, bis die ersten Frauen aufstanden, nach Taschen und Eimern griffen und nach ihren Kindern riefen. Der mit der

Pistole befahl: »Nicht alle auf einmal. Marken nicht vergessen! Es sind Sonderabschnitte aufgerufen.«

»Gut«, sagte der Offizier mit einem Lächeln. »Ordnung ist gut! Übertreiben Sie es nicht!«

Da begann das Licht der Glühbirnen zu flackern. Alle beobachteten aufmerksam ihr allmähliches Verlöschen. Taschenlampen gingen an; das Kellervolk kannte das. Jetzt versagten die Glühbirnen wahrscheinlich für sehr lange. Bald brannten ein paar Kerzen.

Frauen und Knaben kreuzten die Promenade. Sie hatten erwartet, daß nach dem Feuerüberfall zumindest Spuren an den Häusern sichtbar waren. Auf der Promenade lagen nur ein paar tote Zivilisten. Um sie kümmerte sich niemand. Oberapotheker Rose, der den Trupp leitete, erklärte, die Toten stammten sicherlich aus einer der anderen Festungen. Die Leute seien beim Brotholen umgekommen. Alles blieb still, während sie die Promenade überquerten. Das Kellervolk bekam Brot und Würste. Dann gingen sie nach Wasser. Soldaten hatten eine Schlange vor dem Luftschutzteich bilden lassen, da mit der Elektrizität auch die Wasserversorgung ausgefallen war. Der künstliche Teich mit altem, faulig riechendem Löschwasser lieferte Ersatz.

Herr Rose, allgegenwärtig, schärfte jedem, der seinen Eimer füllen ließ, ein: »Nicht trinken! Abkochen!«

Dann verschwand das Kellervolk wieder in seinem Schlupfloch. Da alles ruhig blieb, begannen die Frauen, auf Spiritus- und Petroleumkochern Wasser heiß zu machen. Es wurde Tee und Ersatzkaffee aufgebrüht, und es wurde vor allem erst einmal gegessen. Nur eine Kerze blieb brennen. Die Nacht verlief ruhig, von fernen Geräuschen drang wenig zu ihnen herein.

Die Festung war Teil eines Häuserblocks, der rückseitig durch die Anlagen des Bahnhofs Schönhauser Allee, an den Seiten durch die Allee selbst und die Greifenhagener Straße, in Front durch die Wichertstraße eingegrenzt wurde. Hundert Häuser, grob gerechnet, mit allen Hinterhäusern und Nebengebäuden wie Garagen, Remisen, Werkstätten. Straßensperren am Bahnhof und an der Zufahrt zur Allee sollten das Vordringen des Feindes in die Festung verhindern. Es zweifelte im übrigen kaum einer am Ausgang der Schlacht. Den Krieg hatten alle satt, aber nur wenige stellten haltbare Überlegungen für die Zeit nach dem Krieg an. Nicht viele Menschen sind fähig und tapfer genug, eine schlimme Sache zu Ende zu denken. Daher enthielten die Kellergespräche über den kommenden Zustand kaum einen Hauch Realität. Es kam so weit, daß alle oder die meisten glaubten, mit dem letzten Schuß könnte man weitermachen, wo jeder einmal aufgehört hatte: den Glaser, den Friseur bestellen, einkaufen gehen, reisen und das Geld, welches sich bei der Bank gehäuft hatte, zu neuem Glück und Wohlstand anlegen.

In der Nacht richteten sich ein paar Pioniere in der sogenannten Gasschleuse ein. Sie sagten, die Wohnungen in den höheren Stockwerken der Festung seien nicht mehr sicher und die unteren, sicheren, von dem Zug belegt. Die Pioniere hatten die Brücke über der Bahn vermint, wie sie berichteten. Zur Sprengung vorbereitet.

Oberapotheker Rose sagte: »Sie werden doch jetzt nicht noch die Eisenbahnbrücke sprengen, meine Herren.«

Da sagte einer der Pioniere: »Wir haben die Brücke vermint, Großvater. Morgen sind wir weg. Aber ihr habt ja einen tüchtigen Oberleutnant hier.«

Zwischen dem 15. und dem 20. April hatte sich das Bild des Kampfes um die Festung gründlich verwandelt. Gefechte von Straße zu Straße, noch nicht häufig von Haus zu Haus nach dem Muster des Straßenkrieges von Stalingrad, hatten den Kampf um die Stadt eingeleitet. Durch die Greifenhagener Straße, ein Weg, die Schönhauser Allee seitlich zu umgehen, gingen kleinere Verbände vor, sprangen braungekleidete Soldaten von Hauseingang zu Hauseingang. Jenseits der Barrikade, über die Promenade hinweg, lagen Gefallene in Haufen und manchmal in dichten Reihen. Angreifer und Verteidiger, auch Zivilisten, denen das Plündern der Läden zum Verhängnis geworden war.

Ein Panzer, den der Oberleutnant durch einen Volltreffer auf der Ecke in Höhe Apotheke gestoppt hatte, stand jetzt quer zur Straße und bot den Angreifern Schutz. Über die Promenade waren bisher allerdings nur wenige gekommen. Auf einer Strecke von vielleicht zwanzig Metern gab es keinerlei Deckung, etwa Bodenerhebungen wie im offenen Gelände. Die es gewagt hatten, lagen vor der Plakatsäule, welche von den Verteidigern zu einer MG-Stellung ausgebaut worden war. Sie verband sich mit dem Haus zu einem Fluchtweg über den Flur mit dem Pkw. Übrigens hätte sich die Abteilung unter dem Kommando des Oberleutnants im offenen Gelände kaum so lange halten können. Von der Apotheke bis zur MG-Stellung betrug die Entfernung ebensoviel, wie ein durchschnittlicher Werfer von Handgranaten überwindet. Seit fünf Tagen tobte der Kampf um diese Ecke mit der Plakatsäule.

Der Oberleutnant erwog, ob es einen Sinn habe, die Apotheke zu erobern; das wäre möglich gewesen. Wahrscheinlich aber war diese Eroberung mit Nachteilen verbunden. Die

Abteilung hatte schon viele Verbindungen verloren. Deshalb verzichtete er auf den Angriff und hoffte, die verlorene Verbindung zwischen den Gruppen der Verteidiger in den einzelnen Festungen wiederherzustellen, sozusagen eine Front aufzubauen. In seiner Stellung konnte er sich halten, solange er über Reserven verfügte. Von der Barrikade an der Greifenhagener Brücke erhielt er außerdem Feuerunterstützung. Dort war ein Panzer eingegraben und griff mit seiner Kanone in den Straßenkampf ein. Außerdem bildete die Barrikade an der Eisenbahnbrücke eine Auffangstellung für den Zug.

Der Hof, die Gasschleuse und der Flur füllten sich mit Verwundeten. Hin und wieder reihte der Oberleutnant versprengte Soldaten oder Leute vom Volkssturm in seine Abteilung ein, ohne viel Gewinn, zumal er nicht ausmachen konnte, ob es sich wirklich um Männer handelte, die ihre Abteilungen verloren hatten, oder um Fahnenflüchtige, die ihn bei der ersten Gelegenheit wieder verlassen würden. Durcheinander kennzeichnete die Lage. Der Oberleutnant sah, wie die Front stündlich schneller zerfiel. Verbindung zu seinem Stab hatte er längst nicht mehr.

In der Drogerie funktionierte merkwürdigerweise das Telefon. Deshalb kam er auf eine Idee. Mit Telefonbuch und Stadtplan setzte er sich, suchte einfach Nummern aus dem Buch und fragte, kam eine Verbindung zustande, immer dasselbe: »Entschuldigen Sie, gnädige Frau, ist bei Ihnen schon der Russe?« Erhielt er Antwort, ließ er sich Straße und Hausnummer nennen und zeichnete die Stelle in seine Karte ein, zusammen mit einer ergänzenden Notiz in seinem Tagebuch. Bald klärte sich für ihn die Lage: Über die drei großen Ausfallstraßen Schönhauser Allee, Prenzlauer Allee und

Greifswalder Straße waren die Truppen Stalins schon ziemlich tief ins Innere der Stadt vorgedrungen. Hier waren keine Verbindungen mehr zustande gekommen. Einmal hatte jemand etwa in Höhe Königstor abgenommen und in russischer Sprache geantwortet. Mit dem Kartenzirkel schlug der Oberleutnant einen Kreis um seine kleine Stellung. Die Festung und er selbst waren eingeschlossen. Es mußte aber noch viele solcher Widerstandsnester geben, dem Feuer nach zu urteilen, das an wechselnden Punkten aufflammte. Über Greifenhagener, Wichertstraße und Schönhauser war also an keinen Rückzug zu denken.

Der Oberleutnant, Berufssoldat, Frontoffizier ohne politischen Ehrgeiz, Abkömmling einer Soldatenfamilie, stand vor einem Problem. Nach seiner Kenntnis vom Krieg hatte er verloren. Einen höheren Vorgesetzten konnte er jetzt nicht fragen, was zu tun war. Noch besaß er zwar einige kampffähige Leute, etwas Munition und Lebensmittel, aber er verteidigte ein Wohnhaus mit Frauen, Kindern und Hilflosen, mit Schwerverwundeten. Dieser Erkenntnis konnte er nicht ausweichen. Wann darf ein Mann aufgeben? Wenn er keinen Rat mehr weiß. Wann aber darf ein Offizier aufgeben? Eventuell bereiteten sie hinten einen Gegenstoß vor, nur hätte es schon ein Wunder an Gegenstoß sein müssen. Sein militärisch geschulter Verstand und seine Fronterfahrung sagten ihm, daß sich eine solche Offensive aus *der Festung – der Stadt* heraus nicht entwickeln ließ, technisch gesehen, selbst wenn die nötigen Kräfte dagewesen wären. Stimmte, was er gelernt hatte, daß der Krieg die Fortsetzung der Politik mit anderen Mitteln sei, so galt umgekehrt vielleicht genauso, daß die Politik wieder einsetzen mußte, wenn militärisch keine Lösung mehr zu erzwingen war, wie hier ganz offenkundig der Fall. Bis zum letzten Mann, bis zur letzten Patrone zu kämpfen hieß nicht, sich und andere sinnlos aufzugeben. Der Feind, der Russe dort drüben, brauchte nur zu warten, bis die Festung in sich zusammenfiel.

Er faßte einen Entschluß und stieg in den Keller hinunter. Die Luft war verbraucht, es roch nach verbranntem Pulver, nach Exkrementen und Essen.

»Herr Oberapotheker Rose«, sagte der Oberleutnant, »ich möchte etwas bekanntgeben.«

Alle die grauen Gesichter, vom Kerzenlicht erhellt, wendeten sich ihm, dem Kommandanten der Festung, zu.

»Ich werde heute nacht meine Stellung räumen«, erklärte der Oberleutnant. »Der Russe ist überall durchgebrochen. Sie sind eingeschlossen. Wenn wir abziehen, haben Sie den Russen hier. Was mich betrifft, so habe ich Fühlung mit meinem Stab zu suchen. Ich kann Sie jedoch nicht evakuieren, also mitnehmen, um das gleich zu sagen. Sie müssen sich allein helfen. Es wäre gut, wenn Sie ein paar Bettlaken oder anderes Weißzeug bereithielten. Hängen Sie es einfach aus den Fenstern.«

Er wollte gehen, aber Oberapotheker Rose hielt ihn mit der Frage auf, was aus den Verwundeten werde. Der Oberleutnant zuckte die Schultern und verließ den Keller.

Oben, die Dämmerung fiel, gab er Anweisung, den Pkw auf die Straße zu rollen und mit allem zu beladen, was sie an Reserven besaßen. In der Nacht, bei tiefer Dunkelheit, räumte er die Stellung. Er fuhr den Wagen bis zur Barrikade. Dort kam er nicht weiter und setzte sich hinter dem Aufbau aus Steinen und Sandsäcken erneut fest. Es handelte sich um kaum hundert Meter Geländeverlust für ihn und seinen Trupp. Für die Festung bedeutete seine Handlung jedoch so etwas wie Befreiung.

In der neuen Stellung lagen einige Panzermänner und ein Zug sehr junger Soldaten. Sie trugen keine Wehrmachtuniform, sondern schwarzes Zeug und Hakenkreuzbinden.

Der Panzeroffizier fragte: »Wie gefallen Ihnen diese Werwölfe? Es soll sich um eine Division handeln, die Division Hitlerjugend. Die Bengels sind übrigens nicht schlecht, fanatisiert bis in die Knochen.«

Der Oberleutnant fragte: »Stehen diese Jungen unter Ihrem Kommando? Wenn ja, sollten Sie diese Kinder nach Hause schicken.«

Da schlugen schwere Artilleriegeschosse in die von ihm geräumte Stellung ein. Aus dem Dachstuhl der Festung schlugen Flammen. Er sah es mit Unbehagen. Sie hatten sich keinen Augenblick zu früh zurückgezogen. Die Plakatsäule zerbarst, und auf fünfzig Meter hoben sich Pflastersteine unter einer Granatwerferserie wie Luftballons.

Der Panzeroffizier, neben ihm liegend, sagte ruhig: »Das hat Ihnen gegolten, Kamerad. Wir kennen doch wohl beide den Russen. Das ist jedenfalls seine Handschrift.«

»Wissen Sie, welchen Tag wir heute haben?« fragte ihn der Oberleutnant.

»Ich denke schon«, gab der Panzeroffizier zur Antwort. »Heute hat der Führer Geburtstag, oder muß man schon sagen, heute *hätte* der Führer Geburtstag? Die Brücke hinter uns ist vermint. Wir werden sie sprengen. Was die Jungen betrifft, werde ich mich hüten, sie wegzuschicken. Sie haben einen eigenen Kommandeur, einen Unterscharführer, und sie sind nicht schlecht. Zwei Monate Krieg, und man könnte mit ihnen was machen. So sind sie verloren.«

Hinter der Barrikade mit dem eingegrabenen Panzer lagen jetzt anderthalb Züge, vielleicht zwanzig Leute. Sie hielten Verbindung zur Barrikade an der Schönhauser Allee, was durch das tief eingeschnittene Gleisbett möglich war. Der Panzeroffizier sagte seufzend, bis zum Zentrum bestünde die Front nur aus solchen einzelnen Stellungen. Im Innern der Stadt sollte noch eine geschlossene Verteidigungslinie bestehen. »Der Führer ist im Bunker der Reichskanzlei, wußten Sie das? Ich auch nicht. Es steht jedenfalls in der Zeitung.«

»Wir sollten uns jetzt darüber unterhalten, was wir tun werden«, sagte der Oberleutnant. »Ich bin am Ende mit meinem Latein.«

Die beiden Offiziere starrten auf die Karte; zu ihnen gesellte sich der Unterscharführer. Es war eine Lagebesprechung.

Das Kellervolk besprach ebenfalls die Lage nach dem Abzug der Truppe. Die Meinungen waren geteilt. Solange der energische Offizier die Festung verteidigt hatte, empfanden die lauen Greise, die autoritätsbedürftigen Frauen und die Knaben mit ihren Vorstellungen vom Abenteuer, es könne zwar schlimm, aber nicht ganz schlimm kommen. Jetzt, nachdem ihnen gesagt worden war, daß sie sich durch das Heraushängen von weißen Laken unter den Schutz einer völkerrechtlichen Konvention begeben sollten, wuchs ihre Furcht vor dem Kommenden. Sie befanden sich im Niemandsland. Wären nicht die Schreie und das Stöhnen der Verwundeten gewesen, so wären sie vielleicht nach oben gegangen in ihre

Wohnungen, hätten nach dem Rechten gesehen und den letzten Befehl des Oberleutnants ausgeführt, Laken an Besenstiele genagelt und den Siegern entgegengestreckt.

Auch die Lebensmittel waren aufgebraucht. Wasser fehlte. Manche der Frauen entsann sich ihrer kleinen Vorräte an Mehl, Grieß oder Getreideflocken. Das Leben ging schließlich weiter.

Plötzlich redeten sie alle vom Frieden. Der schien jetzt ganz nahe. Es war ein Frieden, wie ihn nur wenige kannten. Kein Hitler, keine Nötigung zur Spende, zur Winterhilfe, keine Solidarisierung mit anderen also, keine Partei mehr, zumindest nicht nur mehr die Partei, die eine, die alles bestimmte, alles regelte, alles überwachte.

Nach dem Abzug schwiegen die Waffen. Kein Maschinengewehrfeuer, keine detonierenden Granaten störten sie mehr. Es störten nur noch die Verwundeten, die es oben in einer der Wohnungen ohne Zweifel auch besser haben würden. Sie alle waren erschöpft, hungrig, verdreckt, überdrüssig des Krieges. Während der trügerischen Ruhe erinnerten sie sich an die Stunden im Mocca-Efti beim Fünfuhrtee, es war die Zeit der Sehnsüchte.

Der Herr mit dem Bauchschuß hatte vor der Hitlerzeit immer sozialdemokratisch gewählt, doch, zweimal, später hatte sich der Herr der Mehrheit aller Deutschen angeschlossen. Ähnlich Herr Rose. Der Oberapotheker erklärte, für ihn sei das alles immer fragwürdig gewesen. Man werde sehen, was nach dieser Befreiung komme, schlechter könne es kaum werden.

Darauf sagte Herr von Schramm: »Anstatt zu spekulieren, sollten Sie diese fürchterliche Verkleidung ablegen. Jetzt verlangt ja niemand mehr etwas Übermenschliches von Ihnen, schon gar nicht etwas Fragwürdiges.«

Verlegen lächelte der Oberapotheker, zauderte zwar noch, aber als sich mehrere Stimmen ähnlich vernehmen ließen, entschloß er sich und entledigte sich der Waffe, des Stahlhelms und der Armbinde. Er schob die Pistole in die Rocktasche.

»Es irritiert die Russen vielleicht wirklich«, sagte er leichthin.

»Derartiges hat sie tatsächlich irritiert«, meinte von Schramm, »wenn ich mich der Tage der Revolution, die ich in Riga erlebt habe, richtig erinnere. Ich glaube auch, daß Ihre Rocktasche ein besserer Aufbewahrungsort ist als Ihre Pistolentasche.«

Im Augenblick kürte sich das Kellervolk die neue Autorität: Herrn von Schramm, den Kenner russischer Verhältnisse. Dieser Mann konnte vielleicht für die Übergangszeit eine Rolle spielen. Er verstand die russische Sprache, die russische Seele. Aus der Festung wurde wieder der *Beamtenblock,* in welchem zwar nicht ausschließlich Staatsbeamte wohnten, aber doch in der Mehrzahl.

»Wenn irgendeiner von Ihnen Alkohol besitzt«, sagte von Schramm warnend, »hier oder oben – austrinken, verschenken oder wegkippen.«

»Dann ist was dran an der Propaganda?« fragte die junge Frau, die neben Schramm saß. »In Ostpreußen, in Pommern und in Schlesien sollen die Russen ja wie die Hunnen gehaust haben.«

»Sie sterben nicht so bald, mein Kind«, sagte Schramm. »Und es gehört eben zum Krieg. Frauen sind die Freude des Kriegers – Napoleon.«

In ziemlich dichter Folge platzten Artilleriegeschosse. Die Festung erzitterte. Luftdruck löschte die Kerzenflammen und wirbelte Staub auf. Als sie den Brand entdeckten, eilten sie nach oben, in die Wohnungen, auf die leeren Dachböden. Eine Granate hatte die Dachziegel durchschlagen und die Balkenlage des Dachstuhls in Brand gesetzt. Helle Flammen schlugen ihnen entgegen. Sie suchten mit Äxten, Stangen und Enterhaken den Brand zu ersticken. Noch aus den Luftkriegstagen standen hier Eimer mit Löschsand. Es gelang den Greisen, Frauen und Knaben, das Feuer zu löschen.

Schramm, ein Mann von vielleicht siebzig Jahren, steif und gerade, weißhaarig, behalf sich mit dem Stock die Treppe abwärts; er folgte der jungen Frau in deren Wohnung. Sie öffnete das Fenster und lüftete. Im Norden und Nordosten war der nächtliche Himmel gerötet über den ganzen Horizont. *Die Festung – die Stadt* brannte an allen Ecken und Enden. Darüber war der Himmel dunkel und großartig, er weckte Sehnsüchte nach Freiheit. Der Alte und die Junge schwiegen angesichts der brennenden Stadt.

»Ist das das Ende?« fragte sie ihn sachlich und erstaunt. So konnte es wohl nicht zu Ende gehen, das reichlich junge Leben.

»Ach woher«, sagte Schramm. »Was kommt, ist wie eine Amputation. Lassen Sie sich nicht kopfscheu machen von diesen feigen Lumpen da unten im Keller, die Frieden mit Faulheit und Gemeinheit verwechseln. Was wir im Augenblick verlieren, Heimat, Vaterland, unsere Geschichte und unsere Kultur, das hat eine ungeheure Dimension, eine, die für Ihre Jugend zu groß ist. Was auch kommen wird, Furchtbares sicherlich, Sie müssen leben. Schließen Sie Ihre Wohnungstür nicht ab«, riet er, als sie die Wohnung verließen, »sonst wird nur die Tür eingeschlagen. Und ... machen Sie sich ein bißchen klein und häßlich.«

Die Nacht schritt weiter vor. Die meisten versuchten zu schlafen. Sie wurden gegen Morgen durch lauten Krach im Haus geweckt. Hin und wieder fiel ein Schuß.

»Sie schlagen die Türen ein«, sagte Oberapotheker Rose in die Stille. »Warum denn das?«

»Wahrscheinlich wollen sie in die Wohnungen«, sagte von Schramm.

Im Keller stieg die Erwartung. Schneller als gedacht, geschah es: Stiefel klangen auf der Kellertreppe. Der Feind, der Russe, war da. Zwei Soldaten, die Maschinenpistolen schußbereit in den Armen, stellten sich in die Gasschleuse. Dort lagen Verwundete. Immer mehr Soldaten kamen herunter in den Keller, äugten mißtrauisch auf das Kellervolk, Widerstand gewärtig. Sie gingen schrittweise weiter, leuchteten mit Taschenlampen in die Gesichter der Greise, der Frauen, der Kinder, redeten laut in ihrer Sprache.

»Sagen Sie doch irgendwas«, flüsterte der Oberapotheker Rose von Schramm zu, der aber schwieg und wartete. Plötzlich zeigte einer der Soldaten auf Rose und sagte unfreundlich: »Du! Faschist! Puck! Puck! Puck!«

Nun begriff das Kellervolk sehr schnell. Puck ahmte den Knall des Schusses nach. Das hieß, man würde erschießen, wen man für einen Faschisten hielt. Rose sagte erblassend: »Aber nein, nicht Faschist!« Er lächelte dem Soldaten beruhigend zu, so als sei er es, der die Situation beherrsche, und nicht dieser.

»Nix«, sagte der Soldat. Er lachte, und alle Festungsinsassen lachten mit. Sehr kurz dauerte dieser Heiterkeitsausbruch. Er wurde durch einen kurzen Feuerstoß aus einer Maschinenpistole beendet. In dem niedrigen Kellerraum entstand Panik. Die Leute sprangen auf, drängten nach einem Ausgang, bis von Schramm energisch befahl: »Setzen, alle setzen!«

Sie taten es. Während der Minuten dieser ersten Begegnung in der Festung dröhnten oben die Granateinschläge, krachten weiter die Türfüllungen. Im Hintergrund des Kellers – er hatte einen langen verwinkelten Umgang mit Notdurchbrüchen in den Brandmauern zu den Nachbarkellern – schrien Frauen. Die Junge neben Schramm wollte aufspringen, aber er hielt ihren Arm fest.

»Die Besatzung ist abgezogen. Es halten sich, mit Ausnahme der Verwundeten, keine Soldaten mehr in diesem Haus auf«, sagte von Schramm in russischer Sprache.

Ein paar Soldaten traten neugierig näher.

»Sind Sie Russe«, fragte einer.

Schramm wollte sich nicht als Baltendeutscher zu erkennen geben, und er konnte die Frage ja auch wirklich getrost verneinen. Er erbot sich, im Notfall zu dolmetschen. Die Menschen seien sehr verängstigt, seit Tagen hier eingeschlossen. Es fehle an Wasser, das vor allem. Ein kleiner Mann in sauberer Uniform mit Offiziersabzeichen erschien. Er hatte die letzten Bemerkungen Schramms gehört und sagte: »Übermitteln Sie den Leuten hier folgendes: Die Rote Armee kommt als Befreier des deutschen Volkes vom Faschismus. Fürchten muß die Rote Armee, wer etwas zu verbergen hat.

Ich mache Sie persönlich für alle Handlungen gegen die Rote Armee verantwortlich. Das sind keine leeren Worte, wie Sie verstehen werden. Ihrer Aussprache nach sind Sie Balte. Damit kenne ich Ihre ganze Geschichte.«

Oben schlugen schwere Kaliber ein. Die Soldaten verließen eilig den Keller.

Die Festung, nicht die Stadt war in andere Hände gekommen. In den Wohnungen, in den Durchgängen lagen Soldaten. An der zerschossenen Plakatsäule wurde ein Geschütz in Stellung gebracht, das ununterbrochen in Richtung Greifenhagener Brücke feuerte. Von dort wurde das Feuer erwidert. Eine russische Sanitätsstation arbeitete in einer der Wohnungen, die gegen den Beschuß verdeckt lag. Aus Fenstern und Balkons unterhielten Rotarmisten Kleingewehrfeuer. Die Eingeschlossenen blieben in der Gefechtslinie, obwohl diese nicht genau bestimmt werden konnte.

Das Absurde des Kampfes lag für die Eingeschlossenen in der Tatsache, daß die Bäckerei, auf Veranlassung eines der russischen Offiziere, Brot backte. Der Fleischer, ein kleiner Mann mit Glatze und Brille, der vor Angst schwitzte, mußte eine der Molkereikühe schlachten. Das schwerfällige Tier wurde an den Füßen gehobbelt und durch Genickschuß mit der Pistole getötet; nicht einwandfrei, sicherlich, aber der Fleischer besaß kein Werkzeug für das Schlachten von Großvieh. In den großen Kesseln der Gulaschkanonen kochte das frische Rindfleisch. Auf langen Brettern wurde Fleisch geschnitten, zu Teig verarbeitet und als eine Art Frikadellen auf Riesenpfannen gebraten. Soldaten und Kellervolk aßen gemeinsam, an das Krachen der Einschläge hatten sich alle gewöhnt.

Es kam die Zeit der Gleichgültigkeit gegen den Krieg, den Kampf um *die Festung – die Stadt*. Abends, wenn das Feuer einschlief, sangen Rotarmisten auf dem Hof, sie holten sich die Kellerfrauen, die allen Widerstand aufgegeben hatten.

»Hitler kaputt«, sagten die Soldaten. Alle, die es gehört hatten, nickten zustimmend und erfreut.

Nachts klang der Schlachtenlärm gedämpft. Die verwundeten deutschen Soldaten wie die Zivilisten kamen in das Lazarett. Eine Ärztin versorgte sie.

Herr von Schramm sagte zu seinem Schützling, der jungen Frau: »Versuchen Sie, über die Durchbrüche bis zur Barrikade am Bahnhof durchzukommen. Etwas zu tun ist besser, als nur zu warten.«

Sie wollte nicht. Zu Herrn Oberapotheker Rose bemerkte Schramm, er möge sich endlich der Waffe entledigen. Rose hatte sich in den Tagen des Festungskampfes sehr verändert. Er, der Beredte, sprach kaum noch, stand herum und zeigte die Erstarrung des Furchtsamen, des an der äußersten Grenze seiner Kraft Angekommenen.

Am 26. April kehrte der Krieg für das Festungsvolk noch einmal in voller Härte zurück.

Im Morgengrauen dieses Tages machte der Oberleutnant eine Entdeckung: Beim Versuch, die Brücke nach rückwärts in Richtung Stargarder Straße zu überqueren, schlug ihm flaches MG-Feuer entgegen. Es kam aus den Häusern um die Kirche Gethsemane. Ehe er die Richtung feststellen konnte, erhielt er einen Streifschuß am Oberschenkel und verlor zwei Mann, einen Feldwebel und einen Schützen. Es gelang ihm, die Barrikade zu erreichen. Diese Deckung nutzte nichts mehr, wie er wußte. Sie war zur Falle geworden, denn sie lag von allen Seiten unter Beschuß. Während vorn in seiner alten Stellung bei der Plakatsäule eine Panzerkanone aufgeprotzt worden war. Ihn und seine Handvoll Leute schützte vielleicht noch der eingegrabene Panzer. Jeden Augenblick konnte die Kanone das Feuer eröffnen. Die Greifenhagener Straße war übersät mit weißen Fahnen und Tüchern, selbst die Hinterhäuser, soweit sie eingesehen werden konnten, zeigten das Weiß zum Zeichen der Kapitulation. Der Unterscharführer schoß wütend und wahl- und ziellos in die Luft; sein kleiner Trupp Werwölfe tat es ihm nach, obschon von der Schießerei keine Wirkung ausgehen konnte.

Der Oberleutnant verband sich den Streifschuß und sagte: »Was soll das? Sparen Sie lieber Ihre Munition.« Danach öffnete er eine Dose mit Büchsenfleisch und begann zu essen. Er hatte Hunger, aber mit dem ersten Bissen fühlte er heftige Übelkeit aufsteigen. Er hatte Blut verloren, und jetzt blutete der Verband durch. Er legte sich zurück und stellte das Bein in Ruhe. In einer Feldflasche befand sich ein Rest Tee mit Weinbrand, er war sparsam damit umgegangen. Jetzt pries er seine Umsicht und trank ihn in kleinen Schlucken, das Trinken belebte ihn.

Ein erbarmungsloser Morgen stieg herauf. Der Panzeroffizier kroch näher, ihm folgte der Unterscharführer. Letzterer sagte: »Wir operieren anscheinend auf einem Platz mit einem Radius von höchstens zweihundert Metern.«

»Operieren ist gut gesagt«, bemerkte der Panzeroffizier, »man merkt, wieviel Sie davon verstehen.«

Der Oberleutnant sagte: »Es bleibt noch die Möglichkeit, über die Dächer durchzubrechen, in Richtung Schönhauser

Allee. Die Barrikade dort scheint noch besetzt. Jedenfalls bietet die Allee mit den Hochbahnunterführungen eine bessere Deckung.«

»Und mit wie vielen Leuten hoffen Sie durchzukommen?« fragte der Panzeroffizier.

»Ich werde versuchen«, sagte der Unterscharführer, »mit meinen Jungen die Barrikade hier zu halten. So kann ich Ihnen etwas Feuerschutz geben. Sollten Sie durchkommen, müssen Sie Verbindung zu uns aufnehmen, über die Bahn, denke ich.«

»Ich bleibe hier«, sagte der Panzeroffizier mutlos. »Wahrscheinlich ist jetzt alles egal.«

Der Oberleutnant machte sich fertig für den Vorstoß. Er besaß noch elf Mann, denen er die Lage erklärte und was er vorhatte. Da löste sich aus einem Hauseingang in der Greifenhagener Straße, dem, in welchem er zuvor seinen Wagen abgestellt hatte, eine kleine Gestalt. Er begriff nicht sofort, aus welchem Grund sich ein Mensch offen auf der Straße bewegte, aber er verstand, daß der Betreffende niemals die Barrikade erreichen würde, und seine Reaktion war ganz mechanisch. Er feuerte auf die Kanone an der Plakatsäule, hörte oder fühlte mehr, als daß er es sah, wie die beiden anderen mit Maschinenpistolen Hauseingänge und Balkons abtasteten. Es nutzte nichts, dicht vor der Barrikade brach die Gestalt zusammen.

Er sah in ein Frauengesicht, welches ihm bekannt vorkam. Es verfiel rasch. Sie starb unter seinen Händen. Dennoch sagte er: »Was hat dich denn rausgejagt?« Ihr Gesicht hatte er im Keller der Festung gesehen.

Sie erwarteten einen Angriff, aber es gab nur den normalen Schußwechsel. Die Hauptkampflinie befand sich weit in ihrem Rücken. Schweres Geschützfeuer ging den ganzen Tag über ihre Stellung hinweg. Es regnete, die Sachen wurden durchnäßt. Der Oberleutnant wunderte sich, daß die Jungen alles ertrugen wie alte Frontsoldaten. Seit zwei Tagen fehlte ihnen Wasser, sie hatten nur Brot und etwas Büchsenfleisch, aber alle hatten Zigaretten und rauchten. Die Offiziere legten den Vorstoß auf die Zeit gegen zwanzig Uhr fest.

Sie warteten. Bei beginnender Dunkelheit und völliger Kampfruhe sagte der Panzeroffizier: »Na los, Oberleutnant, vielleicht sehen wir uns bald wieder.« Der Oberleutnant mit seiner Abteilung überstieg die Barrikade.

An der Häuserwand gingen sie ein paar Schritte vor. Sie wurden aber rasch entdeckt. Von dem Geschütz an der Plakatsäule schlug ihnen heftiges Maschinengewehrfeuer entgegen. Trotzdem gelangte der Oberleutnant mit ein paar Leuten bis zum Hauseingang an der Ecke. Sie warfen ein Bündel Handgranaten in den Eingang und stürmten in den Hof der Festung. Mann gegen Mann stand nun mit Maschinenpistole, Karabiner und Bajonett. Der Oberleutnant sah ein paar Leute aus dem Keller heraufkommen, als er quer über den Hof der Festung lief, um zum anderen Aufgang zu gelangen. Einen erkannte er als den Oberapotheker. Rose schoß mit einer großkalibrigen Pistole einen Rotarmisten nieder. Er lief die Treppe hinauf, gefolgt von dem Rest seiner Abteilung, hörte das Krachen der Handgranaten hundertfach verstärkt und kletterte über die Bodenluke aufs Dach. Hinter den Schornsteinen gingen sie in Deckung. Ringsum war der Himmel über der Stadt von Feuer rot gefärbt und von Rauch schwarz. Da ihnen niemand gefolgt war, ließ der Oberleutnant seinen Zug sammeln. Elf waren losgegangen, fünf angekommen.

Sie liefen über die Dächer weiter bis zum Bahnhof der S-Bahn Schönhauser Allee. Dort stiegen sie herunter. Hinter der großen Barrikade lagen etwa dreißig Mann, ein Major kommandierte sie. Er war nicht erfreut über den Zuwachs an Mannschaft und sagte: »Sie hätten bleiben sollen, wo Sie waren. Über die Böschung kommt niemand durch. Hinter der Sperre drüben liegen noch die Jungen, sagen Sie? Nichts zu machen.«

»Gibt es nördlich und nordöstlich von hier noch größere zusammenhängende Verbände, Herr Major?« fragte der Oberleutnant.

»Nein, kaum«, lautete die Antwort. »Wir warten auf einen Gegenstoß. Gestern kam eine Meldung. Im Zentrum liegen wohl noch stärkere Kräfte. Vielleicht gelingt der Ausbruch. – Wollen Sie einen Kaffee? Damit sich Ihr Ausflug über die Dächer wenigstens gelohnt hat. Und legen Sie sich hin, Mann, Sie sehen gefährlich grün im Gesicht aus.«

Die letzten Tage des Monats waren angebrochen. In der Festung rechneten die Belagerten nach, wieviel Tage sie schon Gefangene waren. Anders ließ sich ihr Verhältnis zum Krieg nicht bezeichnen. Am Morgen nach dem Kampf, als der Oberleutnant mit seiner Abteilung über die Dächer entkommen war, glich die Festung einem Schlachtfeld: in der Schleuse, auf Treppen, auf dem Hof und in den Wohnungen der unteren Etage lagen Tote und Sterbende.

Am Nachmittag des 27. April holte einer der Offiziere Herrn von Schramm. Er wurde in eine Wohnung gebracht. Dort stand ein Mann in feldgrauem Mantel ohne Rangabzeichen. Weiter befanden sich der Oberapotheker Rose im Zimmer und ein Fremder in Eisenbahneruniform. Als fünfter betrat gleich nach Schramm ein zweiter sowjetischer Offizier den Raum. Als sich der ältere Offizier an den Feldgrauen wendete, sagte der, der Schramm hergebracht hatte: »Dieser Mann spricht Russisch, Genosse Oberst.«

Das Verhör war kurz, es lag ja auch alles offen. Rose sah Schramm verständnislos an, als begreife er nicht, was hier vor sich ging. Ärgerlich sagte von Schramm: »Was dachten Sie denn? Wollten Sie auch über das Dach? Der Augenblick war schlecht gewählt, Herr Oberapotheker.«

Während von Schramm übersetzte, nickte der ältere Offizier nachdrücklich, erhob sich sogleich und verließ ohne weitere Erklärungen den Raum. Nach ihm brachte der jüngere Offizier die beiden Verurteilten auf den Hof. Der Eisenbahner erhielt einen Spaten, schachtete eine flache Grube aus, von zwei Meter Länge vielleicht und einem halben Meter Tiefe, und gab den Spaten an den Offizier zurück. Bevor die Todesschüsse fielen, kam es zu einem grotesken Zwischenfall. Grotesk im Hinblick auf die Situation. Alle Gesichter blieben unbewegt, als Rose die Hand hob und Heil Hitler rief.

Zuerst fiel der Oberapotheker Rose in die Grube, dann der Eisenbahner. Schramm griff unaufgefordert nach dem Spaten und schob etwas Erde über die Toten.

Der Feldgraue sagte: »Übrigens, Steger, Major, wenn Sie gestatten. Vom Nationalkomitee Freies Deutschland haben Sie gehört?«

Schramm nickte, grub weiter und erwiderte: »Gewiß, Herr Major. Wie lange, glauben Sie, kann das noch dauern? Die Leute im Keller, es sind Frauen, Kinder und ein paar Männer meiner Generation, sind völlig erschöpft. Vielleicht könnten Sie Ihren ehemaligen Landsleuten ein wenig helfen.«

»Ihre jetzige Lage haben sich die Leute selbst zuzuschreiben«, sagte der Major.

»Ich stimme Ihnen zu«, sagte Schramm, »nur hat das eine mit dem anderen nichts zu tun.«

Bevor der Major ging, sagte er noch: »Sie kannten den Toten, nicht wahr? Wer war er? Ein ganz einfacher Mann, oder? Es paßt schlecht zusammen, alles paßt schlecht zusammen.«

»Auch hierin muß ich Ihnen zustimmen. Partisanen werden erschossen. Ich verwende mich lediglich für Frauen, Kinder und Hilflose.«

Gegen Abend änderte sich etwas, vielleicht als Reaktion auf die Bitte Schramms. Jener ältere Offizier, der das Kurzverhör geleitet hatte, kam und ließ von Schramm übersetzen, das Haus hier und andere seien Inseln, faschistische Widerstandsnester. Man hätte den Straßenzug in Brand schießen können, aber die Kriegführung der Roten Armee sei human. Sie nehme Rücksicht auf die Leiden der deutschen Bevölkerung. Es sei zu erwarten, daß der letzte Widerstand im Zentrum um die Reichskanzlei in den nächsten Tagen oder Stunden zusammenbrechen werde.

Frauen und Kinder schluchzten, Hände hoben sich bittend, und als der Offizier von Schramm fragend ansah, hob dieser nur die Schultern. Der Offizier fuhr fort, die Übergriffe, die im Verlauf des Kampfes hier und da vielleicht vorgekommen seien, würden aufhören. Major Steger werde mit einigen anderen Deutschen vom Nationalkomitee sein Quartier im Haus errichten.

Endlich trat Stille ein. Noch blieben sie im Keller. Ausgenommen die Verwundeten. Man brachte sie in Krankenhäuser weiter im Norden der Festung, dort schon wieder der Stadt. Im Keller brannten die Reste der Kerzen. Einmal wurde Brot vom Bäcker geholt. Die Straße, die Promenade waren frei. Nur von der Barrikade am S-Bahnhof Schönhauser Allee wurde weitergeschossen. Mehrmals versuchten kleinere Kommandos die Sperre zu nehmen, vergeblich. An der Ecke Schönhauser, vor der Sperre, lagen Fahrzeuge kreuz und quer, zerschossen, ausgebrannt.

Das warme Wetter trieb die Knospen an der Kastanie im Hof der Festung heraus. Sie schwollen an zu glänzenden braunen Knoten; die Toten verwesten und verbreiteten Gestank.

Am Abend des 30. April fühlte sich Schramm krank. Nicht daß er seine Krankheit hätte bezeichnen können, ihm fehlte genaugenommen gar nichts. Es war nur eine ungeheure Müdigkeit in seinem Körper, kein Hunger, kein Durst quälte ihn, nur Müdigkeit spürte er. Er suchte seine paar Sachen zusammen, legte sie in den Koffer, den er seit dem Ausrottungskrieg aus der Luft immer bei sich gehabt hatte, und ging in seine Wohnung. Ein sowjetischer Soldat saß auf einem Stuhl in der Küche, schlug die Waffe auf den Greis an.

»Es ist gut, mein Sohn«, sagte Schramm ruhig und hob die Hände.

Der Soldat lachte verlegen und ließ die Waffe sinken. »Kommen Sie nur näher«, sagte er.

Schramm betrat sein Arbeitszimmer. Das Fenster stand offen, und ein Bild, das ihn in der Uniform eines Gardeoffiziers, Garde zu Fuß, hoch aus der Kaiserzeit zeigte, lag zertreten am Boden. Ihm lag wenig daran, aber um der Ordnung in diesem Zimmer nahm er es vom Boden auf, entfernte die Reste des Glases und legte das Bild in den Bücherschrank. Es war noch hell, er schob einen Sessel ans Fenster, blickte auf die Krone der Kastanie und dachte nach. Mit dem Ende des Kampfes um *die Festung – die Stadt* würde die Welt nicht wieder so hergestellt werden können. Wahrscheinlich würde es kein Deutschland mehr geben, wenigstens keins nach alten Vorstellungen: *Eine* Nation, *ein* Staat, *ein* Volk.

Dem Geheimfach seines Schreibsekretärs entnahm von Schramm eine kleine Flasche. Sie enthielt Weinbrand. Er goß etwas davon ins Glas, nahm ein Buch und wollte lesen, aber das Tageslicht reichte schon nicht mehr. Er legte sich auf das Sofa seines Zimmers, deckte sich mit einer Decke zu, streifte erst später die Schuhe ab und lauschte auf die kleinen Geräusche. Er begann sich wohler zu fühlen und fand schnell heraus, daß sein Unwohlsein einen einfachen Grund gehabt hatte: Überdruß. Er schlief ein.

Gegen Morgen weckte ihn Motorenlärm, nicht die Geräusche eines Motors, sondern die ganzer Kolonnen. Es war, als durchzögen alle diese Fahrzeuge sein Zimmer. In diesen Krach mischte sich intensiver Schlachtenlärm, die harten Feuerstöße aus den Maschinenwaffen, die Abschüsse aus Panzergeschützen und Panzerfäusten, und dann eine erschütternde Detonation ganz in seiner Nähe. Schramm konnte sich diesen Lärm nur mit einer Sinnestäuschung erklären. Er schlief weiter.

Der vom Nationalkomitee kam herein, beugte sich über ihn und schüttelte den Kopf. Erweckte den Greis: »Hören Sie, die Hölle ist los. Gehen Sie in den Keller. Man hat die Brücke gesprengt. Mann, gehen Sie in den Keller.«

Der letzte Tag *der Festung – der Stadt* war angebrochen. Aus der Tiefe der Schönhauser Allee kamen Fahrzeuge in dichter Kolonne herauf. Sie fuhren in Richtung Pankow, Panzer, Lastwagen, Kübelwagen, offene Wagen und Personenwagen, alles dicht besetzt mit Soldaten, die aus allen Waffen feuerten.

An der Sperre vor dem Bahnhof Schönhauser Allee befahl der Major, die Barrikade so weit wie möglich zu öffnen. Auch die Leute der Gruppe des Oberleutnants – einen Zug konnte man es nicht mehr nennen – griffen zu, räumten Steine und Sandsäcke weg. Der Major sagte: »Was ist mit Ihnen? Schließen Sie sich an, Oberleutnant? Oder gehen Sie Ihrer Wege? Ach, bitte, ich hätte nichts dagegen. Daß Hitler sich erschossen hat, wissen Sie wohl schon.«

Der Oberleutnant stand vor einem der wartenden Fahrzeuge. Die Wunde am Oberschenkel glühte, er wußte nicht, ob er fieberte oder einfach nur erschöpft war. Mit den anderen sprang er auf eines der anfahrenden Fahrzeuge, im Aufspringen vernahm er eine Detonation. Sich halb umwendend, sah er Eisenteile durch die Luft fliegen, und er verstand, daß die Jungen die Brücke auf der anderen Seite des Bahnhofes gesprengt hatten. Flüchtig dachte er, daß sie sich damit den Rückweg abschnitten, und empfand ein bißchen Mitleid mit ihnen, aber auch so etwas wie Verachtung. Ohne Zweifel hatten die Jungen nicht überblickt, was sie taten, dazu gehörte mehr Erfahrung. Er konzentrierte sich nun auf den letzten

Zusammenstoß. Vielleicht kam er durch, vielleicht nahm ihn der Feind gefangen. Viele Möglichkeiten blieben ja nicht mehr. Die Spitze des Konvois kam bis an die Bornholmer Straße, Ecke Schönhauser Allee. Sie durchbrach eine Stellung. Dann setzte das erwartete schwere Abwehrfeuer ein aus Werfern und Handgranaten. Ein junger Rotarmist sprang auf den vor dem Oberleutnant fahrenden Panzer, warf eine Handgranate in die offene Luke und sprang ab. Im Augenblick des Abspringens erwischte ihn der Oberleutnant noch. Der Junge fiel schräg vor den Panzer, der ein paar Meter weiterrollte, als seine Besatzung bereits durch die Handgranate erledigt war. In die stehenden Fahrzeuge hinein schoben sich die nachfolgenden Autos, Panzer und Laster. Wer noch abspringen konnte, tat es. Auch der Oberleutnant suchte Schutz hinter einem Stützpfeiler. Seine Verletzung behinderte ihn, und einen Moment lang überfiel ihn Angst; die Entdeckung, daß er Angst hatte, brachte ihn zu sich. Halb aufgestützt, kroch und robbte er weiter. Er erreichte den Stützpfeiler nicht mehr, sein Körper zuckte unter den Einschlägen der kleinen MPi-Projektile wie eine Puppe, die mit einer Handvoll Steinen beworfen wird. Es war der letzte Ausfall überhaupt. *Die Stadt – die Festung* war gefallen.

Als von Schramm durch den Hausflur auf die Straße kam, sah er einen Haufen Kinderleichen. Es mochten vielleicht sieben oder acht Jungen sein, die vor dem Eingang lagen, jenem, der dem Oberleutnant als Gefechtsstand gedient hatte. Schramm begriff, daß die Jungen, nachdem sie die Brücke gesprengt hatten, nur noch nach vorn gehen konnten. Sie mußten direkt ins MG-Feuer gelaufen sein. Ein Trupp Gefangener ging vorbei. Soldaten begannen Waffen *einzusammeln*. Am Rand des Gehsteigs lag eine Frauenleiche. Er erkannte sie, aber die Straßen waren so dicht mit Toten bedeckt, daß ihn ein Einzelschicksal nicht mehr berührte. Er ging weiter unter dem Regen, der wieder eingesetzt hatte.

Anmerkung: Als Beamtenblock wurde eigentlich ein Häuserquadrat bezeichnet, das von Wichertstraße, Greifenhagener Straße, der heutigen Rodenbergstraße, und der Scherenbergstraße umgrenzt ist, anders als hier angegeben. Die Häuser stehen noch.

Ein Zug Hitlerjungen sprengte eine der Brücken über den Teltow-Kanal im Ortsteil Baumschulenweg und wurde von den Insassen des Bunkers am Rande der Königsheide nicht eingelassen. Die Jungen fielen vor dem Bunkereingang nach einem kurzen Gefecht.

Zwischen dem 20. und 30. April waren die Straßen, wie angegeben, hart umkämpft. Auf dem Hof in der Wichertstraße 9 wurden zwischen dem 22. und 25. April zwei Eisenbahner als Partisanen standrechtlich erschossen und an derselben Stelle begraben. Im Juli wurden ihre Leichen exhumiert.

Um den 30. April erschienen Vertreter des Nationalkomitees Freies Deutschland in den Häusern und Kellern und gaben Aufklärung über die Lage in der Stadt. Nach einem letzten Ausbruchversuch über die Schönhauser Allee trat Kampfruhe ein. Vereinzelt gab es noch Werwölfe in dieser Gegend, bis in den Juli hinein. Die Aktionen blieben unbedeutend und fanden keine Sympathie bei der Bevölkerung.

Berlin, den 30. Januar 1984
Helmut H. Schulz

Die Rache

Von allen Begebenheiten, die ich hingenommen habe wie Naturerscheinungen, wollte mir eine nicht in den Kopf: Hätte die Welt nicht untergehen müssen, weil die Deutschen ihrer historischen Aufgabe nicht gerecht wurden?

In den Wochen vor dem Zusammenbruch hatte ich mich in die Vorstellung hineingelebt, unser Untergang müsse den Glanz eines Heldenepos' haben. Wenn schon kein Leben, so doch ein Ende ohne Beispiel, ähnlich dem der Nibelungen. Ich selbst sah mich die tödliche Kugel hinnehmen mit einem verächtlichen Blick auf den Schützen, der mich beseitigen würde, nicht weil er Spaß am Töten hatte, sondern weil er einem Gesetz, dem der Rasse, des Schicksals, des Blutes gehorchte.

Gekommen war alles anders. Nach einer kurzen Kanonade, die nicht mehr viel Schaden anrichtete, waren die Sieger eingezogen und glimpflich mit uns verfahren, wozu sie meiner Meinung nach kein Recht besaßen. Verachteten sie uns wegen unserer Schwäche und Feigheit? Um so schlimmer. Der Tag des Zusammenbruchs hatte für mich kein Datum. Ich lief weiter auf der düsteren Straße des Todes und vollzog täglich an mir selbst das stumpfsinnige Ritual des Selbstmordes, in Gestalt eines symbolischen Todes. Da ich nicht den Mut aufbrachte, meine historische Existenz zusammen mit meinem Körper auszulöschen, führte ich so etwas wie einen

Ersatzkrieg. In den Ruinen der Stadt jagte ich Ratten und genoß es, möglichst viele davon zu töten. Einen Menschen hatte ich noch nicht sterben sehen.

In den Pausen, wenn ich eine Zigarette rauchte, dachte ich darüber nach, welchen Sinn mein Leben noch haben könnte. Ich war jung, ratlos und unglaublich verzweifelt. In der Trümmerwelt um mich herum rumorte es, was mich in meinem Bedürfnis nach Meditation und Todesnähe störte. Ich liebte die Einsamkeit, weil ich mit allem, was geschehen war, nicht fertig werden konnte.

Der Krieg hatte mich am Tage der Einnahme unserer Stadt im April kaum noch berührt. Das Rumpeln einer Luftmine glich dem des von zwei Ziegenböcken gezogenen Wagen Asa Thors, der nach Asgard reist, um mitzuteilen, daß der Kampf mit den Riesen wieder einmal glücklich beendet worden sei.

Nun beginnt ein anderes Leben.

Über der Pfarrkirche wölbte sich ein ungeheurer Regenbogen, aber ER, der mich sogar im Dunkeln zu beaufsichtigen vermochte, hatte es nicht verhindern können, daß SEINE Kirche von einem Stück Phosphor gefressen wurde. Der Regenbogen, ein enormer Halbkranz aus Frühjahrsblumen, griff weit über das kleine Inferno hinaus.

Meine persönliche Beute aus dem Krieg waren die Pistole und eine Menge Patronen. Jeder Schuß, den ich auf die Ratten und auf das Schicksal abgab, in der Hoffnung, es einmal endgültig zu treffen, verursachte ein donnerndes Geräusch in den Ruinen. Dennoch waren die leisen Töne nicht zu überhören.

Als der Regenbogen über unserer Stadt aufzog – er kam zusammen mit den Russen –, war die Luft eisig und klar. Und wie oft bei mir, besaß das, was sich in meiner unmittelbaren Nähe abspielte, keinerlei Bedeutung gegenüber dem, was weit zurücklag. Auf dem Platz vor unserem Haus biwakierten Soldaten. Irgendwo schlug jemand eine Trommel, sie klang eintönig und blechern. Immer hatte N. eine Garnison besessen, es gab auch einen kleinen Tempel, um welchen der König, der mit den großen Augen – es wird ewig ungewiß bleiben, ob diese Augen wirklich groß waren und ob nicht die Devotion des Malers diese Überlieferung geschaffen hatte –, um den also Fridericus Rex eine Mauer ziehen ließ, weil er sich in ihrem Schutz mit einem jungen Mädchen zu treffen wünschte. Eben darüber wölbte sich jetzt der Regenbogen, aber die Entfernung von unserer Wohnung bis dorthin war wohl zu gering, als daß er wirklich im Tempelgarten enden konnte. Jedenfalls schuf ich mir einen Zusammenhang zwischen all diesen Figuren und Geschichten und den Ruinen.

Irgendwo mußte der Regenbogen aber doch enden; wahrscheinlich über dem Gymnasium mit seinen Zuchtmeistern und Pastoren; vielleicht endete er in jenem Zimmer, wo die Reptilien aufbewahrt wurden, oder er endete im Saal der Säuger mit ihren stumpfen Pelzen und den starren Glasaugen, den Wölfen, Luchsen und Füchsen. Und weiter stand unter dem Regenbogen die Apotheke. Dort gab es Pillen und Säfte und Lebenswasser, dort hatte einer gelebt, dem es die Stadt verdankte, daß sie überall genannt wurde. Das alles ließ sich unter den Regenbogen bringen. Ich hatte ihm meinen Revolver zu verdanken, weil ich ihm nachgelaufen war, um zu sehen, wo er aufhörte.

Noch brauchte ich nicht wieder zur Schule, und das war gut, denn ich mußte weiterleben, und es schien mir undenkbar, daß es auf die alte Art weitergehen sollte. Nur hätte ich nicht sagen können, auf welche neue Art fortan zu leben war. Die Welt, in der ich aufgewachsen war, entbehrte alles, was Leben hieß: Frieden, Freiheit, Gerechtigkeit. Und gerade dieser Güter wegen waren die Deutschen in ihren Schicksalskampf gezogen, gegen Weltbolschewismus, Judentum und Plutokratie, gegen jene, die der Menschheit feindlich gesinnt. Aber wie nun? Das Germanentum, die bessere Art zu leben, hatte sich nicht durchgesetzt. Nach allem, was ich wußte, hätten die Deutschen untergehen müssen, laut einem Gesetz des Rassenkampfes. Sie dachten nicht daran; wann also würde das Reich der Freiheit und Gerechtigkeit anbrechen? Ich hielt es für gut, daß ich die Pistole besaß, und ich war bereit, sie zu gebrauchen, um durchzusetzen, was für mich mit keinem Inhalt verbunden gewesen ist. Eine Einstellung zum Leben besaß ich nicht, wohl aber einen Begriff vom Tode. Hätte mich einer bei meinen Schießübungen erwischt, so wäre ich als Werwolf ausgeliefert worden. Auf Grund eines Mißverständnisses hätte man mich getötet. Mein Leben ging mich aber nichts an, es galt nicht viel. Mein Tod hätte das bißchen Leben überhaupt erst gerechtfertigt. Ich wäre aus dem Nichts in den nationalen Mythos aufgestiegen.

Was mich in den Ruinen nervös machte, war also nicht Angst; es waren die Geräusche, die meine Meditationen behinderten. Daher wollte ich der Sache auf den Grund gehen. Ich durchsuchte die Ruine einen Tag lang von oben bis unten und wollte das Suchen schon aufgeben, als ich wieder dieses Geräusch hörte – ganz in der Nähe. Unter einer Höhle aus herabgefallenen Steinen lag eine Katze. Sie schien gut genährt, offensichtlich lieferten die Ruinen genügend Nahrung.

Einen Herrn hatte sie sicher nicht. Ihr Hinterteil war von einer ekelhaften Räude befallen. Die Kreatur litt, wie Menschen leiden, aber sie benahm sich besser; fauchend krümmte sie sich zum Sprung, als ich ihre Bannmeile überschritt. Ich beschloß, sie zu fangen und wegen ihrer Tapferkeit zu heilen. Es mußte ein Pulver oder Wasser gegen Räude geben. Vielleicht wünschte ich auch nur, über dieses Tier zu herrschen. Jedenfalls fing ich die Katze und sperrte sie in eine Kiste.

In jenen Tagen machte ich die Bekanntschaft eines Mädchens, die meine Geliebte wurde, falls dieser Ausdruck das Verhältnis zwischen uns trifft. Kniri und Besser, den wir Pisser riefen, holten mich ab. Es muß kalt gewesen sein an diesem Tage, denn Kniri sagte: »Nimm einen Mantel mit.« Ich wollte keinen mitnehmen, weil die Sonne schien, obgleich der Tag, wie gesagt, kalt gewesen sein muß.

Kniri war der Sohn unseres Studienrates. Immer hatte er gewünscht, das Bildnis des Führers als Tätowierung auf der Brust zu tragen, aber keinem von uns war die Ausführung eines solchen Kunstwerkes gelungen. Im übrigen war Kniri ein jähzorniger Mensch, klug, rücksichtslos und ziemlich stark. Besser, der Sohn unseres Konditors, stand mir näher: ich verachtete ihn. Er vermittelte zwischen uns, wenn Kniri und ich aneinandergerieten, was eigentlich immer der Fall war, wenn wir uns trafen.

»Wo gehen wir hin?« fragte ich unterwegs; mir schien, als hätten die beiden ein Ziel.

Eine Antwort erhielt ich nicht, aber Kniri lachte merkwürdig, und Besser schüttelte den Kopf, als verstünde er nicht, was sich anbahnte oder was vielleicht schon geschehen war.

Wir kamen in die Laubengegend nördlich unserer Stadt. Hier hatten wir früher manchmal geraucht und Schnaps getrunken oder uns bloß zurückgezogen. Jetzt wohnten Flüchtlingsfamilien in der Kolonie. Sie waren über die Stadt gekommen wie eine biblische Plage. Wir, die Bürger der Stadt, taten, was wir konnten, um die Gefährten unseres Schicksals aus unserer Gemeinschaft auszuschließen. Verarmt und verkommen, schienen sie einer anderen Menschenrasse anzugehören. Der Winter würde sie wegraffen, das stand für jeden fest. Ihr Tod würde keinerlei Bedeutung haben, nicht einmal für sie selbst. Schlimmer als ihr Leben konnte ihr Tod nicht sein.

Kniri, Besser und ich traten in eine der kleinen Hütten. Hier wohnten mehrere Menschen, ein älterer, einäugiger Mann mit seiner Frau und einem jungen Mädchen. Zwei kleine Kinder lagen apathisch auf einem alten roten Sofa. Es roch muffig; Elend schien sich auszubreiten wie die Pest. Ich mußte an meine Katze denken, die ich gefangenhielt, fütterte und mit einem Pulver behandelte, aber die Räude wollte nicht verschwinden. Trotzdem ging es der Katze besser als denen hier. Am liebsten wäre ich gegangen.

Da sah ich auf ihren Stirnen kleine runde Löcher – die Spuren der Schußkanäle aus meiner Pistole, das war natürlich Unsinn, aber es lag nahe, sie von dieser elenden Welt zu befreien oder uns von diesen Menschen zu erlösen.

Kniri gab dem Einauge ein eingewickeltes Paket. Der Mann wuchtete sich hoch, nun sah ich, daß er ein Holzbein hatte.

»Da ist der Tabak«, sagte Kniri, »wie verabredet.«

Das Einauge nickte, als die ältere der beiden Frauen sagte: »Bring Brot oder sonstwas zum Essen. Irgendwas zum Essen, ganz gleich, was.«

Während der Mann hinausstelzte, versuchte ich dahinterzukommen, was hier vorging. Die Frau hielt sich mit einer Hand an der Türzarge fest; die Augen hatten einen so abwesenden, gleichgültigen Ausdruck, daß ich mich vor diesem Wesen zu fürchten begann. Fremder, unverständlicher war mir zuvor nie ein Mensch vorgekommen. Am eigenen Leib hatte ich damals weder Hunger noch einen anderen Mangel erfahren, und so begriff ich nichts. Ein Rudel heruntergekommener Tiere, mehr sah ich in dieser Gruppe nicht. Ohne die eine Hand von der Zarge zu lösen, knöpfte sie mit der anderen ihre Bluse auf und zeigte mit einer Kopfbewegung zum Bett, auf ein paar fleckige Matratzen und ein paar zerrissene Decken.

Viel kannte ich schon, was meiner Jugend abträglich, aber immer waren die Mädchen noch zur Reue, zur Bitterkeit, zu Tränen fähig gewesen, alles Dinge, die ich bereits gut verstand. Manchmal war ihre Preisgabe auch von einer naiven Sehnsucht nach Glück bestimmt, der ich leicht zustimmen konnte. Nie aber war die Liebe auf den unverhüllten Kauf begründet worden. So zeigten sich Untermenschen. Germanentum war solche Gefühlsleere fremd.

Haß stieg mir in die Kehle, von dem ich fürchtete, ihn nie mehr loszuwerden. Die Frau und das Mädchen taten mir nicht leid, mir tat überhaupt nichts leid, auch nicht, daß ich mitgegangen war. Ich haßte nur dieses Elend. Wenn es möglich war, daß ein Mann sich selbst und die preisgab, die er lieben sollte, für die er mit seinem Leben einzustehen hatte, so galten Krieg und Frieden wenig. Dann stand die Welt auf dem Kopf.

»Komm raus, Pisser«, ich wollte jetzt nicht allein sein, sondern den dicken bequemen Jungen bei mir haben. Aber Besser schüttelte den Kopf und lachte auf dieselbe blödsinnige Art wie vorhin.

»Erst ich, dann ihr«, befahl Kniri. »Wir haben zwei Stunden.«

Jetzt fiel mir ein, daß noch das Mädchen im Raum war.

Es wurde anscheinend nicht verkauft, seiner Jugend wegen, vielleicht auch aus anderen Gründen. Ihre Blicke liefen hin und her zwischen uns, abschätzend oder neugierig.

Besser trat auf sie zu und sagte: »Na, Petra? Was machen wir unterdessen?«

Ich stieß ihn weg. Er ließ es sich gefallen, sagte jedoch ärgerlich, niemand habe hier besondere Rechte. Niemand!

Nach diesen Worten hielt ich es nicht mehr aus, mit ihm in einem Raum zu sein. Ich ging nach draußen. Petra kam mir nach, und wir standen vor dem Fenster in Nähe des Bettes. Deshalb zog ich Petra weiter in den Garten. Sie folgte mir willig, und plötzlich dachte ich daran, sie zu meiner Freundin zu machen, eine, die ich schützen konnte vor Kniri und Besser, eine, die tat, was ich wollte, die mir willenlos gehorchte und mich als Herrn anerkannte.

Sie war hübsch, das sah ich, obwohl ihr Gesicht blaß und grau aussah. Ihre Zähne fielen mir ihres Farbtones wegen auf: weiß waren sie wie schönes Porzellan. Im übrigen bestand ihr Gesicht fast nur aus Augen von einem unnatürlichen Glanz. Als ich ihre Hände berührte, spürte ich, daß sie eiskalt waren.

»Verkaufen sie dich auch?« fragte ich. »Das solltest du nicht zulassen.«

»Ich arbeite in Bessers Konditorei«, erwiderte sie, »aber ich bekomme nicht viel dafür. Du hast wohl nie gehungert?«
»Ich werde dir helfen«, sagte ich mit Nachdruck.
Verwundert sah mich Petra an.
»Du wirst von mir hören«, sagte ich. »Geh jetzt nicht rein.«

Meine Mutter machte keine Schwierigkeiten, als ich Petra bei uns einquartierte. Mein Vater lebte nicht mehr, oder er war in Gefangenschaft, und ich beherrschte meine Mutter. Für sie war ich ein Mann, und deshalb antwortete sie nur: »Tu, was du willst, aber was du vorhast, wird nicht gut für dich ausgehen. Diese Frauen aus der Siedlung sind alle schlecht.«

Draußen hielten sie eine regelrechte Beratung über Petra ab. Das Einauge, dessen Frau, die er an alle verkaufte, Besser und Kniri nahmen außer mir daran teil. Von meiner Geliebten hatte ich nicht mehr als einen Händedruck erhalten, bis jetzt. Sie saß dabei und schwieg; etwas an Petra gefiel mir nicht. In ihren großen Augen bewegten sich Lichter; ihr Mund zuckte, als müßte sie ein Lachen verbeißen.

Zu meinem Vorschlag, Petra bei uns aufzunehmen, erklärte das Einauge. »Einen eigenen Puff wollen Sie. Das kostet aber eine Kleinigkeit. Ich habe unten in Schlesien einen Hof.«

Mit einer Handbewegung fertigte ihn seine Frau ab. »Wir wären schon zehnmal verhungert mit deinem Hof da unten in Schlesien.« Sie wendete sich an mich: »An der Wiege ist uns das hier nicht gesungen.« Und plötzlich fragte sie rauh: »Wieviel? Ich meine, für meine Schwester!«

Kniri sagte gelassen: »Petra kommt in ein anständiges Haus, meine Herrschaften. Mein Freund hier will ihr was bieten. Da fragt man nicht wieviel.«

»Sie ist noch nicht volljährig«, sagte das Einauge.

Ich erklärte ihnen, daß ich vorhatte, Petra zu retten. Meine Mutter würde sie wie eine Tochter behandeln, ich selbst wollte auf sie achten wie auf eine jüngere Schwester. Nichts sollte ihr geschehen. Das Einauge lachte Tränen zu meinem Vortrag, aber die Frau zeigte einen Funken Interesse.

»Ist das hier ein Leben?« fragte ich sie.

»Gut gebrüllt«, erwiderte sie zynisch, »aber bist du dir klar darüber, was Leben ist? Wie leicht man kaputtgeht? Von allen Schuften, die ich kenne, sind mir die Heuchler am widerwärtigsten.«

»Der ist bloß dumm«, meinte ihr Mann, der Zuhälter, »ein Träumer, ein Nazi, ein wirklicher, ein überzeugter Nazi. Und das fünf nach zwölf.«

Er stimmte seine Leier etwas herab, als ich ihm die Pistole zeigte und drohte, ihn umzulegen, wenn er weiter in der Sprache unserer Feinde reden würde.

Die Frau sagte: »Eigentlich ist es egal. Petra ist krank. Also was liegt daran? Gebt Brot oder sonstwas. Hol euch der Teufel. Nehmt sie mit.«

So überwanden wir die Habgier der Schwester und die Heuchelei ihres Zuhälters. Am Abend holte ich meine Beute ab und stellte Petra meiner Mutter vor. Besser zahlte den Kaufpreis. Petra kostete zehn Brote.

Später, am selben Abend oder einige Tage nach dem Einzug Petras bei uns, kamen Kniri und Besser. Besser rauchte und hustete, Kniri kaute auf einem Streichholz herum.

»Wie wollen wir es denn nun halten, Kamerad«, sagte Kniri langsam, und ich wußte, daß wir Streit bekommen würden.

»Sollen wir hierher kommen, oder schickst du uns deine Schneppe in die Laube?«

»Schließlich haben wir dich überhaupt erst mit rausgenommen«, sagte Besser. »Ohne uns wüßtest du nicht mal was von deiner Petra. Also, wie wollen wir es denn nun halten.«

In meinem Kopf gerieten eine Menge Bilder durcheinander, ich sah die ältere Schwester Petras da draußen an ihrer Bluse nesteln, sah das Einauge hinaushumpeln, um Brot gehen, sah den verdammten Regenbogen. Ich wünschte mehr denn je, mit diesem minderwertigen Volk der Deutschen untergegangen zu sein.

»Mach dir mal nichts vor«, sagte Kniri, »sie ist nicht besser als alle anderen Weiber draußen in der Siedlung. Und was sollen sie hier anderes machen? Arbeit gibt es keine, und wenn, damit wäre ihnen nicht geholfen.«

»So ist es«, sagte Besser. »Wir sind doch immer Freunde gewesen. Na, Kamerad?«

Bessers dickes knolliges Gesicht wirkte auf mich wie eine Herausforderung. Es kostete mich eine ungeheure Mühe, nicht hineinzuschlagen oder Besser einfach umzulegen, weil er mir im Wege war. Ich besaß keine Vorstellung davon, wie ich mich zu benehmen hatte. Es stimmte, ich verdankte ihnen Petra. Das Brot, Petras Kaufpreis, stammte aus Bessers Konditorei; aber wieviel Rechte mußte ich ihnen einräumen? Ich entschied: keine.

Im Gehen sagte Kniri: »Ich komme darauf zurück, wenn du ein bißchen klüger geworden bist.«

Bis zum Herbst geschah nicht viel, zumindest äußerlich. Petra ging in die Konditorei zur Arbeit. Dort traf sie Besser, aber sie redete stets abfällig über ihn. Bei uns aß sie mit am Tisch, der ganz gut gedeckt war, weil Verwandte meiner Mutter eine Landwirtschaft besaßen. Meine Mutter hatte Mitleid mit meiner Geliebten; sie gab ihr Kleider und Röcke. Gemeinsam änderten sie die Sachen, bis Petra einigermaßen gekleidet ging.

Einmal zeigte ich ihr meine Katze, deren Fell sich nicht erneuerte, soviel ich auch Pulver darauf streute. Allerdings war die Katze auch nicht zutraulicher geworden während dieser Wochen. Aus der Kiste wollte ich sie erst entlassen, wenn sie geheilt war.

»Machst du das mit allen so?« fragte meine Geliebte.

»Wie meinst du das?«

»Daß du Katzen fängst, sie dick fütterst und gesund machst?«

»Du bist doch keine Katze, und ich halte dich nicht gefangen.« Ich überlegte. Dann sagte ich :»Petra, ich liebe dich. Später werden wir einmal heiraten und zusammen leben. Bis dahin müssen wir warten.« Ich konnte mir nichts anderes vorstellen als bürgerliche Ordnung in solchen Dingen.

»Aha«, sagte meine Geliebte spöttisch, »und was mach ich, wenn es soweit ist?«

Was eine Frau eigentlich macht, außer für ihren Mann dazusein, das wußte ich nicht. Es kümmerte mich auch nicht.

Petras Hände waren immer kalt, ihre Lippen blau; sie aß wenig, weniger als wir ihr gaben, aber sie rauchte viel.

Mit Petra ging es mir wie mit der Katze. Ich tat, was ich konnte, kam ihr aber nicht näher. Petra entzog sich jedem ernsthaften Gespräch mit mir, aber sie widersprach auch selten. Wie es schien, war ich ihr gleichgültig, obwohl sie mir gehorchte. Ein Fuchs an der Kette nutzte mir nichts. Manchmal redete ich mir ein, ihre Zurückhaltung komme aus ihrem rassischen Erbteil. Dann wieder sagte ich mir, daß sie kalt war und sich wahrscheinlich für Besser und auch für Kniri hinlegte. Und es gab sogar Stunden, in denen sie mir todkrank vorkam. Ich meine, körperlich krank, aber meine Jugend konnte sich eine tödliche Krankheit gar nicht vorstellen, und so nahm ich meine Beobachtungen nicht wichtig.

»Sag deinen Freunden, sie sollen mich in Ruhe lassen«, sagte sie.

»Pisser?«

»Der auch, aber vor allem der Finstere, Kniri.«

Ich hatte geahnt, daß meine Freunde etwas gegen meine Pläne unternehmen würden. Ich freute mich, daß Petra mich um Hilfe bat.

Auf der Hauptstraße, an der Apotheke vorbei, dem Bahnhof und dem berühmten Tor, gingen wir nach Hause. Wir hielten uns bei den Händen, und ich war ziemlich froh, solch eine Geliebte zu besitzen. Es traf sich, daß Besser aus der Konditorei kam. Ich machte ihm klar, was ihn erwartete, wenn er Petra nicht in Ruhe lassen würde. Er nickte gleichgültig. Sein blödes Grinsen fand ich diesmal nicht auf seinem Gesicht. Trotzdem wiederholte ich mit Nachdruck: »Hör mal, du Fettsau ...« Aber es war nicht nötig, mehr zu sagen, weil er sich eilig verdrückte. Ein Held war er nie gewesen, aber ein gieriger kleiner Köter, der kläffte und biß. Ich hatte ihn früher oft verprügelt. Meine Geliebte drückte mir die Hand.

Kniri lächelte nur eigentümlich, als ich von ihm verlangte, er solle sich von meiner Geliebten fernhalten.

»Du bist der größte Idiot, der mir je über den Weg gelaufen ist«, sagte er ernst. »Wer liest denn eine Hure auf? Hast du was von der nordischen Frau bei diesen Weibern gemerkt? Stolz, Rasse? Ich glaube, du solltest zur Kenntnis nehmen, was wirklich ist. Die Niederlage. Aus. Schluß. Nimm, was sich bietet.«

»Das werde ich alles ändern«, sagte ich.

»Ändern, du?« Der Ton seiner Stimme war verächtlich.

»Denke, was du willst, Kniri.«

»Es ist ganz gut, daß wir darauf kommen«, sagte er, »du gefällst mir schon lange nicht mehr. Hast du wirklich noch nicht festgestellt, daß du einer Wahnvorstellung erlegen bist? Wir beide wären einfach verheizt worden, wenn der Krieg auch nur eine Stunde länger gedauert hätte.«

Darauf sagte ich, an uns sei nichts gelegen. In diesem Rassenkampf habe sich eben zeitweilig der Untermensch durchgesetzt, denn noch würden die alten Rassengesetze weiter gelten. Das Ziel sei nur aufgeschoben.

»Es gibt nur diese wirkliche Welt mit ihrem Hunger und ihrer Sehnsucht nach Frieden. Wir alle werden von den gleichen Wünschen beherrscht. Das habe ich endlich begriffen. Du verrennst dich.«

Ich ließ ihn stehen.

Was er von mir dachte, war mir gleich.

Wir trennten uns auf der Straße ohne Handschlag.

Es hätte wohl anderer Erfahrungen bedurft, als ich sie besaß und besitzen konnte, um zu durchschauen, was um mich herum vorging. Meine Bemühungen, die heillos zerbrochene Welt ganz allein wieder zu flicken, mögen etwas Komisches gehabt haben. Gewiß hätte ich meine Geliebte besitzen können, hätte ich gewollt, aber es widerstrebte mir, den Zerstörungen um mich herum noch eine hinzuzufügen. Was Kniri und Besser taten, war deren Sache. Ich verachtete sie sogar wegen ihrer Dummheit, sich die Zukunft in eine moralischere Welt zu verbauen für das, was ihnen eine schmutzige Vettel bot. Nicht, daß ich damals imstande gewesen wäre, so zu denken. Dabei empfand ich eine heftige körperliche Sehnsucht nach Petra.

Es war eine Septembernacht, als ich zu ihr ging. Sie war nicht mein erstes Mädchen, aber sie war meine erste Geliebte. Ich rechnete die Wärme ihrer Haut, das Nachgeben ihrer Lippen und die Feuchtigkeit ihres Geschlechts ihrer Liebe für mich zu; *ich war ihr einziger, unersetzbarer, unsterblicher Geliebter geworden.*

Früh sagte ich meiner Mutter, was vorgefallen war.

Meine Mutter meinte: »Ich hätte dich daran nicht hindern können. Denk jetzt nicht weiter darüber nach. Die Wahrheit kann man nicht immer ertragen.«

Wahrheit? Meine Empfindungen ließen sich nicht anders ausdrücken: Ab jetzt gehörte zu meinen Wahrheiten, daß ich Petra liebte. Mit ihr besaß ich die Wahrheit des Lebens, so glaubte ich jedenfalls.

Da sagte meine Mutter mit Nachdruck: »Ich weiß nicht, was ich dir raten soll, mein Sohn. Die Frauen sind anders, als du jetzt glaubst, zumal diese Frauen.«

»Gut und böse gilt für alle, Mutter.«

»Petra ist jenseits von gut und böse, glaube ich«, erwiderte meine Mutter, »und ich fürchte, du begreifst nicht, was um dich herum geschieht.«

»Ich werde Ingenieur«, sagte ich, »dann will ich sie heiraten, sie soll werden wie du.«

Meine Mutter lächelte und schüttelte den Kopf.
Mehr redeten wir über die Angelegenheit nicht.

Dann wurde die Schule wiedereröffnet, unser altes Gymnasium, für das sich der Begriff Oberrealschule bei meinen Eltern nie eingebürgert hatte. Sie nahm uns wieder auf, die alte Penne mit dem unverkennbaren Geruch, es waren die alten Bänke mit den Inschriften vergangener Generationen. *Cäsar equus consilium* und ähnliche Albernheiten zierten die Tischplatten, mit Taschenmessern hingeschnitzelt oder mit Tinte geschrieben.

Es war aber schon wieder ein Stückchen Zeit abgelaufen, meine, unsere Zeit, und es ging eben doch wieder alles im alten Trott. Kniri mied mich und ich ihn. Besser drehte mir den Rücken zu, wenn ich vorbeiging. Abends las ich, paukte unregelmäßige Verben, forschte nach der Quadratur des Kreises – was es geben sollte, aber offensichtlich nicht gab – und zeichnete geografische Karten ab, alles im Hinblick auf eine blasse Zukunft.

Meine Katze kam allmählich wieder auf die Beine. Wo ihr das Fell ausgegangen war, blieb die Haut blank und kahl, aber neue Stellen wurden nicht befallen, und ich erwog, sie entweder freizulassen oder sie ganz zu behalten, das Verbot meiner Mutter, die Katzen nicht leiden konnte, umgehend.

Rechne ich zurück, wieviel Tage Petra und mir zugemessen wurden, so dürften es nicht mehr als zwanzig gewesen sein.

An einem Abend fuhren meine Mutter und ich hinaus aufs Land. Petra war allein geblieben.

Wir kamen früher zurück als geplant, und als wir durch die Hauptstraße liefen, vorbei an der Konditorei, hatte ich eine Eingebung. Meine Mutter ging allein weiter, während ich hinunter in den Keller stieg. Ich fand die Schwestern, Kniri, Besser, dessen Vater, meine Geliebte auf seinem Schoß.

Sie kam mir nach, als ich die Kellertreppe wieder hinaufstieg. Unter ihren Augen waren blaue Ringe, und ich dachte, daß ihre Hände auch jetzt kalt waren, kalt wie immer, kalt wie ihr Herz. Wie war es nur möglich, daß ihre Lippen heiß wurden unter meinem Kuß und, wie ich begriff, auch unter den Küssen anderer.

»Sag was«, bat sie.

»Nein«, sagte ich, »ich habe es gewußt, aber nicht geglaubt. Ich habe einfach nicht glauben können, daß du es tust.«

»Ich weiß, ich bin undankbar.«

Mich bestürzte, daß sie überhaupt nicht verstand, um wieviel es mir ging.

Aus den Trümmern meiner zerbrochenen Welt hatte ich nicht viel retten können, aber meine künftige Existenz hing davon ab, wieviel Sinn ich meinem Leben geben konnte. Kniri und sogar Besser standen schon am anderen Ufer; denn natürlich war es sinnlos, mit einer Pistole auf Ratten zu schießen. In Petra sah ich eine Gefährtin meines Generationsschicksals. Mir schien, es gehe ihr nicht anders als mir. Obwohl sie nie über sich sprach und überhaupt wenig redete, strahlte ihr Körper für mich alles das aus, was ich als Brücke ins Leben suchte. Ich begriff nicht, was Petra von einem zum anderen trieb, und empfand ihr Handeln als Verrat. Und wie ich ihre Seele nicht verstand, so war mir auch der Zustand ihres Körpers verborgen geblieben.

»Willst du wieder reingehen?«

»Soll ich mitkommen, oder soll ich reingehen?«

Ich brachte es nicht über mich, sie aufzufordern, mitzukommen, weil ich vielleicht noch eine Hoffnung hätte. Es war keine da; nur was ich tun würde, wußte ich nicht.

Sie lehnte sich an die Mauer, totenblaß im Gesicht.

»Ist dir schlecht?«

»Nein«, sagte sie, »es geht schon wieder.«

Verwundert bemerkte ich, wie sie nach Luft rang, maß meiner Beobachtung aber keinerlei Bedeutung bei.

Ehe sie ging, legte sie mir mit einer schnellen Bewegung beide Arme um den Hals und küßte mich auf die Wange, so als wollte sie Abschied nehmen.

In der folgenden Nacht hielt ich mich in den Ruinen auf und suchte mit mir ins reine zu kommen. Ich war nicht verzweifelt, nur wollte ich endlich Klarheit gewinnen, was dies alles nutzen sollte. Gut, ich hatte ein Mädchen besessen, oder ich hatte geglaubt, eine zu besitzen, die ich meine Geliebte nannte, hatte sie besessen wie alles andere, nämlich den Schein, das dürftige Trugbild des Lebens. Alles entzog sich mir, oder es hielt seinen Sinn vor mir verborgen. Selbst Könige umbauten, was sie liebten, mit Mauern und konnten es nicht halten. Dauerhaft besaß man nur, was durch Zerstörung gewonnen wurde. Was hatte es meinem Vater genutzt, sich bis zum Direktor einer Versicherungsanstalt emporzuarbeiten, wenn er mit vierzig Jahren fallen mußte? Warum hatten sich Baumeister und Maurer bemüht, eine Stadt aufzurichten, wenn ihr Werk dem Todeshauch der Luftminen nur Sekunden standzuhalten vermochte? Und die geistigen, die sittlichen Werte? Ein Blaubart und ein Märchenkönig – aber was nutzten sie schon, die alten Märchenanfänge und die alten Geschichten –, die wußten, was sie taten, als sie sich den Umarmungen einmal überließen, töteten, was sie geliebt hatten, und lebenslang trauerten. Das Leben und das Sterben gingen ohne Unterbrechung weiter.

Gegen Morgen ließ ich die Katze frei. Sie sprang mit einem Satz von mir fort, und eine elende, kalte Wut ergriff mich. Ich würde Rache nehmen, an der Katze, an meiner Geliebten und an meinen verräterischen Freunden.

Der Schattenriß des Tieres zeichnete sich hoch oben gegen den hellen Nachthimmel ab, als ich feuerte. Der Schuß hallte durch die Ruine.

Ich hatte getroffen, aber nicht gut genug. Entgegen meiner Erwartung klammerte sich die Katze da oben mit den Pfoten fest, ein dunkler Haufen, der zur einen Hälfte lebte, zur anderen gestorben war. Dazu ließ die Katze ein klagendes Schreien hören, das mich traf wie Peitschenhiebe. In langsamen, qualvollen Bewegungen kroch der dunkle Haufen oben weiter; ich feuerte vergeblich darauf, um ein Ende zu machen. Die Katze besaß keine Würde und keinen Stolz, sie wollte um jeden Preis leben. Es war ihr Schreien, das mich über die Grenze vom Leben zum Sterben belehrte.

Neugierig war ich, wie sich Kniri benehmen würde, wenn ihn die Kugel traf. Von Besser erwartete ich keine gute Haltung, und was meine Geliebte betraf, war mir ungewiß. Mir fiel ein, daß Sterbende die Wahrheit sagen sollten, was ich auch begreiflich fand, weil sie ohnehin aus der Welt gingen und nichts mehr zu befürchten hatten.

Plötzlich fiel die Katze herab. Sie verschwand in einem der Ruinenschlünde. Ich stieg ihr nach, suchte, fand aber nichts. Nur ihren klagenden Laut hörte ich weiter.

Von der Ruine weg ging ich zur Schule, bereit, weiter abzurechnen. Kniri und Besser waren nicht mehr wert als die räudige Katze. Ich würde sie beide und zum Schluß meine Geliebte töten.

Was mich abhielt, sofort auf Kniri zu schießen, war sein Gesicht. Ich hatte es noch nie so gesehen, und als er nach meinem Arm griff, bemerkte ich, daß er zitterte.

Ich dirigierte ihn an der Penne vorbei, meine Hand umklammerte die Pistole in der Tasche, während ich überlegte, an welcher Stelle ich Kniri töten würde. Am Graben mußte es geschehen, und die Kugel sollte das Herz treffen. Als wir hinter dem berühmten Tor angelangt waren, blieb Kniri stehen und sagte: »Ich weiß, was du vorhast.«

Woher wußte er, was ich tun würde? Mich beschäftigte diese Frage sehr, denn von der Antwort darauf hing viel ab.

»Ich werde dich hinter dem Graben erschießen«, sagte ich. »Ich werde auch Pisser erschießen«, ich vermied den Ausdruck *umlegen*, auch den *an die Wand stellen,* und was wir noch alles an Begriffen für den Vorgang des Tötens gelernt hatten. Sie schienen mir nicht passend zu sein für meine gerechtfertigte Rache.

»Das wirst du nicht tun«, sagte Kniri. »Petra ist tot.«

Der Satz erreichte mich nicht, und Kniri ließ mir auch keine Zeit zum Nachdenken.

»Als sie herunterkam, weinte sie ein bißchen. Wir tranken weiter und wurden erst auf ihren Zustand aufmerksam, als es zu spät war.«

Was für einen Zustand er meine, fragte ich ahnungslos.

Kniri zuckte die Schultern. »Ich habe sie ins Krankenhaus gebracht. Unterwegs blieb sie dauernd stehen. Wir brauchten fast zwei Stunden, dann ...«, er schüttelte sich. »Ich werde das nicht vergessen, sie war am Ersticken, es war spät, ich allein, ich konnte sie doch nicht liegenlassen, wo sie lag.«

»Für mich ist der Fall Petra so oder so erledigt gewesen.«

»Du weißt nicht, was du redest. Was hast du in der Ruine gemacht? Ich habe dich beobachtet. Hast du Idiot wirklich geglaubt, sie hat es mit uns allen getrieben? Und wenn, warst du besser als ich oder Pisser?«

Er schwieg wie erschöpft, und ich entdeckte, daß er tiefer berührt war als ich. Leben war eine sehr schwierige Sache, kaum durchschaubar die menschlichen Handlungen, und sie waren vielleicht nicht mit einem Pistolenschuß zu lösen.

Dabei ging mir auf, daß ich wie Kniri und Besser meinen Teil Schuld an Petras Tod hatte, und ich verstand auch, daß Menschen immer schuldig werden müssen, es sei denn, sie hören auf zu leben.

»Schmeiß das Ding weg«, sagte Kniri, »es hat wirklich keinen Zweck mehr.«

»Komm jetzt«, sagte ich.

Wir gingen bis zum Graben, dorthin, wo ich Kniri hatte töten wollen; ich zeigte ihm die Stelle, und er lächelte.

»Irgendwann müssen wir die Vorstellung loswerden, der Tod sei etwas Schönes, Reines, Befreiendes.«

Ich wunderte mich über Kniri, so ähnlich redeten Dichter, und in Deutschland war der Tod immer wie der große Heilige verehrt worden.

Der Graben war nicht tief, aber schlammig. Die Pistole versank sofort, und es war auch unmöglich, sie wiederzufinden, falls einer von uns sie brauchen würde.

Auf dem Rückweg trafen wir Besser. Ich wagte es nicht, die Frage zu stellen, die mir auf der Zunge lag: Woran Petra gestorben sei; vielleicht nicht so sehr, um den Anteil unserer Schuld zu ermitteln, als um überhaupt zu wissen, was in der Nacht geschehen war.

Schließlich redete Besser ungefragt.

»Sie war erschöpft, wer hätte denn gedacht, daß sie ...«

»Also, nun rede schon«, sagte Kniri, »und komm nicht mit allgemeinem Quatsch.«

»Herzversagen, ein Klappenfehler, aber was sagt das schon?«

Was hatten wir von ihrem Leben gewußt? Daß sie in der Konditorei arbeiten mußte, von uns allen gebraucht – und vielleicht noch von einigen anderen, die wir nicht kannten? War es das Schicksal der Umsiedler in unserer Stadt mit ihrer Ehrbarkeit, dem Gymnasium, der Apotheke, die berühmt war, und dem Tor, welches noch berühmter war, dem Tempelgarten und was noch alles? Es spielte wohl keine Rolle, Petra war tot.

Aber ich wußte, daß wir doch nicht wieder so leben würden wie zuvor.

Vor dem Frieden

Da habe ich mir oft vorgestellt: Ich treffe Zimmermann. Er kommt auf mich zu, gibt mir die Hand und sagt ein paar Worte. Wir stehen uns gegenüber. Uns bleibt nichts anderes, als Freude über das Zusammentreffen zu heucheln. Wir sind Ingenieure, Kaufleute, tragen gutes Tuch und fangen an, uns um unseren Kreislauf zu sorgen.

Zimmermann, habe ich mir gedacht, lebt in einem anderen Land, einem, in welchem zu leben, zu überleben als die höchste Form des Lebens, als eine Kunst gilt. Er hatte etwas an sich, das mich zu dieser Annahme berechtigte. Zimmermann fährt einen Wagen, einen mit den Markenzeichen der Privilegierten. Seine Kinder sind erwachsen, seine Frau nicht mehr ganz auf der Höhe. Zimmermann könnte der Geschäftsführer einer Versicherung sein oder Personalleiter in einer Fabrik; ebensogut könnte er natürlich auch Sekretär, Funktionär, Kaderleiter oder dergleichen sein. Wenn ich also meine, Zimmermann müßte in einem anderen Land leben, so ist damit kein bestimmter geographischer Ort bezeichnet. Jedenfalls wäre es mir unmöglich, Zimmermann versagen zu lassen.

Und dieser Mann legt mir die Hand auf die Schulter, so daß ich mich erschrocken umblicke: Zimmermann, du bist das? Zimmermann nickt, hebt die Hände, als bedaure er es, mich so lange nicht gesehen zu haben. Vielleicht ist es ihm auch peinlich, mich wiederzusehen, obgleich Verlegenheit nicht zu ihm paßt. Viel eher müßte es mir peinlich sein, Zimmermann durch meine Existenz zu belästigen, der ich keinen Wagen fahre, in keiner Versicherung Geschäftsführer bin, ganz zu schweigen von einem Personalleiter einer Fabrik. Zwar bin ich auch so etwas wie ein Geschäftsführer, auch mich beschäftigt mein Kreislauf, und ich habe eine Frau, der es mitunter miserabel geht. Trotzdem läßt sich meine Lage nicht mit seiner vergleichen.

Es wäre auch wirklich besser gewesen, ich hätte Zimmermann in diesem Leben nicht wiedergetroffen, besser für mich und für ihn. Als ich ihn sah in der Halle eines Krakówer Hotels der Touristenklasse, als ich ihn sah mit Raglan und einem Krätzchen, kariert, mit heruntergezogener schmaler Krempe, wie man es bei Touristen aus Übersee findet, aber nicht nur bei ihnen, als Zimmermann die Kamera vor der Brust zurechtrückte, als ich einen Blick nach draußen warf auf den Touristenbus Austria, als ich die fröhliche Horde wahrnahm und den Wiener Dialekt hörte, baute sich mir sogleich eine andere Geschichte auf, eine, die sehr von meiner alten Vorstellung abwich. Zimmermann gehörte nicht der gehobenen Mittelklasse an. Zimmermann ist ein Rentner der Billigreiseklasse. Es war ihm vielleicht gleichgültig, wo er sich aufhielt, ob in Polen oder in Südamerika; er suchte Fotomotive, er *schoß* Bilder, da er es sich nicht leisten konnte, auf Großwild zu schießen. Auch änderte sich für Zimmermann nicht die Kulisse, oder nur ausnahmsweise, wenn eine Panne eintrat. Diese Hotelklasse war für ihn erschwinglich, er beanspruchte und verteidigte seinen mittleren Komfort, das Einzelzimmer mit Telefon – denn es war sofort ersichtlich, daß

Zimmermann allein reiste, das Bad, den Fernseher, der immer lief, auch wenn Zimmermann kein Wort verstand.

Während ich mein Bild von Zimmermann korrigierte, beobachtete ich ihn. Er stand ruhig da, befummelte seinen Apparat, hob ihn und sah probeweise hindurch. Das Licht schien ihm nicht auszureichen. Er befürchtete, daß die Aufnahme unterbelichtet sein könnte. Als ökonomisch denkender Mensch widerstand er der Versuchung, auf den Auslöser zu drücken. Zimmermann wollte seiner Sache sicher sein. Das sah ich, fühlte mich beklommen wegen dieser Begegnung und wußte, daß unsere Geschichte hier oder nie zu Ende gehen würde.

Immer mehr Menschen strömten in die Halle des Hotels *Mercury*, eines der Softart. Unsichtbaren Lautsprechern entquoll ständig, sogar in den Lifts, weiche Musik amerikanischer Kulturkonfektion. Es war, als ob die Welt nur noch amerikanisch sänge und quäke; die Musik störte nicht, so wie jede Unterhaltungsware zuerst darauf sehen muß, nicht zu stören, eben zu unterhalten.

Zimmermann drehte sich um, er mußte mich gesehen haben. Ich zeigte ihm mit einer Handbewegung an, daß ich ihn erkannt hatte. Zimmermanns Augen bewegten sich langsam von links nach rechts, wie bei einem Monstrum. Es dauerte eine gewisse Zeit, bis sich Zimmermann entschloß, mich nicht zu erkennen; das sah ich an der Bewegung seiner Augen, nicht an ihrem Ausdruck; er gab sich Mühe, ihn nicht zu verändern, aber die Augäpfel gerieten in eine rhythmische Störung, als ihr Blick zweimal über mich hinwegglitt.

Zimmermann mußte mich erkannt haben. Es hätte an mir gelegen, auf Zimmermann zuzugehen, ihm die Hand hinzureichen und mit geübtem Tonfall zu sagen: Tag! Na, Zimmermann? Tag! Wie geht's! So oder so ähnlich, jedenfalls nicht viel anders, harmlos, gemacht zufällig, aber knapp, mehr das Beiläufige der Begegnung betonend, nicht etwa, daß Zimmermann hätte denken können, ich hätte ihm aufgelauert.

Ich tat nichts, ich begriff, daß sich unser Verhältnis nicht geändert hatte, trotz der vielen Jahre. Dann überwand ich mich und trat an ihn heran. Im selben Augenblick kam ein anderer Mann auf Zimmermann zu mit einem Polen. Die Gruppe kroch zusammen, wie sich eine Amöbe verwandelt, und auf das Zeichen des Reiseleiters strudelte plötzlich die Masse Touristen hinaus, harmlose Trottel, die auf Reisen ihre Zeit totschlagen und ihr Geld ausgeben. Alle stiegen eilig in den Austria-Bus, lachend, aufgeregt, sich drängend und stoßend. Zuletzt stiegen der Reiseleiter, der Pole und Zimmermann ein ...

Zehn oder zwölf Tage lang fuhren Zimmermann und ich damals gen Westen, eine Handbreit vor den Russen her. Zimmermann fuhr das Gespann, ich die Solomaschine. Das gab uns ein Übergewicht über die beiden Frauen, welche wir die letzten drei Tage mitschleppten, gegen unseren Willen und zu ihrem Verhängnis, aber wir mußten es tun. Von diesen drei Tagen ist die Rede, weil wir uns in dieser Frist entdeckten, Zimmermann und ich. Genau drei Tage entschieden, wie ich heute besser weiß als in jener Zeit, über unser Leben in Zukunft. Vor der russischen Heeresflut rissen wir damals einfach aus, tanzten wie Holzspäne auf einer Brandung, rissen aus nach verlorener Schlacht, und es war, wie gesagt, nur eine Handbreit an Vorsprung. Wir versuchten diese Handbreit zu vergrößern. Stellt euch ein Schachbrett vor, an vier Seiten begrenzt durch den Tod. Wir waren nicht gerade große Lichter, eher Bauern. Die großen Figuren machten auch nicht etwa Jagd auf uns. Wir würden schon von selbst ins Netz gehen, in die Fallen. Dafür war gesorgt.

Zimmermann, Hauptmann beim 436., Frontoffizier, etwas älter als ich, war der Kopf, ich sein Organ, seine Hand. Er saß über Karten und suchte Wege, die es auf keiner Karte gab. Ich fuhr den Weg, den Zimmermann zuvor bezeichnet hatte. Während der ersten Tage glaubte ich, uns verbinde so etwas wie Kameradschaft. Blindlings vertraute ich Zimmermann, und er schien zumindest Sympathie für mich zu haben. Er war ein Philosoph. Dabei besaß er Humor und Entschlußkraft, was man nicht unbedingt bei philosophischen Veranlagungen findet. Ich hatte einem Mann noch nie so vertraut wie Zimmermann, was er tat, war wohlgetan. Als er beispielsweise an der Schulter getroffen wurde, noch vor unserer Flucht aus dem Kessel bei Halbe, empfand ich den Kugelaufschlag fast ebenso heftig wie Zimmermann selber. Und als er sich komisch um seine eigene Achse drehte, ehe er hinschlug, hätte ich fast die Bewegung mitgemacht, und ich wußte sofort, daß er nicht tödlich getroffen war, nicht einmal schwer. Ich sah es daran, wie er sich drehte und wie er hinschlug.

Wir kamen also aus den Wäldern bei Halbe, und es bestand wenig Hoffnung, daß wir entschlüpfen würden. Eines Nachts saßen wir auf und umfuhren die Stadt Berlin südlich und in Westrichtung. Damals war schon oder noch von der Armee Wenck die Rede, und Zimmermann besaß auch ein Funkgerät. Wir müßten uns mit dieser Armee vereinigen, sagte Zimmermann, sie werde westlich Berlins zusammengezogen, es sei das beste und ein Befehl.

Irgendwo bei Deutsch Wusterhausen stellten wir die Maschinen hinter die Grabsteine eines Friedhofes, denn es war heller Tag, und es graupelte. Wir betraten die Kirche. Durch die zerbrochenen, zerschossenen Fenster zog es. Hinter dem Altar erhob sich ein einfaches Kreuz mit dem Jesus daran; neben dem Altar standen Kandelaber mit halb runtergebrannten Kerzen, und da nahm Zimmermann den Helm ab, legt die MPi auf den Altar, kniete nieder, ohne sich um mich zu kümmern, und betete. Es war ein höchst bemerkenswertes Bild, das ich verblüfft mit ansah, eine Filmszene: Ein Mann von dreißig, eher weniger, mit einer alten grauen Gummiplache über der Uniform, den Stahlhelm neben sich, ziemlich verwahrlost, bärtig, dreckgeschwärzt, kaum noch ein Soldat, in stummem Gebet, kreuzschlagend und so weiter unter dem Blick des Jesus. Am meisten irritierte mich die auf dem Altar abgelegte Maschinenpistole. Schon wahr, sie lag griffbereit, besser hätte sie nirgendwo liegen können. Sich erhebend, sagte Zimmermann mißbilligend: »Auf Ihrer Junkerschule hat man Ihnen wohl keine Ehrfurcht vor dergleichen Dingen beigebracht.«

Am Abend tötete Zimmermann bei einem Gefecht ein paar Leute; einer oder zwei kamen auch auf mein Konto. Ich weiß es nicht genau, aber ich bin sicher, daß Zimmermann ein paar Mann umlegte. Es war eine der Fallen, von denen schon die Rede gewesen ist. Wir eroberten ein bißchen Benzin; des Treibstoffs wegen hatte sich Zimmermann überhaupt nur zu dem Überfall auf den kleinen Trupp Rotarmisten entschlossen. Ohne das Benzin hätte es keinen Sinn gehabt, sich einer Gefahr auszusetzen. Wir fuhren eine Stunde, machten halt, um etwas zu essen. Das war bei einer leeren Feldscheune.

Dort liefen uns die Frauen zu. Liebesgeschichten im Krieg gibt es nicht. Wenigstens heißt es so, aber das stimmt nicht ganz. Es gibt keine, wenn man die Prozeduren aus der zivilen Schreckenskammer im Blick hat. Wo Frauen und Männer zusammen sind, gibt es sie jedenfalls. Wenn Zeit ist, so fängt der Mann an, sich zu waschen und zu rasieren, er besinnt sich auf seine hygienische Erziehung und bald auch auf seine moralische. Er sucht die Frau, und sie sucht den Mann, und schließlich kommen Frau und Mann zum Ziel und zu ihrem Recht. Man weiß Bescheid und gibt sich die Hand, wenn man sich trennt, vielleicht ist man sogar ein bißchen traurig. Bald aber geht alles wieder den normalen Weg - was im Krieg normal ist. Hat man diese Zeit nicht, verkürzen sich die Vorspiele. So liegen die Dinge. Es ist gut, sich darüber im klaren zu sein. Niemand ist mit der eben beschriebenen Liebe ganz froh, aber sie hat trotzdem etwas Aufrichtiges.

Die eine der beiden Frauen, die wir bei der Feldscheune trafen, besser gesagt, die uns nachliefen, aus Angst vor den Russen, war siebzehn, die andere siebenunddreißig. Beider Lebensalter interessierte mich damals sehr. Es fällt mir schwer, zu entscheiden, welche vorzuziehen war, die Mutter oder die Tochter.

Zimmermann und ich hielten eine Beratung ab. Man muß es wohl so nennen; es war das erstemal, daß er mich überhaupt fragte.

»Wir haben sechs Feinde«, sagte Zimmermann. »Die Russen, die Amerikaner, die Briten und die Franzosen, unsere Landsleute und ...«, er setzte bei diesem Und einfach ab, so daß ich ihn verstehen mußte. Er meinte diese beiden Frauen.

Ich sagte: »Herr Hauptmann, spätestens morgen abend werden wir sicherlich auf einen Wehrmachtverband treffen.«

»Wir werden uns hüten, Fahnenjunker. Ich und Sie, wir sind fahnenflüchtig. Sie wissen, was Ihnen blüht, wenn wir tatsächlich einen Verband treffen sollten.«

Da erst sah ich, was los war. Ich wurde rot vor Scham über meine Dummheit, und ich überlegte fieberhaft, was ich jetzt tun mußte, um meinen Fehler wiedergutzumachen.

»Nun«, sagte Zimmermann, »hat es Ihnen die Sprache verschlagen?«

Ich war damals ein junger Dachs, und ich fühlte, um wieviel anständiger es gewesen wäre, hier anzuhalten, standzuhalten. Hätten wir Zeit gehabt, so würde ich Zimmermann auf irgendeine Weise losgeworden sein. Ihn zu töten, daran dachte ich noch nicht. Wir waren Feinde, das wußte ich jetzt; mein Vertrauen in seine Überlebensphilosophie bekam einen Knacks.

»Ich bin Soldat«, fuhr Zimmermann fort, »wenn schon alles kaputtgeht, ich will es nicht.«

Damals dachte ich nicht klar genug, daß wir uns mit Zimmermanns Marodeurtum der sittlichen Gründe zum Leben beraubten. Empfand ich etwas in dieser Richtung, so nur unbestimmt. Manche fressen sich durch zum Schlaraffenland. Zimmermann würde sich durchschießen. Möglicherweise blieb ich überhaupt nur bei ihm, um zu sehen, wie weit er gehen würde.

Zimmermann zog den langen grauen Wetterumhang fester um die Schultern, nahm den Helm ab, befestigte ihn auf dem Krad und setzte ein Käppi auf: »Zwei Männer würde ich nicht mitnehmen.«

Ich merkte, daß er überlegte, und ich dachte darüber nach, warum Zimmermann keine Männer mitnehmen würde. Er wußte ja immer, was er tat.

»Warum haben Sie mich mitgenommen, Herr Hauptmann? Sie wären doch allein ganz gut fertig geworden?«

»Sicher, im normalen Leben würde ich mir einen anderen ausgesucht haben als Sie. Ganz sicher. Bei Fanatikern ist immer Vorsicht geboten. Sie glauben an Ehre, Treue, Liebe. Sie kamen sich gestern erhaben vor, als ich gebetet habe. Sehr zu Unrecht. Die SS – warum gehören Sie ihr eigentlich nicht an, dort wäre Ihr Platz – ist auch so etwas wie ein Männerorden mit Kreuzzugsideen. Was mich betrifft, unter friedlichen Umständen würde ich in einem Krankenhaus liegen und darauf warten, daß mir die Gallenblase entfernt wird. Aber ich will leben. Mitgenommen habe ich Sie, weil Sie mir nützen. Zufälligerweise nützen Sie auch sich selber mit Ihrer Desertion, für die Sie nicht mal einen Grund nennen können.«

»Es ist noch keine sechs Monate her, daß ich einen Eid geschworen habe, Herr Hauptmann.«

»Der Krieg ist aus, junger Mann«, sagte er, »ist verloren. Wenn Sie tot sind, brauchen Sie zwar keine Betrachtungen mehr über Ethik und Moral des Soldatenberufes anzustellen, aber Sie sind mausetot. Würden Sie die Bibel besser kennen, so würde ich Sie auf Salomo verweisen und sein Gleichnis vom toten Löwen und lebenden Hund. Aber kommen wir zur Sache: Es gibt Probleme, wenn wir die Frauen mitnehmen.«

Mir gefiel die Jüngere, und ich dachte natürlich, was alle Männer gedacht hätten. Was will sie machen?

»Zwei oder vier, ganz gleich. Wir müssen es auch tun.«

»Ich bin dagegen, aber ich habe gedacht, daß Sie dafür sind«, sagte Zimmermann. »Ich könnte allein weiterfahren, aber damit wäre keinem von uns geholfen.«

»Es ist ja Menschenpflicht«, sagte ich, und ich nehme an, daß ich damals sogar glaubte, was ich sagte. Zimmermann ließ so was nicht durchgehen.

»Menschenpflicht?« Sein langgestrecktes Gesicht mit den Zahnlücken vorn, dem dunklen Bart und den gelblichen Augen verzog sich höhnisch. »Sie denken daran, wie Sie die Jüngere der beiden kriegen können, was ganz natürlich ist. Aber da wir einmal soweit sind, wird sich diese Heldentat wohl nicht vermeiden lassen.«

Zimmermann rief die Frauen, die vor der Scheune warteten. Er fragte, wohin sie wollten.

»Bis Magdeburg«, sagte die Ältere, »dort haben wir Verwandte, einen Neffen, Sohn meiner Schwester.«

In ihren Augen saß eine so wahnsinnige Angst vor einem Nein, daß ich Mitleid empfand für diese Frau mit ihrem hübschen, etwas weichen Gesicht und der kleinen weiblichen Figur.

»Magdeburg ist zerstört«, sagte Zimmermann.

Während Zimmermann redete, musterte ich die Tochter. So hatte die Mutter auch einmal ausgesehen, so schlank und reinlich, und ich fühlte auch für sie Mitleid, weil wir beide so jung waren.

Eine Weile schwiegen wir alle vier, Zimmermann nachdenklich, ich aufgeregt, und die Mutter mochte ebenfalls ihre Gedanken gehabt haben.

»Sie ist noch ein Kind«, sagte sie.

»Was wollen Sie damit sagen«, forschte Zimmermann.

»Ich möchte ihr eine schlimme Erfahrung ersparen«, erklärte die Mutter. »Halten Sie sich an mich.« Mit einem Blick zu mir schloß sie mich in ihr Angebot ein.

»Wir sind ja keine Hunnen«, sagte Zimmermann seufzend.

Die Mutter stieg hinter mir auf die Solomaschine, die Tochter kroch zu Zimmermann ins Gespann.

Ich mußte auf den holprigen Waldweg achten. Gas, Gas weg, kuppeln, bremsen, aber ich hatte noch Platz in meinem Kopf zum Nachdenken. Die Rede eben, die Bitte der Mutter, ihr Kind zu schonen, ihr Angebot; ich mußte alles für wahr halten und begriff diese Dimensionen des Krieges nicht. Eine harte, aber immerhin faire sportliche Tätigkeit für Männer um hohe Siegespreise, das war der Krieg aber nicht. Übrigens begann ich nach ein paar Stunden Fahrt auch zu begreifen, was Zimmermann gemeint hatte; ich fühlte mich durch die Anwesenheit der Frau irgendwie behindert, mußte Rücksicht auf sie nehmen, obwohl sie sich nicht beklagte. So fuhren wir bis zum Morgen und waren doch kaum vorwärts gekommen.

Vor dem Hotel *Mercury* reihten sich die Busse. Ich stand unter dem Betondach der Auffahrt und wartete, nicht auf Zimmermann, sondern auf einen Mann, den ich zu betreuen hatte für zwei oder drei Tage. Ich wußte nicht einmal, ob sich Zimmermann noch in Kraków aufhielt. Da kam er, ging rasch an mir vorbei und stellte sich auf. Dieses Mal hatte er mich sicher nicht bemerkt. Ich sah auf seinen Rücken, auf den zivilen Raglan, aber der leichte Mantel konnte nicht verbergen, wie eckig Zimmermanns Schultern sind. Auch die Jahre hatten nichts an seiner Haltung und an seinen Gesten geändert. Ich sagte leise, aber laut genug, daß er mich verstehen mußte: »Zimmermann«, sagte es, damit diese Schultern mit einer leichten Bewegung antworten konnten. Ich war mir nicht klar, ob Zimmermanns Körper den Anruf aufgefangen hatte. Zimmermann drehte sich um, er machte das gut: sich umzudrehen, anzudeuten, er habe das Wort zwar verstanden, aber nicht auf sich bezogen; nicht auf sich beziehen *können*, weil er mit einem Menschen, der Zimmermann hieß, nichts zu tun habe.

Wieder erschien der Pole von neulich, ein junger Mann, er reichte Zimmermann die Hand, und dieser sprach ihn an, und zwar in polnischer Sprache. Zimmermann wollte für einen Polen gelten, für einen Slawophilen.

Ich war sicher, daß Zimmermann mir was vormachte. Auch ich war nicht versessen auf diese Begegnung, aber ich hatte mich ihr gestellt. Was wäre eigentlich passiert, wenn Zimmermann der Miliz gesagt haben würde: Dieser Mann hat auf mich, seinen Vorgesetzten, zweimal geschossen mit der Absicht, mich zu töten. Es handelte sich nicht um einen Kampf an der Front unter der Ordnung militärischer Konvention – der förmlich erklärte Krieg setzt ja zivile Normen außer Kraft –, es handelte sich um einen Anschlag auf mein Leben ... Es hätte mich schon interessiert, was geschehen wäre, wenn Zimmermann wegen dieser Geschichte zu einem ordentlichen Gericht gelaufen wäre. Dann aber fiel mir ein, was vorangegangen war. Zimmermann würde sich hüten, ein Gericht anzurufen. All und jedes hat eine Vorgeschichte.

Ich werde zurückkehren, alterswegen, werde in Rente gehen, jüngere Leute sind herangewachsen, die ebensogut Geschäfte machen können wie ich. Es wäre nicht nötig gewesen, Zimmermann jetzt noch und ausgerechnet hier zu treffen. Andererseits hatte diese Begegnung gerade hier in Kraków für uns beide einen bestimmten symbolischen Wert. Ich habe es mir angewöhnt, alles zu Ende zu denken; damit gehöre ich zu einer Minderheit und gelte als kühl, berechnend. Angenommen, wir würden uns in Leipzig oder in Wien getroffen haben, wären unsere Gedanken und Gefühle gleichsam neutral gewesen. Dieser Gedanke setzte sich mehr und stärker in mir fest; ich mußte unbedingt mit Zimmermann reden.

An dem erwähnten Tag habe ich Zimmermann mehrmals gesehen, er und ich, immer mit unseren Begleitern. Wir hatten offenbar dieselbe Route, zur Marienkirche mit dem Altar etwa. Wir gingen hinein, und ich hatte den Nacken Zimmermanns vor mir. Das Reisekrätzchen abgenommen, kniete er wie damals und betete. Ich hätte gern gewußt, warum und wofür er jetzt betete. Um ihn herum, die Gesichter zum Hauptaltar mit den berühmten Schnitzereien, beteten die Leute gleich ihm, und auch vor den Seitenaltären beteten sie wie immer.

Beim Hinausgehen blieb Zimmermann vor den Bildern des Papstes stehen: mehr oder minder gut ausgeführte Wandzeitungen, Ausschnitte aus Drucksachen, der segnende Papst, der redende, der allgegenwärtige Papst. Zimmermann betrachtete die Bilder voller Interesse, so als zöge er eine tiefe

Wahrheit aus ihnen, und es kann wohl sein, daß Zimmermann sich mit Woitila sehr verbunden fühlte.

Mein Begleiter sagte, dies sei der wahre Herr hier. Wir wollten etwas kaufen, ein Votivbildchen oder eine der kleinen Gipsbüsten des Papstes, die in den Geschäften feilgeboten wurden. Er redete viel und von oben herab über polnische Verhältnisse, von der Miliz, redete wie ein reicher Verwandter von einem armen Neffen, der sich nicht beklagen dürfe, wenn es ihm dreckig gehe, weil er nicht hören wolle. Er würde, sagte er, Erklärungen suchen für die Lage, für das historisch bedingte Manko der Polen an konstruktivem Denken.

Alles klang noch idiotischer als ein Kommuniqué, aber ich hatte inzwischen so viel gelernt über Deutsche und Polen, daß es nicht lohnte, mit jemandem zu streiten, der nur seine Vorurteile verteidigte. Er fragte mich, ob ich katholisch wäre, ich jedoch lenkte ihn ab, indem ich ihn Vergleiche zwischen Preisen und Warenqualitäten mit denen zu Hause anstellen ließ, ein ergiebiges Thema für das Selbstgefühl von Leuten seines Schlages. Prompt ging er darauf ein. Aber ich dachte: Zum Teufel mit ihm, er soll seine Maschinen verkaufen und die Schnauze halten, wenn die Rede auf solche Sachen kommt, die er nicht begreift.

Spät am Nachmittag entdeckte ich Zimmermann auf der Sandomierska-Bastei, zusammen mit einer Gruppe. Ob es dieselbe Gruppe war, mit der er herumreiste, oder ob er sich zufällig bei ihnen befand, war nicht ersichtlich. Zimmermann rauchte eine Pfeife, unsere Blicke trafen sich. Ich nickte ihm zu, überzeugt, daß er sich anschickte, seine Stellung aufzugeben, entschlossen, ihn an mich zu erinnern. Zimmermann lächelte herablassend.

Wir gingen in die Wawelkathedrale zu den Königsgräbern.

»Wissen Sie, was mir auffällt«, sagte mein Begleiter, »mir fällt auf, daß Polen eine europäische Großmacht ist, von seiner Ausdehnung, seiner Kultur und seinen wirtschaftlichen Möglichkeiten her, aber spielt es die Rolle einer Großmacht wirklich?«

Seit Tagen versuchte dieser Herr, mich in ein Gespräch über das zu verwickeln, was er sich ausdachte, von ein paar Beobachtungen her ableitete, und genausolange hielt ich mir den Mann vom Leibe. Ich hatte gesehen, wie die Volksmenge Valessa auf ihren Schultern bis hinunter zum Rynek Glóny trug, wo er verkündete, er werde kämpfen, bis Polen frei sei. Ich hätte manches sagen können; er würde all diese Widersprüche und ihre logischen oder eben nicht logischen Zusammenhänge kaum begriffen haben. Daher nickte ich nur und versuchte, Zimmermann nicht aus den Augen zu verlieren.

Wir aßen im Restaurant Wierzynek zu Mittag. Fast sicher war ich, Zimmermann zu treffen. Wo Nicolaus Wierzynek vor siebenhundert Jahren europäische Könige bewirtete, in seinem Haus am Markt, dorthin mußte es Zimmermann ziehen. Alle zog es dorthin, es war ein Programmpunkt, der abgearbeitet wurde.

Er saß unweit von mir. Ich zählte die Gänge, zählte, was er aß, das Sojra, das File cielece Favorit, den Smakosz. Zimmermann war ein Feinschmecker, aber nicht verfressen. Geduldig wartete er seine Zeit, redete mit seinem Partner, und ich erklärte mir diesen Umstand damit, daß Zimmermann eine Art Reisemarschall darstellte, wegen seiner Sprachkenntnisse und seiner Kenntnisse ganz allgemein. Vielleicht war meine erste Version seines zivilen Aufstiegs nicht so weit ab von der Wahrheit. Als ehemaliger und heutiger Österreicher stand er dem Restaurant Wierzynek wohl näher als andere, von seinem großdeutschen Traum abgesehen, der zwölf Jahre währte ...

Ich ziehe ein kleines Café dem Wierzynek vor, unweit von hier, mit grünen Farben und Jugendstilmotiven, ein ehemaliges Künstlercafé. Ich dachte, daß sich Zimmermann dort wohl fühlen müßte, er, der Wiener, in einem Wiener Café mit polnischem Couleur, dem Charme der Frauen und der stolzen Bescheidenheit der jungen Männer. Ich machte den Fehler, zu sagen, daß ich mich hier wohl fühlte, oft hingehe, womit ich mich sicher verriet. Gern hätte ich meine Bemerkung zurückgenommen, als mein Begleiter sagte, das interessiere ihn. Ihm sei aufgefallen, daß leicht polonisiere, wer länger hier lebe. Er wickelte ein Päckchen aus, einen gipsernen Woitila, umgeben von einem goldenen Kranz, ich meine ein Basrelief.

Ich sagte: »Sie haben ja schon angefangen, sich anzupassen.«

Da schwieg er und trank Kaffee, bestellte dann aber auch Tee, im Restaurant Wierzynek, muß es heißen. Ich sah Zimmermann auf ein paar Damen einreden. Mir war übrigens neu, daß er Polnisch sprach. Ich machte mir also Gedanken, während Zimmermann auf die beiden Damen einredete, sah noch, wie er aufstand, sich verabschiedete und den Frauen, der Sitte gemäß, die Hand küßte.

Am Abend in der Hotelhalle sah ich Zimmermann im schwarzen Anzug aus dem Lift kommen, und er hatte eine Dame bei sich, eine von denen, deren Bekanntschaft er im

Wierzynek gemacht hatte. Übrigens trug auch ich einen dunklen Anzug, und mein Gast würde sicherlich ebenfalls in Gala erscheinen. Wir wollten ins Theater gehen, wofür dieser Garderobenaufwand eigentlich unnötig gewesen wäre. Es gab an diesem Abend ein Stück, von dem ich meinte, er werde kaum noch einmal Gelegenheit haben, es zu sehen, den *Ubu król,* König Ubu. Wir nahmen ein Taxi, weil es spät war, und ich sah noch, wie Zimmermann mit der Dame ebenfalls ein Taxi bestieg.

Das Zelttheater war überfüllt, junge Leute drückten sich eng aneinander auf den Holzpritschen, sie machten aber bereitwillig Platz, wenn sie aufgefordert wurden zusammenzurücken. In der Mitte erhob sich eine mächtige Säule, einem Karussell sehr ähnlich, und über Verstärker dröhnte rhythmische Musik.

Was wir sahen, war realistisch-absurdes Theater voller Anspielungen auf die Zeitverhältnisse, und es war im übrigen hervorragendes Theater, wie es nicht überall zu sehen ist in der Welt. Ich übersetzte einiges, manchmal ging unter, was ich sagte, wenn die Maschinengewehrfeuer aus den Verstärkern alles übertönten. Die totale Diktatur, die totale Korruption, die totale Anbetung des Staatsgötzen wurde vorgezeigt und dem totalen Guten gegenübergestellt, alles auslegbar, witzig, jedem blieb überlassen, zu denken, was er wollte. Ich bereute es, diesen Schwätzer mitgenommen zu haben, aber ich tat meine Pflicht.

Das Maschinengewehrfeuer klang noch in mir, als ich beim Hinausgehen Zimmermann streifte. Ich sagte laut, zuerst auf polnisch, dann auf deutsch, daß ich ihn erkannt habe. Ich fragte: »Warum läufst du vor mir weg?«

Zimmermann sagte: »Was wollen Sie von mir? Ich kenne Sie nicht. Sie starren mich an. Sie folgen mir. Ich kenne Sie nicht.« Er zog seine Begleiterin am Arm, sie war eine große, nicht mehr junge Blondine, er sprach plötzlich englisch mit ihr.

Er solle mir seinen Paß zeigen, verlangte ich, mich auch der englischen Sprache bedienend, schon erregt. Einige Leute blieben stehen, um zuzuhören, es drohte peinlich zu werden.

Wütend erklärte er, es sei nicht seine Gewohnheit, fremden Menschen seine Personalpapiere zu zeigen. Und schließlich verriet er sich, als er sagte, er wisse über mich Bescheid. Ich stände wahrscheinlich im Sold eines Geheimdienstes und meine Aufgabe wäre, ihn, einen westlichen Ausländer, einen Amerikaner, zu beschatten. Er werde sich bei seinem Botschafter beschweren, seinem diplomatischen Vertreter.

Da fiel mir ein, daß Zimmermann mit der blonden Dame heute nachmittag aus der Polonia gekommen war. Mich irritierte, daß ich solche Nebenumstände unbeachtet gelassen hatte. Mit all diesem Gerede gab Zimmermann zu, daß er mich erkannt hatte. Warum er mich fürchtete, konnte viele Gründe haben. Ich würde es erfahren, falls er nicht Hals über Kopf abreiste, was er vielleicht tun würde, um mich loszuwerden.

»Ich hatte dich für tot gehalten, ich mußte dich für tot halten, denn ich hatte dich fallen sehen«, sagte ich unbeirrt und ruhiger.

»Ich weiß nicht, wovon Sie reden«, sagte Zimmermann und ging weiter, gefolgt von der Dame.

Es war Nacht, tiefdunkel, und es nieselte leicht. An der Ecke der Straße stand eine Schlange Taxen, die sich bald auflöste.

Wir, mein Begleiter und ich, gingen schweigend zur Straßenbahn.

Wir tranken irgendwo Tee zum Abschluß. Mein Gast war still, und ich verstand, daß er sich Gedanken über den Zwischenfall machte. Auf seine Frage antwortete ich, daß ich Zimmermann kenne und daß er sich verleugne. In den Tagen vor dem Frieden hätten wir uns auf der Flucht befunden, desertiert und des Todes gewärtig, zwei Soldaten der Wehrmacht, er und ich, und zwei Frauen aus dem heutigen Polen. Es sei eine tragische, aber keine große, sondern eine der gewöhnlichen Kriegsgeschichten gewesen.

»Das müssen Sie erklären«, sagte mein Begleiter.

»Es gibt nichts zu erklären, nichts, was Sie verstehen könnten.«

»Zu kompliziert? Am besten, überhaupt kein Krieg.«

Ich wollte mit keinem Fremden darüber reden, zumal mir selbst eine Erklärung für den Tod der Frauen fehlte.

Zimmermann hatte damals recht gehabt mit seiner Vorhersage. Meine Unerfahrenheit, mein moralischer Rigorismus kostete den Frauen das Leben. Übrigens hätte auch Zimmermann an dem sterben können, was mir das *Gewissen des Soldaten* damals befahl: Ich hätte das Kaninchen nicht selbst geschlachtet; ich hätte es dem Metzger überlassen. Zimmermann, der Überlebensanhänger, der Friede um jeden Preis auf seine Fahne geschrieben hatte, kotzte mich damals ziemlich an, den Preis für seinen Frieden sollten andere zahlen.

Es hat sich ja gezeigt, daß keine Umwertung stattfand; die alten Ideale und Werte erwiesen sich als dauerhaft; der Krieger ist ein geachteter Mann, Heldenmut bleibt gefragt und Vaterlandsliebe, und auch die Waffensegner gibt es noch.

Sie sind zahlreicher denn je, und sie sind gerissener denn je. Eine Welt ohne Waffen ist nicht denkbar in *Gottes Weltordnung*. Eine andere Welt? Augenblicklich würde sie zusammenstürzen. Staatliche Gewalt fußt nach außen wie nach innen auf Waffen und auf deren Träger.

Inzwischen war viel Zeit vergangen, ich zählte nunmehr sechzig Jahre, und ich hätte die Erinnerung, die durch Zimmermanns Auftauchen wieder lebendig wurde, ganz gut entbehren können.

»Ich würde gern wissen, was Zimmermann heute darüber denkt«, sagte ich, »verstehen Sie? Es paßt nicht zu ihm, zu türmen, wenn einer in die Hände klatscht.«

»Glauben Sie, daß es Krieg gibt?« fragte mein Begleiter unvermittelt.

»Ja, sicher. Es fragt sich nur, wann und unter welchen Umständen.«

Es gab eine Wende in unseren Beziehungen, wie ich merkte. Bislang hatten er und ich mit Maschinen gehandelt, sozusagen ein friedliches Geschäft betrieben. Jetzt hatte ihn durch mich die Vergangenheit eingeholt.

Er fragte: »Was wäre geschehen, wenn das Bündnis 1982 oder früher oder später reagiert hätte, militärisch, meine ich? Sie kennen die Lage besser als ich. Was denken Sie?«

»Das hätte Krieg bedeutet, vielleicht den Atomkrieg, auf jeden Fall den Bürgerkrieg. So oder so wäre es eine europäische Angelegenheit geworden. Lassen Sie uns das Gespräch beenden. Es führt zu nichts. Denken Sie es selbst zu Ende, denken Sie sich zum Beispiel die Armee weg oder die Kirche. Oder stellen Sie sich alle diese Leute im himmelblauen Pazifistenrock vor, und Ihr Alptraum vom Krieg würde schnell zur Tatsache werden. Wirklich, lassen Sie uns das Gerede beenden!«

Nach einer Weile sagte er: »Sie sind wohl überhaupt ein Schweiger. Also gut.«

Wir leerten unsere Gläser und zahlten. Am Empfang, wo mein Begleiter seinen Schlüssel holte, blieb ich in Rufnähe, falls es Sprachprobleme geben sollte, da gab mir ein junges Mädchen einen Umschlag, der meinen Namen trug. Rudolf Herrlob. Ich wußte sofort, von wem der Brief war, riß den Umschlag auf. *Kann ich dich morgen gegen sechzehn Uhr treffen?* las ich und den Ort. Weitab von hier, auf der 217, der Mogiłska in Richtung Wieczysta, wollte Zimmermann warten. Er bezeichnete den Ort nicht näher, aber wir würden uns ohne Zweifel zu finden wissen.

Ich dachte an die zweite Nacht und den darauffolgenden Tag mit Zimmermann und mit den Frauen ...

Wir fuhren nachts, ohne Licht und mit großem Abstand. Manchmal streifte mich der Atem der Frau hinter mir, die sich am Griff festklammerte, denn wir fuhren ja schlechte Nebenwege, auf den Straßen rollte schwerer Verkehr, den Geräuschen nach. Deutsche, Russen, Panzer, Lastwagen – alle trieben in die gleiche Richtung, nach Westen oder Südwesten. Es waren jene Tage, wo sich der Ring um Berlin schloß. Zimmermann konnte keine Nachrichten mehr abhören, weil die Batterie seines Empfängers erschöpft war. Das Wetter schlug häufig um, bis ein die Natur belebender Dauerregen alles mit Feuchtigkeit sättigte.

An einem einsam gelegenen Haus mit Nebengebäuden hielt Zimmermann, ließ die Tochter absteigen und schob das Gespann in eine Scheune. Ein großer Köter zerrte an der Kette und bellte, bis eine alte Frau kam. Sie war zuerst erschrocken, dann erleichtert und beruhigte den Hund. Zimmermann fragte, wo wir wären, ob sich hier herum Militär aufhalte und welcher Art. Die Alte nannte den nächsten Ort. Er hieß Lehnin, und Zimmermann nahm die Karte vor.

Die Alte wollte eine Kuh melken. Zimmermann hatte große Mühe, ihr klarzumachen, daß wir den Tag bei ihr verbringen, uns waschen und essen mußten. Sie schlug alles rundweg ab, bis Zimmermann ein Ende machte, ihr mit einer Wäscheleine Hände und Füße zusammenband und sie im Keller unter der Küche einschloß. Er belegte eine Kammer mit Beschlag. Zwei altmodische Alkoven mit Vorhängen und halben Meter hohen Betten befanden sich darin, ein Tisch und Stühle, alles unordentlich und unsauber. Die Frau war wohl zu alt, um mit Haus und Hof fertig zu werden. Zimmermann sagte, wir würden in diesem Zimmer bleiben, eine von den Frauen sollte Wasser ansetzen, Kartoffeln kochen und nach Quark suchen; es gäbe ihn in jedem Bauernhof.

Ich stand draußen und beobachtete den Wald, der uns von drei Seiten dicht umgab, während sie drinnen Wasser abkochten. Heller Tag umgab mich und völlige Stille, ich rauchte und legte die Waffe von der einen auf die andere Seite des Brunnenrandes. Wir lösten uns bei der Wache ab, aßen zweimal von den Kartoffeln und dem Quark, tranken auch Milch, und Zimmermann spendierte am Nachmittag Kaffee aus seinem Beutel. Wir bekamen jeder eine Tasse, Zimmermann, ich und die drei Frauen, denn wir holten die Alte aus dem Keller herauf. In dieser Zeit wachte niemand, und es geschah auch nichts.

Freundlich und sogar friedfertig gab sich Zimmermann. Er fragte die Mutter: »Was sind Sie von Beruf?«

Sie erzählte von ihrer Arbeit als Lehrerin in Posen, von ihrem Mann, der bei Kertsch vermißt war, und Zimmermann nickte, als habe er so etwas erwartet.

»Und Ihre Tochter?« fragte er.

»Schülerin und gerade dreizehn Jahre alt«, sagte die Mutter und griff nach der Hand ihres Kindes. Es war vielleicht der klarste Augenblick dieser Tage: Mutter und Kind, auf der Flucht vor ihrer eigenen Angst. Die Mutter hatte ein rundes Gesicht, in welchem die festen Linien zu Punkten geworden waren. Augen, Mund, Nasenlöcher Punkte. Die Haut war käsig wie bei Übernächtigten, Müden.

»Machen Sie mir doch nichts vor«, sagte Zimmermann lachend, »sie ist mindestens siebzehn und sogar für siebzehn stark entwickelt.«

Die Mutter errötete, und die Tochter machte sich klein, als hoffe sie, nicht gesehen zu werden. Es sah rührend und erbärmlich zugleich aus.

»Wenn wir es nicht sind«, fuhr Zimmermann fort, »so sind es andere. Wollen Sie nicht lieber begreifen, daß Sie sich und das Mädel nicht aus dem Krieg heraushalten können?«

Für mich schob sich wieder die nüchterne und erregende Realität des Krieges vor das Bild von eben, Mutter und Kind auf der Flucht. Ich dachte wieder wie Zimmermann oder wie ich glaubte, daß Zimmermann dachte, sah mit seinen Augen und hörte mit seinen Ohren. Ich wußte nicht, was er wollte, was er glaubte und was er schließlich tun würde.

»Was meinen Sie mit: wenn wir es nicht sind«, fragte ich ihn.

Er sah mich lange an, als wisse er nicht, was zu antworten, zuckte die Schultern und meinte, wir müßten uns fertig machen.

»So antworten Sie doch«, sagte die Mutter.

Zimmermann schüttelte den Kopf, als bekümmere ihn die Frage. »Ich bin ein ebenso armes Schwein wie ihr. Sind die Russen vor uns, hinter uns? Was muß ich tun? Morgen um die Zeit hänge ich vielleicht an einem Baum und ihr mit, da uns das Schicksal zusammengeworfen hat.«

»Herr Hauptmann«, sagte ich, »es gibt Dinge, die mit dem Krieg unvermeidlich zusammenhängen, es gibt aber auch welche, die wir in der Hand haben.«

»Gut, gut«, sagte Zimmermann, »verschonen Sie uns mit Ihrem Pubertätsgeschwätz, Fahnenjunker. Glauben Sie mir, ginge der Krieg weiter, so würden Sie ein perfekter SS-Mann werden.«

Zwischen uns vertiefte sich der Graben, als er das sagte.

»Ich würde überall meine Pflicht tun«, sagte ich. »Daran sollten Sie nicht zweifeln, Herr Hauptmann. Sie haben mich getäuscht, ich wünschte, ich wäre nicht mit Ihnen gefahren.«

»Sie können jederzeit Ihrer Wege gehen«, sagte Zimmermann.

»Nein. Wir werden sicherlich bald auf einen Wehrmachtverband stoßen, dann ...«

»Das hoffe ich nicht«, sagte Zimmermann schnell. »Und Sie sollten es auch nicht herbeisehnen.«

Plötzlich schaltete sich die Mutter ein. Sie bat darum, mit Zimmermann fahren zu dürfen.

Ich hatte ihr Vertrauen gewonnen, hieß das. Natürlich würde Zimmermann niemals seine Erziehung, seine Offiziersehre vergessen. Daß er sich absetzte, um zu den Amerikanern überzulaufen, war etwas anderes. Es würde nach der Niederlage kein Deutschland mehr geben, in welchem Begriffe wie Ehre und Treue noch gefragt waren. Also hatte er von seinem Standpunkt aus recht, wenn er sich physisch retten wollte.

»Wie Sie meinen«, sagte Zimmermann, »wenn Sie zu mir mehr Vertrauen haben als zu ihm.« Er bog sich was zurecht, das hatte die Mutter nicht gemeint.

»Können Sie eventuell mit einer Pistole umgehen«, fragte Zimmermann die Frau. Sie schüttelte den Kopf, sie entsetzte sich, als er ihr die gesicherte Waffe gab, nahm sie aber und ließ sich den Gebrauch erklären.

Wie sich zeigen sollte, hatte Zimmermann einen Fehler gemacht, als er die Frau in den Stand setzte zu handeln.

Wir fuhren die zweite Nacht auf den schlechten Wegen der Wälder. Ich bemühte mich, Zimmermann auf den Fersen zu bleiben. Als ich ihn verloren hatte, seinen Motor nicht mehr hörte, hielt ich an und ließ das junge Mädchen absteigen. Ich sagte, sie solle sich hinsetzen und sich nicht vom Fleck rühren. Sie sank neben der Maschine zusammen. Ich ging auf dem Weg, auf welchem ich Zimmermann vermutete; ich fand keine Spur, wohl aber fand ich einen breiten Bach; fast schon ein kleiner Fluß. Wie war Zimmermann über das Wasser gekommen?

Ich lief zurück und goß den Rest Benzin auf, vielleicht sieben Liter. Den leeren Kanister warf ich weg, er hätte mir nichts genutzt. Dann hörte ich Schüsse, ploch, ploch, ploch, die Serie kam ohne Zweifel aus der Maschinenpistole Zimmermanns. Ich kannte ihren Ton; es fielen aber auch vereinzelte Gewehrschüsse, piiwau. Ich beschloß, hier abzuwarten.

Wenn Zimmermann lebte, so würde er uns suchen. War er tot, so würde die Mutter ihr Kind suchen. Ihr Verhältnis erinnerte ein bißchen an das von Kuh und Kalb. Sie saßen immer beisammen, hielten sich an den Händen, und die Augen der Mutter waren tränenfeucht, wenn sie ihr Kind ansah. Daher durfte ich damit rechnen, daß die Alte ihr Junges suchen würde. An Liebe oder so dachte ich nicht mehr.

Wir verkrochen uns unter den Kuscheln an einem Hang. Die Nacht war ziemlich still. Wir hörten Flugzeuge, auch Panzer in einiger Entfernung. Es war verwirrend, und wir schliefen ein bißchen.

Ich berechnete, daß wir den 18. oder 19. April haben mußten, genau konnte ich das Datum nicht bestimmen. Waren sie nicht aufgehalten worden, so mußten die Russen jetzt schon weit vor uns sein. Zimmermann hatte recht, wenn er meinte, daß die Schlacht bei Halbe im Süden der Stadt Berlin eine strategische Bedeutung gehabt hatte, sicherlich hatten die Armeen Stalins Berlin umgangen und eingeschlossen, auch im Norden. Der Name des Generals Wenck fiel mir wieder ein. Gab es ihn, oder hatte Zimmermann ihn nur erfunden?

Die Ränder der Wolken leuchteten gelb von den Strahlen des Mondes, sie zogen schnell und wechselten rasch ihre Gestalt. Der Wald darunter und das Wasser waren ebenfalls vom Mondlicht gefärbt. Das junge Mädchen hockte an einem Baum, und jetzt, wo Zimmermann und die Mutter nichts sagen konnten, fühlte ich plötzlich Verantwortung für sie, berührte ihre Schulter mit der Hand und fragte, ob sie hungrig sei. Ich gab ihr Zwieback von einer groben und steinharten Sorte. Sie kaute und nagte an dem Zeug wie ein Kaninchen, während ich mit Kognak versetztes Wasser aus der Feldflasche trank.

Ich fragte: »Bist du stumm?«

Nach einiger Zeit antwortete sie: »Nein, warum?«

»Weil du nichts redest.«

»Worüber soll ich reden?«

Ich wollte sie jetzt heil durchbringen und gab ihr meinen Mantel, weil sie fror, wie ich sah, und ich einen kleinen Rundgang machen wollte, um vielleicht doch noch Spuren von Zimmermann zu entdecken. Als ich von meinem erfolglosen Gang zurückkam, schlief sie unter meinem Mantel.

Ich dachte über das Absurde dieser Lage nach, überlegte, ob es besser und anständiger sei, aufzugeben, in Gefangenschaft zu gehen, da der Krieg nun mal verloren war und ich mit allem, was mich ausmachte, an der militärischen Niederlage beteiligt war. Jede Hoffnung, die feindlichen Truppen aus Deutschland zu werfen, mußte ich aufgeben, mein Leben zählte nur noch für mich. So ähnlich dachte auch Zimmermann. Würde er heute mit mir geredet haben, wäre ich vielleicht für eine selbständige Entscheidung zu haben gewesen. Bis hier hatte ich für eine Idee gekämpft, für die Idee bedingungsloser Treue zu Hitler, ohne jemals diese Idee unbedingter Treue bis zum Tod auf ihren Sinn zu überprüfen. Diese Idee verband sich auch mit dem Begriff vom Soldatentum, von Ehre und Gehorsam auf eine gute Weise. Jedenfalls waren mir niemals Zweifel gekommen. Als ich Zimmermann unterstellt wurde, als ich ihn im Kampf sah, bewunderte ich ihn neidlos. Ich bewunderte ihn als Kriegshandwerker, meine ich. Wie man ein Maschinengewehrnest ausräuchert, wie man einen Infanterieangriff durchbricht, wann man vorgeht, wann zurück, das hatte ich ihm bewundernd abgesehen. Der Umschlag kam mit der Frage: Wofür? Wofür dieser erbarmungslose Einsatz? Darauf konnte Zimmermann keine Antwort geben. Er sank vor meinen Augen auf die Stufe eines Söldners, der seinen Herrn – seine Idee – verriet. Vielleicht hatte er nie eine gehabt. Durch Zimmermann wurde mein Weg der Ehre durchbrochen; dieser Mann hatte mir keine neue Idee geben können, nur seine Überlebensphilosophie, die ich verachtete. Zimmermann *wußte* kein Deutschland, *wußte* überhaupt kein Vaterland, er *wußte* ein Schlaraffenland. Sollten wir wirklich die Elbe erreichen, mußte er mir Rede und Antwort stehen, bevor wir uns trennten, mußte er mit seinem Leben für eine Idee stehen, sonst würde ich kurzen Prozeß machen. Heute glaube ich, daß mich seine Geringschätzigkeit einfach empörte.

Als ich einen Laut hörte, nahm ich die Waffe, wußte aber doch, daß es Zimmermann war, der sich anschlich. Er machte sich bemerkbar und sagte: »Na, war es schön?«

»Wo haben Sie gesteckt«, fragte ich.

Er weckte das Mädchen, ich holte das Krad, schob es auf einen Waldweg, und Zimmermann zeigte uns einen Übergang. Das Wasser stand nicht sehr hoch, trotzdem bekam ich nasse Füße. Wie am Vortage wiederholte sich das gleiche, Zimmermann fand ein abgelegenes Haus, nistete uns ein, und wir verbrachten den Tag im Schutz des Hauses.

Am Abend zeigte mir Zimmermann die Karte. Wir befanden uns westlich von Pernis, es gab wieder einen Fluß, die Plane. Wahrscheinlich hatten wir sie schon einmal überquert. Jedenfalls lag noch ungefähr die halbe Strecke bis Magdeburg vor uns.

Die beiden Alten, die uns gezwungenermaßen dulden mußten, besaßen ein Radio. Es gelang uns, Nachrichten zu empfangen. Im Norden und Osten der Stadt Berlin wurde gekämpft; es handelte sich um ein Übungsschießen, teilte der Sprecher des Rundfunks mit, und Zimmermann kam zu dem Schluß: *Der Russe ist am Stadtrand.*

Zimmermann sagte: »Morgen können wir noch fahren. Dann ist der Sprit alle.«

Ich fragte ihn, was die Schießerei in der Nacht bedeutet habe, er sagte aber, er sei daran nicht beteiligt gewesen. Ich wußte nicht, was ich aus der Antwort machen sollte. Es mußte seine Maschinenpistole gewesen sein, weit und breit war nichts von einer Truppe zu entdecken gewesen.

Die Stimmung war anders als zuvor und an dem Abend, als die Frauen zu uns stießen. Es war so etwas wie Gewöhnung in die Sache gekommen. Die Mutter wusch sich sogar das Haar über einer Schüssel, und die Tochter goß warmes Wasser über die triefenden Haare. Etwas mußte geschehen sein, was mit der Schießerei zusammenhing; denn die Stimmung war, wie gesagt, freundlich und gelassen, so als wären wir aus allem raus.

Wir wollten gegen Mitternacht weiter. Zimmermann suchte im Haus herum. Er fand eine Flasche Rotwein. Wir machten daraus einen Punsch, kochten ihn mit Nelken und Zimt, die beiden Alten tranken mit, es blieb ihnen ja nichts anderes übrig, nachdem die Flasche entdeckt worden war. Danach legten sich alle zum Schlafen nieder. Zimmermann und ich traten vor das Haus.

»Ich denke, wir machen uns morgen davon – ohne die Frauen. Hier muß es noch Wehrmachtverbände geben, die werden sich um die beiden kümmern. Es kommt schon nicht mehr drauf an.«

»Worauf kommt es Ihnen überhaupt an«, fragte ich.

»Daß ich und Sie am Leben bleiben, darauf kommt es an, auch wenn Sie es bereuen, mitgegangen zu sein. In einigen Jahren, wenn die ganze, die volle Wahrheit über den Krieg an den Tag kommt, werden Sie anders darüber denken, Herr Fahnenjunker.«

Ich sagte: »Ich will jetzt die Wahrheit wissen. Welchen Sinn hat es für Sie, am Leben zu bleiben?«

Gespannt wartete ich auf eine Antwort. Er gab keine, wie ich befürchtet hatte.

»Sie müssen mir jetzt erklären, was Sie und ich tun werden, wenn wir unser Leben retten. Ich meine, für welche Idee, für welches Deutschland leben wir fortan? Sagen Sie nicht, daß Sie für ein gutes Essen und Trinken, für Nichtstun und weiche Betten mit einer Hure drin Ihre und meine Ehre aufs Spiel gesetzt haben.« Eine Bewegung seiner Hände gab mir Anlaß zu sagen: »Nehmen Sie sich in acht, Herr Hauptmann.«

»Junge, denk doch mal nach. Ich will, daß du lebst.«

Aber da konnte ich ihm entgegenhalten, was er selbst gesagt hatte, nämlich daß er mich brauchte, mich aber nicht mochte.

»Wenn wir jetzt aufeinander losgehen, dann ist es das Ende, dann ist es das Ende auch der Frauen«, sagte er, »sieh es ein«.

Ich verbot ihm, mich zu duzen, gab jedoch zu, daß ich das Leben der Frauen nicht riskieren dürfe.

»Na also«, sagte Zimmermann.

Dann kroch ein Lachen aus ihm heraus, trotz der Lage. Offenbar konnte er es nicht zurückhalten. »Sie haben ja etwas Komisches an sich, Fahnenjunker. Nehmen Sie doch nicht alles so wörtlich. Idee, Ehre, Vaterland, mein Gott, was ist das mehr als Gerede! Es steckt nichts dahinter. Eine Idee, die Sie nicht selbst finden, ist meistens Betrug. Ihre Ehre ist Ihr Privatvergnügen, und das heilige Vaterland? Von ihm besitzen Sie nur, was Sie sich darunter vorstellen. Oder nutzt Ihnen das Geräusch der Brandung was, der Duft von Korn, das andere ernten? Sie sind zu jung für Ihre militärische Stellung. Legen Sie sich zu dem jungen Mädchen. Aber ich glaube, Sie sind noch ...«, er drehte sich um und ging weg.

Ich fuhr voraus, als Vorhut. Zimmermann nannte viele Gründe, um mich vorauszuschicken, und er hatte jetzt genügend Platz, weil auch er keine Reservekanister mehr besaß. Mutter und Tochter fuhren mit ihm. Oft hielt ich an und ließ das Gespann herankommen. Obwohl ich dieses Indianerspiels müde war, machte ich weiter mit, hielt die Augen offen und fuhr schmale, unbegangene Wege. Wahrscheinlich bewegten wir uns im Kreise. Entweder hatte mich Zimmermann verloren, oder ich war zu schnell vorangekommen. Jener Augenblick kam, in dem ich wußte, daß wir kurz vor einem Ereignis standen, einem Umschlag: alles trieb ja darauf zu, seit Tagen.

Es gab eine Detonation, nicht weit von mir, und Schüsse; rasch stellte ich das Rad ab, lief, suchte und fand die Stelle: Zimmermanns Krad lag umgestürzt im aufgerissenen Erdreich, einer flachen Grube, vielleicht von einem Bündel Handgranaten verursacht. Die Mutter, unweit davon, hielt den Revolver in der geschlossenen Hand, und die Tochter lag mit durchschossenem Kopf neben ihr. Sie blutete aus Mund und Nase. Daran sah ich, daß sie durch einen gezielten Kopfschuß getötet worden war, vielleicht von der Hand der Mutter. Nur Zimmermann konnte erklären, wie alles geschehen war. Ich machte, daß ich wegkam.

Auf dem Rückweg dachte ich weiter darüber nach, wie es passiert war. Eine Auseinandersetzung zwischen der Mutter und Zimmermann? Oder war noch eine andere Person aufgetreten? Aber wo war der Mann, wenn es ihn gab, es hielt sich kein Mensch hier in der Nähe auf. Ich ging in immer größer werdenden Bögen um die Stelle herum, konnte aber niemanden entdecken. Wo war Zimmermann? Ich kriegte eine große Wut auf ihn, entweder weil er sich vor mir versteckte oder weil er nicht auch gestorben war. Vielleicht hatte er schon vor Stunden gewußt, was er tun würde. Woher die Detonation? Mir fiel ein, daß ich sein Krad nicht genauer untersucht hatte; auch durch Benzin ließ sich eventuell so etwas herbeiführen, aber andererseits hätte das Krad noch brennen müssen.

Bei diesem Gedanken stand ich kurz vor einer Lichtung. In dem freien Feld, welches ich gleich betreten würde, stand eine Gestalt, dunkel wie ein Schatten. Ich sagte: »Zimmermann?« Der Schatten bewegte sich weg von mir. Da gab ich Feuer; ich schoß zweimal. Weil er noch lebte, aber schuld am Tod der Frauen war. Der Schatten verschwand, aber ich konnte keinen Zimmermann finden, soviel ich auch suchte. Ich war jetzt ganz am Ende und gab innerlich auf. Wenck würde ich nicht mehr treffen, verirrt wie ich war, und es lag mir auch nichts mehr daran.

Am Abend ging ich weiter, stellte mich auf die Straße nach Pernis und wartete auf die Russen. Vom ersten Lager begann eine weite Reise bis ins Straflager; die Einheit, der ich angehörte, hatte allerlei angerichtet.

Zehn Jahre später kehrte ich zurück, geändert, klüger, aber noch immer beschäftigten mich die Ereignisse damals im Wald ...

Er kam mit einem Taxi, stieg nicht aus, sondern hieß mich einsteigen. Zimmermann saß links von mir; selbst jetzt hatte er sich nicht von seiner Kamera getrennt. Er hielt das Lederetui auf dem Schoß mitsamt anderem Krimskrams, seinen Objektiven, dem Belichtungsmesser und einem Stativ. Am kleinen Finger der rechten Hand prangte ein Ring mit einem Diamantsplitter. Neue Reiseplaketten trug Zimmermann auch an seinem Krätzchen.

Ich wartete auf seine Anrede, schließlich hatte mich Zimmermann bestellt, aber während wir in die Stadt zurückfuhren, sprach er kein Wort. Erst später im Café, das ich nicht kannte – es war sicherlich von ihm mit Bedacht ausgewählt worden –, legte er die Zurückhaltung ab, bestellte Tee und stopfte eine Pfeife. Früher, also damals, hatte er nicht geraucht, keine Zigaretten, keine Zigarren, schon gar nicht Pfeife.

»Ich hatte dich zuerst nicht erkannt«, sagte er, »wieviel Zeit ist unterdessen verflossen. Wir haben uns verändert.«

Das war richtig, wir hatten uns verändert. Zimmermann mochte heute um hundert Kilogramm wiegen, wirkte aber durch seine Größe nicht fett. Mir fiel ein, daß wir uns damals nicht geduzt hatten, wegen des Altersunterschieds, mehr noch wegen seines höheren Dienstgrades, und überhaupt wäre ich damals nicht auf den Einfall gekommen, einen Fremden oder einen Älteren zu duzen. Es lag mir nicht.

»Woran hast du mich erkannt?« fragte er.

»An deinen Schultern, du trägst deine Schultern wie andere Leute ein Gewicht«, sagte ich.

Draußen ging ein Regenguß nieder. Er ließ die Fensterscheiben des Cafés wie Glocken klingen, so heftig fiel das Wasser dagegen. Später milderte sich der Regen, und die Scheiben beschlugen von innen.

Ich fragte: »Wie kommt es, daß du lebst?«

Ich steuerte auf mein Ziel los, weil ich fürchtete, wir würden so lange bangloses Zeug reden, bis wir uns abgetastet hatten, Komplizen wurden. Vielleicht hätte unsere Verachtung füreinander auch offene Formen angenommen und das Fragen unterbunden. Noch einmal würde mir der Zufall nicht zu Hilfe kommen, abgesehen davon, daß ich diesen Zufall nicht herbeiführen konnte. Im Gegenteil: Zimmermanns Tod war für mich eine Tatsache bis jetzt.

»Wieso sollte ich nicht leben«, fragte er.

Mich ärgerte dieses Versteckspiel, deshalb sagte ich ihm auf den Kopf zu, er habe die beiden Frauen getötet, und er habe weiter großes Glück gehabt, daß er noch lebe.

Da sah er mich sonderbar an, so, als höre er eine Geschichte, die ihn nichts anging. Für sich genommen interessierte ihn die Geschichte schon. Zwei Frauen waren getötet worden, und ein Mann kam mit dem Leben davon. Wen hätte eine solche Geschichte nicht gefesselt, zumal wenn der Erzähler ihn in dieses Ereignis einbezog.

»Ich habe immer vermutet, daß sie tot sind«, sagte Zimmermann nun, »aber ich habe sie lebend verlassen, damals an der, wie hieß das Wasser noch gleich, Plane. Es war falsch, dich vorauszuschicken, falsch, sich zu trennen, aber es ist geschehen und nicht mehr rückgängig zu machen. Ich verlor die Nerven, redete mir ein, Stimmen zu hören, ließ die beiden Frauen im Wald und ging los, um dich zu suchen. Ich war ziemlich weit abgekommen, da hörte ich Schüsse aus meiner Richtung und eine Detonation, sah eine Stichflamme und Feuer, ich mußte meine Absicht ändern. Kein Mensch hat auf mich geschossen. Ich erreichte die Straße, ich kam bis Magdeburg, ich schwamm über die Elbe. Wie ich nach Wien kam, ist eine lange Geschichte. Was du mir vorwerfen kannst, ist, daß ich nicht lange genug nach dir gesucht habe, sonst nichts.«

Er ließ mir Zeit, über diesen Unsinn nachzudenken, aber ich fand keine Gründe, Zimmermann zu widerlegen. Ob die Tochter aus seiner Pistole erschossen worden war, konnte ich, genau betrachtet, auch nicht auf meinen Eid nehmen. An der Mutter hatte ich die Todesursache nicht feststellen können.

Dennoch fragte ich Zimmermann, ob er nicht nur eine halbwegs glaubhafte Geschichte erfunden habe, um mich loszuwerden.

»Wüßte nicht«, sagte Zimmermann. »Wenn man sich nach so vielen Jahren wiedersieht, sagt man sich wohl die Wahrheit.«

Er war mir aus dem Wege gegangen. Daher sagte ich: »Weil du Angst vor mir hast. Du hattest auch damals Angst vor mir, und solche Ängste wird man schwer los, das weiß ich. Nur, warum Angst vor mir, das möchte ich rauskriegen. Und ich krieg es heraus, verlaß dich darauf.«

»Und wie, glaubst du, ist es damals gewesen?« fragte er.

Die Hypothese, die ich entwickelte, entnahm ich dem Stoff seiner Erzählung: Ihm sei klargeworden, sagte ich, daß wir zu viert und zu Fuß keine Chance gehabt hätten, lebend aus dem Wald zu kommen. Wie er ja auch schon vorhergesagt habe. Hier nickte Zimmermann nachdrücklich, und ich sah, daß er auch heute noch zu den Entscheidungen von damals stand. Ganz richtig, wir steckten tief im Wald, den Fluß vor uns. Keine Chance zu viert bedeutet aber nicht, überhaupt keine Chance für den einzelnen. Freilich, ohne uns waren die Frauen verloren. Er habe mich also weggeschickt, um die Frauen zu erledigen und um sich aus dem Staube zu machen. Tatsächlich hätte sich bei der älteren Frau nichts finden lassen, aber die Tochter sei an einem Nahschuß in den Kopf gestorben, wahrscheinlich aus seiner Pistole; diese habe die Ältere nämlich in der Hand gehabt.

Betont langsam sagte Zimmermann: »Wirklich, mein Bester, eine Hypothese.«

Hier unterbrach ihn die Serviererin, indem sie frischen Tee hinstellte und nach Zimmermanns Wünschen fragte. Er redete mit ihr über den scheußlichen Regen, über die Nässe dieses Herbstes, erkundigte sich, woher sie stamme, und schloß mit der Behauptung, er käme aus Amerika. Aber seine Hände zitterten, und sein Gesicht sah aus wie ranzig gewordener Speck.

Ich sagte, so daß sie es verstehen mußte: »Schick die Frau weg, das ist nichts für sie.«

Die Serviererin ging mit einem kleinen Schreck in den Augen, und Zimmermann sagte leichthin, sich beherrschend: »Hypothesen gibt es viele. Als wir aus dem Wald kamen, aus dem verfluchten Kessel bei Halbe, warst du wie betäubt, aber nicht abgeschreckt. Ich meine, du bist nicht anders aus der Schlacht gekommen, als du hineingingst, vielleicht noch verrückter. Weil du irgendeinen heroischen Entschluß hinter meinem Absetzversuch vermutetest, bist du mir gefolgt, als ich dich dazu aufforderte. Ja, ich wollte meine Haut retten, und ich wollte nicht allein sein. Ganz schnell stellte sich mein Irrtum raus, da war es zu spät. Ich hatte mir den Falschen ausgesucht, ich habe eine Menge Angst deinetwegen ausgestanden. Immer die Hand an der Knarre, immer alles mit dem pubertären Maß gemessen. Jedenfalls war ich verloren, wenn ich etwas tun würde, was deinen Vorstellungen von Mut, Heldentum, Ehre widersprach. Wir waren beide Mörder, aus meiner Sicht wenigstens, aber jeder war es aus anderen Ursachen heraus und auf andere Weise. Natürlich war alles falsch – wie ich dich behandelt habe. Heute sehe ich das. Mit den beiden Frauen komplizierte sich unser Verhältnis noch mehr; aus uns vieren wurde eine Gesellschaft mit eigenen Gesetzen. Ich war ja in deinen Augen nicht mehr der Hauptmann, der Offizier, ich war ein Zivilist geworden, ein Marodeur, zu allem fähig. Wann habe ich dir erklärt, was mich an dir erschreckte? Irgendwann jedenfalls bei unserem Lauf um das Leben.«

Auf seiner Stirn erschien körniger Schweiß; er durchlebte das alles noch einmal. Mich erschütterte seine Erzählung. War ich so gewesen? War ich es losgeworden? War er, Zimmermann, der ängstliche Riese, der lebenslustige Fresser und Trinker, der Überlebensphilosoph, im Recht, damals wie heute, mit seiner Furcht vor mir?

Draußen glänzte das nasse Pflaster unter einem Sonnenstrahl, die Wolken zogen weiter, das Licht veränderte sich rasch.

»Wo lebst du jetzt?« fragte er.

Ich stand Rede und Antwort, und er sagte: »Es paßt, alles paßt. Wir konnten uns eigentlich nur hier treffen. Schuld und Sühne, ein Jahrzehnt Lager, wo es dich nur ein Wort gekostet hätte, dich zu entlasten. Aber nein, die Ehre, Treue. Und dein Bedürfnis nach Symbolen, nach Idealen, nach Ideologie. Wer bist du heute? Mit achtzehn Fähnrich – Krieger; mit sechzig – du bist doch ungefähr sechzig – immer noch Fähnrich. Und das war alles? Das hat gelohnt?«

»Schön«, sagte ich, »laß uns gehen. Was kommt heraus, wenn wir heute, mit soviel Verspätung, Standpunkte abwägen? Vielleicht stimmt, was du sagst, und ich bin geblieben, was ich war. Du jedenfalls – ich habe dich essen sehen, ich habe dich in der Kirche gesehen –, du jedenfalls bist deinem Prinzip auch treu geblieben.«

Er nickte zustimmend: »Menschen ändern sich nicht. Wir legen Verkleidungen an, aber wir bleiben, wie wir sind.«

Wir zahlten und traten ins Freie.

»Es erklärt jedenfalls, weshalb du in Neubrandenburg lebst und dich wohl fühlst«, sagte Zimmermann. »Ein psychologisches Problem, innere Exotik. Und ich bin hier wie zu Hause, tatsächlich, ebenfalls mit guten Gründen, nachgelassener Kongreßpole, Wehrmachthauptmann.«

Auf der Straße kam mir die Gewißheit, daß alle unsere Hypothesen stimmen würden und auch alle Schlußfolgerungen. Darum handelte es sich nicht. Wie die beiden Frauen im Wald umgekommen waren, durch wessen Schuld, das wollte ich wissen. Schließlich war es gleichgültig, ob ich ihn wie er sich selbst für einen Altösterreicher hielt oder für einen Vertreter amerikanischer Lebensideale, für einen reich gewordenen Parasiten. Mochte er mich für einen halten, der nicht aus seiner Haut gekonnt hatte und was noch alles stimmte und nicht stimmte.

Ich sagte: »Zimmermann, die Wahrheit ist, du wolltest an die Tochter, entweder hast du geschossen oder die Mutter, sie sah ganz danach aus. Du schätzt das Leben vielleicht zu hoch ein, nicht jeder kann wie du unbekümmert weiterleben. Es hat keinen Sinn, mich wegzuschicken. Neu? Doch. Es nutzte deinen Absichten. Du hast sie getötet. Und das Benzin angesteckt. Dann bist du mir in die Arme gelaufen. So war es.«

»Kann sein«, sagte er. »Hast du sie eigentlich gehabt? Mit Segen der Alten? Wie nun? Hör auf, man kann diesen Unsinn bis sonstwohin treiben.«

Sein Atem ging schwer, ich rief mir sein Alter ins Gedächtnis, da fragte ich ihn, was er gearbeitet habe.

»Versicherung«, sagte er. »Wien, Arizona. Durch Heirat. Sie stammt aus Kielce. Du hast sie gesehen. In Amerika leben viele Polen.«

Da meinte ich, daß mein Einfall, Zimmermann zu einem Agenten für Versicherungen zu machen, nicht ganz weit weg von der Wahrheit gewesen ist. Ich langte nach seiner Schulter, eigentlich absichtslos, es war ein Reflex, weil er mich bestätigt hatte, da lief Zimmermann los. Ich folgte ihm, ich wollte ihm sagen, daß ich ihn zuerst ganz richtig eingeschätzt hatte, aber er lief immer schneller, wie ein Siebziger sonst nicht läuft, legte kurze Zwischenspurts ein, um wieder in langsamen Trab zu fallen. Gedankenlos lief ich hinter

Zimmermann her. Möglicherweise wollte ich ihn gar nicht einholen. Als ich ihn hatte, drehte er sich um. Sein Gesicht war blaurot angelaufen. Er rang nach Luft, fuchtelte mit den Armen und brach zu meinen Füßen zusammen. Da lag er in seinem schönen Raglan auf dem dreckigen nassen Pflaster.

Ich betrat ein Geschäft und veranlaßte alles Notwendige. Eigentlich hatte es keine Eile, denn Zimmermann war tot. Um zu hören, was der Arzt herausfinden würde, blieb ich stehen, aber der Arzt sagte nur, was ich schon wußte, daß dieser Mann tot sei und ob ihn einer kenne. Sie brachten Zimmermann weg, und ich fuhr zurück ins Hotel, um meinen Begleiter abzuholen, der an diesem Tage abreisen mußte.

Vor der Hotelhalle sammelten sich die Touristen um den *Austria*-Bus. Ich suchte die große blonde Frau, Zimmermanns Witwe. Sie blickte ungeduldig zur Tür. Schließlich wurde sie gerufen, ich sah noch, wie sie die Tür zur Hotelverwaltung hinter sich zuzog. Ein Mann brachte Zimmermanns beschmutzten Raglan und die Fotosachen, und gleich darauf erschien die blonde Frau wieder. Sie schien ruhig, vielleicht hatte sie Zimmermann ebensowenig gemocht wie ich.

Mein Begleiter fragte, ob das nicht die Dame sei, deren Mann ich hatte treffen wollen.

»Er ist nicht gekommen, oder ich habe ihn verpaßt, ich hatte auch keine Zeit mehr, auf ihn zu warten, Ihretwegen«, sagte ich.

»Da scheint was passiert zu sein«, sagte mein Begleiter. »Ist das nicht sein Mantel?«

»Woher soll ich das wissen«, sagte ich. »Wir müssen gehen.« »Da ist was passiert! Deshalb haben Sie ihn nicht getroffen.« Im Zug war Gedränge, mein Begleiter hatte eine

Platzkarte. Er stieg ins Abteil, kam wieder heraus und fragte noch vieles, aber großes Interesse an einem Gespräch hatten wir beide nicht mehr. Der Zug fuhr an, und ich ging mit einem Gefühl des Unbefriedigtseins weg. Eine Leere war in mir, weil die Sache von damals durch Zimmermanns unzeitigen Tod endgültig unaufklärbar geworden war.

Rulaman

Bevor ich zu den Edelweißpiraten kam, galt ich als leuchtendes Vorbild der Klasse. Das war richtig: Ich begriff leichter als die anderen, was eine Gleichung mit zwei Unbekannten ist und worin das Wesen der Schwerkraft besteht. Vokabeln lernte ich abends vor dem Einschlafen, legte nach altem Pennälerglauben das Heft unters Kopfkissen und erwachte am anderen Tag wahrhaftig mit all dem Mist, von dem behauptet wurde, er sei fürs Leben unentbehrlich. Für mich wäre Physik überflüssig gewesen, hätte mich nicht wirklich interessiert, warum eine Birne nach unten und nicht nach oben fällt, was sie ja nur unter bestimmten Bedingungen doch tut, und wieso es möglich ist, durch Nachdenken etwas zu finden, das Unbekannte, Unsichtbare, Unhörbare. Überhaupt war meine Welt in Ordnung, so sauber wie ich, der seinen sechzehnjährigen Körper pflegte, sich die Fingernägel schnitt und feilte, das Haar streichholzlang trug und in der Überzeugung lebte, daß, wer sein Haar länger als vorgeschrieben wachsen ließ und seine Nägel nicht schnitt wie ich, einer minderwertigeren Sorte Mensch angehörte. Jedenfalls verkehrte ich nicht mit solchen bis zu jenem Zeitpunkt, als ich in den Klub der Edelweißpiraten eintrat und notgedrungen mit ihnen sprechen mußte und, nebenher gesagt, bei ihnen nur wenig galt.

In unserer märkischen Kleinstadt war das Leben auch während des Krieges weitergegangen, mit Amtsbetrieb, Gasthöfen und Schulen; mein Vater, dem ein Weltkrieg das rechte Bein und ein Auge gekostet hatte, begann um sieben Uhr früh mit der Sprechstunde, aß um zwölf Uhr zu Mittag und fuhr mit seinem alten Auto ins Krankenhaus zur nächsten Runde. Eigentlich hatte er nie Ruhe vor den Kranken und Verwundeten, denn Ärzte waren rar; einen Teil der jungen Mediziner verbrauchte die Wehrmacht. Sollte ich meinen Vater beschreiben, so fiele mir nur ein Stereotyp ein; das Bild eines hageren Mannes im weißen Kittel mit Stethoskop entsteht vor meinen Augen. Mein Vater trug den schmalen weißen Kragen seines Kittels immer hochgeschlagen, ich glaube, diese Art des Tragens gab ihm so etwas wie einen Schutz. Bei Tisch sprach er nie; er erzählte nichts, und wenn er doch redete, so stellte er präzise Fragen und erwartete knappe, aber erschöpfende Antworten. Im übrigen schien er vorurteilsfrei, wie es ältere Ärzte manchmal sind, schon deshalb, weil sie alle möglichen Geschichten von Menschen und über Menschen hören. Selten sind die Geschichten schön, die Ärzten erzählt werden.

Ich mochte meinen Vater, und das bedeutete etwas mehr als Respekt. Ich ahnte, daß er wußte, welche Sorgen mich plagten. Bei Gelegenheit gab er mir durch einen Rat freundschaftliche Hilfe. Wie es um seine Urteile wirklich stand, sollte ich bald erfahren. Mein Vater hielt sich für über allen Dingen stehend; daß es die Partei gab, SS und Gestapo, Krieg in Europa, Asien und Afrika, beschäftigte ihn; allerdings dachte er auf seine Weise darüber nach, ohne die Verhältnisse in Frage zu stellen. Menschliche Dummheit sei zu allem möglichen fähig, meinte er wohl. Als Mediziner leistete er pflichtgemäß und so gut er konnte Hilfe – nicht jedem, wie ich damals glaubte, wozu er durch seinen Eid angehalten war. Bei der Partei galt er als zuverlässig; eilig hinkte er über die Straßen, wurde meist zuerst gegrüßt und hob zerstreut den Arm zum Gegengruß.

Diese Haltung meines Vaters mußte auf mich wirken, einen Teil seiner Vorstellung hatte er mir vielleicht unbewußt eingeimpft, nämlich den, durch sachliches Denken, durch eisige Logik allen anderen überlegen zu sein, eine besondere Art Dünkel, der vor dem Leben nicht bestand.

Seine Mutter lebte bei uns im Hause, ich beschreibe sie kurz, ehe ich auf meine Mutter zu sprechen komme, weil meine Großmutter ihrem Sohn oder er seiner Mutter so ähnlich war. Ihr Name stand im »Gothaer«, aber mein Vater hatte das »von« ihres Namens gestrichen, wie er auch von der angeblich glänzenden Vergangenheit dieser Familie nichts wissen wollte. Adelstitel hielt er für überlebt und lächerlich. Die Großmutter besaß keinerlei Grundbesitz, es war ihrer Familie nicht gelungen, beizeiten das Geld aus einer Grundrente in Kapital zu verwandeln, schon die Brüder meiner Großmutter mußten ihren Unterhalt verdienen. Nach seiner Verwundung hatte mein Vater seinen Degen an den Nagel gehängt und ein Studium der Medizin angefangen. Reaktivierter Offizier, verarmt, galt sein Haß der Weimarer Republik und den »Novemberverbrechern«, was ihm die Achtung der Partei am Ort einbrachte, der er früh beitrat.

Meine Großmutter verlangte von allen Dienstboten, mit vollem Titel angeredet zu werden; sie hütete unsere Familienheiligtümer, die Fotos der Offiziere und Beamten, Kleider, in denen die Frauen zum Traualtar gegangen waren, die Ringe und Ketten, Orden und Urkunden. Sie verbrachte viele Stunden vor dem heruntergeklappten Sekretär, zog Schubfächer auf und schob sie wieder zu, irgendeinen Brief suchend, den ein Urahne nach der Schlacht bei Großgörschen oder Königgrätz geschrieben hatte, in welchem todsicher von »Majestät« die Rede war. Sie hielt auf Ordnung. Trotz des Krieges pflegte sie sich mehrmals am Tage umzukleiden, ging sonntagvormittags zur Kirche, um zu beten und um gesehen zu werden. Mich mochte sie weniger als ich sie; ich glaube, ihr gefiel mein skeptisches Gesicht nicht, wenn sie von den alten Zeiten redete. Als Sohn und Paladin meines rationalistischen Vaters richtete ich meinen Blick auf die Gegenwart.

Meine Mutter hatte wieder etwas Geld in die bankrotte Adelsfamilie gebracht, was ihr eine bestimmte Stellung in den Augen meiner Großmutter gab. Die Einrichtung unseres Hauses, die Praxis meines Vaters wären ohne die Mitgift meiner Mutter, deren Bilder überall im Hause hingen, Ölbilder und Fotos, Zeichnungen und Pastelle, nicht möglich gewesen. Auch das machte mir meinen Vater zum Freund; mein Herz ahnte, daß er sie nicht wegen des Geldes geheiratet hatte, sondern weil sie Künstlerin war, die von ihm bewundert wurde.

Trotzdem blieb mein Bild von ihr blaß, richtiger gesagt, sie war blaß, als ich anfing, sie als Frau zu sehen; blaß, still, unterwürfig, ein schweigender Mensch, der sich vielleicht lieber geöffnet hätte, aber seine Gefühle verbarg und seine Gedanken für sich behielt. Meine Beziehung zu ihr wurde inniger, als ich verhaftet worden war und sie darum kämpfte, mich zu sehen und zu sprechen. Sie war eine weiche, zarte Frau, die einem Menschen lange in die Augen sehen konnte, ohne zu zucken. Die Aufrichtigkeit, die ihr diese Angewohnheit verlieh, besaß sie in der Tat.

Ich war der einzige Sohn meiner Eltern.

Mir scheint, der Krieg ist mit einer schnelleren, hastigeren Lebensweise verbunden; wer ihn überlebt, entsinnt sich an kein vereinzeltes Ereignis, sondern an ein ganzes Bündel von sinnlosen, widerspruchsvollen Geschehnissen, die alle zusammen doch auf einen Moment hinwirken. Wie der Moment beschaffen ist, das enträtselt sich erst später. Zu der Zeit war ich ein junger Mann, der mit dem Glockenschlag seines sechzehnten Lebensjahres in das »kämpfende Heer« eintrat, als Flakhelfer. Damit zog ich weg von der Kleinstadt und nach der Hauptstadt. Alle die zahllosen kleinen Ereignisse, von denen ich eben sprach, mündeten bei mir zunächst in dem einen Punkt, meine Lebenslinie kreuzte sich mit der des Krieges. Daß mich meine Unerfahrenheit woanders hintreiben würde als unter die Fahnen der Wehrmacht, der Kriegsmarine oder der Luftwaffe – Stationen meines Lebens, die ich träumend durchleben sollte –, wußte ich natürlich nicht, als ich mich meldete; mein dem Vater abgeguckter Rationalismus brach sich eine eigene Bahn. Zum ritterkreuztragenden Kampfflieger, um ein Beispiel zu nennen, fühlte ich mich zwar nicht berufen, aber konnte ich mich dem »Schicksalskampf« entziehen? Das glaubte ich immerhin zu wissen: Die Welt war nicht für feige Völker da; und Kampf, Krieg war ein Prinzip menschlicher Existenz. In dieser Zeit beschäftigten mich die Kriegsliteratur und die Sagen; wäre ich zwei Jahre älter gewesen, hätte ich Nietzsche und Hölderlin im Marschgepäck gehabt und mit Rilkes »Cornet« meinen Nihilismus aufgepäppelt. Ich wäre ein empfindsamer junger Mann gewesen, voller Selbstmitleid und erotischer Verklemmung, obschon ich, ohne es zu wissen, auch dann nur einem Muster nachgelebt hätte.

Damals war es noch nicht soweit, und es sollte auch nicht dahin kommen.

Ich lernte Rulaman kennen.

Die Flakhelferei war ein aufreibender Dienst, denn tagsüber flogen die Amerikaner ihre Angriffe auf die Stadt, des Nachts die Engländer, dazwischen gab es nur wenig Pausen. Der Luftmarschall Harris hatte es sich in den Kopf gesetzt, die Nazis zu zerbomben. Seine Überlegung war einfach, zu einfach. Aber die Deutschen hatten eine Wut auf die Bomber. Auch wer die Nazis nicht liebte und den Krieg satt hatte, ging zähneknirschend in den Keller und kroch, wenn er Glück hatte, auch wieder heil heraus. Dann wurden in Stunden die Bahnen in Ordnung gebracht, die Kraftwerke geheizt, Waffen gemacht.

Die Flakhelferei war fragwürdig, weil sie nichts ausrichtete. Jedenfalls ging ich an einem freien Abend eine Allee entlang bis zu einer Straßenkreuzung, die Untergrundbahn kam aus der Erde und fuhr als Hochbahn weiter. Unterirdisch wäre sie in diesen Zeiten sicherer gewesen. Für einen Kleinstädter wie mich war sie eine Sehenswürdigkeit. Es tat mir leid um die Bahn, die wir nicht schützen konnten. Während ich die Stützpfeiler in dem schwachen Licht des Oktoberabends betrachtete – die Straßenbeleuchtung brannte wegen der Luftangriffe nicht – fiel mir ein Mann auf. Er trug einen langen grauen Mantel, einem Kradmantel ähnlich. Sein Hut hing schief auf dem Kopf wie auf einer Stange, so daß ich sein Gesicht nicht sehen konnte; unter dem Hut sah langes Haar hervor. Der Bursche war ziemlich groß und, wie ich an der Schulterbreite sah oder vielmehr aus ihr vermutete, älter als ich. Er sah zu mir herüber. Wir musterten uns in Ruhe. Woher kam diese Type? So standen wir, drei, vier Meter voneinander entfernt und warteten; keiner von uns hatte Veranlassung, auf den anderen zuzugehen. Nach einer Weile kamen zwei andere, die sich zu ihm stellten und zu mir hinsahen, und zuletzt erschienen noch zwei Mädchen. Sie bildeten eine Gruppe unter dem Bogen der Bahn vor dem Stützpfeiler; Gruppe, weil sie offenbar nicht zufällig hier standen. Daß sie mich nicht ansprachen, hatte vielleicht seinen Grund; ich trug die Uniform mit der HJ-Binde am Ärmel. Ich spürte über die Entfernung von wenigen Metern hinweg etwas wie Gegnerschaft. Mir kam es nicht in den Sinn, zu fragen, weshalb sie da standen. Gerade als ich gehen wollte, hörte ich Schritte von genagelten Stiefeln. Eine Militärstreife rannte im Laufschritt unter den Bögen entlang; ihnen folgten ein Zivilist und ein paar junge Männer in HJ-Uniformen. Da ertönte ein heller Pfiff, und plötzlich verschwanden die fünf Leute wie Schatten um die Pfeiler und Bögen herum, lösten sich buchstäblich in nichts auf. Da ich alles, nur nicht das erwartet hatte, verblüffte mich dieses lautlose und schnelle Verschwinden. Die Streife kontrollierte mich, fand aber an meinen Papieren nichts auszusetzen, und der Zivilist sagte: »Vorsichtiger sein, unter den Bögen ist es nachts gefährlich! Hauen Sie ab!«

Ich begriff gar nichts. Waren die fünf gesuchte Verbrecher? Ich nahm mir vor, den mit dem Hut wiederzutreffen. Das gelang mir auch an einem der folgenden freien Abende. Komischerweise trafen sich die Jungen und Mädchen zur gleichen Zeit und an derselben Stelle; sie fühlten sich also sicher vor der Streife, sonst hätten sie sich woanders getroffen, wie wir es später auch machten. Kaum hatte ich meinen Posten bezogen, da kam der mit dem Hut auf mich zu und sagte kurz: »Komm mit!«

Er und ich gingen unter den Bögen entlang; es regnete schwach, und es roch nach verwesendem Laub, die lange Allee hatte keine Bäume. Woher kam der Geruch? Dann schwenkte der Lange in eine Seitenstraße ab, ich folgte ihm an ausgebrannten Wohnungen vorbei bis zu einem Haus, das auch halb zerbombt war. Wir stiegen ein paar Stufen hinauf und wieder hinab, und ich betrat, von meinem Führer geschoben, einen kleinen Raum. Sessel und zwei Couches standen um einen Tisch. Es sah aus wie in einem Versammlungsraum, Schränke fehlten, nur Sitzgelegenheiten waren vorhanden. Und Leute hockten qualmend auf den alten Couches. Ich nahm ihre Gesichter zuerst nicht wahr, mich interessierte mein Führer. An seinem Hut leuchtete das Edelweißemblem, und nun wußte ich, mit wem ich es zu tun hatte.

»Dies ist Rulaman«, sagte er. Die anderen blickten ihn erwartungsvoll an; offensichtlich war er ihr Oberhaupt. Als er den Hut abgenommen und ich mich an das Kerzenlicht gewöhnt hatte, sah ich, warum. Ich schätzte ihn auf mindestens zwanzig, die übrigen waren viel jünger. Anders wären sie auch nicht in diesem Raum zu treffen gewesen, sondern an einer Front, auf einem Schiff, in einem U-Boot oder wie ich auf dem Flakturm.

»Warum sind Sie nicht an der Front?« fragte ich.

»Eine gute Frage«, sagte er, »weil ich die Front kenne, vielmehr die Marine.« Er sah müde aus oder leidend; von der Nase liefen tiefe Falten hinunter zu den Mundwinkeln. Augenfarbe und -form konnte ich nicht erkennen. Der Eindruck, den sein Gesicht bei mir hinterließ, war der eines Kranken.

»Und warum bin ich hier?«

»Du hast neulich lange zu uns rübergesehen, erst habe ich gedacht, der macht Spanne, dann wurde mir klar, daß ich mich irrte. Was willst du von uns? Du kannst fragen!«

Auf seinen Wink rückten die Jungen zusammen, ich plazierte mich zwischen zwei von ihnen auf einer Couch, die sicher von ihnen hergeschleppt worden war, ein altes Ding mit schiefen Federn, die in mein Gesäß drückten. Jemand zog ein Grammophon auf, und ich hörte eine quietschende, näselnde rhythmische Musik; eine krächzende Stimme sang etwas in englischer Sprache. Obwohl ich mich anstrengte, verstand ich nur wenig; das Stück endete und ein neues, ähnliches begann, in einem anderen, trägen, schleppenden Rhythmus, ich verstand immer nur das eine Wort: »Saint Louis«, und erinnerte mich, daß Saint Louis – Heiliger Ludwig – irgendwo in Amerika lag, vielleicht von Negern bewohnt war, die Jazz sangen. Und dann geschah etwas, das ich in einem japanischen Film gesehen hatte; die Jungen rauchten eine Zigarette. Der Führer zündete sie an, sog daran und gab sie weiter. Jeder machte einen Zug und bewegte die Hand in einer rituellen, für mich als Außenstehenden unklaren Geste, ehe er die Zigarette an den Nächsten weiterreichte. Zum Schluß legte der letzte den Rest auf einen Ascher; alle sahen andächtig zu, wie sich die Kippe aufrauchte. Danach wurde wieder eine Platte aufgelegt, die Stahlnadel sprang aus der Rille und kratzte auf dem papiernen Mittelschild. Einer der Jungen legte die Membrane um, der Apparat wurde ausgeschaltet. Vielleicht hatten sie nur zwei Schallplatten. Wie bei der Zigarette ließen sie eine Flasche kreisen, jeder nahm seinen Schluck und reichte sie weiter. Um mich machte sie einen Bogen, ich hätte auch nicht daraus getrunken.

Mich interessierte der mit dem Hut am meisten. Obschon sie versuchten, ihren Führer nachzuahmen, wie ich bemerkte, wirkten sie kindlich-unwissend im Gegensatz zu ihm. Sie trugen langes Haar, dunkle Kulihosen, anstatt des Kradmantels Windjacke oder dunkle Jungvolkbluse mit Kragen und zwei Brusttaschen. Die beiden Mädchen hatten, glaube ich, Strickjacken an und Röcke, unsere Füße steckten alle im gleichen Schuhtyp, dem Bundschuh mit einer Lasche über dem Bund. Natürlich hatten sie alle das Edelweißemblem angesteckt, an der Bluse, der Skimütze. Es war ein unauffälliges Emblem; man konnte es überall kaufen, in jedem Effektengeschäft, Gebirgsjäger trugen es, aber das Abzeichentragen war verbreitet, jeder hatte irgendeins, und die Winterhilfe brachte immer neue Serien heraus: deutsche Städtebilder auf kleinen Täfelchen, deutsche Blumen aus Wachs, am Rockaufschlag zu tragen. Ein Edelweiß fiel also wenig auf. Erst wenn sich mehrere Menschen zugleich ein Zeichen anstecken, liegt die Vermutung nahe, sie wollten damit Zusammengehörigkeit ausdrücken. Von den Edelweißpiraten als einer Verschwörergruppe hatte ich gehört, war aber enttäuscht von der Harmlosigkeit dieser Kinder.

»Wer ist Rulaman?« fragte ich.

»Wir alle sind Rulaman«, erklärte der Führer, er deutete auf den Ascher, in dem die Kippe verschwelt war, und ich reimte mir aus der dunklen Antwort zusammen, daß einer von ihnen, Rulaman, tot, gefallen oder gestorben, jedenfalls umgekommen war und von ihnen betrauert wurde. Mich berührte sein Tod nicht, er ging mich nichts an, ich kannte keinen Rulaman.

»Wie ihr an ihn gedacht habt«, sagte ich, »ist Kamikazebrauch.«

»Rulaman ist unser Symbol«, erklärte der Führer mit Nachdruck, »ein Auftrag. Wir haben die Schnauze voll von allem, vom U-Bootkrieg und von den Nazis. Wir machen nicht mehr mit. Rulaman heißt, sich anzuziehen, wie man will, sein Haar zu tragen, wie es einem gefällt, zu rauchen, zu trinken, Musik zu hören«; er zeigte auf den Plattenspieler. »Es gehört mehr Mut dazu, sich zu Rulaman zu bekennen, zu einem anderen Leben, als in einem U-Boot zu sterben, auf den Bunker zu steigen. Du hast neulich gesehen, wie sie uns jagen. Kriegen sie uns«, wieder ein Zeichen mit der Hand zu der aufgerauchten Kippe, »so stecken sie uns ins Lager. Mich bringen sie ins Kazet, die Jüngeren ins Jugendstraflager, alles ein und dasselbe. Nun weißt du Bescheid.«

Er war eine Persönlichkeit, verstand sich auszudrücken. Seine Stimme klang heiser und merkwürdig beschwörend. »Und wenn Deutschland verliert«, sagte ich, »wenn die Russen, Franzosen, Engländer, Belgier uns besetzen? Wieviel Freiheit bleibt dir dann?« Es war natürlich, daß ich ihn ebenfalls mit Du ansprach.

»Ich bin sicher, daß mir und uns hier«, er konnte die Angewohnheit nicht lassen, den Kreis in seine Rede mit einzubeziehen, »immer noch mehr Freiheit bleibt, als wir jetzt haben. Auch wenn wir besetzt werden. Wir müßten uns erst mal mit dem Begriff Freiheit auseinandersetzen. Ich bin Freiwilliger gewesen, U-Boot, ›unsere grauen Wölfe‹, nach meiner ersten Fahrt war ich geheilt. Die Freiheit, den Heldentod zu wählen, ist nicht viel wert, sage ich dir. Schluß für heute, du kannst uns verpfeifen, kannst auch wiederkommen. Stell dich einfach an die U-Bahnpfeiler, da sehen wir dich.«

Ich hatte Mühe, den Rückweg zu finden, und kam in den Voralarm. Jetzt mußte ich sehen, so schnell wie möglich auf meinen Bunker zu kommen. Zum Glück kannte ich nun die Gegend. Vor mir lag eine endlos lange Brücke über einem Netz von Eisenbahnschienen; am Ende der Brücke führte eine Straße zum Humboldthain. Noch war alles ruhig, ich lief, so schnell ich konnte. Zwei Kilometer, vielleicht etwas mehr, hatte ich vor mir und wollte wenigstens in der Nähe von Häusern sein. Die Wirkung von Flächenbombardierungen kannte ich schon. In der Ferne klang das dumpfe Gedröhn der Flugzeugmotore, so stark, daß es einem heraufziehenden Gewitter glich. Meiner Schätzung nach hatte ich noch höchstens zwei Minuten, und vor mir dehnte sich dieses lange Band der Brücke ohne Schutz. Vom Bunker her setzte Flakfeuer ein, sie versuchten, eine Sperre zu schießen, die Abschüsse gaben mir etwas inneren Halt. Solange sie schossen, hielten sie die Geschwader vielleicht auf Höhe oder drängten sie, hoffte ich, in andere Räume ab, obwohl beides sehr unwahrscheinlich war.

Das Gedröhn verstärkte sich, daß es in den Ohren brauste und schmerzte. Mit Spannung wartete ich auf das Krachen der Bomben; die Flieger dort oben waren dicht über ihren Zielen, sie mußten in diesem Augenblick ihre Bomben ausklinken. Die Lichtpfeile der Scheinwerfer kreuzten sich, fanden aber kein Ziel. Plötzlich mischte sich ein anderer Ton in das Gedröhn, eine Art Rauschen wie von einem starken Wasserfall, einer feurigen Gezeitenwelle. Auch dieses Rauschen kannte ich; es begleitete die Masse von schweren Bomben und wurde durch ihren schnellen Fall verursacht. Ich blieb stehen und wartete das Kommende ab, um mich her schlugen Bomben ein, Splitter oben krepierter Flakgranaten zogen leuchtende Bahnen auf dem Pflaster der langen Brücke. Wo die Häuser des Gesundbrunnens begannen, schossen Flammen hoch, und der Nachthimmel über mir leuchtete wie bei einem ungeheuren Feuerwerk. Mitten in diesem Feuerregen ging ich weiter, weil es keinen Zweck gehabt hätte, sich hinzulegen oder zu laufen. Aber ich sah nach oben, wo sich jetzt, sehr spät, die Leuchtkugeln an Schirmen zur Erde senkten und alles taghell erleuchteten. Dann hatte ich das sichere Gefühl, heil herauszukommen, und ging beruhigt weiter.

Ich fing ein Doppelleben an. Innerhalb meines geregelten Daseins mit Dienst auf dem Flakturm und der Freiheit, die mir mein Elternhaus gewährte, fühlte ich mich nicht mehr ganz geborgen. Nach meiner Begegnung mit Rulaman kam ein neuer Zug in mein Leben. Bezeichnenderweise sprach ich vorerst mit niemandem darüber. Rulaman war eine andere Welt, eine andere Kultur. Allein die Kenntnis, daß irgendwo in den Tiefen der zerbombten Stadt ein Keller existierte, eine Unterwelt, in der sich ein paar Jungen trafen und taten, was verboten war, und auf eine entschiedene Weise viel riskierten, dieses Wissen saß mir wie ein Stachel im Fleisch. Daß sie »Volksfeinde« waren, Verräter an Deutschland, mochte in der richtigen Betrachtungsweise stimmen; sie beeindruckten mich aber, weil sie selbst nicht bestritten, Verräter zu sein. Den Gedanken, zur Gestapo zu gehen, hatte ich zwar, verwarf ihn aber. Was hätte es mir genutzt, Rulaman physisch beseitigt zu wissen? Einen anderen Einfall, zusammen mit einigen Kameraden das Nest auszuräuchern, ließ ich wieder fallen: Ich hätte mich der Möglichkeit beraubt, herauszukriegen, was Rulaman eigentlich wollte.

Um genau zu sein, dieser Untergrund zog mich an und stieß mich ab. Die Edelweißpiraten einfach auszuheben wäre nicht ganz auf der Höhe ihrer Freiheit gewesen, eine schwache bürgerliche Reaktion auf vermutete Anarchie. Natürlich waren die Jungen und Mädchen nicht gefährlich, nicht ohne ihren Führer, der zu meinem Stand gehörte. Das war der springende Punkt; wir lagen in Konkurrenz, er und ich. Seine Überlegenheit an Jahren und an Erfahrung änderte daran gar nichts. Seine Feigheit – wenn es eine gewesen sein sollte – hatte ihn zu einer neuen Art Courage geführt. Er riskierte alles, falls er so weitermachte, und er hätte schon nicht mehr zurück gekonnt. Es blieb gleich, ob er sich freiwillig stellte oder wartete, bis sie ihn fingen; diesseits lag die ewige Schande für ihn, jenseits der sichere Tod, nach einem alten Spruch der Springreiter.

Mir war also klar, daß die Clique durch den mit dem Hut zusammengehalten und getrieben wurde, der als Marineoffizier, ich nahm an, daß er zuletzt mindestens als Fähnrich zur See gefahren sein mußte, allen Einfluß auf die Jungen besaß, den ein Mann seines Schlages nur haben kann. Wenigstens mußte er eine Vorstellung vom Sinn oder Widersinn seines Handelns haben. Meine Phantasie beschäftigte sich mit ihm, mich lockte natürlich auch das Drum und Dran dieses Verschwörertums; zum Beispiel überraschte es mich, daß Rulaman Mädchen bei sich aufnahm und duldete. Es fiel mir schwer, mir ein Bild zu machen; die Großstadtbevölkerung war differenzierter, vielschichtiger, als ich sie mir vorgestellt hatte. Einerseits arbeitete sie vierzehn, sechzehn Stunden für den Endsieg, verbrachte drei bis vier Stunden von den vierundzwanzig eines Tages in Luftschutzkellern und Bunkern; trotzdem feierte sie – den Anzeigenseiten der großen Zeitungen nach – noch Feste, Hochzeiten und Geburtstage, Taufen und Verlobungen. Sie schickte ihre Heranwachsenden in die Wehrmacht und bildete auf den ersten Blick eine geschlossene Front gegen alle äußeren Feinde. Andererseits verbreiteten sich Witze über die Führung, über den Krieg; ich hörte und las von Verhaftungen, von Spionage oder Querulantentum, was alles sich später oder schon damals Widerstand nannte. Daß es einen Untergrund gab in dieser schwarzen Riesenstadt, beunruhigte mich, weil ich zu dem Glauben erzogen worden war, alle Deutschen stünden einig und treu fest zusammen; zwischen ihnen gäbe es keine sozialen Unterschiede, oder wenn doch, so wurden sie akzeptiert als unabänderlich. Ich hatte uns, in den Uniformen des Kriegsvolkes der Deutschen, bisher alle für gleich gehalten, vor der Lichtgestalt des Führers wie vor dem Antlitz des ewigen Gottes. An diesem simplen Weltbild war ich nicht selbst schuld.

Rulaman zeigte mir ein Gegenbild zu meiner friedvollen Kriegswelt Gleicher, in der es übrigens 1943 noch beinahe normal zuging. Auf Lebensmittelkarten konnte viel gekauft werden, die Grundlagen des Lebens waren erhalten geblieben. Bis auf die Bomberei. Wäre sie nicht gewesen, so hätten die Großstädter ein zwar arbeitsreiches, aber ruhiges Leben geführt. Über die Luftangriffe wurde viel geredet; weniger über den Krieg, nicht vor fremden Ohren, wie ich bald herausfand. Ich hatte noch einen Grund, weshalb ich über mein Erlebnis mit Rulaman schwieg. Bei meinen Einsätzen auf dem Flakturm hatte ich daran gedacht, wie sinnlos alles war und wie einmalig mein Leben, das ich aufs Spiel setzte. In meiner Ordnung fühlte ich mich dann allerdings auch wieder wohl und geborgen. Bei meinem inneren Zweifel am Wert meiner Einsätze war es nur eine Frage der Zeit, wann ich Lust bekam, Rulaman aufzusuchen.

Die dunkle Allee mit der Hochbahn zog mich immer wieder in ihren Bann. Vereinzelt und weit voneinander entfernt, brannten Laternen, die auf der schwarzen Straße kleine blaue Ellipsen bildeten. Gegen Abend waren alle großen Straßen der Stadt leer. Hin und wieder hastete ein Fußgänger nach Hause, eine Gruppe Soldaten machte sich etwas lauter bemerkbar. Urlauber, Rekonvaleszenten, die was erleben wollten; selten fuhr ein Auto mit abgedunkelten Lichtern an mir vorbei. Vor den Kinos drängten sich zu den Anfangszeiten die Menschen, Kino war die Leidenschaft der Großstädter. Lustige Filme waren regelmäßig ausverkauft. Viele Kinos spielten bereits vom Nachmittag an, gaben drei oder vier Vorstellungen. Je nach Größe und Ausstattung des Filmtheaters kosteten die Plätze zwischen fünfzig Pfennig und ein paar Mark. In der Allee waren die Kinos billig, sie bildeten die Zentren des Vergnügens. Ihre Besucher wohnten meist in der Nähe, so daß sie bei Alarm schnell nach Hause kamen, ihre Koffer schnappen und in die Keller verschwinden konnten. Vor diesen Kellern hatte ich Furcht; auf dem Flakturm fühlte ich mich wohler als unter diesen niedrigen Dekken, die von schwachen Holzstempeln gestützt wurden. Von

Rettungseinsätzen her wußte ich, was die Keller wert waren. Dennoch kam es immer wieder vor, daß Verschüttete noch nach Tagen lebend geborgen wurden. Je länger ich das Leben in der Großstadt lebte, desto mehr verwirrte mich, was um mich herum geschah. Im November 1943 schien es mir manchmal, als sei das ganze Leben ein fortdauernder Krieg, Kampf um ein völkisches Dasein. Als ich Rulaman traf oder vielmehr suchte, glaubte ich vielleicht schon nicht mehr an den Wert dieser romantischen Vorstellungen.

Ich ging unter den Stützpfeilern der U-Bahn entlang, vorbei an der Gaststätte »U-Neun«, und sah in jede dunkle Ecke, ob ich die Gestalt im Kradmantel entdecken könnte. Schließlich stellte ich mich in eine der Warteschlangen vor einem Kino, kaufte eine Karte und sah mir einen Film an. Er spielte in Lübeck, im Gedächtnis blieb mir der Totentanz, der sich wie ein Motiv durch den Film zog. Die Aufnahmen waren sehr eindrucksvoll, brennende Trümmer, Menschen, die sich gegen das Schicksal stemmten und ohne Zweifel auch bei Verlust ihres Lebens und Besitzes gewannen. Beim Hinausgehen streifte mich ein Mann; er ging in Kradmantel und Hut. Ich hatte ihn vorher nicht bemerkt.

Wir suchten dieses Mal nicht den Keller auf; vielleicht führte er mich aus Vorsicht woandershin, und er war allein, was meiner Absicht, mit ihm zu sprechen, entgegenkam. In der Kneipe, die wir schließlich betraten, mußte er bekannt sein, nach kurzem Gruß, der dem Wirt hinterm Tresen galt, zog Rulaman mich ins Hinterzimmer und schaltete Licht an, ich sah ein paar Tische und ein Billard. Mein Vater besaß eins. Unser Billard zu Hause war mit einer Holzplatte abgedeckt, seit niemand mehr Zeit fand zu spielen, aber ich hatte den Spielern oft zugesehen und bald auch selbst gelernt, das Queue zu handhaben. Heute war mir nicht nach Billard zumute. Rulaman legte den Mantel ab, dehnte die Schultern und griff zum Queue. Er ging schlecht damit um, kreidete gar nicht und hatte kein Gefühl für die Stoßwirkung; auch seine Körperhaltung zeigte mir, daß er nicht viel davon verstand.

»Wir kriegen gleich was zu trinken«, sagte er.

»Bist du heute nicht bei deinen Jungen?« fragte ich.

Er setzte das Queue ab und nahm endlich den Hut herunter. Dann brachte der Wirt zwei Gläser mit heißem Wasser, je einem Schnaps und Zucker. Wir verrührten den Zucker, ehe wir Schnaps nachgossen. Der Raum roch feucht, nicht gut für das grüne Tuch und nicht gut für uns.

»Erzähl mir bloß nicht, daß du mich erwartet hast«, sagte ich.

»Ich habe nachgedacht, darüber wollte ich mit dir sprechen.« Auf meine Frage, ob er Rulaman heiße, gab er keine Antwort, gab aber Biographisches zum besten: »Jahrgang zweiundzwanzig, in Lübeck geboren, deshalb war ich in diesem blöden Film. Marine, das weißt du schon. Vater hohes Tier, na, lassen wir das. In Berlin untergetaucht, schlaf mal hier, mal dort. Meine Jungen helfen mir. Krieg ist bald zu Ende, es geht ja überall zurück. Keiner will die Nazis mehr. Schluß machen, so oder so. Für mich bedeutet es jetzt, bis zum Ende des Krieges durchzuhalten, es ist auch das Ende der Nazis.«

»Und deine Jungens? Sind sie auch abgehauen?«

Er erzählte, daß sie, Lehrlinge und Arbeiter, meist bei ihren Eltern lebten.

»Wir machen nichts«, fuhr er fort, »wir sind bloß da. Es macht den Jungens Spaß, alle an der Nase rumzuführen, das ist doch was in ihrem armseligen Leben.«

»Ende des Krieges, Ende der Nazis«, sagte ich, »Ende von allem, was uns teuer ist? Was zählt ein Leben, wenn es um die Existenz unseres Volkes geht?«

»So habe ich auch mal gedacht, jetzt denke ich anders. Die paar Jahre zwischen uns machen eben einen großen Unterschied. Bald denkst du wie ich, wenn du Mut genug hast, dir deine persönliche Niederlage einzugestehen. Du entdeckst, daß du ausgenutzt worden bist. Was machen wir denn draußen, wir als Deutsche? Wir führen Krieg, einen gnadenlosen, die anderen führen ihn auch, sie wissen Bescheid!«

»Also doch Schicksalskampf, der über die Zukunft entscheidet«, sagte ich.

»Wahrscheinlich. Davon ganz abgesehen, jetzt, wo der Krieg für uns verloren ist, bloß noch Opfer kostet, muß er beendet werden.«

»Bist du Rulaman?«

»Rulaman ist unsere Hoffnung aufs Überleben. Rulaman ist ein Geheimwort; wenn ich ›Rulaman‹ sage, und du weißt Bescheid, dann hilfst du mir so, wie ich dir helfe, wenn ich Rulaman höre. Rulaman ist keine Organisation; wir wollen keine HJ, keine Partei, keine Arbeitsfront; nichts. Ich habe dir angesehen, daß du zu uns gehören wirst. Wir haben alle unsere Gründe für Rulaman. Christen oder Freimaurer, was weiß ich. Wer nicht für die Nazis ist, der ist für uns. Jedenfalls heißt die neue Elite Rulaman.«

Um nicht antworten zu müssen, nahm ich ein Queue aus dem Ständer, wischte mit Kreide über das Stockleder und legte mir eine schwierige Karambolage zurecht, während er, erwartungsvoll oder enttäuscht über meine Reaktion, zusah. Der Stoßball lief über mehrere Banden, berührte die erste und dann, im richtigen Winkel abprallend, die zweite Kugel.

»Das Leben in den U-Booten ist wohl sehr aufreibend«, sagte ich. Plötzlich dachte ich, der ist ja verrückt, bei dem stimmt was nicht. Rulaman, Elite, von einem weggelaufenen Fähnrich zur See und ein paar Jungens – Schlosser, Dreher vielleicht, jedenfalls Lehrlinge – gegründet. In ein paar Monaten werden sie zum Arbeitsdienst abgehen, und der Spinner bleibt allein. Danach kommen sie zur Wehrmacht und ab an die Front. Aber dann kam mir der Gedanke, daß Krieg kein endloses Ereignis sein konnte. Was wurde aus diesem Irren, falls er tatsächlich überleben sollte?

Als wir uns trennten, weil ich zum Flakturm mußte, nahm er mir das Versprechen ab, an einem bestimmten Tag wiederzukommen. Ich versprach es, schränkte aber ein, daß alles von meinem Dienst abhinge.

Kurz vor Weihnachten bekam ich Urlaub und fuhr zu Besuch nach Hause. Weihnachten selbst und Silvester war ich zum Dienst eingeteilt. An einem Vormittag, als mein Vater im Sprechzimmer arbeitete, ging ich zu ihm und berichtete ohne Umschweife, was ich erlebt hatte. Zuhörend, ordnete er Krankenkarten, machte kurze Notizen, dann fragte er, ob ich von ihm einen Rat erwarte oder nur diese Dinge loswerden wolle.

»Beides«, sagte ich.

Mein Vater legte den Kragen seines Kittels um; diese Geste löste Erstaunen in mir aus. Vielleicht öffnete er sich mir jetzt.

»Ist der Mann verrückt?« fragte ich.

»Das kann ich nicht sagen«, erklärte mein Vater. »Denn was ist verrückt? Wirklich unheilbar Kranke haben nach meiner Auffassung Anspruch auf den Gnadentod. Euthanasie, das heißt schöner Tod, wie du weißt. Wer eine fixe Idee hat, ist keineswegs notwendig krank. Bei Rulaman wird der Fall anders liegen. Es kann durchaus sein, daß er durch einen Schock, eine Art U-Boot-Psychose, den Zusammenhang mit den wirklichen Ereignissen verloren hat und sich eine eigene Welt aufbaut. Die Jungen sind natürlich nur Werkzeuge. Wie jede Jugend sind sie verführbar, beeindruckt durch das Außerordentliche oder was sie dafür halten. In ihrer Vorstellung gehören sie jetzt tatsächlich durch einen Eid oder durch ein Ritual zur Welt Rulamans. Der Krieg ist ein Gleichmacher, dem helfen Orden nur wenig ab. Kaum einer der Helden wird seinen inneren Zustand beschreiben können; keiner empfindet seine Leistung selbst als Heldentat. Was in einer Schrecksekunde richtig gemacht wird, kann man nicht als rationale Leistung betrachten. Heldentaten sind Affekt- oder Effekthandlungen, unter bestimmten Bedingungen wirkungsvoll inszenierte Selbstdarstellungen. Versagt man bei solchen Gelegenheiten, stellt sich das Gefühl ein, das Manko kompensieren zu müssen. Mut, ausdauernde Tapferkeit in Gefahren ist etwas ganz anderes. So gesehen wäre Rulaman ein tapferer Mann.«

»Dann gibt es überhaupt keine Helden?« fragte ich.

»Das habe ich nicht sagen wollen. Innerhalb eines bestimmten Feldes haben sogar die Affekthelden eine Aufgabe, im zivilen Leben stellen sie die sogenannten Überzeugungstäter. Ich glaube, wir haben derzeit eine Menge solcher Leute zwischen Heldentum und Verbrechen. Kommen wir zurück zu deiner Frage. Die Edelweißpiraten sind in fast allen Großstädten aufgetaucht, wie mir berichtet worden ist. Sie bieten anscheinend nicht das Bild eines zusammenhängenden Vereins; keine Organisation, sie sind auch keine, konzentrieren sich aber immer auf ganz junge Menschen, meist aus den unteren Schichten, die sich der Hitlerjugend entzogen haben. Sie wollen außerhalb bürgerlicher Regeln leben. Rulaman kann keiner erfinden, Rulaman ist eine zu unklare Sache. Diese Bewegung hat kein Programm wie eine Partei, etwa die der Kommunisten oder des Zentrums oder ...«, er unterbrach sich und fuhr erklärend fort, »es hat immer eine gewisse Opposition gegen unsere nationale Bewegung gegeben, sogar in der SA, in Kreisen von Generalstabsoffizieren und der Kirchen. Davon kannst du nichts wissen, aber du mußt dich mit der Geschichte beschäftigen. Wir haben große Lager eingerichtet, in denen wir unsere inneren Gegner isolieren. Sie werden hart angefaßt. Die Sterblichkeit ist hoch in diesen Lagern.«

Nach einer Pause sagte er nachsichtig: »Ich ahne, was du fragen willst, Horst! Woher nehmen wir das Recht, Dinge zu tun, die außerhalb allgemein anerkannter humaner und juristischer Normen liegen? Warum lehren wir in den Schulen etwas anderes? Weil wir an die Bestimmung des deutschen Volkes zur Weltherrschaft glauben! Der neue Staat der Deutschen, der Rassestaat, überwindet den Klassenstaat des Juden Karl Marx. Es ist eine Frage des Glaubens, eine Art Religion, gegen alle Erfahrung aus Geschichte und Naturwissenschaft. Blut ist bei allen Menschen gleich; das weiß ich als Arzt, und verkünde trotzdem einen Mythos, den des reineren, besseren

Blutes. Wir haben den neuen Menschen noch nicht, er wird aus diesem Krieg hervorgehen, oder der Gedanke bleibt eine Utopie. Dann tritt der Jude die Herrschaft über die Welt an!«

»Was soll ich tun«, fragte ich, »Gestapo?«

»Die Gestapo weiß längst, was gespielt wird. Du könntest aufschreiben, was du erlebt hast, und es deiner Leitstelle übergeben, wenn du meinst, daß es deine Pflicht ist. Mußt du aber nicht. Ich möchte dich allerdings bitten, Rulamans Veranstaltungen zu meiden und lieber etwas zu diesen Fragen zu lesen, die ich eben aufgeworfen habe.«

»Ich werde alles aufschreiben, aber vorläufig für mich behalten. Ob ich Rulaman wiedersehe, kann ich dir nicht versprechen, und die Bücher, die du erwähnt hast, möchte ich gern gleich haben; manchmal denke ich, daß die Großstadt ihre eigenen Gesetze hat.«

Er nickte, und wir gingen ins Wohnzimmer. Mein Vater hatte außer den Räumen seiner Praxis kein besonderes Arbeitszimmer. Seine Bücher standen im Wohnzimmer in einem Regal, das bis unter die Decke reichte.

Mit dem *Mythos des 20. Jahrhunderts, Mensch und Übermensch* und einer *Darstellung der zwanziger Jahre mit ihren Kämpfen in Deutschland* ging ich in mein Zimmer und begann zu lesen. Während meines mehrtägigen Urlaubs tat ich nichts anderes. Nur mit meiner stillen, leidenden Mutter machte ich einen Spaziergang durch den Stadtwald. Der gefrorene Boden knackte unter unseren Schritten. Meine Mutter fragte, ob es gefährlich auf dem Flakturm sei und ob ich vorhätte, mich freiwillig zu melden und zu welcher Waffengattung. Ich hörte ihrer Stimme an, daß sie ihre Sorge um mich unterdrückte. Es geschah, was vielleicht immer zwischen Mutter und Sohn passiert; ich verschwieg ihr, um ihretwillen, was ich fühlte und dachte. Ich gab an, aber es war eine quälende Prahlerei für mich und für sie: Ich war ihr entwachsen.

»Du hast dich verändert«, sagte sie, »aber das mußte ja kommen.«

»Wahrscheinlich, Mutter«, sagte ich, »ich werde eben älter.«

Daß ich mich wirklich innerlich verändert hatte, merkte ich erst später. Verglichen mit dem Leben, das ich jetzt führte, mußte mir die Kleinstadt wie eine weit zurückliegende Erfahrung erscheinen. Ich suchte, auf mich gestellt, zu eigenen Entschlüssen zu kommen. Bisher wurde ich eigentlich immer nur von anderen gelenkt, von meinem Vater zum Beispiel. Von Aufbegehren gegen ihn konnte keine Rede sein. Er ließ mir ja freie Hand; er verstand, daß ich mit meinen eigenen Erfahrungen zurechtkommen mußte, und spielte sich nicht als Allwissender auf. Er war die Ordnung, Rulaman das Chaos.

Mein Vater und Rulaman stellten Antipoden dar, soweit ich das Feld, welches sie besetzt hielten, überblicken konnte. Mir war nicht verboten worden, beide Felder zu betreten, und ich hatte Rulaman natürlich nicht gemieden, sondern ihn im Gegenteil gesucht, sobald ich konnte. Sie zogen mich beide an, weil sie vom gleichen Typus waren, und sie stießen mich auch aus demselben Grund ab. Beide hätten sich kaum von ihrer Weltanschauung abbringen lassen, am wenigsten durch mich. Aber daran dachte ich auch nicht; ich wollte wissen, wer von ihnen mehr Recht hatte: mein Vater, der fanatische Arzt-Soldat, oder der fanatische Individualist; der Ordnungsspezialist oder der Anarchist Rulaman.

Daß Rulaman, obschon ein Fahnenflüchtiger, kein Feigling war, trat an einem Abend des Januar 1944 zutage, als die Edelweißpiraten, gedeckt durch eine dunkle Nacht, unter den Trägersäulen der Hochbahn die schwarze Allee hinaufgingen in Richtung Norden bis zu dem Punkt, wo die Bahn wieder unter der Erde verschwand, und ein Quodlibet sangen, ihr Lied »Den Broadway rauf, den Broadway runter, ziehn die Luden mit Kulihosen«; ihr Broadway reichte ungefähr zwei Bahnstationen weit. Ihre Bannmeile verließen sie nicht. In der Stille hörte sich der Lärm gewaltig an; sie waren auch nicht nur ein Häuflein von fünf Mann, sondern zur Wolfsmeute angewachsen, zwanzig bis fünfundzwanzig; einzeln gehende Jugendliche wurden eingeschlossen und mitgerissen.

Rulaman hielt sich ein paar Schritte hinter seinem Rudel auf der Straßenseite, bildete die Nachhut. Mich aber hielt gefangen, wie die Stimmung gemeinsamen Singens immer einen Zusammenhalt fördert oder erst bildet; aus einem Sängerchor wird schnell ein Kriegerkorps. Eigentlich kam mir aber doch alles ziemlich harmlos vor. Öffentliches Singen, auffälliges Benehmen waren nicht strafbar, und »Luden« ließen sich die Edelweißpiraten gern von den Bürgern nennen, obschon sie keine waren. Weil sie ihre Haare lang trugen, schlampig angezogen gingen und in ihrem Benehmen aus dem Rahmen fielen, ärgerten sich die Erwachsenen. Sich mit den »Kulihosen« zu brüsten, Hosen in Marineblau mit besonders weitem Schlag, galt als ein Erkennungszeichen. Die Mädchen schminkten sich grell, sie rauchten in der Öffentlichkeit Zigaretten, sahen den Leuten dreist ins Gesicht und riskierten etwas; sicherlich abgeschmackte Dinge. Diese Heranwachsenden schminkten sich nicht zu Hause im

Familienkreis, wo sie vielleicht ein Lächeln geerntet hätten, sondern zeigten sich frech öffentlich, sie demonstrierten das Ungehörige. Darauf kam es an, und das verstanden die Bürger. Wenn es schon für eine Frau als undeutsch galt, sich zu schminken, um wieviel verwerflicher waren Lippenstifte, Puder und Rouge bei einem Mädchen.

Als ich im Troß der Meute mitlief, durch sie gedeckt, ich, der sich eigentlich nicht dazurechnete und der auch nichts zu demonstrieren gehabt hätte, kam eine wilde Lust über mich. In dem Rhythmus des Liedes lebte der Aufruhr; der karnevalistische Zug Halbwüchsiger, jeder einzelne von ihnen eine schüchterne, graue Existenz, entwickelte eine zerstörerische Kraft, die ich spürte. Der Skeptiker in mir sagte zwar, es handele sich immer noch um einen nebensächlichen und lächerlichen Auftritt kleiner Jungen und Mädchen, aber ich ging weiter mit, vielleicht um zu sehen, was Rulaman eigentlich vorhatte, welchen Umsturz er herbeiführen würde, wenn man ihn tun ließ, was er wollte. Ich dachte übrigens auch an meinen Flakturm; in ein paar Stunden würde ich, so schnell und so gut wie möglich, erfüllen, was mein Geschützführer befahl, und den nächtlichen Umzug als einen Spuk vergessen haben. Haß auf die Flieger in ihrer unangreifbaren Höhe würde mich beherrschen, aber das hatte mit meinem Gang jetzt wenig zu tun. Es stand auf einem anderen Blatt. Ich ging eben mit, weil vielleicht etwas geschah, was ich nicht kannte. Zugleich hielt ich aber auch Distanz zu dieser anderen Jugend.

Es versteht sich, daß ich diese Episode in meinem Leben Jahre später zu Papier bringe, wo eine andere Jugend, wie jede Jugend, um eine Eigenständigkeit ringt, die nicht von außen herangetragen wird, und wo Ausbrechen aus dem als normal Geltenden zu Mummenschanz und einem manchmal tödlichen Konflikt führt.

Hier und dort ging eine Scheibe zu Bruch, die von den Bomben verschont geblieben war, das Klirren und Krachen belustigte die Meute; es trieb sie weiter. Rulaman lenkte. Möglicherweise kannte er solche Gänge, und die Psychologie des Führertums ließ ihm geraten erscheinen, nicht einzugreifen. Solange seine Clique lenkbar blieb, konnte er befehlen, aber die Meute war jetzt schon darüber hinaus, ihm zu gehorchen. Hin und wieder sah ich zurück; er ging ruhig, die Hände in den Taschen seines Kradmantels, den Hut schief auf dem Kopf, zehn Meter hinter uns. Mißtrauen gegen ihn stieg in mir auf, weil er ein Führer war, der tat, als gehöre er nicht dazu. Die Geführten? Sonst gehorchten sie ihm so, wie sie gehorchen gelernt hatten, den Eltern, den Lehrern, dem Führer. Hier geschah doch eigentlich nichts anderes; sie waren wieder nur Werkzeuge eines fremden Willens, denn zuletzt brauchte er wahrscheinlich nur zu pfeifen, und die jungen Wölfe wurden folgsame kleine Hunde, die schweifwedelnd zu ihm kamen. Aber ich verfolgte diese Gedanken nicht weiter, ich kam nicht dazu. An der großen Kreuzung, wo die Bahn in der Erde verschwand – das Ende des Reviers –, hielten ein paar Leute mit viel Geschrei und wedelnden Armen die Spitze auf. Sie redeten alle zugleich, so daß nicht zu verstehen war, was sie wollten. Die Edelweißpiraten stimmten ihr Schlachtlied an; es freute sie, das Echo zu hören, das aus den Häuserschluchten heraufkam. Plötzlich aber verwandelte sich die Szene. Ein Lastwagen kam die schwarze Allee entlanggebraust. Ich hörte ihn, konnte aber nur seinen Schatten sehen. Ein heller Pfiff ertönte. Rulaman wachte über unsere Sicherheit. Auf diesen Pfiff hin löste sich die Gruppe auf; die Jungen und Mädchen verschwanden mit einem Schlage von der Straße. Zurück blieben die aufgeregten Erwachsenen.

Als ich mich in einem Hauseingang wiederfand, stand ich neben Rulaman, der mir das Geschehen draußen auf der Kreuzung beschrieb: »Jetzt sind sie runter vom Wagen. Paß auf, was jetzt geschieht. Die Bürger«, er lachte leise, »sonst haben sie immer die große Schnauze, jetzt kuschen sie. Alles in Ordnung. Wir warten noch.«

Ich war ernüchtert. »Macht ihr das öfter«, fragte ich, »kaputte Scheiben und erregte Bürger, bis Militärstreife kommt?«

»Hin und wieder machen wir uns bemerkbar.«

»Du nicht«, sagte ich, »du hast zuviel zu verlieren, was?«

Er nickte schweigend.

Ich fragte ihn, was mit dem geschehen würde, den sie schnappten.

»Ist es die Sache nicht wert?« fragte er zurück.

Das war der springende Punkt.

»Die Nazis müssen weg«, erklärte er.

Ich hörte diesen Satz ein weiteres Mal von Rulaman, ohne wirklich glauben zu können, er ziele darauf, Deutschland zu beseitigen. Vielleicht war er bloß feige; und damit war ich wieder bei der Frage nach seinem persönlichen Einsatz angelangt. Für feige hielt ich ihn eigentlich aber auch nicht, doch ich konnte ihn nur nach seinem Auftreten unter den Jungen beurteilen. Vielleicht war er in seinem U-Boot ein Hasenfuß gewesen.

»Verstehe«, sagte ich. »Deutschland muß weg, wie du sagst, die Nazis, damit du davonkommst. Wovon lebst du eigentlich?«

»Wieder eine gute Frage«, meinte er, »du stellst überhaupt gute Fragen. Ich belege sozusagen den Handel mit einem Zoll. Die Jungen machen es. Sie verdienen. Ich lebe, und wir verkürzen den Krieg durch Sabotage.«

»Du bist ein Schwein!«

»Jeder hat seine Überzeugungen, und wir beide kommen noch zusammen. So oder so«, sagte er, »mein Vater ist Gauleiter. Du siehst, daß ich mich in deinem Innenleben auskenne. Es ist eine Frage der Witterung und des Altersunterschiedes. Du bist noch ein Kind, ich schon ein Mann. Komm! Es wird Zeit.«

Nachdenklich lief ich hinter ihm her. Es wurde Zeit für mich. Wo blieben denn heute die Bomber? Kein Voralarm, der uns eine Viertelstunde Frist bis zum Vollalarm ließ? An der Stadtbahn verabschiedete ich mich von Rulaman und erwischte die Bahn, als die Sirenen heulten. Pünktlich zum Alarm fand ich mich auf dem Turm ein. Es war kein schwerer Nachtangriff, er dauerte nicht einmal lange. Die Royal Air Force lud über einem entfernten Stadtteil ihren Segen ab. Wir sahen nur wenig Feuer am Nachthimmel und erwarteten die nächste Welle der Bomberflotte. Aber sie blieb aus. Vielleicht war Bomber-Harris für ein paar Tage in Urlaub gegangen; die Unberechenbarkeit der Angriffe gehörte zu seiner Taktik, uns nicht zur Ruhe kommen zu lassen.

Je öfter ich zu Rulaman ging, sehr unregelmäßig, meinem Dienst entsprechend und eigentlich nicht einmal häufig, desto tiefer drang ich in die Kellerwelt ein. Ich lernte diesen und jenen der Jungen kennen, vergaß aber ihre Namen bald wieder; weil sie mich nicht interessierten, konnte ich mir ihre Gesichter nicht einprägen, aber ich war vor ihnen auf der Hut. Sie schienen mir entwurzelt, verroht, keines höheren Gefühls fähig; sie wurden mir zur Clique mit einem Kollektivgesicht, obschon ich das Wort nicht kannte, weder in seinem positiven noch in einem negativen Sinn. Jedenfalls hatte Rulaman einen nivellierenden Einfluß auf die Jungen und Mädchen, er hinderte sie daran, ihre Persönlichkeit zu entwickeln, indem er sie auf ein Programm festlegte, sein Programm des Sichentziehens. Er verleitete sie zu trinken und gab ihnen Zigaretten, ließ sie wie Tiere kopulieren und umgab mit einem Ritual, was die Clique gemeinschaftlich unternahm. Was ich nicht begriff, war, daß sich Rulaman und seine kleinen Wölfe – er nannte sie manchmal so – notgedrungen am Rand des Kriminellen bewegten; mir schien, Rulaman habe diesen Weg bewußt und trotzig gewählt.

Übrigens gingen die kleinen Wölfe gehorsam zur Arbeit, lernten, schienen aber in ihren Berufen nicht sonderlich glücklich. Rulaman tat alles, um ihnen Arbeit zu verleiden. Sie sollten nicht »für die Nazis« arbeiten. Mir blieb im Grunde verborgen, wer die kleinen Wölfe waren, wohin sie trieben, sie und ich gehörten anderen Welten an. Ich fühlte mich ihnen haushoch überlegen. Wir redeten verschiedene Sprachen. Von sich aus suchte die Mehrzahl der Jungen und Mädchen keinen Kontakt zu mir. Ich genoß Respekt, weil mich ihr Führer bevorzugte, mich beispielsweise nie zum Trinken einlud. Er selbst trank auch wenig, gab ihnen aber Alkohol wie Medizin, um sie anzuregen, sie sich gefügig zu machen. Ich sah, daß sie diesen Kunstgriff durchschauten und doch tranken; aber sie vertrugen den Fusel schlecht, den Rulaman für sie besorgte. In gewisser Weise stimmte sein leichtfertig hingeworfenes Wort vom Zoll, den er von den anderen erhob, schon. Was ich sah und hörte, mißfiel mir sehr; er stiftete die Jungen an, Sachen und Lebensmittel für ihn auf dem schwarzen Markt zu kaufen oder zu verkaufen, lockte sie mit kleinen Provisionen und behandelte sie im übrigen wie Untergebene. Solche Unternehmungen wurden im Keller in meinem Beisein besprochen. Manchmal berichteten die Jungen prahlerisch, wie sie der Polente entkommen waren, und Rulaman lobte sie und erklärte, es gelte, die »Nazis Tag und Nacht zu beschäftigen«; er wie ich wußten, daß die Jungen viel riskierten, indem sie seine Geschäfte betrieben, vielleicht nicht ihren Kopf wie die Erwachsenen, wenn sie beim Schwarzhandel ertappt wurden, aber schwere Jugendstrafen waren ihnen sicher. Er riskierte ihre, nicht seine Haut, wie ich fand, und ich sah den Tag kommen, wo er mich zum Mitmachen auffordern würde, den Tag der Auseinandersetzung zwischen uns. Ich traute Rulaman immer weniger und begann ihn zu verabscheuen.

Nach einem gelungenen »Schlag gegen die Nazis«, ich glaube, es ging um das Verschieben eines größeren Postens Speiseöl, gab Rulaman eine Kellerfete. Zufällig war ich an diesem Tag da; vielleicht auch hatte er mit dem Fest gewartet, bis ich kam, er tat nichts ohne Berechnung. Er mußte Hintermänner haben, aber er hielt sie geheim, sprach nie darüber, woher er Lebensmittel und andere Dinge bekam und wohin der Erlös wanderte.

An diesem Abend ging es hoch her. Keiner von den Jungen vertrug Schnaps in größeren Mengen, aber alle tranken den Sprit, den Rulaman gestiftet hatte, wenn er sie dazu aufforderte. Alle rauchten gierig, und die Mädchen waren grotesk geschminkt. Aus dem Grammophontrichter wimmerten und heulten die Jazzsänger. Mir erschien das Kellerfest erbärmlich und doch auch wieder sonderbar und großartig. Ich beging den Fehler, drei oder vier Glas Schnaps zu trinken, und ich spürte alsbald die Wirkung. Hätte ich geahnt, was mir blühte, würde ich mich davongemacht haben, aber ich wollte das ganze Festprogramm kennenlernen. Ich hätte längst zum Dienst aufbrechen müssen, aber ich nahm die Pflicht leicht, vergiftet von Rulamans Fusel und der Aufregung, die er unter den betrunkenen Jungen stiftete.

»Weißt du, was ein Jus primae noctis ist?« fragte Rulaman.

Er hielt eines der Mädchen auf dem Schoß; ihr Kopf schwankte hin und her, sie lachte albern.

»Was meinst du damit?« fragte ich, noch ahnungslos.

»Du hast dieses Recht«, sagte er. »Jeder hat es, der bei uns aufgenommen wird. Freiheit und Gleichheit. Wir sind alle wie Brüder und Schwestern.«

Ich wurde gewahr, daß Ruhe eintrat. Sie erwarteten etwas von mir, meine Novizenzeit bei ihnen sollte beginnen.

Die Luft im Keller war heiß und verqualmt, es roch nach abgestandenem Sprit. Die Kerzen verbrauchten den Sauerstoff. Auf einen Wink Rulamans begannen die Jungen, die Kerzen auszublasen.

»Wir sind hier alle miteinander gleich, gleich Freund«, hörte ich ihn im Dunkeln vor sich hinreden. »Jeder gehört jedem.«

Welches der Mädchen sich bei mir einfand, weiß ich nicht. Durch meinen benommenen Kopf zogen unklare Gedanken. Ich dachte, das ist der letzte Grund, den Rulaman hat; er erniedrigt Menschen, er will uns zu Tieren machen. Daran hat er Freude. Ich muß ihn erledigen. Noch kostete es mich Überwindung, das Mädchen zu küssen, mich ihrem Körper zu nähern, aber mein Widerstand kam zum Erliegen. Sie wand sich um mich wie eine Natter; von ihren Lippen und ihrem Gesicht löste sich ein schmieriger Stoff, der auf meiner Haut haftete als dreckiger Film. Mich ekelte unsagbar, und doch sehnte ich mich nach dieser kindlichen Hure. Irgendwie brachte sie mich zum Liegen und tat ungehemmt, was ich bisher nur als eine ferne Erfüllung schwüler, einsamer Träume; wie eine Befleckung, erlebt hatte. Aber ich war nicht so betrunken, um nicht zu erkennen, daß sie mir etwas nahm. Hinter diesem Gewaltakt stand Rulaman, das glaubte ich zu wissen, der Verführer, der Drahtzieher unserer sittlichen Niederlage, meiner und der des Mädchens. Danach fiel ich in einen Schlaf mit beunruhigenden Bildern, ich kam erst wieder zu mir, als ich allein war. Draußen bellte die Flak, der Keller erzitterte. Mich überfiel die Bunkerangst, ich fürchtete mich in dem engen, lichtlosen Keller. Mir fiel ein, daß ich meinen Urlaub überzogen hatte und auch nicht bei Alarm zum Dienst gegangen war, wie vorgeschrieben. Es hätte wenig Sinn gehabt, sich jetzt, in meinem Zustand, zu melden. Mir war elend, ich hatte einen Kater und beschloß, im Keller zu bleiben und die Entwarnung abzuwarten. Um mir eine glaubhafte Ausrede einfallen zu lassen, hatte ich genug Zeit.

Nach diesem Vorfall war mir Rulamans Taktik, Anhänger zu gewinnen, ganz klar geworden. Die Jungen und Mädchen umsprangen ihn wie Welpen die Mutter, in deren Fang sie alle Freuden des Lebens verborgen glaubten. Sie hatten durch ihn einen raubtierhaften Zug bekommen. Nur ihr Führer blieb gelassen, er leitete sie kühl und berechnend. Das wenige, was an diesem Mikrokosmos wirklich politisch war, beschränkte sich auf ihn selber.

Mein Vater, dem ich alles berichtete, ließ mir freie Hand. Ob ich Rulaman auffliegen ließ oder ob ich weiter zu ihm ging – er wartete ab. Er selbst hielt es anscheinend für unter seiner Würde, sich einzumischen, tat es dann aber doch auf seine Weise: Er riet mir, mich sofort freiwillig zu melden. Er wollte mich weg haben aus der Nähe Rulamans, dessen Einfluß auf mich er also doch fürchtete. Ursprünglich hatte ich nach dem Abitur die Offizierslaufbahn einschlagen wollen. Nun war alles anders gekommen. Niemand wußte, wie sich die Verhältnisse nach dem Krieg gestalten würden. Mein Vater hielt auch 1944 noch an dem Glauben fest, wir würden gewinnen, obschon die Fronten überall zerfielen. Es war seine tiefe Überzeugung, daß erst die letzte Schlacht über Deutschland entschiede.

»Und wenn wir gewinnen?« fragte ich.

»Dann liegt eine Riesenaufgabe vor Deutschland, die allmähliche Germanisierung der Welt; wir werden eine Weltgesellschaft aufbauen, die sich nach Rassen ordnet. Wahrscheinlich wird die nordische Herrenrasse in einem dauernden Kampf mit den anderen, tiefer stehenden Rassen liegen.«

Ich dachte an Rulaman und an die großstädtische Kultur, mit der ich, ohne es zu wollen, in Berührung gekommen war. Nach jedem nächtlichen Luftangriff gingen Massen von Arbeitern fremder Abstammung und Deutsche daran, die zerstörten Schienenwege wieder instand zu setzen. In welcher Größenordnung sollte die künftige Herrschaft errichtet werden? Nur wenige Menschen unter diesen Massen kamen dem Entwurf meines Vaters von einem physisch, also rassisch überlegenen Typ einigermaßen entgegen; die Mehrzahl der Großstädter war klein, krank, schlecht gewachsen und ungebildet, wurde aber von niedrigen, tierischen Instinkten zum Fressen, Saufen und Fortpflanzen getrieben. Ich deutete ihm an, wie es wirklich in der Welt aussah, und mein Vater gab eine Antwort, die der Wirklichkeit, die ich vor Augen hatte, noch weniger entsprach als sein Entwurf einer künftigen Weltordnung.

»Gefühlsduselei, sie nutzen nichts, Horst. Die Bildung eines neuen Menschen wird Generationen dauern. Rückschläge sind nicht ausgeschlossen. Weißt du, daß lateinamerikanische Pflanzer schon vor hundert Jahren, nur zum Spaß, nur für sich, blondhaarige Neger herangezüchtet haben?«

Ich fragte zurück, was nutzen sollte, einen neuen monströsen Menschenschlag auf künstlichem Wege zu erzeugen, da es sich bei dem Großstadtvieh um soziale, also behebbare Gebrechen handele. Mein Vater erwiderte, es sei ihm lediglich um die Beschreibung einer Zuchtmethode gegangen.

»Wenn man«, erklärte er, »den Großstadtauswurf, eine Mischung aus vielen Rassen, vornehmlich der jüdischen – wir alle haben einen Tropfen jüdischen Blutes in uns, ohne davon zu wissen; der arische Nachweis änderte daran gar nichts –, verbessern will, geht das nicht auf dem Wege der Erziehung oder Bildung, wie du jetzt, nach deinen Erfahrungen, meinst. Wir werden die Menschheit durchweg verändern müssen; Humanismus, christliche Sittenlehre oder andere, ähnliche

Auffassungen müssen überwunden werden. Wer uns verstehen will, der muß in großen Entwürfen denken.«

Ich schwieg, weil mir kein Argument einfiel, ihn zur Wirklichkeit zurückzuführen. Er war hier in seiner kleinen Stadt ein bekannter und angesehener Arzt, er galt viel in der Partei und war nicht gewöhnt, daß man widersprach, und mir fiel, wie gesagt, auch nichts ein, obschon ich meine Wahrheit und seinen Entwurf nicht miteinander in Einklang brachte. Immerhin kam mir sein »Rationalismus« schon zweifelhaft vor.

Er fragte: »Hast du eigentlich in die Bücher gesehen, die ich dir neulich geben sollte?«

Darauf fiel mir die Antwort schwer. Mich hatten sie eher gelangweilt als gefesselt. Ich verstand nicht alles; mir ging der Sinn der gelesenen Worte zwar auf, aber nur an wenigen Stellen gelang es mir, den Gesamtsinn der Werke zu verstehen. Meinem Vater dieses Fiasko zu erklären war schwer. Plötzlich dachte ich, daß wir, die Jungen, unsere Auseinandersetzung mit diesen Gedanken, mit dem darauf basierenden Staat und seiner Partei, vor uns hätten.

»Und wenn wir verlieren?«

Er schlug den Kragen seines weißen Kittels hoch und schob die Hände in die Taschen. Er hat einen verrückten, atemlosen Traum, dachte ich, einen ebenso unsinnigen wie Rulaman. In der Weise erklärte ich mir, was sie beide dachten und taten oder unterließen.

»Das bedeutete, daß Europa untergehen würde, seine Kultur, seine Staaten – das möge Gott verhindern!«

Er war Mitte fünfzig, ich sollte in einigen Monaten siebzehn werden, und doch glaubte ich, etwas mehr von der Welt zu kennen als er. Kultur? Gab es noch eine? Herrschte nicht längst das Amüsierkino? Was verstand er unter Kultur? Daß er und ich einer kulturgewohnten Spezies angehörten, war unstreitig, aber ob die kinosüchtigen Massen etwas von unserer Kultur verstehen wollten, von Mozart und Schiller, obschon sie diese Namen kannten, war fraglich. Sie gehörten zu Deutschland, waren geborene Deutsche, aber wer reichte ihnen denn den Suchttrank nach Kino und Tanz und Spiel? Daß sie gehorsam zur Arbeit liefen, daß sie Soldaten waren, wie paßte das in die Mikrowelt unserer überkommenen Kultur, die erliegen würde, wenn wir verlieren sollten. Eine andere Art Mikrokosmos war, was Rulaman errichtet hatte; alles was wir taten, blieb ohne Gewicht für den Weltlauf. Allerdings, es war Krieg, der große Zerstörer arbeitete die Welt um.

Ich meldete mich zur Waffen-SS, hoffte, daß ich auf eine SS-Junkerschule geschickt werden würde, und wartete ab, welchen Bescheid ich kriegte. Zum Arbeitsdienst wäre ich mit Abitur, wenn ich es abgelegt hätte, nicht gezogen worden, höchstens zum Arbeitsersatzdienst. Ich hatte also alles vor mir her- und aufgeschoben.

Ich ging wieder in den Keller zu den Edelweißpiraten. Manchmal waren nur zwei, drei Jungen da, die auf Rulaman warteten. Er kam, wann und wie er wollte, verteilte Zigaretten und gab Ratschläge, oder er verlangte zwei Mann für eine seiner Unternehmungen. Die Jungen murrten häufig gegen sein Regiment. Sie hatten es schwer, lernten in abgelegenen Fabriken, gehörten dort den HJ-Zellen an, bekamen zuwenig Schlaf. Ihrer zu langen Haare wegen wurden sie drangsaliert; wenn sie beim Rauchen erwischt wurden, mußten sie zum Vorgesetzten. Von ihnen wurde Arbeit und Gehorsam verlangt. Der Vater des einen oder anderen diente bei den

999ern; zuerst wehrunwürdig, mußten sie jetzt doch in den Krieg. Die Söhne und Töchter dieser Leute hielten zu ihnen. Fast alle der Jungen hatten Probleme mit dem Leben, auch mit ihrem nervösen Führer, dem es vielleicht auf den Nägeln brannte, keinen sicheren Unterschlupf zu haben. Ich blieb, gebannt von Rulaman, nicht von den kleinlichen Geschichten der kleinen Wölfe.

Eines Abends brachte Rulaman einen Mann in den Keller, er trug Skimütze und Joppe, war untersetzt, aber nicht klein, und Rulaman schien ihn zu respektieren. Der Alte erläuterte uns taktische Regeln im »Kampf gegen die Nazis«. Seine Vorschläge waren gut durchdacht. Wir sollten nicht mehr in großen Gruppen auftreten, unsere Namen und Adressen nicht zu vielen bekanntwerden lassen, erwachsen werden, zu »Aktionen« übergehen und hin und wieder mit Vorsicht tun, was er »gezielt« nannte – Flugblätter entwerfen und verteilen. Ihr Inhalt sollte unter uns abgesprochen und aufklärend sein, gegen Hitler, das Thema eines raschen Kriegsendes sollte angeschlagen werden.

Wie kam Rulaman zu dieser Verbindung? Der Alte war kein krimineller Schwarzhändler, sondern Arbeiter. Er mochte sich mit Rulaman und den Edelweißpiraten aus ganz anderen Gründen abgeben, als Rulaman glaubte. Ich beschloß, das Ende dieses Treffens nicht abzuwarten, sondern zu gehen, zumal meine Alarmzeit heranrückte.

»Wer ist das?« fragte der Alte, als er mich genauer besah. Ich blieb stehen, und er sagte warnend: »Ihr müßt vorsichtiger werden, Jungen!«

Draußen auf der schwarzen Allee holte mich eins der Mädchen ein; möglicherweise die, welche sich bei dem

Trinkexzeß mit mir abgegeben hatte. Sie hatte ein weißes Gesicht, dunkle Augenhöhlen, Zöpfe, die unter einer Strickmütze hervorsahen. Im Gehen nahm sie meine Hand. Ich fragte, was sie arbeite, und sie gab zur Antwort, beim Magistrat.

»Warum kommst du her?« fragte ich.

»Warum, warum? Wohin denn sonst? Zum BDM? Hier ist wenigstens was los.«

»Und was ist da los?«

»Was fragst du denn? Wieso kommst du denn eigentlich? Die Jungen sagten, daß du Rulaman kaputtmachen willst. Paß bloß auf! Der hat eine Knarre.«

»Mich geht Rulaman nichts an«, sagte ich. »Ich finde ihn ziemlich mies. Und ihr lauft ihm nach wie Schafe dem Leithammel.«

Sie blieb vor einem Haus stehen, ich begriff, daß sie hier wohnte. »Du kannst mitkommen, wenn du willst, meine Mutter hat Nachtschicht.«

»Hast du neulich mit mir?«

Sie tat mir leid, ich weiß nicht weshalb. Ich mußte auf meinen Bunker. Vielleicht war das Mädchen nicht mal so übel, nur dumm. Deshalb sagte ich freundlich: »Geht nicht, muß weg! Mach's gut dann!«

»Du hältst dich für was Besseres, verstehe schon«, sagte sie. Vielleicht war ich neulich doch nicht zufällig ihr Partner gewesen. Und sie hatte ja recht. Ich hielt mich für was Besseres, und schuld an dem Beischlaf neulich hatte nicht sie. Sie mochte mich vielleicht.

Auf der langen Eisenbahnbrücke, ich hatte mich entschlossen zu laufen, dachte ich über die vielen Gesichter Rulamans nach. Was hatte er mit dem Alten gewollt? Was tat er eigentlich tagsüber? Eine Wohnung besaß er nicht, oder doch? Lebte er bei Schiebern seines Schlages, von der Hand in den Mund, immer auf der Flucht vor der Feldpolizei? Warum tat er es? Wo sollte diese chaotische Lebensweise des Deserteurs enden? War er der freie Geist, das unabhängige Individuum, die blonde Bestie der Bücherwelt, der Held? Was unterschied ihn von mir? Er regierte mit Zwang, er unterwarf sich andere, aber was wollte er? Liebte ich meinen Flakturm, wollte ich wirklich zur SS, in den verlorenen Krieg? Weil auch ich ein Träumer war? Wie mein Volk oder wie Rulaman? Ehre. Vielleicht rechtfertigte die Ehre, mein persönlicher sittlicher Bezug, unabhängig von den äußeren Erscheinungen jede Handlung, die ich beging. Was war das, die Ehre? Generationen von Soldaten hatten sie ihr höchstes Gut genannt.

In dieser Nacht ging einer der schwersten Angriffe auf die Stadt nieder. Sie brannte bis in den folgenden Tag hinein. Obwohl wir bis in die Frühe geschossen hatten, mußten wir aufräumen helfen. Überall waren Menschen verschüttet, gaben Klopfzeichen. Das war die Wahrheit, nicht die kriminellen Unternehmungen Rulamans und auch nicht die Träume meines Vaters. Über der Stadt lagerte eine Wolke, die wegen des schwachen Windes nicht abziehen konnte, die Temperaturen lagen tief. Das Eis auf den Löschteichen mußte mit Picken und Hacken aufgebrochen werden, ehe wir die Sauger einbringen konnten.

Wegen dieses Einsatzes bekamen wir einige Tage frei, ich konnte nach Hause fahren. Auf dem Bahnhof hörte ich, daß die Züge nur unregelmäßig gingen. Die Strecke war durch

Bomben schwer beschädigt; alle Züge wurden umgeleitet. Für den nächsten Tag wurde Normalbetrieb angekündigt oder das, was dafür gehalten wurde. Ich entschied mich dafür, von meinen paar Urlaubstagen keinen auf der Strecke zu verbringen, und ging in den Keller. Dort fand ich die Clique in Hochform. Immer bei solchen Ereignissen, wenn sich alles aufzulösen schien, machte Rulaman Beute; erstaunt stellte ich fest, daß zwei von ihnen heute HJ-Uniformen trugen. Rulaman hatte anscheinend eine Rede gehalten. Er stand inmitten des Kellers; um ihn herum die anderen. Ich sah ihm prüfend ins Gesicht, er nickte mir zu.

»Also noch mal«, sagte er, »ihr steigt ein, wie ich gesagt habe, folgt den Durchbrüchen, dann kommt ihr in das Wehrmachtslager. Es ist unbewacht – geht alles drunter und drüber am Wasserturm, wo Zucker brennt. Nehmt nur, was Wert hat, und möglichst kleine Gegenstände, Radios, Radioröhren, Elektroteile, Ferngläser, und vergeßt nicht das Feuer. Petroleumflasche, Korken raus, Benzin über die Watte, in die Flasche hängen, anzünden und werfen. Die Flasche muß kaputtgehen. Sollt mal sehen, was das für ein Feuerwerk gibt. Und wir beide«, sagte er zu mir, »wir sichern das Unternehmen taktisch-logistisch. Friede den Hütten, Krieg den Palästen! Nieder mit Hitler!«

»Draußen stehen zwei Mann, die wollen dich sprechen«, mit einer Handbewegung deutete ich die Blechschilder der Feldgendarmen an. Aus dem Keller gab es keinen Fluchtweg, und ich sagte ihm, wie dumm er gewesen war, sich ein Versteck ohne zweiten Ausgang zu suchen; soviel wissen sollte ein Bandit immerhin. Der Augenblick war gekommen, wo wir Farbe bekennen mußten, Rulaman und ich.

»Geh mal einer raus, nachsehen«, befahl er, und einer gehorchte, kam aber zurück, um zu melden, daß die Luft rein sei. Neugierig wartete ich darauf, was er jetzt tun würde; ich stellte mich so, daß ich hoffen konnte, den Ausgang vor ihm zu erreichen.

»Also, was willst du?« fragte er.

»Warum gehst du nicht selber mit? Was die jetzt tun sollen, ist Blödsinn. Das kostet mehr als ein paar Jahre Jugendstrafe. Das weißt du. Ich glaube, man nennt es in Friedenszeiten Raub.«

Er machte Ausflüchte, sagte, was ich schon wußte; daß er eine Mission erfülle und daß die kleine Beute als Nebenprodukt abfalle. »In ein paar Monaten ist der Nazispuk sowieso vorbei, dann werden wir weitersehen. Jetzt vertrödeln wir nur die Zeit mit Gequatsche. Worauf wartet ihr noch?«

Aber keiner der Jungen ging. Ihre Blicke wanderten zwischen uns hin und her, und einer sagte: »Die sollen sich kloppen. Gibt jetzt sowieso nichts anderes, wo er alles weiß.«

Plötzlich sagte Rulaman befehlend: »Drauf!«

Aber mich griff keiner an. Rulaman trat aus dem Kreis der Jungen heraus, stellte sich zu mir an den Ausgang des Kellers, vielleicht um mich festzuhalten. Den Kradmantel hatte er nicht abgelegt, auch den Hut aufbehalten. Zögernd nahm er ihn jetzt ab, streifte auch den Mantel mit einer trägen unwilligen Bewegung von den Schultern. Er stand im kragenlosen grauen Hemd da; über dem Hemd trug er eine Strickjacke.

»Alles abgeblasen«, sagte er plötzlich, »es ist vielleicht auch besser so.«

Er machte den Fehler, den kein Führer machen darf, er gab dem Druck seiner kleinen Wölfe nach, er war tatsächlich feige, hatte sich wohl nie unter den Hochbahnbögen mit Nazis und Polizisten geschlagen, sondern immer nur geleitet und aufgestachelt, sich aber nie eingesetzt.

»Laß mich durch«, sagte ich.

Er trat wirklich zur Seite. Aber ich ging noch nicht. Mich hielt die Vorsicht ab, ihm den Rücken zu kehren, denn er mußte wissen, daß mich nichts mehr zurückhielt, ihn auffliegen zu lassen. Für mich war endlich klar, was ich zu tun hatte und immer hatte tun wollen.

Weil ihm keiner mehr gehorchte, mußte er handeln. Daß er den Weg freigegeben hatte, war sein zweiter Fehler.

»Wehe, du läßt ihn gehen!« hörte ich jemanden sagen.

Rulaman zuckte zusammen und langte mit beiden Händen nach mir. Wer mir das Messer in die Hand drückte, konnte ich nicht feststellen, ich drehte mich auch nicht um. Ich sah Rulaman nach hinten langen, um an seine Gesäßtasche zu kommen. Dort steckte wohl eine Pistole. Wenn es ihm gelang, sie zu ziehen, konnte ich einpacken. In der Aufregung stieß ich mit dem Messer nach seinem Hals. Er gab es auf, nach der Pistole zu angeln, und versuchte seinen Hals zu schützen. Die Klinge rutschte am Handrücken ab, aber sie traf ein Blutgefäß; die Wunde begann heftig zu bluten. In dem Licht der flackernden Kerzen umstanden die Jungen ihren Führer, aber keiner half ihm. Rulaman rappelte sich auf, er hielt die blutende Hand weit von sich; er war nicht davon abzubringen, doch noch an die Gesäßtasche zu kommen. Er ging wohl davon aus, daß ich ihn töten würde oder ihn zwingen, mir zu folgen. Ich dachte weder an das eine noch an das andere. Im Gegenteil, ich war entsetzt über das, was geschehen war. Ich warf das Messer weg und trat zurück, fand aber den Ausgang nicht. Dann, als ich die Tür gefunden hatte, blieb ich wie gebannt, weil etwas völlig Absurdes geschah. Ich sah, wie sich einer der Jungen nach dem Messer bückte, nicht um es einzustecken, wie ich annahm, sondern um es zu gebrauchen. Er stieß so heftig zu, daß Rulaman nach vorn zusammenklappte und ein Stöhnen hören ließ; er fiel um und blieb zusammengekrümmt liegen. Mit einem Sprung stellte ich mich über den Liegenden. Aus der Bauchwunde floß kein Blut, oder nur sehr wenig, so daß ich zuerst dachte, es sei nicht so schlimm. Aber bald floß das Blut stärker, rasch bildete sich eine Lache unter dem Liegenden.

Rulaman streckte sich lang aus, die Hände lagen geöffnet seitlich vom Körper, ich sah, daß er ein Amulett am Halse trug. Ich schüttelte ihn leicht an den Schultern, da schoß das Blut einer Springquelle gleich aus der Stichwunde. Ob es dieses fließende Blut war, oder ob sie alle unter Schock standen, weiß ich nicht. Eines der Mädchen nahm das Messer und machte, ehe ich begriff, was sie vorhatte, einen raschen Schnitt über das Gesicht Rulamans. Es waren ziemlich viele Edelweißpiraten an diesem Tage im Keller versammelt, anscheinend waren sie von Rulaman zu der beabsichtigten Plünderung aufgeboten worden. Tief mußten sie ihn hassen, nicht einer rührte die Hand, um ihn zu schützen, der sicher noch lebte und vielleicht bei vollem Bewußtsein war und wußte, was mit ihm geschah, obwohl er sich nicht bewegte. Mein Verstand, der langsam wieder zu arbeiten anfing, sagte mir, daß ich es riskierte, ebenso zerschlitzt zu werden wie

Rulaman jetzt, wenn ich sie aufhalten wollte, und ich wußte, daß ich Anteil gehabt hatte bei der Tötung dieses Menschen, der gehaßt war und ein Feigling. Aber ich war nicht fähig, bei dem Tötungsritual mitzumachen.

Alles ging schweigend vor sich; einer nach dem anderen trat vor, nahm das Messer, stach oder schnitt in den schon leblosen Körper. Die Jungen standen etwa in meinem Alter, die Mädchen waren eher jünger, aber gerade sie wirkten reifer, und sie beteiligten sich an dem Mord wie an einem sühnenden Gottesdienst.

Ich verließ als letzter den Keller, den Leichnam Rulamans zurücklassend. Ich hatte noch nach Papieren bei ihm suchen wollen, hätte gerne gewußt, wie er wirklich hieß, wenn nicht Rulaman, woran ich zweifelte, aber ich hatte es nicht gewagt, den Toten zu berühren. Seinen Mantel nahm ich mit und auch den Hut.

Lange geschah nichts, ich war längst von meinem Urlaub zurück, hatte sogar noch einmal den Keller aufgesucht, aber keinen toten Rulaman darin gefunden. Vielleicht ging alles unter in diesem Krieg. Dann fiel mir ein, das Mädchen zu suchen, das ich einmal nach Hause begleitet hatte. Lange fahndete ich vergeblich nach ihrem Haus, kannte ja auch ihren Namen nicht. Schließlich sah sie mich auf der Straße stehen und kam herunter. Wir gingen unter die Hochbahn, wo sich die Edelweißpiraten immer getroffen hatten, und ich ließ sie erzählen. Aber sie wußte nicht, ob die Polizei den Toten gefunden hatte, in einer der folgenden Nächte, als sie doch in das Wehrmachtslager eingestiegen waren, das heißt, nicht sie, sondern die Jungen; alle waren hochgegangen. Sie saßen im Gefängnis, was mit ihnen geschehen würde, Prozeß oder Lager, wußte sie nicht.

Ich fragte sie noch einmal, was sie bei Rulaman gesucht habe und ob die Jungen ihrer Meinung nach eine alte Rechnung beglichen hatten, aber sie gab vor, nichts zu wissen, oder sie wußte wirklich nichts.

»Angefangen hast du«, sagte sie plötzlich.

»Er hat angefangen«, sagte ich, »überhaupt ist es ganz gleichgültig, wer angefangen hat. Was dann kam, war jedenfalls überflüssig. Kennst du seinen Namen?«

Sie versicherte, er habe wirklich Rulaman geheißen, fand aber nichts Merkwürdiges an dem Namen.

»Bist du wieder allein zu Hause?« fragte ich.

Sie schüttelte den Kopf und entzog sich auch, als ich sie berühren wollte. Was mich dazu brachte, sie zu begehren, ob ich sie überhaupt wollte, hätte ich nicht sagen können. Ich fühlte mich plötzlich einsam, und sie war einmal gefällig gewesen wie eine Krankenschwester, aber die Zeichen standen jetzt anders, was einmal galt, war vorbei. Sie schreckte vor mir und vor sich zurück und flüchtete schließlich ins Haus. Ich würde sie nie wiedersehen. Mit einemmal dachte ich: Sie war deine erste Geliebte und du kennst nicht mal ihren Namen! Ihre Gestalt hast du nicht erkannt; du weißt von ihr nur, daß ihr Schoß warm ist. Ihre Zunge kennst du noch und den Geruch ihres verqualmten Haares. Auch weißt du, daß sie ein klebriges Zeug benutzt, um sich Gesicht und Lippen zu beschmieren. Sie kann lieben und töten! Sie war deine erste Liebe.

Alles war lächerlich, und ich selbst traurig wegen der Rolle, die ich in dem Drama gespielt hatte, einem, das noch nicht zu Ende war. Es durfte kein Ende nehmen, anders wäre die Welt nicht in Ordnung gekommen. In Ordnung war sie vielleicht nie gewesen; jetzt jedenfalls war sie es noch weniger als früher.

Ich marschierte über die Brücke und dachte an meine Feuertaufe vor ein paar Monaten. Kälte kroch mich an, unter der langen Brücke wehte es eisig hindurch. Die »Lichtburg«, das große Kino, das soviel alberne Filme aufführte und so viele Verlorene anlockte, hob sich noch dunkler gegen den an sich schon dunklen Himmel ab. Ich marschierte weiter. Als ich meinen Dienst antreten und mich zurückmelden wollte, saß ein Zivilist beim Batteriechef. Ich erkannte ihn sofort; er war mir unter dem Hochbahnbogen begegnet, als ich Rulaman zum erstenmal gesehen hatte. Auf seine Frage antwortete ich, ja, ich sei Horst Wolfgram. Er nahm mich mit.

Im Polizeigefängnis wurde ich in eine Einzelzelle gesperrt. Sie war groß und kalt. Ich hatte nur zwei Decken und selten wirklich warmes Essen. Meist war es lauwarm, wahrscheinlich stand es zu lange auf dem Gang, ehe es ausgeteilt wurde. Die Verhöre gingen schnell vorbei, ich erzählte, was ich wußte, und verkleinerte meinen Anteil an der Sache nicht. Ich nannte es Mord, aber der Untersuchungsbeamte erklärte mir: »Ob es Mord war, ist nicht erwiesen.«

Ich konnte nicht recht verstehen, weshalb es kein Mord gewesen sein sollte, wie die Messerstecherei sonst zu bezeichnen gewesen wäre. Ich durfte meinen Eltern schreiben, sie antworteten, und meine Mutter erhielt nach meinen ersten Vernehmungen die Erlaubnis mich zu sehen. Sie brachte Wäsche und Lebensmittel, und wir saßen uns im

Besucherzimmer gegenüber, durch einen Tisch getrennt, so daß unsere Hände einander nicht erreichen konnten. In der Ecke hatte der Justizbeamte Platz genommen, er las in einer Zeitung, oder er tat, als lese er. Wenn wir zu leise sprachen, ermahnte er uns, lauter zu sprechen. Wir hatten ja nichts zu verbergen, leider aber durften wir nicht über meinen Fall reden. Ich sah meiner Mutter das Befremden an, einen Sohn zu haben, der in einen so scheußlichen Mord verstrickt war, der in gewisser Weise als der Anführer der Mörderbande gelten mußte, der »intellektuelle Urheber«, und ich hätte ihr gern erklärt, wie es zu diesem Anschlag auf Rulamans Leben und seinem Ende gekommen war, daß ich nichts hatte machen können, ihn zu retten, und zu spät erkennen mußte, was mit ihm los war. In einer Zeit, wo das Töten eines Menschen keine große Sache sein konnte, weil Tausende stündlich starben, sollte ein Ritualmord soviel Gewicht haben? Es regte ja auch keinen auf, daß hier in jeder Nacht ungezählt viele Menschen verbrannten oder erstickten, und draußen und eigentlich überall auf der Welt ebenfalls. Man nannte das vielleicht den »Krieg in Permanenz«, von dem mein Vater gesprochen hatte, als einen Weg der dauernden Auslese bis zum rassisch höchststehenden Wesen.

Meine Mutter zeigte mir eine Zeitung, die über den Mordfall berichtete; es handelte sich um eine Nummer, die gleich nach dem Auffinden des Leichnams gedruckt worden war. Sie enthielt Fragen und eine Beschreibung dessen, was die Beamten im Keller vorgefunden hatten, den Leichnam mit sechzehn Schnitten; es war die Rede davon, daß Rulaman regelrecht »weißgeblutet« sei.

»Sechzehn waren wir, tatsächlich so viele?«

»Es wird alles gut werden«, sagte meine Mutter. »Wir finden einen Anwalt für dich.«

Es wunderte mich, daß im Krieg überhaupt Gerichtsverhandlungen mit Staatsanwälten und Verteidigern stattfanden, denn mir schien, daß alles aus den Fugen geraten war. Kein bürgerliches Gericht hätte diese Geschichte verhindern können, alles war vorherbestimmt gewesen und wir alle nur Werkzeuge, denn hätte sich Rulaman nicht der Pflicht entzogen, wäre er nicht in die Lage gekommen, Schleichhändler und Verbrecher zu werden. Ich fand es alles ganz folgerichtig; im Grunde genommen hatte sich Rulaman selbst aus der Welt geschafft. Flüsternd stellte ich meiner Mutter die Sache dar, wie ich sie eben geschildert habe; sie schüttelte verneinend den Kopf. Der Beamte sagte mit Nachdruck, wir müßten aufhören, über den Prozeß beziehungsweise über den Fall zu sprechen, sonst würde er den Besuch abbrechen.

Von meinem Vater bekam ich einen Brief, der an einigen Stellen geschwärzt war. Mir wurde der Besuch meines Verteidigers angekündigt, aber es war überhaupt noch nicht klar, ob ein Verfahren gegen mich eingeleitet werden konnte und ob überhaupt verhandelt werden würde. Die Briefstelle war so unklar gehalten, daß ich nicht klug daraus wurde, denn tatsächlich hatte ich die Auseinandersetzung angefangen, gleichgültig, wer mir das Messer in die Hand gedrückt, ehe die Jungen ihrerseits mit Rulaman abrechneten. Was für mich wichtig war, die sittliche Wertung meiner Handlungsweise durch meinen Vater, hatte die Zensur anscheinend nicht passiert. An der Stelle brach der Brief ab. Mein Vater schrieb, er habe in meinen Aufzeichnungen den Schlüssel zu dieser

Geschichte gefunden, mich habe ein richtiges Gefühl geleitet, als ich mich verweigerte. Die Erinnerung an manches unserer Gespräche mache ihm jetzt erst deutlich, in welcher Lage ich mich befunden hätte und daß es meinerseits keine planmäßige Aktion gewesen war, was ja stimmte. Ich hätte ganz aus dieser meiner Lage heraus gehandelt und handeln müssen. Als ich nein sagte, zu dem von Rulaman ausbaldowerten Verbrechen, entschieden und ohne Einschränkung, wäre alles beinahe ohne mich zu Ende geführt worden. Chaotischer Vorgang, eine Art Femejustiz; immerhin zeigte sich mein Vater nun entsetzt, daß ich mich nicht, beizeiten das Verbrecherische der Clique erkennend, an die Polizei gewendet hätte. Er vergaß, daß es mir durch ihn freigestellt worden war, mich nach Hilfe umzusehen. Dieser Brief schien mir nicht sehr hilfreich. Mein Vater hatte meine Aufzeichnungen über Rulaman der Gestapoleitstelle unserer Stadt übergeben. Von dort würde ich zweifellos hören, schrieb er.

An einem Maitag wurde ich zum Verhör gebracht. Ich trug keine Uniform, sondern einen Anzug; mir waren Handschellen angelegt worden. So fuhr ich im vergitterten Auto durch die Stadt. Im Vernehmungszimmer standen ein großer Schreibtisch und ein Stuhl davor. Der Mann, der mich ausfragte, ein Obersturmführer, sah mich kaum an, ein zweiter mit Mannschaftsdienstgrad hielt an der Tür Wache. Dann war noch der in Zivil dabei, der mich festgenommen hatte.

Noch einmal schilderte ich die Sache, wie sie sich abgespielt und wie ich sie in Erinnerung hatte. Allmählich brachte ich alles durcheinander; durch die häufigen Verhöre, durch Fangfragen, die mich in Widersprüche verwickeln sollten, war ich dahin gekommen, an meiner Fähigkeit, die Wahrheit zu erkennen, zu zweifeln.

»Sie haben sich zur SS gemeldet«, sagte der Obersturmführer, »sind Sie sich darüber im klaren, daß Menschen wie Sie nicht in die Waffen-SS gehören?«

Darauf konnte ich natürlich nichts antworten, er wollte auch nichts hören, sondern suchte in meiner Akte herum; der Zivilbeamte zeigte ihm die Stelle, die ihn offenbar interessierte.

Ich fragte: »Wie heißt Rulaman eigentlich richtig? Ist sein Vater Gauleiter?«

Der Zivilbeamte blickte den Obersturmführer an; sie suchten sich mit Blicken über mich zu verständigen, schließlich sagte der Obersturmführer: »Ich würde an Ihrer Stelle nicht glauben, Wolfgram, daß uns dieser Kerl irgendwie nahegestanden hat. Vielleicht existierte er gar nicht. Was weiß man denn?«

Was wurde hier gespielt, warum war ich hier? Der Zivilist zeigte wieder auf eine Stelle in meiner Akte, und der Obersturmführer nickte, sagte: »Ja, richtig.« Las die Stelle mehrmals und bemerkte: »Kindereien.«

»Einer hat sie mit dem Leben bezahlt.«

»Aber was für einer«, sagte der Obersturmführer. »Nee, das bringen Sie mal mit ihrer Polizei in Ordnung.« Er wendete sich zu mir. »Nun hören Sie mal zu, Wolfgram. Was für eine Eselei Sie da begangen haben, wissen Sie inzwischen selbst. Daß Sie sich im ganzen nicht schlecht gehalten haben, können Sie sich von mir bestätigen lassen als Privatmann! Wann werden Sie einrücken? Schon Bescheid?«

»Das wird wohl von dem Prozeß abhängen, Obersturmführer«, sagte ich.

»Ja, natürlich, wenn es einen gibt. Die Gerichte haben andere Sorgen. Sie haben ja immerhin ein Verbrechen verhindert. Glück; hätten Sie keines, so wären Sie in einem Jugendlager.«

Er klappte die Akte zu und reichte sie dem Zivilbeamten.

»Was wird nun mit mir?« fragte ich.

»Sache der Justiz, Wolfgram. Die Leute dort sind ja so tüchtig. Die werden das schon hinkriegen.«

Auf meiner Rückfahrt sagte ich zu meinem Begleiter, er könne mir ruhig die Handschellen abnehmen; er tat es ohne Einwände. »Eigentlich haben Sie recht, Wolfgram.«

Zwei Wochen später holten mich meine Eltern und mein Anwalt ab. Mein Vater stand mit dem Stock, das künstliche Bein abgespreizt, vor der Ruine einer Kirche; über dem Arm hielt er einen leichten Mantel, denn es war ja inzwischen Mai, meine Mutter lief auf mich zu, als ich vor das Eingangstor trat. Wir blieben eine Nacht bei einer Verwandten. Ihr Haus lag in einem Vorort. Gern hätte ich noch einmal die schwarze Allee gesehen, ahnend, daß ich nicht wiederkommen würde. Mein vorläufiges Quartier befand sich am anderen Ende der Stadt, ein Kasernenkomplex dicht bei den großen botanischen Versuchs- und Ausstellungsgärten. Die Glashäuser waren zerstört, aber jetzt im Mai blühte alles im Freiland und sah freundlich und schön aus. Meine Eltern begleiteten mich am folgenden Tag zum Kaserneneingang; es war Mai 1944, als ich mich zum Dienstantritt meldete.

Die Gesichte der Blinden

Gleich nach dem Krieg war ich mit dem Vorsatz in die Stadt gekommen, neu zu beginnen: Ich trug Feldgrau und hatte eine Handvoll Splitter im Körper. Sie wanderten durch Knochen und Muskeln, nichts hielt sie auf. Gelegentlich kamen sie ans Tageslicht, und man konnte sie entfernen. Die Aufbruchstellen eiterten, heilten aber schließlich doch und bildeten weiße Inseln, die Lepra des Krieges. So wie sich mein Fleisch erneuerte in jenen Tagen des Juni, der heiter und schön war, so erfrischte sich auch mein Geist, den ich nicht zum Fleisch rechnete; Körper und Seele sind mir immer als Widerspruch erschienen. Gierig fraß mein Kopf die Bilder der Welt, während mein Körper nach Essen hungerte. Manchmal suchte mein Auge in den Trümmergebirgen nach MG-Nestern, schätzte Entfernungen und wollte am bedeckten Himmel die winzigen dunklen Punkte ausmachen: Fliegen, wild auf Fleisch, verwesendes und lebendes, die zum Tiefflug ansetzten und stählerne Feuerkugeln wurden. Aber das geschah immer seltener. Ich sagte mir, daß der Krieg zu Ende war, jedenfalls die handwerkliche Seite des Krieges.

Ich hauste in einem Keller, über mir und um mich herum Tausende Kubikmeter Schutt, und darin bestattet die Opfer. Ein schmaler Weg führte durch den Schutt zum Eingang meines Schlupfwinkels, in dem es so gemütlich war, wie es in einem Gefechtsstand sein kann. Ich besaß ein Feldbett mit ein paar dreckigen Decken, einen Herd, den ich mit Holz aus den Trümmern heizte. Ich besaß auch einen kleinen Tisch und einen Stuhl. Einen Schrank brauchte ich nicht. Was hätte ich reinhängen sollen? Über einiges Geschirr verfügte ich; eigentlich benötigte ich keines, denn ich hatte nichts zu kochen und nach den Bestimmungen nicht einmal Lebensmittel zu beanspruchen. Um mich kümmerte sich keiner. Das war auch nicht nötig, denn ich verstand es, mich allein in ausweglosen Lagen zu behaupten; in der Überlebenskunst hielt ich mich für einen Meister.

Den Keller hatte ich mir selbst besorgt, vielmehr erbte ich ihn vom sterbenden Krieg. In diesem Loch versteckte ich mich ein paar Tage lang. Als ich wieder hervorkam, glänzte der Himmel blau wie polierter Stahl. Absichtslos, also ohne Neugier, durchsuchte ich die Taschen eines Toten, der zufällig vor dem Keller lag. Ich fand nichts für mich Brauchbares, nahm aber seine Papiere an mich. Bald darauf verließ ich die Stadt, um bei einem Onkel in der Prignitz unterzuschlüpfen, kehrte aber rasch wieder zurück, als ich merkte, daß ich ungelegen kam. Kein Wunder bei der großen Familie des Onkels, der mich zwar nicht wegjagte, aber doch froh wieder entließ.

Ich mußte essen, also stahl ich, oder ich handelte Essen gegen Dinge ein, die ich aus den Trümmern holte, keine ganz leichte Sache, Arbeit für Leute mit guten Nerven. Nach richtiger Arbeit suchte ich vorerst nicht, wohl aber nach den Bildern der neu befriedeten Welt.

Dieses Suchen war meine Hauptbeschäftigung. Leicht hätte ich es zu einem gewieften Händler und Schieber bringen können, wäre mein Kopf nicht mit dieser verdammten Sucherei beschäftigt gewesen. Das gegenwärtige Leben wollte ich in allen seinen Erscheinungen kennenlernen und das vergangene in den Spuren finden, die es hinterlassen hatte. Dieses deutsche Volk, mein Volk mit seinen besonderen Gaben, schien an den Punkt gekommen, wo es nicht tiefer sinken konnte; es gab sich nicht mehr groß, stolz, selbstbewußt, sondern engherzig und kleinlich. Vielleicht aber zeigt mein Volk seine besten Seiten überhaupt nur in schlechten Zeiten, wenn Notkämpfe und Holmgänge vor ihm liegen. Wurde es von Hunger, Elend, Krieg und Leid gestachelt, so stand es auf und verursachte Erstaunen und Entsetzen. Möglicherweise aber war mein Volk so erschöpft, daß es keine Kraft mehr besaß, keine Bilder mehr hervorbrachte und sich nicht mehr für die Nähe von Liebe und Tod erwärmte, sondern nur nach Brot schrie.

Bald öffnete die eine und die andere Bibliothek wieder ihre Türen, sei es, weil ein Bibliothekar ebenfalls nach den verlorenen Bildern vom glücklichen Leben suchte, sei es, weil ein Kommandant es befahl. Noch waren die Büchereien nicht gesichtet, und es blieb ihren Hütern überlassen, zu verleihen, was ihnen gut schien, und zu verschließen, was sie für schlecht hielten. Das ergab manchmal ein großes Durcheinander. Denn: was war nun schlecht und was gut? Davon profitierten umhergetriebene Leute. Ich geriet an einen alten Bibliothekar, der in Vergangenheiten lebte wie in Wirklichkeiten. Wir paßten gut zusammen; er wie ich liebten die abstrakten Werte, während wir die Beschäftigung mit der lebendigen Welt verachteten. Jeder, der es tat, beschmutzte sich nach unserer Meinung.

Lesen mußte ich bei Kerzenlicht. Es war lange hell, aber um zweiundzwanzig Uhr schlug für uns Deutsche die Stunde. Manchmal hörte ich, vor meinem Kellerloch sitzend, Autos durch die Wege und Gänge der Trümmerwelt kurven und das hastige Hack-hack von Maschinenwaffen. Gewöhnlich endete alles mit einem Schrei oder mit Rufen und Gebrüll. Nicht daß mich die Ballerei gestört hätte. In diesem Dschungel aus Trümmern lebte ich ziemlich sicher, wenn ich mich still verhielt. Wer nach der Sperrstunde draußen herumlief, mußte schließlich seine Gründe haben, aber auch auf alles gefaßt sein.

Vor den Büchern stand ich jedoch wie der Wanderer ohne Kompaß. Ich hätte mich nach links oder nach rechts, hätte mich in alle Richtungen wenden können, ohne klarer zu sehen. Der eine behauptete dies, der andere das Gegenteil, und alle schienen recht zu haben: Goethe und Nietzsche, Spengler und Rosenberg und alle anderen, mit denen mich der Alte aus seiner ungesichteten Bücherei fütterte. Aber es war eine verzauberte Wüste, die Kraft und Sehnsucht spendete. Bald entdeckte ich auch Bücher mit Reproduktionen von Gemälden und ließ mich in einen Rausch der Sinne fallen. Ich dachte, Ähnliches könnte ich auch schaffen und so die konturenlosen Bilder in meinem Kopf endlich loswerden. Ich meine folgendes: Mein Auge sah genug, ich war reich an Bildern, aber ich besaß keines wirklich, konnte Gesehenes nicht beschreiben, ohne es zu verlieren. Jedenfalls schien es mir leicht, die verschleierte Bilderwelt von Gesichtern und Ereignissen in feste Formen fließen zu lassen, wenn ich die alten Formen wie Schablonen benutzte. Also besorgte ich mir Malgerät, was leicht war in den Zeiten einer Urgesellschaft, wo nur wenige Verwendung für diese Dinge haben und sie leicht vertauschen gegen Lebensnotwendiges.

Etwas später nahm mich Kretzschmars Graphische Kunstanstalt als Mädchen für alles auf. Die Firma stellte Reproduktionen her, Öldrucke. Das zog mich an. Zwar besaß ich ein fragwürdiges Abitur, würde aber auch dann nicht gewußt haben, was studieren, wenn es schon Universitäten gegeben hätte. Diese Graphische Kunstanstalt gehörte Kretzschmar nicht, wie mir berichtet wurde; im Augenblick war er nur noch Treuhänder von etwas, was es eigentlich nicht einmal mehr gab. Die unteren Räume der Firma standen unter Wasser, darin rosteten allerlei Maschinen. Von den oberen Stockwerken standen, bis auf wenige Ausnahmen, nur die Grundmauern. Mit Kretzschmar mußte ich auch nicht verhandeln, denn dieser sollte, den Gerüchten nach, in Gransee leben und das Amt eines Bürgermeisters bekleiden. An seiner Stelle wirkte ein Fräulein Hambrecher, die mich durch ihre Erscheinung und ihr Auftreten beeindruckte. Ich legte ihr die Papiere des Toten vor, und sie las alles mit großer Aufmerksamkeit. Weshalb ich ihr kurz entschlossen die Papiere des Vandebeeke präsentierte, erinnere ich nicht mehr genau. Es war wie eine Eingebung, und mein Griff nach dem Erbe Vandebeekes bekam nachträglich einen Sinn. Jedenfalls hieß ich plötzlich Vandebeeke und war meine Vergangenheit los. Das Papier, in Englisch abgefaßt, von einem Captain und einem Marinearzt ordentlich unterschrieben, genügte Fräulein Hambrecher nicht, und ich mußte ihr die Geschichte meiner Wanderung von Schleswig-Holstein nach Berlin erzählen. Dabei ging mir zweierlei auf: Erstens, daß ich mich fortan mit erfundenen Geschichten plagen würde, und zweitens, daß sie nach mir suchten. Vielleicht nicht nach mir als Individuum, sicher jedoch als einem Angehörigen einer bestimmten Kategorie. Ich roch nach Pulver und Blei und konnte der Dame nicht die ganze Wahrheit sagen. Lieber würde ich mit einem Mann verhandelt haben, der Vandebeekes *Certificate of Discharge* und die *Registration Card* mit mehr Verständnis gelesen hätte. Nach kurzem Hin und Her wurde ich aber doch vorläufig engagiert und einem Herrn Žiska übergeben, einem Ungarn, unbeschreiblich zwergenhaft und boshafter, als je ein Zwerg gewesen ist. In der ersten Stunde unserer Bekanntschaft verlangte er die vollständige Unterwerfung unter seine Anordnungen, schickte mich nach Sachen, die es entweder nicht gab oder die er nicht brauchte. Bis ich seine Absicht durchschaute und ihn hart anfaßte, worauf er ein Stahllineal als Waffe gegen mich schwang, was ein Fehler war. Er wehrte sich heftig, mit Kraft, verwundert darüber, daß alles auf einen primitiven Zweikampf hinauslief, wo er doch zum Herrschen berufen sein wollte. Schließlich stob er davon, zu Fräulein Hambrecher, um mich anzuklagen. Zu ihr wurde ich dann auch befohlen. »Sie können gehen, Vandebeeke.« Meinen Namen hatte sie sich jedenfalls gemerkt. Ich verstand, daß sie leichter auf mich als auf Herrn Žiska verzichten konnte. »Lassen Sie es mich versuchen«, sagte ich. »Ich habe ein Mosaik von Bildern im Kopf. Zum Beispiel eins vom Krieg oder eins von meinem Vater, dem Oberstudienrat. Oder von Landschaften. Sogar von Ihnen habe ich schon ein Bild. Von Beruf bin ich Soldat und augenblicklich ohne Arbeit. Für welche Arbeit tauge ich? Lassen Sie es mich herausfinden!«

Ihr Blick veränderte sich; ich sah, daß ich für sie etwas Neues war. So wie ich mich für sie erwärmt hatte, so schien sie sich jetzt für mich zu erwärmen. »Sie müssen sich zumindest entschuldigen bei meinem Herrn Žiska«, sagte sie. »Wenn das reicht. Wir werden ja sehen.« Damit war die Sache abgemacht. Die Menschen faßten sich damals kurz, beschränkten sich auf das Wichtigste in ihren Reden. Das erleichterte die Verständigung. Man wußte, woran man war, Freund und Feind ließen sich voneinander unterscheiden. Ich bemerkte, daß Fräulein Hambrecher sogar gut sein konnte. Ihr Gesicht war auch nicht so glatt, wie es mir zuerst schien. »Ich versuche mich im Malen«, sagte ich, »deshalb bin ich überhaupt hier. Vielleicht male ich Sie auch.«

Sie wollte Bilder von mir sehen, und ich versprach, was mitzubringen, denn ich sah ein, daß sie mir nicht erlauben würde, ihr Gesicht zu malen, ohne daß sie meine Qualitäten als Maler kannte. Sie war eine bemerkenswerte Frau. Ich wußte noch nicht, daß ich mir nur ihretwegen soviel Mühe gab und mich bei Žiska entschuldigte. Durch ihn hörte ich später von ihren Plänen. Nach Fräulein Hambrechers Vorstellungen sollte aus diesem Trümmerhaufen wieder eine Druckerei entstehen – ohne Kretzschmar. Jeder, der beim Bauen mithalf, sollte einen ewigen Anspruch an Kretzschmars Graphischer Kunstanstalt besitzen. Ich dachte mir meinen Teil, nicht in Bezug auf die Realisierung dieses Plans, sondern darauf, was dieser Kretzschmar dazu sagen würde. Immerhin gelobte ich ihr Gefolgschaft, natürlich ohne ihr meine Hilfe direkt anzutragen. Wenn ich an ihren Herrn Žiska dachte, und andere Herren kannte ich ja noch nicht, so wurde mir bange um Fräulein Hambrecher. Žiska war sicherlich einer von denen, die einen anderen ans Messer lieferten, ohne ihre Tätigkeit zu unterbrechen. Immerhin versprach ich meine völlige Unterwerfung. Sie lächelte, sie glaubte mir kein Wort, aber meinem Eintritt in die Firma stand nichts mehr im Wege, und er geschah auf ernsthafter Grundlage. Žiska sagte übrigens kein Wort zu meiner Entschuldigung. Er zuckte mit keiner Wimper, wie man so sagt, stand auf und ging weg, als habe es nie Streit zwischen uns gegeben. Da beschloß ich, auf der Hut zu sein vor meinem Herrn Žiska.

Kretzschmars Graphische Kunstanstalt blickte auf eine lange Geschichte zurück. Einer seiner Gründer soll der Erfinder des Rasterätzverfahrens gewesen sein. All das hörte ich von den alten Männern, Gehilfen, wie sie sich selbst nannten. Sie erschienen mir zänkisch und schwatzhaft; streitend standen sie in den beiden erhalten gebliebenen Räumen, falls sie nicht Steine klopften, schichteten oder Kies für den Maurer siebten. Die Gehilfen hießen Lithographen, Xylographen, Kirchenmaler, Graveure; daher verstanden sie ihr Handwerk als Kunst. Prahlerisch zeigten sie sich ihre Arbeiten, Druckstöcke, mit Lupe, Abdecklack und Säuren hergestellt. Vor dem Krieg hatten sie alle viel Geld verdient. In Droschken, angetan mit Zylinder und Gehröcken, waren sie in die Werkstätten gekommen und von ihren Prinzipalen wie Künstler behandelt worden; jedenfalls erzählten sie dreißig Jahre später mir Unwissendem die Märchen ihres Lebens. Jetzt waren sie alt und verbraucht. Nicht mal der Krieg hatte was mit ihnen anfangen können. Von hoher Warte herab verhandelten sie mit Fräulein Hambrecher, bestanden darauf, mit Herr angeredet zu werden. Die Prinzipalin respektierte die alten Männer und ihre Schrullen. Ich dagegen traute ihnen nicht.

Dieses mittelalterliche Getue um beinahe industrielle Arbeit hatte etwas Würdevolles und Komisches. Dahinter stand ein hohes Selbstwertgefühl. Ich sah später, wie mancher dieser Greise Punkte auf Steinplatten setzte, einige hundert oder vielleicht tausend, alle von unterschiedlicher Größe, so, daß beim Zusammendruck mehrerer solcher Steinplatten Blätter entstanden, die das Original täuschend nachahmten. Insofern war Kretzschmars Graphische Kunstanstalt eine Erfahrung, sozusagen ein Bild mit Konturen, das ich in meinem Kopf behielt.

Nach und nach erfuhr ich auch, was es mit den Besitzverhältnissen auf sich hatte. Die Firma gehörte zwar den Gründererben, sie selber wirtschafteten aber seit langem nicht mehr, sondern hielten sich einen Geschäftsführer. Als die Familie dreiunddreißig vorsorglich nach Zürich ging und die schweizerische Staatsbürgerschaft erwarb, kam der nunmehr arisierte Betrieb in die Hände einer Bank, und der ehemalige Finanzmakler Kretzschmar wurde sein Direktor. Fräulein Hambrecher arbeitete zu jener Zeit als Buchhalter mit Prokura bei ihm. Kretzschmar flüchtete nach Gransee, als es nichts mehr zu verwalten gab, und Fräulein Hambrecher führte den Befehl der Russen aus, die Firma schnellstens wieder aufzubauen. Sie tat es, aber, wie schon gesagt, mit eigenen Plänen.

Kretzschmars Graphische Kunstanstalt lag in einem Häuser- und Trümmergewirr, zwischen langen Straßenzeilen mit alten Häusern, die weniger im Krieg gelitten hatten, und noch längeren mit ausgebrannten Mietskasernen. Ich hauste unweit davon in meinem Gefechtsstand unter den Trümmern einer unauffindbaren Straße. Es war Juli, ich geriet unversehens in die Gründerstimmung Fräulein Hambrechers, weil ich die alte wie die neue Welt in Bildern festhalten mußte. Bald schon arbeitete ich mit Menschen und nicht mit Abstraktionen. Die Stadt entwickelte einen mächtigen Lebenswillen, wie zu lesen stand; nicht die Stadt, denn Stein und Holz haben keinen Willen. Manchmal lag der Lebenswille verborgen oder gebärdete sich grotesk, wie beim kleinen Herrn Žiska, der unter einem verblichenen Kittel ein Oberhemd mit dünnem Schlips trug und dunkle Hosen, grau oder blau, alles alt und verschossen. Sein Schädel war eirund und an den Seiten von grauen Haarbüscheln umstanden. Hinter dem Kneifer an langer dünner Schnur lagen trübschwarze Augen. Die Haut war grüngrau wie schimmeliger Gips. Žiska baute an seinem Platz in unserem Büro wie an einer Festung. Sein Tisch mußte von weißen Papierwänden umgeben sein. Darauf ordnete er sein Werkzeug, die Stichel und Pinsel, das Lacktöpfchen und die Flaschen mit den verschiedenen Chemikalien. Täglich wuchsen die papierenen Seiten höher. Was er dahinter tat, entzog sich unserer Beobachtung. Manchmal sah ich, wie er seine Stichel schärfte oder den Alphaltlack rührte; sinnlos, denn noch gab es nichts zu tun. Er sehnte sich nach Arbeit, packte aber beim Aufräumen selten mit an. Innerhalb seiner Papierburg durfte ihn keiner ansprechen; er fuhr wie eine getretene Schlange daraus hervor und fluchte halb deutsch, halb ungarisch. Glaubte er sich unbeobachtet, so bewegte er die Lippen im Selbstgespräch.

Die Farbätzerei, die allmählich in einem aufgemauerten Raum eingerichtet wurde, bestand aus lauter ähnlichen Festungen. Ich pendelte zwischen diesen Räumen hin und her, um die alten Männer kennenzulernen, aber Žiska war bei weitem der interessanteste, das heißt der unberechenbarste. Mit Žiska sprach ich oft, immer auf der Hut vor einem Hinterhalt. Ich schwatzte aber auch mit Holz, den ich nicht Herr nennen durfte. Holz war ebenfalls ein Kapitel für sich. Römisch-katholischer und blau-weiß-bayrischer Abkunft, verwandelte sich Holz vor meinen Augen von der sanften Taube über den brüllenden Löwen zum blutenden Christus – zum Sozialrevolutionär. Er unterschied sich nicht wesentlich von Žiska; der eine hing an dem Haus Habsburg, der andere an dem Haus Wittelsbach. Beide wußten jedoch nichts von dieser Liebe, die im altösterreichischen oder bayrischen Gestus auftrat. Aus Tee und anderen Stoffen drehte Holz Zigaretten. Er drehte sie auf Vorrat, denn er rauchte ohne Unterbrechung, fast so schnell, wie er Zigaretten herstellte. Sein Kittel war nicht verschossen-weiß, sondern dunkelblau. Als gelernter Graveur hieß er in der Firma: der Nachschneider. Er stichelte ein wenig an den fertig geätzten Druckstöcken herum. Zu Holz ging ich ganz gern und ließ mir Unterricht in Geschichte erteilen. Holz erzählte die Sagen von seinen Taten aus der Zeit der Räterepublik immer neu und meist auch jeweils anders. Er wollte eine große Rolle gespielt haben. Zum erstenmal hörte ich die Geschichte von einem Gewährsmann, hörte sie von einem Akteur der anderen Seite, denn Drexler und Ludendorff und Hitler kannte ich natürlich. Den Bierkeller, von dem alles ausgegangen war, stellte ich mir als einen riesigen Saal vor und die nationale Bewegung jener Zeit als ein bewegtes Millionenheer Gleichgesinnter meines Volkes. Holz' nachgereichte Berichte über diese Ereignisse klangen wahr. Der Marsch zur Feldherrnhalle, die Schlacht mit dem Ritter von Kahr, Hitlers Niederlage, seine Flucht und

Festungshaft gehörten zu meinen Kenntnissen deutscher Geschichte. Holz stellte die Sache für mich neu dar; auch wenn sie etwas anders verlaufen war, so mußte er die Historie in ihren wesentlichen Punkten bestätigen. Er erzählte mit polternder Dialektstimme, wie sich aus seiner Sicht alles abgespielt hatte.

Holz war Anarchist, jedenfalls bezeichnete er sich selbst so. Ich kannte den Begriff nicht, weder in seiner historischen Bedeutung noch im Hinblick auf die Gegenwart. Holz glaubte im Augenblick an gar nichts mehr, weil nicht konsequent genug abgerechnet wurde. Herr Žiska haßte ihn tödlich, und Holz haßte Herrn Žiska noch über den Tod hinaus.

Ein dritter Mann wurde Der-Herr-Fritz genannt; er hieß mit Nachnamen Fritz und stammte aus Bernau, einer Kleinstadt im Weichbild der Stadt B., wohin er abends fuhr und von wo er morgens in die Firma kam, eine halbe Tagesreise. Von Beruf war er Drucker, der sogenannte *Erste Drucker*. Zu drucken gab es ebensowenig wie zu ätzen. Aber Der-Herr-Fritz glaubte: Eines nahen Tages würde er hier drucken. Vielleicht dreißig Mann zogen und zerrten Maschinenteile aus dem Kellerschlamm. Der-Herr-Fritz besah das geborgene Gut genauer, sortierte, entrostete, fettete Stahl und Eisen, versicherte, er werde die große Presse zusammensetzen und wieder zum Laufen bringen. Der-Herr-Fritz war also ein Arbeiter der Faust. Er arbeitete allerdings mit dem Ausdruck eines gelangweilten, leicht gereizten Stieres. Die Maschine, deren Seitenteile schon aufgerichtet waren, schien mir ewig lang. Der-Herr-Fritz schraubte jedes sauber entrostete Teil kundig an. Die Seiten der Presse standen zwar im Fundament, aber wir mußten jeden Tag nachlaufendes Grundwasser aus dem

Keller pumpen. Ich tat, was Der-Herr-Fritz befahl, wie die anderen auch, aber ich ging ihm ohne Überzeugung zur Hand. Die Maschine konnte ich mir nicht vorstellen, sie sah aus wie eine überlange Lokomotive im Rohbau. Aber Der-Herr-Fritz wußte, was er wollte, und ließ uns springen. Freilich schonte er sich selbst auch nicht, und so wuchs seine Lokomotive Tag für Tag. Manchmal kamen nur ein paar Walzen oder bloß Schrauben dran, nach denen wir lange gesucht hatten. Das Zerlegen ging natürlich nicht so glatt, und wir waren auch keine Monteure mit genauer Kenntnis vom Bau und von der Wirkungsweise einer großen Schnellpresse.

Zu den übrigen Männern fand ich kein Verhältnis. Sie meckerten viel, sie beklagten ihr Geschick und ihre Leiden. Sie waren mir gegenüber zugeknöpft, und ich kam an keinen heran. Herrn Žiska erzählte ich von den Bildern in meinem Kopf, die ich mit Farbe auf Kartons malte, was aber nie recht gelang. Die Bilder in mir, denen ich Konturen geben wollte, lagen wie im Nebel. Darauf sagte er: »Ich habe gemalt, Madonnas und Engel und den großen Gott. Lauter Porträts habe ich gemalt, von Krethi und Plethi und allen Nutten in Pest und Buda, alles für ein paar Kröten. Hol sie der Satan! Beinahe wär ich noch ein Ikonenmaler geworden. Sie hatten in Rußland da so ganze Horden, die Ikonen machten, noch zu Franz-Joseph seiner Zeit und der von Nikolaus und Wilhelm. Es kam aber der Krieg, war ich Honved-Soldat. Danach nichts. Aus! Da war ich Lithograph, bis mich die Frau, Gott verfluche sie, verschleppte nach Wien, damit mich dort der Teufel hole. Da war Revolution. Weiter ging's, nach Berlin. Da war Inflation. Noch mal aus! Dann kam Hitler. Diesmal ganz aus!«

Mit dieser Erzählung ging ich zu Holz; der lehnte an seinem Tisch voller Druckerschwärze und drehte Teeblätter zu einer Zigarette, leckte das Papier an und setzte sie in Brand. Sie zischte und sprühte Funken wie ein Silvesterknaller, aber Holz zog den Qualm ein und stieß ihn langsam wieder aus. »Hat der Žiska wieder erzählt von sich? Er ist ein Angeber, ein Radaubruder, ein schwarzes Schwein.« – »Gut«, sagte ich, »und was noch?« Holz besann sich und nahm die gesammelte Haltung eines Volksredners an, der überzeugen und gefallen will. »Erstens die russische Revolution, Schluß mit dem Zarismus. Sie kam siebzehn unter Mitwirkung der Exzellenzen und hochwohlgeborenen Generäle. Ohne Ludendorff hätte es keinen Lenin gegeben. Zweitens Erzberger, auch nichts Gescheites. Eisner ruft den Bayrischen Volksstaat aus, der wahre Revolutionär, bis auf die Knochen revolutionär, durch und durch Revolutionär! Wenn überhaupt, fängt es bei uns in Bayern an. Das weiß die Reaktion. Die brachte einen Arco hervor. Und Schluß! Wenn Eisner und die Räterepublik geblieben wären, hätte es keinen Hitler gegeben. Wir waren zu weich. An die Wand, wer das Maul aufreißt!«

Ich ging weiter zu Dem-Herrn-Fritz und fragte ihn nach seiner Meinung über Herrn Žiska und Holz. Der-Herr-Fritz schien mir der einzige Tatmensch zu sein unter all den Agitatoren. Er schraubte eine Mutter auf einen Bolzen, mit Kraft und Bedacht. Er sagte: »Große Schnauze, nichts dahinter. Haben alle mitgemacht, Vieh, das sie ja auch sind. Holz? Wirrkopf, der den lieben langen Tag rumsteht und quatscht: sabbern, das kann er. Der geborene Bonze, der Sekretär, kenn' den Typ von der Gewerkschaft her. Wird bald wieder obenauf sein, Bonzen werden bald wieder gefragt sein.« – »Und Herr Žiska?« – »Verrückter. Wenn er arbeitet, arbeitet er gut, aber er tut es zu selten. Er verschläft die Zeit. Das ist die Wahrheit.« – »Aber Sie, Herr Fritz? Da muß es doch auch noch eine Wahrheit geben? Was haben Sie denn gemacht bei Ebert und Hitler? Wo lag Ihre Einheit, Feldwebel Fritz?« Er hielt den Bürstenkopf gesenkt, als er antwortete. »Um mich handelt es sich hier nicht. Wir sprechen uns schon noch!« – »Siehst du«, sagte ich, »das mit uns steht noch in den Sternen.« Ich hatte ihn, und er hatte mich als Gegner erkannt, heißt das.

Abends versuchte ich zu malen, die drei Männer und Fräulein Hambrecher. Ich wollte sie alle mit Pinsel und Farbe beschreiben. Es wurde aber nichts daraus: Ich kannte sie noch nicht. Bloß ihre Außenansicht konnte ich malen, was keinem nutzte, nicht mal mir selber. Erst mußte ich fertig sein mit ihnen und sie genau kennen. Auf meinen Bildern sahen sie aus wie Gestorbene mit offenem Rachen und hohlen Augenlöchern. Und ihre Köpfe zerrannen zu einem nebligen Grau. Ich wollte ihnen keine schwarzen Konturen geben, daher blieb alles nur Stückwerk.

Auf Befehl Fräulein Hambrechers meldete ich mich im Rathaus, um eine Aufenthaltsgenehmigung für die Stadt zu beantragen. Ich bin jetzt wieder bei meiner eigenen Geschichte, bei ihrem heikelsten Punkt. Im Rathaus mußte ich einen Fragebogen ausfüllen. Das Verfahren erschien mir lächerlich, weil nichts nachgeprüft werden konnte. Übrigens war alles improvisiert, die Fragebögen, die handgemalten Schilder an den Türen und auch die Amtsträger dahinter. An den Längsseiten der schmalen Korridore saßen wir dicht an dicht, lauter Antragsteller, und ich prägte mir das neue Bild so ein, daß ich es hätte malen können, hätte ich es gewollt: In schlauchartigen Räumen Menschen, erschöpft vor sich hin starrend. Auf den Gängen rannten die Verwalter dieser Gestrandeten eilig hin und her, und mit ihnen rannten die Uniformträger, die Schreibtischoffiziere, die jedes Militär braucht, fettärschig, mit viel Lametta, die Russenblusen vorn straffgezogen, hinten sauber gefaltet. Schließlich wurde ich aufgerufen, trat ins Zimmer und stellte mich ordentlich an dem Schreibtisch auf, neben dem ein Stuhl stand. Ein Mann kramte auf dem Tisch herum und scharrte mit Füßen, ein provisorischer, kein gelernter Beamter. Endlich fand er meinen Fragebogen.

»Vandebeeke ist ein holländischer Name«, sagte er zögernd. »Mag sein, ich habe ihn schon lange.« Er zuckte zusammen und richtete seinen Blick langsam, so wie man ein Gewehr hebt, in Richtung meines Kopfes. »Die Straße, in der Sie wohnen wollen, gibt es nicht mehr. Es gibt sie nur noch auf dem Stadtplan. Ich habe nachgesehen.« »Es gibt vieles nicht mehr«, sagte ich. Er langte nach meinem Entlassungsschein und trat zum Angriff an. »Sie waren bei der Marine? Vielmehr, Sie kommen aus kanadischer Gefangenschaft. Das war bereits im April. Warum wurden Sie noch während des Krieges entlassen? Wie sind Sie von den Ardennen nach Berlin gekommen und warum?« Vandebeeke hätte ihm Antwort geben können, ich nicht; es paßte ja wirklich nichts zusammen. Weshalb war dieser Vandebeeke so früh entlassen worden? Weil sein Name auf eine holländische Abstammung hindeutete? Wie war er dann aber zur Wehrmacht gekommen?

Freiwillig oder gezwungen? Als ich ihn traf, lag er tot vor einem Berliner Keller. Jetzt trug ich Vandebeekes Namen und sollte seine Geschichte erfinden; schwierig und unmöglich angesichts der Widersprüche in seinem Leben. Da ich mir die Fähigkeit, den Fall Vandebeeke aufzuklären, nicht zutraute und ein Ende machen wollte, sagte ich: »So ist nun mal das Leben, zumal im Kriege. Da paßt manches nicht zusammen. Nun bin ich eben hier.« Mir wurde schlecht, vor meinen Augen kreiselten Sonnen. Wieder suchte sich einer meiner Splitter einen Weg nach draußen. Halb verhungert war ich außerdem. Was mich hinderte, aufzugeben, einzuschlafen, war dieser Mann am Schreibtisch, mein natürlicher Feind, den ich mit aller Kraft haßte. Ich setzte mich. Mein Feind sah kurz auf; unsere Köpfe lagen jetzt in einer Visierebene.

»Sie geben ferner an«, sagte er, »in der Stadt gewohnt zu haben, und zwar vor neununddreißig. Daraus leiten Sie Heimatrechte ab. Die westlichen Alliierten entlassen keine Gefangenen in die sowjetische Besatzungszone, wie auch umgekehrt. Warum wurde bei Ihnen eine Ausnahme gemacht? Ich will es Ihnen sagen: Sie sind in Berlin gewesen, aber als Soldat. Sie haben gedacht, hier können Sie leichter untertauchen als anderswo. Bei Ihnen stimmt was nicht. Vielleicht waren Sie bei der SS; ich werde es herauskriegen.«

Er mußte Hellseher sein, fast hätte ich aufgelacht. Mein Feind war auf der richtigen Fährte, nur daß Vandebeeke eben schon tot war, als ich ihn fand, und ich mir seine Papiere nicht gründlich genug angesehen hatte, weil ich gedacht hatte, mit dem *Certificate of Discharge* wäre ich aus dem Schneider, ein entlassener Kriegsgefangener, ein freier Mann, der gehen konnte, wohin er wollte. Jetzt setzten sie hier Leute ein, die mit uns was abzumachen hatten und die uns erbarmungslos jagten. Mein Feind litt nicht unter seinem Haß; er konnte ihn ausleben, und er brauchte nicht mal genauer hinzusehen, soweit es seinen Gegner betraf. Ich wartete ab, was er weiter tun würde. Beweisen konnte er mir nichts, wie er wohl selbst einsah, aber er konnte mich festnehmen lassen. Er griff nach dem Wisch, der mich als Mitarbeiter bei Kretzschmar bezeichnete, und las ihn noch einmal. Vielleicht suchte er nach einem Anhaltspunkt für seine Theorie, nach einem Beweis. Fräulein Hambrecher hielt mich für einen unentbehrlichen Mitarbeiter, jedenfalls für sehr wertvoll beim Wiederaufbau ganz allgemein und beim Aufbau von Kretzschmars Graphischer Kunstanstalt besonders. Das verwirrte ihn, mein Feind begriff Fräulein Hambrechers Satz nicht; ebensowenig wie ich, aber Fräulein Hambrecher mußte ihre Gründe haben, mich für so wichtig zu halten. »Sie haben in dieser Branche gearbeitet?« fragte er. Ich erwiderte: »Nein, aber man kann alles lernen, auch den Wiederaufbau. Sie haben in dieser Branche hier wahrscheinlich auch noch nicht gearbeitet, und Sie machen alles sehr gut und sehr gründlich.«

Er duckte sich, zischte etwas Unverständliches und schob meine Papiere von sich, als ekle es ihn, sie anzufassen. Ich nahm Vandebeekes Hinterlassenschaft wieder an mich. »Von mir bekommen Sie nichts«, sagte mein Feind, »nicht, bis Sie überprüft sind.« Ich rechnete damit, daß er in den wenigen Tagen seines Beamtendaseins Respekt vor dem Instanzenweg bekommen hatte. »Also geben Sie mir wenigstens ein Papier, daß ich alles klären kann«, sagte ich, »eine Wohnberechtigung oder den Zuzug oder sonst einen Wisch, und Lebensmittelkarten. Ich will ja arbeiten, und ich habe einen ordentlichen Entlassungsschein von den Kanadiern. Das müssen Sie anerkennen.«

Während ich die Papiere in die Brieftasche steckte, die übrigens auch zum Nachlaß Vandebeekes gehörte und noch den Hoheitsadler des Großdeutschen Reiches trug, sagte er: »Sie kommen so oder so zu mir. Ich bin das Nadelöhr, durch das Sie müssen. Am einfachsten wäre es, ich lasse Sie ins Lager bringen. Für mich.« Er schrieb einen Schein aus, legte ihn auf eine Ecke des Tisches und forderte mich auf, das Papier zu unterschreiben. Das tat ich und hielt die befristete Aufenthaltsgenehmigung für die Stadt in Händen, mit dem Recht auf Zuweisung von Wohnraum, falls aus der befristeten Erlaubnis der unbefristete Zuzug werden sollte. Immerhin mußte man mir jetzt Lebensmittel geben. Ich hatte also ein paar Rechte erworben. »Gehn Sie dahin«, sagte mein Feind noch und nannte eine Stelle, wo Fälle, wie meiner überprüft wurden. Jetzt sprach er in einem normalen Ton mit mir, so, als habe er sich entschlossen, einen ungeliebten Sohn anzuerkennen, einen Sohn, den er nicht loswerden konnte wie Krätze an den Händen.

Das Papier nutzte nicht viel, es verschaffte mir nur für den Augenblick Luft. Ich mußte im Keller wohnen bleiben, weil es keine Zimmer gab. In vielen Wohnungen hausten mehrere Familien. Immerhin würde ich zu essen haben, ein paar Gramm Fett täglich, etwas Brot und Kartoffeln, falls es welche gab. Überhaupt bestand das Problem nicht in den Lebensmittelkarten. Hätte es gegeben, was mir laut Befehl der Russen zustand, wär alles vielleicht erträglich gewesen. Leben konnte ich so nicht, aber ich starb auch nicht.

Eines Tages lief die von Dem-Herrn-Fritz zusammengebaute Maschine zur Probe. Es war ein Fest sozusagen. Ich starrte das ratternde Ding an und verstand endlich den Sinn all dieser Walzen, Räder und Hebel. Papier raste kreuz und quer über die Rollen und kam am Ende der Maschine geschnitten und gefaltet heraus, hintereinander aufliegend, so daß einer nur noch die Zeitungen wegnehmen mußte. Allerdings war das Papier unbedruckt: es blieb weiß, aber wir hätten es bedrucken können, ab sofort. Alle sahen zu, und Fräulein Hambrecher ließ Bouillon verteilen; jedenfalls hielt ich es dem Geschmack nach für Bouillon, und auch der Farbe nach war es welche. Dazu bekam jeder ein Brötchen aus grauem Mehl.

Herr Žiska sagte zur Prinzipalin, so nannte er Fräulein Hambrecher, entweder aus Gewohnheit oder ironisch, weil er sie nicht ernst nahm: »Das ist erst der halbe Weg nach Rom. Nun müssen Sie auch Aufträge hereinholen.« Fräulein Hambrecher schwieg mit kühlem, überlegenem Gesicht, so, als dachte sie wirklich über die Aufgabe nach, wie die Maschine zu füttern sei. Die Prinzipalin schien noch andere Sorgen zu haben, die sie uns nicht mitteilen wollte. Der-Herr-Fritz flog wie ein Weberschiffchen auf der Maschine hin und her. Bald sah ich ihn oben, bald unten. Er ließ das Ding schneller und dann wieder langsamer laufen wie ein Kind die Spielzeugeisenbahn. Es war alles in Ordnung und diese Spielerei eigentlich nicht mehr nötig. Die Druckmaschine würde auch bald von selbst stehenbleiben, weil die Sperrstunde heranrückte mit ihrem Stromausfall. Aber das Spielen machte Dem-Herrn-Fritz Spaß. Er stellte seine Maschine ab und sagte überzeugt: »Was sie kann, zeigt sie natürlich erst beim Drucken.« Sachverständig nickten die alten Männer, und ich dachte darüber nach, ob ich auch so wie Der-Herr-Fritz bei der Sache sein würde, falls ich *Erster Drucker* wäre und angesichts der schlimmen Verhältnisse. Fräulein Hambrecher schwieg noch immer, wo sie doch als ein guter Prinzipal hätte reden und loben müssen. Holz meldete einen Anspruch an, als er, Dem-Herrn-Fritz auf die Schulter klopfend, sagte: »Da hast du deine Maschine und hast sie auch wieder nicht.« – »Leck mich am Arsch«, sagte Der-Herr-Fritz, und Holz antwortete: »Du bist und bleibst der Sozialdemokrat, der Ebert-Legalist.« Žiskas Augen funkelten vor Vergnügen. Sie huschten flink von einem zum anderen, von Holz zu Dem-Herrn-Fritz; er hoffte wohl, daß sich die beiden an den Kragen gehen würden, und es sah auch ganz danach aus.

Fräulein Hambrecher ging, und ich folgte ihr ins Büro. Sie winkte mir, die Tür zu schließen. Das tat ich. Sie gab mir eine Zigarette und einen Wisch. Daraus ging hervor, daß die als betriebsbereit gemeldete Maschine *soundso* bis zu *demunddem* wieder zerlegt und transportfähig verpackt sein mußte. Bei Unterlassung war ihr, also Fräulein Hambrecher, Strafe angedroht, unter Umständen die Todesstrafe. Ich sah zum Kalender, der Stichtag war überschritten. Es würde mindestens ein paar Tage dauern, die Maschine wieder zu zerlegen und zu verpacken. Ich fragte sie, was sie sich dabei gedacht hätte, den Befehl zu umgehen, oder ob sie ihn gar nicht ausführen wollte. Außer Dem-Herrn-Fritz konnte keiner die Maschine sachkundig auseinandernehmen. Ich freute mich, als sie sagte: »Ich wollte Sie bitten, ihm die Sache zu erklären. Mir fehlt augenblicklich die Kraft dazu. Viele Freunde habe ich mir hier nicht machen können.«

Der-Herr-Fritz tobte mächtig, aber am Nachmittag begann er doch, die Maschine auseinanderzuschrauben. Er kam schnell voran, denn er wollte sie jetzt nicht mehr vor Augen haben, aber doch nicht schnell genug. Eines Morgens erschienen ein Offizier der Militärverwaltung und ein paar Soldaten. Darauf hatte ich längst gewartet. Der Russe brüllte im Büro herum, Faschist, puck-puck-puck, und Fräulein Hambrecher sah grün und gelb aus. Sie hatte ja wirklich den Befehl nicht pünktlich ausgeführt, aber solange die von ihr eine Maschine wollten, war sie ziemlich sicher. Sabotage; so drückte es der Russe aus, ich aber glaubte, sie hatte sich zu sehr mit dem Wiederaufbau identifiziert und nichts, aber auch gar nichts hergeben wollen. Der Verlust dieser Maschine tat ihr weh. Ruhiger legte der Offizier die Mütze auf den Tisch, setzte sich und schlug die Beine übereinander, seine Soldaten warfen die Maschinenpistolen über die Schulter. Er erwartete eine Erklärung von Fräulein Hambrecher, kniffte eine Papiros zurecht und paffte.

»Ich habe zuerst den Befehl bekommen«, sagte Fräulein Hambrecher empört, »so schnell wie möglich zu produzieren. Wir mußten Maschinen bergen und Gebäude herrichten.« Der Russe winkte ihr, weiterzusprechen, und sie sagte eifrig: »Jetzt könnte ich arbeiten, aber jetzt wollen Sie die Maschine haben. Beide Befehle zugleich sind nicht auszuführen.« Der Russe sagte: »Deutsche Spitzfindigkeit. Wenn wir nehmen, was uns von Rechts wegen gehört, dürfen Sie sich nicht beklagen. Wissen Sie, was Ihre Landsleute in der Sowjetunion angerichtet haben?« Er redete weiter und landete bei den Weitläufigkeiten von Schuld und Wiedergutmachung, wo es doch um eine praktische Frage ging. Fräulein

Hambrecher wollte die Maschine nicht hergeben, und er versuchte, sie ihr mit moralischen Gründen zu entreißen, was er eigentlich nicht nötig hatte. Mächtig genug war er, sie zu zwingen. Weshalb redete er überhaupt?
Ich legte dem Offizier die Hand auf die Schulter. »Gehen wir«, sagte ich, »sonst verzögert sich alles bloß noch mehr. Nu dawai!« Er war so erstaunt, daß er grinste, aufstand, die Zigarette auf dem Boden austrat und seine Mütze nahm. Er wiederholte freundlich, ganz im Einverständnis mit mir: »Nu dawai.«
Der-Herr-Fritz arbeitete planmäßig, wie ich bemerkte, ohne daß ich was von der Maschine verstand. Muttern und Schrauben warf er einfach in Holzkisten, ebenso alle kleinen Teile. Ein halbes Dutzend so gefüllter Kisten standen schon herum. Wahrscheinlich würde am Ende nicht mal mehr Der-Herr-Fritz aus diesem Durcheinander eine Maschine machen können. Aber der Offizier fand alles in Ordnung, und das war es ja auch; er bekam schnellstens seine Maschine. Jeder konnte sehen, wie sich Der-Herr-Fritz bemühte, den Befehl ordentlich und treu auszuführen. Ihm wurde sogar auf die Schulter geklopft. Mit einem Zollstock nahm der Russe die Maße der Seitenteile; es ergab sich, daß keines der großen Teile durch die Türöffnungen ging. Der-Herr-Fritz schlug vor, die Maschine mit dem Schneidbrenner auf passende Größe zu zerlegen und später wieder zu verschweißen, zu Hause, in der Sowjetunion. Ich verhinderte diesen Plan. Das wäre nun wirklich Sabotage gewesen, und zwar eine beweisbare. Sie wäre Fräulein Hambrecher teuer zu stehen gekommen. Am Tage darauf brachen wir die Mauer durch, wuchteten die großen Teile nach draußen und verluden sie auf Lastwagen;

auch die kleineren Stücke und die vielen Kisten. Am Abend war alles vorbei. In dem nun ganz leeren Keller stand Der-Herr-Fritz und betrank sich mit einer chemischen Lösung, die ihm Žiska gemischt hatte. Er und Holz beteiligten sich an der Trinkerei. Holz kam in Streit mit Dem-Herrn-Fritz und mit Žiska, zum Schluß aber sangen alle drei, zuerst Heil Kaiser dir, später das Deutschlandlied und zuletzt die Internationale. Ich hörte sie unter diesen sonderbaren Umständen zum erstenmal.

Viel Sinn hatte keine der Aktionen gehabt, wie ich Fräulein Hambrecher sagen mußte, weder der Aufbau der Maschine, noch die Sabotage Des-Herrn-Fritz. Die Umwandlung der Maschine in Schrott würde nichts an den Machtverhältnissen ändern. Wir waren uns sehr nahe gekommen und redeten offen miteinander. Merkwürdig rasch faßte sich die Prinzipalin. Sie hielt fest an ihrer Idee, eine Genossenschaft zu bilden. Der Fall lag ihrer Ansicht nach günstig. Viele wollten neu anfangen und alles anders machen als vorher. Sie stellte es sich ganz leicht vor. Jeder von uns sollte, sie als Prinzipalin mit eingeschlossen, unkündbar sein, einen ewigen Anspruch am Gewinn haben und so weiter. Kein Direktor Kretzschmar mehr, alle Direktoren und Funktionen wollte Fräulein Hambrecher rigoros abschaffen, alle mußten gleich sein und hatten nur einem übergeordneten Rat zu gehorchen. Sie selbst wollte die oberste Rätin werden. Verbohrt in ihren Einfall, malte sie sich aus, wie sie aus den Händen von Dem-Herrn-Fritz, von Holz und von Herrn Žiska das Mandat empfing: Oberste Rätin.

Mir kam alles sehr überspannt und nicht zu ihr passend vor. Ich kannte zwar keine Räte, aber ich stellte mir

Den-Herrn-Fritz, Žiska und Holz im Kampf vor, und ich kam zu dem Schluß, daß keiner viel taugte und daß nicht einer von ihnen für Fräulein Hambrechers Unternehmen in Frage kam. Und Fräulein Hambrecher erschien mir eher als Löwin, aber nicht als Wölfin, die im Rudel jagt. Sie wollte was für sich, gut, in Ordnung. Aber für andere müße sie sich nicht ins Zeug legen, schon gar nicht für diese zerstrittenen alten Männer. Ganz glaubte ich ihren Theorien nicht. Vielleicht lag ihr die Rolle einer Königin zu sehr. Sie sagte, das Thema wechselnd: »Was machen eigentlich Ihre Bilder, Vandebeeke?« Das bezog sich auf unser Gespräch bei meiner Einstellung, als ich ihr von meinen konturenlosen Bildern im Kopf erzählt hatte. Aber ich bemerkte, daß es ihr jetzt nicht um die Malerei ging, sondern daß sie mir zeigen wollte, wieviel Anteil sie an mir nahm. Sie wechselte auch gleich wieder auf den ersten Gegenstand unserer Unterhaltung zurück, indem sie bemerkte: »Im Prinzip hat der russische Major recht. Wir müssen wiedergutmachen, aber wie, das ist die Frage. Man muß besser wiedergutmachen. Was meinen Sie?« Mir fiel ein, daß Kretzschmars Graphische Kunstanstalt Schweizern gehören sollte. Oder besaß jetzt wieder Kretzschmar die Kunstanstalt? Sie aber tat den Einwand leicht ab. »Das spielt doch jetzt keine Rolle mehr. Es ist ja nichts mehr da, was man Besitz nennen könnte. Kretzschmar ist verschollen. Übrigens ist er als belastet einzustufen.« – »Belastet? Als was?« – »Man wird ihn zur Rechenschaft ziehen, falls er wiederkommt.« Sie kam mir naiv vor, und ich hatte Mitleid mit ihr wegen ihrer schönen und wegen ihrer bösen Träume. Mein deutsches Volk kannte den Unterschied zwischen Macht und Recht ja immer genau, aber mein Volk wollte nie an einfache

Wahrheiten glauben und verlegte die Lösung des Machtproblems in die Philosophie. Manchmal allerdings brach der Furor teutonicus durch. Dann vergaß mein Volk alle Philosophie und machte reinen Tisch.

Wir gingen weg; Fräulein Hambrecher konnte nicht aufhören mit Reden. Es war dunkel geworden, als wir vor ihrer Wohnung anlangten. Ich fragte, ob sie immer hier gelebt habe. Tatsächlich war sie mit allem, was sie besaß, heil über den Krieg gekommen. Sie wollte wissen: »Haben Sie denn eigentlich ein Zimmer bekommen?« Ich verneinte, und sie entschloß sich zu einem Angebot. Freilich tat sie es erst nach einem gedanklichen Umweg. »Lange können Sie in Ihrem Keller nicht mehr bleiben. Wenn Sie mit einer Kammer zufrieden sind, für den Übergang.« – »Ich bin mit allem zufrieden, aber Sie müssen meinetwegen kein Opfer bringen. Ich denke, daß Sie genug Sorgen haben.« Sie nahm mich mit nach oben in den dritten Stock, und dort erwartete mich eine Überraschung. Sie war kein Fräulein, sondern eine Frau und mußte für einen Mann, zwei Kinder und eine Alte sorgen. Der Mann war blind, die Alte taub.

Ich tat, als prüfe ich die Kammer, drei mal vier Meter und wenig höher als mein Keller. Es stand nichts weiter drin als ein Hocker und ein Plättbrett. Da es zu spät geworden war, um auf die Straße zu gehen – ich wäre in die Sperrstunde gekommen, gab sie mir eine Decke, ich rollte mich ein und legte mich auf den Boden. Ich muß schnell eingeschlafen sein; als ich erwachte, war es hell, und ich sah einen Fensterausschnitt mit ein paar Baumwipfeln. Das Bild erinnerte mich an Schleswig-Holstein; ich wartete auf das Rauschen des Meeres und auf den Wind, bis ich mich erinnerte, wo ich war.

Meine Kammer stand mit der Küche in Verbindung. Man konnte sie nur durch die Küche betreten und verlassen. Fräulein Hambrecher hantierte am Herd. Zum ersten Mal sah ich sie unfrisiert. Eine Haarsträhne fiel ihr immer wieder ins Gesicht. Sie pustete sie hoch, steckte sie aber zuletzt mit ein paar Klammern fest, scheinbar ohne mich zu sehen. Vielleicht bereute sie es, mich einquartiert zu haben. Auf ihren Wink setzte ich mich an den Tisch, ungewaschen, aber in guter Stimmung, weil ich ein Bild sah, eins mit Konturen sozusagen, eine schlampige Frau beim Morgenkaffee in einer nicht sehr sauberen Küche. Die Frau konnte, wenn sie es wollte, wie eine Dame aussehen und hochmütig-energisch sein, was nicht jeder Schlampe gegeben ist. Ihr ovales Gesicht mit den grauen Augen, dem herrischen breiten Kinn und den vollen Lippen hatte einen versteckten Ausdruck stupider Besessenheit.

Als sie kochendes Wasser in die Kanne goß, griff ich nach ihrer Hand. Ohne aufzusehen, aber auch ohne mich abzuwehren, goß sie mit der anderen das wild sprudelnde Wasser weiter auf. Nach dem Kaffee, also nicht dem, was eigentlich unter Kaffee zu verstehen ist, aber eben einer Flüssigkeit, schwarz und bitter, gingen wir gemeinsam los. Lange Kolonnen Militärfahrzeuge fuhren an uns vorbei. Es war ein Brausen und Dröhnen in der Luft. An den Panzern prangte ein weißer Stern, nicht der rote; es war mal was anderes. Die Amis saßen wie zur Parade gekleidet auf den Fahrzeugen, ohne uns zu beachten, während die Deutschen versuchten, ihnen in die Gesichter zu blicken, um herauszufinden, welche neuen Plagen diese weißbesternten Heuschreckenscharen brachten. Ich dachte an den Krieg in Frankreich, wo ich gegen sie gekämpft hatte, ohne je einen Amerikaner aus der Nähe gesehen zu haben. Aber ihre Flieger, ihre Panzer, ihre Artillerie kannte ich. Niemand konnte zunächst erklären, was diese Parade bedeutete, aber bald wurde es Gewißheit: Sie wollten hierbleiben, und mit ihnen Engländer und Franzosen. Die Stadt zerbrach in ein paar Stücke mehr. Kretzschmars Graphische Kunstanstalt gehörte von nun an den Amis, andere Betriebe gehörten den Franzosen und wieder andere den Tommys; ich zum Beispiel gehörte den Russen. Dazu kamen noch die Teile der deutschen Verwaltung und anderer Sieger mit Teilrechten. Nun wurde auch klar, warum die Maschine so schnell weggeschafft werden mußte.

Fräulein Hambrecher sagte an diesem Morgen zu mir: »Es wird höchste Zeit, Vandebeeke. Kommen Sie schnell rüber, wer weiß, was noch geschieht.« Der Ausdruck *rüber* war geboren. Mein Keller lag jetzt sozusagen im Ausland, irgendwo im Nordosten der Stadt. Wie die Grenzen verliefen, mußte sich uns erst noch entschlüsseln. An diesem Morgen besaßen wir nur unseren Instinkt, um uns zu orientieren, wie eingelapptes Wild. Von der Sache zu reden lohnt, weil sie und ich entdeckten, daß wir ein und derselben Klasse angehörten. Ihre Hilfe galt natürlich auch mir als Person.

In Kretzschmars Graphischer Kunstanstalt ging alles drunter und drüber. Der-Herr-Fritz schrie, wir hätten nur noch ein paar Tage durchhalten müssen, und die Maschine wäre gerettet gewesen. Die Amis und Russen würden jetzt aufeinander losgehen, endlich, natürliche Feinde, die sie waren. Zu spät für uns Deutsche. Er taute auf in der Sonne Amerikas, Der-Herr-Fritz, und ich war fertig mit ihm, ohne genau zu wissen, warum. Žiska, der giftspeiende Zwerg, nannte Fräulein Hambrecher einen Russenknecht, der den Moskowitern unsere Maschine in die Hände gespielt habe. Nur Holz ging die Sache historisch an. Er verglich Roosevelt und Stalin mit Kurt Eisner; Roosevelt kam schlecht dabei weg, aber Stalin erging es nicht besser. Eisner, der vom Grafen Arco erschossen wurde, war geschichtlich weitergekommen als Roosevelt mit seinen vier Freiheiten und Stalin mit seinem Sowjetparadies. Fräulein Hambrecher verlor am Ende die Nerven, obschon alle diese Gefühlsausbrüche nur lächerlich waren. Ein jeder rauchte mit fliegenden Händen seinen Tabak, der eine Tee, der andere echten, teuren Virginia. Sechs Zigaretten kosteten schon ein Brot, und es gab Tausende hungernder Kinder in der Stadt, deren Eltern ihnen das Brot stahlen, ohne daß sie ihren Richter fanden.

Fräulein Hambrecher wollte den alten Männern klarmachen, was dieser Einzug der Amerikaner bedeutete; an der Entwicklung zu einem gemeinsamen dauerhaften Besitz der Firma, vielmehr zu seinem Übergang in *Volkes Hände,* ändere sich nichts. Plötzlich verlangten alle Geld von ihr, der Prinzipalin, den Lohn einiger Wochen. Sie wurde weiß wie gebleichtes Leinen und sagte geschäftsmäßig: »Die Firma ist illiquid, zu deutsch: pleite. Bisher haben Sie Geld aus meiner eigenen Tasche bekommen. Ich will versuchen, bei einer Bank welches aufzunehmen.« Diese Frau mußte verrückt sein. Sie gab ihr Geld für eine Sache, die keiner wollte. Alle glaubten an Kretzschmar, der für sie sorgte, für sie dachte und handelte. In diesem Augenblick stürzte Fräulein Hambrecher in einen Abgrund, aber sie kämpfte weiter. Der-Herr-Fritz sagte zu ihr: »Sie hoffen auf andere Zeiten, wo Ihr wertloses Geld Zinsen trägt. Was ist es denn jetzt wert? Aber es kann wieder Wert kriegen. So leicht lassen wir uns nicht reinlegen. Die Maschine hätten Sie retten können. Da haben Sie einen Fehler gemacht. Ihre Rechnung kann nicht mehr aufgehen.«

Fräulein Hambrecher schnappte nach Luft, sie wollte sich verteidigen; sie wünschte, daß alle ihr vertrauten und sie bewunderten. Ich allein bewunderte sie wegen ihres Mutes, aber helfen konnte ich ihr nicht. Žiska sagte: »Frauen können das überhaupt nicht. Der Prinzipal würde schon bald Ordnung schaffen.« Holz ahnte nicht mal, was jetzt von ihm verlangt wurde. Er schlug allen Ernstes vor: »Erst mal gründlich aufräumen, von unten nach oben, keine Russen, keine Amerikaner. Wo ist hier ein Kurt Eisner?«

Fräulein Hambrecher atmete tief durch die Nase, machtlos gegen alle Angriffe. Ich wußte nicht, was ich sagen oder tun sollte. In diesem Kreis galt ich ja nichts. Vielleicht hatte jeder von ihnen recht, auch Fräulein Hambrecher, die natürlich am meisten. Nur einer hätte Befehlsgewalt haben dürfen, ein Unteroffizier, ein Feldwebel oder bloß ein älterer Gefreiter. Gaupa zum Beispiel oder wirklich dieser Kretzschmar. Mit Befehlen und Gefolgschaft wußte mein Volk Bescheid. Zur Not hätte einer an die Wand gestellt werden müssen, am besten Žiska oder Holz. Der-Herr Fritz war bloß ein Großmaul, das eine feste Hand brauchte. An die Wand, das ging nicht mehr, und es hätte auch keinen Zweck gehabt. Allerdings fragte ich Holz, wie er denn ohne Russen, ohne Amerikaner vorgehen würde und ohne Kurt Eisner. In diesem Augenblick hätte es mich tatsächlich interessiert. Aber er hob bloß die Schultern.

Über den Verlust von Treue und Führertum nachdenkend, fuhr ich in meinen Gefechtsstand und holte meine Siebensachen. Mit einem Handwagen, geliehen vom Portier bei Kretzschmars, brachte ich meinen Besitz über Brücken und Grenzen in mein neues Quartier. Alle beeilten sich, ihre Grenzschilder aufzustellen. *You are leaving the american sector,* und so weiter.

Es ließ sich leben in meiner Kammer, den Tisch rückte ich ans Fenster mit den Baumwipfeln davor, und neben dem Tisch baute ich meine Staffelei auf, die Näpfe und Töpfe entweder auf dem Boden oder auf einem Wandbrett, das nichts weiter war als ein rohes Brett an der Wand. Abends kam Fräulein Hambrecher und sah sich an, wie ich mich eingerichtet hatte. Sie betrachtete auch die Bilder, sagte aber nichts. Sie konnte wohl nichts mit ihnen anfangen, weil die Menschen darauf keine Gesichter hatten, sondern nur Nasen und Augen, hundert Augen und Nasen, ohne Schädel, in Schwarz, Grau und Rot. Ich probierte ja noch, und ich hielt mich genau an die wirklichen Bilder in meinem Kopf. Aus einem Leichenhaufen scheinen einen immer die Augen der Toten anzustarren; der Haufen selbst ist ganz nebensächlich. So hatte ich es erlebt, in den Ardennen, später am Rhein, bei Schnee, Regen und Sonne. Menschen behandelte ich überhaupt wie eine zusammenhängende Menge, zum Beispiel Soldaten oder Frauen oder, wie jetzt, die Arbeiter in Kretzschmars Graphischer Kunstanstalt. Immer sah ich eine Menge, nicht den einzelnen Mann oder die einzelne Frau. Ich mußte wegkommen von dieser Betrachtungsweise, und ich hätte Fräulein Hambrecher gern als Einzelwesen gemalt. Allerdings fürchtete ich mich vor dem Augenblick, wo sie vor mir stand und

mich zwang, sie als Person zu sehen, weil das zur Wende in meinem Denken werden mußte; Wende wohin?
»Vandebeeke«, sagte Fräulein Hambrecher streng, »damit es klar ist. Wir haben hier weder eine Bett- noch eine Tischgemeinschaft.« – »Vollkommen klar«, sagte ich, »ich habe es auch nicht so aufgefaßt.« Sie sah mich schräg an und nörgelte: »Eine gute Figur haben Sie heute bei der Versammlung gerade nicht gemacht.« Vielleicht verdroß es sie, daß ich sie nicht als Frau sah, sondern als eine Vorgesetzte, als Chefin. Falls sie das glaubte, irrte sie sich sehr, ich achtete sie als Frau wie meine Mutter. Aber Frauen mußten gewähren, nach meiner Auffassung und Erziehung; anders waren sie Huren, die man kaufte oder einfach wie eine Sache nahm. Und ich hielt mich genau an Worte, nicht nur, soweit es Frauen betraf. Fräulein Hambrechers Gebot, »keine Bettgenossenschaft«, mußte ich also beachten. Alles lag bei ihr. »Ich stehe zu Ihnen«, sagte ich. »Es ist mir übrigens egal, was aus der Firma wird. Ich mache alles nur für Sie.« – »Eine seltsame Liebeserklärung. Schweben Sie nicht ein bißchen in den Wolken?« fragte Fräulein Hambrecher. Ich erwiderte: »Wir schweben beide in den Wolken, Sie und ich. Sie kennen Ihren, ich kenne meinen Himmel noch nicht. Aber wir werden beide auf die gleiche Erde fallen, und zwar hart.« – »Ich weiß von meinem Himmel wirklich nichts, aber ich finde, wir sollten dankbar sein für diesen schweren Frieden.« – »Wem soll ich danken?« Ich dachte an die Bilder aus der Geschichte meines Volkes, an die langen Reihen singender, siegender Krieger, die Fahne, die heilige, sah reitende Offiziere, fahrende Panzer vor Palmenwäldern und Eiswüsten, mit Bergmassiv und ohne, dachte an die Linie der Schiffe auf Marschfahrt.

Es schien mir gerade meine Zeit reichlich mit Bildern gesegnet. Sie gingen nicht alle hinein in meinen Kopf, und nur wenige kamen vorerst wieder heraus. Mit Malen allein ließ sich keine andere Welt erreichen. Das *Was* bestimmte ja nicht ich, sondern mein Ingenium, und das *Wie* lag bloß in meinen Sinnen und Nerven.

Wir redeten noch viel, und es kam jenes freundliche Dunkel, das Wünsche weckt und manchmal auch erfüllt. Ich hörte Fräulein Hambrecher neben mir anders atmen als gewöhnlich und fühlte ihr Haar an meinem Gesicht, was kein Zufall sein konnte. Sie rief nach mir, sie wollte gewähren. So faßte ich es auf. Zwischen uns blühte das rote Verlangen nach Liebe und nach Blut, nach Werden und Zerstörung. Dabei hatte ich doch ihr Wort, daß wir weder Bett noch Tisch teilen würden, ein vor Stunden entschieden erteilter Befehl, ohne Widerrede von mir hingenommen. Nun aber konnte ich nicht mehr so richtig an diesen Befehl glauben, weil sie sich an meine Schulter lehnte, ganz anders, als es das Fräulein Hambrecher mit dem tadellosen, korrekten Aussehen, der Kühle und Sicherheit getan hätte. Natürlich konnte sie sich im letzten Augenblick auch wieder anders entschließen; alles lag bei ihr, wie gesagt. In der Wohnung knackte die Stille; ein leises Gespenst ging um, das alles bemerkte, alles aufnahm, Furie oder Norne mit dem Racheplan. Von dem Blinden, der Tauben und den Kindern hörte und sah ich nichts. Sie gehörten zu den Gespenstern und Urhebern der Stille. Fräulein Hambrecher mußte von allen verlassen sein, wenn sie ausgerechnet in meinen Armen Liebe suchte. »Sie sind zu jung«, sagte sie. »Ich könnte Ihre Mutter sein.« Oder: »Zuerst müssen Sie an Ihre Zukunft glauben, ehe Sie an eine Frau glauben!« Ich hatte keine Lust mehr zu reden, schon gar nicht in diesem Ton, aber Fräulein Hambrecher plapperte immer weiter. Ihre Stimme wurde wärmer, zärtlicher, möchte ich sagen, und alle Krusten brachen bis auf den Kern meines Lebens: Diese Stunde brachte mich ebenso weit wie drei Jahre Krieg; von der Liebe in den Tod wie Sîfrit, obschon ich gern lebte. Sie schlief bis zum Morgen, eng an meiner Seite; ich aber konnte nicht schlafen und dachte zum erstenmal in diesem Frieden an meine Zukunft.

Den Blinden und die Taube sah ich früh in der Küche; uns allen gab Fräulein Hambrecher zu essen. Fertig angezogen war sie wieder die Prinzipalin, und sie sah mich nicht an. Für mich war ihr Gesicht anders als am Tag zuvor, an dem die Amerikaner kamen und bevor sie das Bett und nun auch den Tisch mit mir teilte. Sie stellte die Teekanne hin und machte eine Handbewegung, die nur bedeuten konnte, daß ich mich zu ihnen setzen sollte. Sie legte mir auch eine Scheibe Brot vor und teilte also wirklich den Tisch mit mir, Brot und Liebe; wahrhaftig, wir waren tiefer gesunken und höher gestiegen als es uns in dieser Lage erlaubt war. Jetzt hätte sich die Erde öffnen sollen und uns aufnehmen, denn ab heute ging die Fahrt abwärts. Mir wurde endlich gewiß, weshalb bei meinem Volk immer alles anders ausging. Mein Volk kann nichts Normales, Banales ertragen. Es braucht mächtige Anstöße, um aufzustehen, um aufzurichten oder niederzureißen.

Die Hand des Blinden tappte nach einem Napf Salz auf dem Tisch, ich schob es ihm zu. »Sind Sie der junge Mensch, dem wir die Kammer gegeben haben?« fragte er. Die Taube mümmelte an ihrem Brot und fragte mit lauter Stimme, wie sie Tauben eigen ist: »Frißt der Kerl nun auch noch von unserem Brot, nachdem er dich zur Hure gemacht hat?« Langsam schob der Blinde seinen Teller über den Rand des Tisches. Es war seine Reaktion auf diese für ihn qualvolle Nacht. Demütig sammelte Fräulein Hambrecher die Stücke des zerbrochenen Tellers auf. Wie sie auf dem Boden herumkroch, erschien sie mir müde und wie ein geprügelter Hund. Die taube Alte fraß das Brot des Blinden auf, sie fraß auch noch, was für mich bestimmt war.

Kurz vor der ersten Kältewelle begann Kretzschmars Graphische Kunstanstalt zu arbeiten. Auf zwei kleinen Tiegeln druckten die alten Männer Anzeigen. Wir stellten auch Ätzungen für andere Druckereien her. Die Mauer im Keller wurde wieder geschlossen. Dann kam der Winter ziemlich rasch, und die Arbeit mußte wegen Mangels an Brennstoffen wieder eingestellt werden. Mit Fräulein Hambrecher ging ich aufs Rathaus zu einer Wirtschaftsabteilung. Wir legten ein Statut für die Genossenschaft vor. Wir brauchten Kredit, Material, Aufträge und Kohlen, was alles genehmigt und von der Militärverwaltung abgesegnet werden mußte.

Die Prinzipalin stellte sich immer wieder aufs Podest; sie redete den alten Männern gut zu und bewegte die Arme wie eine Prophetin, die Mut machen will. Auf Ablehnung stieß sie weniger als früher, nachdem sie alle ausstehenden Löhne gezahlt hatte. Ich erkannte, daß die alten Männer in einen Schlaf versanken, daß ihnen die Kraft fehlte, sich gegen die gehaßte Vorgesetzte zu wehren. Natürlich hielt ich zu ihr, so aussichtslos ihr Plan auch war, aber ich verabscheute dieses Rathaus und alle die neuen Dienststellen. Fräulein Hambrecher sagte: »Nun ist es soweit, Vandebeeke«, und ich nickte, freute mich für sie und wünschte ihren Plänen alles Gute. Wir gaben unsere Unterlagen ab, bekamen einen Schein und wurden wieder nach Hause geschickt. Mehr geschah nicht.

Mein Volk spielte ein neues Spiel; es wollte von jetzt an brav sein und die anderen Völker achten. Es wollte auch wiedergutmachen, was es angerichtet hatte. Es wollte sogar die eigenen Landsleute ergreifen und die bestrafen, die Schuld an dem Unglück hatten. Alle konnten es ja nicht gewesen sein, sonst hätte mein Volk insgesamt in Sack und Asche büßen müssen. Folglich wurden ihm Schuldnerkategorien geschaffen; wie immer glaubte mein Volk an seine sittliche Berufung und suchte sie in der Politik. Es war immer gegen Hitler gewesen, jetzt versetzte es dem toten Hund einen Tritt. Die geistigen Führer meines Volkes gaben ihm den alten Humanismus zurück; dieser sollte irgendwann auf dem Wege in die Tiefe verlorengegangen sein. Reichlich besessen hatten ihn noch die Dichter-Klassiker meines Volkes, so daß sie davon bis in alle Ewigkeit spenden konnten. Jedenfalls hatten sie den Gedanken des Humanismus als ein heiliges Gut der Deutschen gepflegt. Dann war er plötzlich verschwunden. An seine Stelle trat die Barbarei.

Während mein Volk diese Ideen und Vorstellungen lang und breit erörterte, während sich Parteien bildeten und Programme, wurde es wie jedes andere Volk mit den althergebrachten Mitteln regiert. Mein Vater, Oberstudienrat mit Ritterkreuz, konnte seinen Kindern von der wirklichen Welt nichts mitteilen, wahrscheinlich hatte er selbst blind vor den Bildern und Zeichen des Lebens gestanden. So mußte ich alle Zeitungen und Aufrufe lesen, um die neuen Spiele meines Volkes zu verstehen und als Teil eines Umbruchs zu begreifen. Viel Zeit blieb mir nicht, aber ich fand als Sohn meines Volkes schnell Gefallen an den historisch-politischen Exerzitien, fand Geschmack an den *reinen* Gedanken im Gegensatz zur *unreinen* Welt, geistiges Erbe meines alten Bibliothekars.

Ich erhielt einen Brief mit der Aufforderung, mich auf einer Dienststelle zwecks Klärung meiner Verhältnisse zu melden. Warum ich jetzt schon das dritte Mal ins Rathaus ging? Vielleicht Fräulein Hambrechers wegen, vielleicht auch nur, um zu bleiben, Fuß zu fassen? Gleichviel, ich wollte zu dem Mann – zuerst Vertreter der Russen, jetzt der Amerikaner –, der mir damals die befristete Aufenthaltsgenehmigung, die längst abgelaufen war, gegeben hatte, ich wollte ihm erklären, daß sich an meiner Lage absolut nichts ändern würde. Lebensmittelkarten bekam ich nicht mehr. Es zog in den langen Korridoren; mit anderen wartete ich in diesen Windkanälen. Endlich kam ich an die Reihe und trat ein. Am Schreibtisch saß ein neuer Mann. Das überraschte mich zuerst, lag aber ganz in der Logik der Ereignisse. Mit dem Machtwechsel mußten auch ihre Träger kommen und gehen. Er blätterte wie sein Vorgänger in meinen Akten – ich hatte hier immerhin schon welche – und begann das Verhör. Er wollte meine beiden Papiere sehen, das *Certificate* der Kanadier auf den Namen Vandebeeke und die *Registration Card.* Diese Papiere reichten nicht, er wollte andere sehen. Da zeigte ich ihm die befristete Aufenthaltsgenehmigung seines Vorgängers, durch die sie mich bei der Firma und in meinem Kellerloch aufgespürt hatten. Mit gesenktem Kopf studierte er sie, arbeitete mit Anstrengung daran, mich zu entlarven. Dann verlangte er plötzlich noch einen polizeilichen Ausweis. Den besaß ich nicht, leerte aber meine Taschen, um ihn weiter mit Gedrucktem und Gestempeltem zu füttern, heraus kamen die Anmeldung beim Wohnungsamt und die Befürwortung Fräulein Hambrechers. Diese Papiere schied er als unerheblich aus. Nun wollte er wissen, weshalb ich nicht zur Registrierung gegangen sei. »Es hat sich nicht ergeben«, sagte ich, »zuviel zu tun.« – »Sie sind wohnhaft im russischen Sektor. Dorthin müssen Sie. Hier befinden Sie sich im amerikanischen Sektor.« Ich steckte alles wieder ein. »Weshalb haben Sie mich denn eigentlich kommen lassen?« fragte ich. Er sagte: »Wir überprüfen jeden. Anordnung der amerikanischen Kommandantur. Wenn Sie nicht den Wohnort im russischen Sektor angegeben hätten, dann könnte ich vielleicht was machen mit Ihrem kanadischen Schein. Aber so? Ich kann Ihre Akte ja nicht unter den Tisch fallen lassen. Sie müssen das verstehen.« Er war schon etwas mehr Beamter als sein Vorgänger, der sich noch für mich als eine belastete Person interessiert hatte; der neue Mann sah schon mehr den Amtsvorgang. Das war vielleicht gut, vielleicht auch nicht. »Ob Sie bei den Russen mit dem kanadischen Ding Glück haben, bezweifle ich. Die werden Sie ganz anders in die Mangel nehmen als wir.« – »Wenn es so ist, warum schikken Sie mich denn hin?« fragte ich. »Weil ich diesbezüglich Anweisungen habe. Mein Vorgänger hatte anscheinend keinen günstigen Eindruck von Ihnen.« – »Steht das dort?« Er sagte warnend: »Seien Sie froh, daß er weg ist. Vielleicht liegt eine Kopie von Ihrem Akt schon bei den Russen. Sie werden eventuell dort erwartet.« – »Wohin ist denn Ihr Vorgänger gegangen? Er war ein scharfer Hund und hat hier ganz gut hergepaßt.« – »Rüber«, sagte der Mann, »ich dachte, das ist

Ihnen klar. Konnte und wollte nicht hierbleiben. Die Amerikaner hätten ihn nicht lange behalten. Da war mal was mit KZ bei Hitler. Jetzt kommt wieder Ordnung in den Betrieb hier – nicht, daß ich für KZ bin ...« – »Verstehe. Da müßte ich warten, bis die Kanadier auch einen Sektor kriegen, was?« Der Mann lächelte, klappte meinen Akt zu und sagte: »Halte ich für ausgeschlossen. Es sind ein paar Dutzend Staaten mit Hitler im Krieg gewesen. Wir haben ihn ja nicht gewollt, den Hitler nicht und nicht den Krieg. Sind ja auch abscheuliche Dinge vorgekommen. Na, ich wünsche Ihnen jedenfalls Glück. Sie werden es brauchen.«

Bei den Russen konnte mir nicht viel passieren. Noch hieß ich dort Vandebeeke und war ein unbeschriebenes Blatt. Die mußten froh sein, mich von den Kanadiern zu kriegen. Unwahrscheinlich, daß der Provisorische meine Akte kopiert und mitgenommen hatte. Also fuhr ich in den sowjetischen Sektor und suchte das für mich zuständige Amt. Es war in einem alten Bauwerk aus rötlichgelben Klinkern untergebracht, mit Türmchen und Pfeilern. Einen Unterschied sah ich nicht: lange Korridore mit Menschen und Kälte und Türen mit Nummern und Schildern mit Namen, hier wie dort. Neben mir saß ein Mann in meinem Alter. An seinem Auftreten und Reden, mehr noch an seinen Sachen und dem Geruch, den sie ausströmten, erkannte ich den Landser, vielleicht den ewigen Gefreiten. Sein Gesicht war grau und mager, die Zähne braun, aber ich hatte zu ihm als Typ Vertrauen. »Weshalb bist du verdammter Idiot nicht im Westen geblieben, wenn du schon Vandebeeke heißt«, sagte er kopfschüttelnd, denn ich hatte ihm natürlich eine erfundene Geschichte erzählt. Er glaubte mir nicht, und wenn er mich schon durchschaute, dann war ich erst recht keinem glaubwürdig, der mit mir abrechnen wollte. Von einem Amt zum anderen, mal diesem, mal jenem Beamten einen Bären aufbinden aus Furcht vor dem Lager: ich hatte es wirklich satt, das Herumziehen. Auf die Dauer würde ich so werden wie dieser Gefreite, krank und kaputt. »Ich geh in kein Lager, ich kenn eins«, sagte ich. »Aber wer bist du?« fragte er. »Was hast du auf dem Kerbholz? Gehst in kein Lager? Die finden dich. Die bringen dich nach Sibirien. – Mach deine Blutgruppe weg!« Er war meiner Geschichte auf der Spur, aber, wie gesagt, ich vertraute ihm. Er sah nicht aus wie ein Verräter, nur krank, zerfressen von Krieg und der Zeit danach. »Es ist nicht wie vierzehnachtzehn, wo die Truppe einfach nach Hause ging, als wäre nichts gewesen. Sie kriegen dich«, er zeigte mit der Hand auf die Türen, »die und die Russen. Ich war im Lager. Jetzt bin ich hier.« Ich fragte ihn nach seinem Alter: Er schien viel zu wissen, aber ich wollte nicht so kaputtgehen wie er. »Vierzig«, sagte er, »brauchst keinen Schreck zu kriegen. Ich weiß, wie ich ausseh.« – »Was würdest du an meiner Stelle machen?« fragte ich ihn. »Abhauen«, sagte er, »schleunigst. Nach Südamerika!« Er drehte sich weg. Er hatte genug von mir. Ich verließ das Amt, ohne meinen Fall vorzubringen.

Am Abend saß ich am Tisch Fräulein Hambrechers, mit ihr, dem Blinden und der tauben Alten. Sie ließen mich erzählen, was bei meinen Versuchen, Papiere zu kriegen, herausgekommen war. Ich berichtete, beobachtete aber den lauschenden Mann. Mit abgewendetem Gesicht hörte der Blinde zu; die Alte hielt die Hand ans Ohr, um zu hören, ob und wann ich wieder verschwinden würde. Plötzlich fragte der Blinde: »Wovor haben Sie Angst?« Ich sagte: »Ich habe keine Angst, aber ich will in kein Lager.« Der Blinde wendete sich zu Fräulein Hambrecher: »Wenn er keinen Anzug hat und nur das Feldgrau, dann gib ihm einen von mir.« – »Woher wissen Sie, was ich anhabe?« – »Ich weiß es nicht, aber ich kann mir vorstellen, wie Sie aussehen. Ich hatte mal Augen wie Sie, und ich erinnere mich an Bilder.« Fräulein Hambrecher machte einen Fehler, als sie zu mir sagte: »Nachher probieren wir. Komm, wenn du fertig bist.« Diese Rede war eigentlich dunkel. Womit fertig und wohin kommen? In ihr Schlafzimmer? »Ihr duzt euch?« fragte er. »Ich hätte es mir denken können.« Eine schnelle Röte glitt über das Gesicht seiner Frau, es verblaßte ebenso schnell wieder. Unter dem Tisch suchte ich nach ihrer Hand. Da legte sie beide Hände auf den Tisch, als könnte der Blinde uns sehen. »Laß ihm ruhig deine Hand. Ich habe ja nur gefragt, ob ihr euch duzt, und gib ihm Sachen«, sagte er. Ein Zittern überlief seinen Körper. Wegen seiner hilflosen Lage mußte er uns doppelt hassen. Schweigend blieb er sitzen, den Kopf geneigt; das Bild wirkte wie ein Gleichnis der Schwäche. Seine leeren Augen schienen ins Licht zu blicken, aber wo er hinsah, war kein Licht, sondern nur die Küchenwand, auf der Schatten und helle Flecke irrlichterten. Die Geister der Getöteten glitten in endlosem Zug über die Wand, ich hörte sie flüstern, das Waschwasch mähender Sensen. Die brennende Kerze auf dem Tisch erzeugte Licht und dieses durchsichtige Dunkel. Heftig begehrte ich die Frau des Blinden. Steif und stumm lauerte die Alte, Mutter der Nibelungen, nur ihre Augen bewegten sich. Fräulein Hambrecher preßte die Handflächen so fest auf die

Tischplatte, daß sich der Tisch bewegte. Alles um uns war Haß und Verlangen; nicht eher würden wir ruhen, bis wir einander vernichtet hatten. Auch der Blinde besaß Gesichte. Vielleicht sah er weiter als ich.

Ich dachte an die Worte meines provisorischen Beamten, der nicht handeln konnte, wo die Tat verlangt wurde: das Lager, der Fangschuß für mich. Meine und seine Wanderungen würden weitergehen. Einstweilen mußte ich dieser Familie auf der Pelle liegen, ihnen das Brot wegfressen und dem Blinden die Frau stehlen. Beim drittenmal schießt mein Feind. Ich probierte Anzüge, behielt einen, und Fräulein Hambrecher kam auch in dieser Nacht zu mir, so wie jede Nacht, seit ich in der Kammer lebte. Aber der folgende Tag brachte dann wirklich die lange vorher geahnte Wende.

An diesem Tag im Dezember betrat ein dicker Mann das Büro der Firma. Er war gut angezogen, mit Anzug, Mantel und Hut bekleidet; und patschte spielerisch mit einem Paar schwarzer Lederhandschuhe auf die Tischplatte. Ich betrachtete ihn und die beiden Büroweiber, bei denen ich saß, und vergaß meine Schreibarbeit. Die Ältere kreischte leise auf, als sie den Mann eintreten sah: Der Dicke hob die Hand mit dem schwarzen Leder, sie wirkte wie die eines Messerstechers, der gewohnt ist, langsam, aber sicher zu töten. Er setzte den Hut ab und öffnete den Mantel. Röchelnd wie heisere Möpse umsprangen ihn die beiden Frauen, hängten Hut und Mantel weg und nötigten ihn auf einen Stuhl. Er nahm Platz, nun umstanden sie ihn und warteten auf sein Zeichen, auf die Andeutung eines Wunsches. Der Dicke ließ seine Blicke durch den Raum wandern; bei mir kamen sie schließlich zur

Ruhe. Wir betrachteten uns. »Das ist einer unserer Neuen«, sagte das ältere Büroweib und beugte sich zum Ohr des Messerstechers, um ihm was zuzuflüstern. Er nickte ernst. »Aber wir Alten sind alle noch da, Herr Kretzschmar.« – »Ja«, sagte der Dicke. Er stand wieder auf, machte Front gegen mich, als erwartete er, daß ich mich erheben würde, um ihn zu begrüßen, aber ich blieb sitzen. Es war übrigens mehr Neugierde, was er tun würde, wenn ich sitzen blieb, als Unhöflichkeit. Ich hatte ja keinen Grund, unhöflich zu sein, obschon ich ihn widerwärtig fand. Ich dachte an Fräulein Hambrechers schöne Träume von der Enteignung und sah diese Träume ins Wasser fallen. Diesem Dicken, der es nicht ertrug, daß einer ohne seine Aufforderung sitzen blieb, war sie nicht gewachsen; der schlug zu, ohne lange zu fackeln. Er handelte, wo sie noch abwog. Den hätten sie auf uns hetzen sollen, nicht die zaudernden Provisorischen und nicht die kalten Beamten. »Und sonst«, fragte Kretzschmar, sich abwendend, die Auseinandersetzung verschiebend, »wie sieht es denn sonst hier aus?« Fast überschlugen sich die Büroweiber. Jede wollte berichten, wie schlecht alles ging, und wieder flüsterte die Ältere mit Kretzschmar, worauf er ungläubig lachte und »ach was« sagte. Ich dachte, vielleicht wieder was Provisorisches, oder aber das eine Provisorium ging in ein anderes über. Im Grund war ja doch alles nur vorläufig, soweit es mich anging. Mein Beamter auf dem Rathaus hatte recht. Alles ordnete sich.

Hinter der Tür arbeitete Fräulein Hambrecher. Ihr stand eine schöne Überraschung bevor. Plötzlich trat sie aus ihrem Zimmer. Ich war gespannt, wie sie die neue Lage aufnahm, aber sie hatte sich gut in der Gewalt und begrüßte

Kretzschmar korrekt. Indessen sah ich etwas wie Unglauben auf ihrem Gesicht, so, als faßte sie nicht ganz, was geschah. Der Messerstecher sagte höflich: »Es gibt wohl manches zu besprechen.« Als Hausherr betrat er vor ihr das Arbeitszimmer, und sie zog die Tür hinter sich ins Schloß. Er legt ihr den Strick um den Hals, erdrosselt sie langsam, dachte ich, aber sie erträgt ihren Tod, ohne zu zucken.

Ich ging, um mich für sie umzusehen, in die Arbeitsräume. Dort summte es wie in einem Wasserkessel. Alle wußten es schon: Kretzschmar ist wieder da! Keiner arbeitete, die alten Männer standen herum und quatschten, ob er für immer zurückgekommen sei oder bloß im Vorbeigehen hereinsah, und was er sagen würde zu Fräulein Hambrechers Werk mit den Verträgen, der ewigen unkündbaren Stellung, der Gewinnbeteiligung. Žiska meinte: »Wurde auch Zeit, daß wieder Ordnung ins Haus kommt. Kretzschmar holt Arbeit ran, ich kenn ihn.« Das zwergenhafte Männchen aus Ungarn freute sich über die Heimkehr des Prinzipals und über die Niederlage Fräulein Hambrechers. Der-Herr-Fritz, jetzt schon Mitglied der Sozialdemokratischen Partei, sprach neuerdings von *seinen Genossen*, wenn er einen meinte, der ihm in allem beipflichtete. Viele der nörgelnden alten Männer schlossen sich dem Žiska an. »So wie sich die Hambrecher das vorgestellt hat. Die Amerikaner hätten da sowieso eingegriffen. Sich was aneignen, das geht bei den Russen, hier nicht, Gott sei Dank.« Žiska sagte noch: »Kretzschmar war ein anständiger Mensch, der keiner Fliege was zuleide getan hat.« Žiska mochte an sich keine Gemeinsamkeit mit Dem-Herrn-Fritz, dem tüchtigen Arbeiter, einem Genossen. Er zischte was Ungarisches und flüchtete in seine Papierfestung. Zu mir sagte

Holz: »Die Gelegenheit ist verpaßt. Wir hätten die Kretzschmars an die Wand stellen müssen. Was gefehlt hat, war ein Kurt Eisner.« Wieder mal war Krach im deutschen Haus. Holz fuhr fort: »Kretzschmar kommt aus Gransee. War dort Bürgermeister, erzählt er jedem, der es hören will. Was hat er denn gemacht?« – »Jetzt werden alle aus dem Osten nach hier wollen«, sagte Der-Herr-Fritz. »Wir müssen hier dichtmachen; die sollen bleiben, wo sie sind. Oder besser: Die zum Russen wollen, sollen gehen, die zu uns wollen, können kommen.« – »Genosse Fritz«, sagte Holz, »wie halten wir's denn nun praktisch politisch über die Religion hinaus? Wir sind ja in vielem uneins, aber was diese Genossenschaft betrifft, sie wär ja doch ein Fortschritt.« – »Ich bin nicht dein Genosse«, schrie Der-Herr-Fritz. »Scheiß auf dein Sowjetparadies! Hier nicht! Hau ab! Nach drüben! Wir wollen Freiheit!«

Mein Volk machte keine gute Figur in seinen neuen Rollen, und ich fragte denn auch Den-Herrn-Fritz nach seiner Meinung: »Ich wohne drüben in einem Keller. Was soll ich denn nun machen? Herkommen? Eben noch haben Sie, Žiska und Holz mit Fräulein Hambrecher um den Buchstaben des Genossenschaftsstatutes gestritten. Kretzschmar kommt zurück und dreht an der Uhr. Hängen Sie denn nun alle Ihre Mäntelchen in den Wind?« Ich kam Dem-Herrn-Fritz gerade recht. Seit Monaten hatte er mit mir abrechnen wollen, seit ich ihn Feldwebel genannt hatte. Mich hielt er für den Schwächsten hier. Er packte mich bei den Aufschlägen des Anzuges, dem des Blinden, und sagte keuchend: »Bursche, jetzt bist du dran. Zieh die Jacke aus! Sonst helfe ich dir. Ihr habt doch irgendwo eine Blutgruppe eintätowiert. Und du wohnst nicht im Keller, du hurst mit der Hambrecher. Wissen wir alles, mein Junge.« Gewiß hatte er harte Fäuste, Der-Herr-Fritz, aber das war es nicht, was ihn überlegen machte. Ich hatte nicht gewußt, wie sehr und weshalb er mich haßte. Erst Kretzschmar gab ihm das Bewußtsein zurück, in alte Rechte wiedereingesetzt zu werden; das machte Den-Herrn-Fritz so stark. Žiska kam hinter seiner Papierburg hervor und keuchte: »Mach ihn kaputt! Tritt ihn in den Bauch.« Er meinte, Der-Herr-Fritz sollte mich fertigmachen. Blut wollte Žiska sehen, das rote Blut des Feindes. Blut sühnt, macht gut und gerecht. Holz sagte zwar nichts, sah aber ruhig zu, ohne einzugreifen. Die alten Männer stellten sich zu uns, um zu sehen, wie mich Der-Herr-Fritz zusammenschlagen würde. An meiner Lage war an sich nichts Besonderes, aber ich wollte Fräulein Hambrecher nicht schaden und nicht mehr tun, als unbedingt nötig war, um freizukommen. Der-Herr-Fritz hatte wohl noch mit keinem gekämpft, der alles auf eine Karte setzen mußte. Sonst hätte er sich gehütet, mich anzugreifen. Er wollte einen Nazi ans Messer liefern; ich wollte mehr. Mit hängenden Armen, ohne mich zu wehren, sagte ich zu Dem-Herrn-Fritz, der an dem Anzug des Blinden zerrte: »Es ist besser, Sie regen sich nicht weiter auf, Feldwebel! Wenn es stimmt, was Sie vermuten, sollten Sie es gerade jetzt nicht darauf ankommen lassen.« Da lösten sich seine Hände langsam von meiner Brust. Žiska sprang wieder in seine Burg. Holz drehte sich um und verschwand, als gehe ihn all das nichts an. Meine Tage bei Kretzschmar waren gezählt.

Kretzschmar kam täglich ins Büro, er verschwand im Chefzimmer und tat irgendwas. Fräulein Hambrecher sprach nicht mit mir darüber, was sie beredeten. Jedenfalls mußte sie ihn ertragen. Es war ihr moralischer Tod; nicht nur ich erkannte es. Schnee fiel, es wurde sehr kalt. Der Blinde gab mir noch einen Mantel. Um diese Zeit veränderte sich mein Verhältnis zu ihm. Regelmäßig kam er in meine eiskalte Kammer, in Mantel und Hut und Handschuhen, und setzte sich. Oft zog er den rechten Handschuh aus und betastete mit den Fingerspitzen die Farben auf meinen Bildern. Ich stellte ihm immer ein anderes Bild hin und ließ ihn meine Malerei deuten. Unter der Wärme seiner Hände tauten die Eisnadeln auf der Farbe, und es bildeten sich Wassertropfen. Manches meiner Bilder erklärte er mir. Zum Beispiel sagte er: »Das ist ein Himmel.« Seine Fingerspitzen fuhren über den Bildrand, glitten schnell nach unten, bis sie auf ein Farbhindernis stießen. »Hier ist Land? Oder ist es Wasser? Das sind Zacken, es könnte sich um Ruinen handeln. Oder? Jetzt Menschen.« Es schien mir unvorstellbar, daß er meine Bilder fühlte; er lächelte, wie Blinde lächeln, mit leicht angehobenen Mundwinkeln und erhobenem Kopf, der für Sehende in die falsche Richtung weist. Vielleicht tun sie es, um das Ohr möglichst nahe an den Mund des Sprechenden zu bringen, vielleicht aber auch ist die Hörrichtung für Blinde anders als für Sehende. Ich sagte: »Höre! Fühl das Bild! Eine Kammer, ein Mann und eine Frau. Die Frau gehört einem anderen, aber sie geht jede Nacht zu ihm. Sie und er können nicht anders. Alles ist gut für die beiden. Was sollen sie tun? Vielleicht den Dritten töten? Oder soll der Dritte die beiden töten?« Er saß reglos da. »Soll ich gehen?« fragte ich. Wir drei mußten einen Ausweg finden. »Ich glaube«, sagte er, »sie ist jetzt bald am Ende.« Ich nannte sie immer noch Fräulein Hambrecher, der Blinde nannte sie nie beim Vornamen, als spräche er von einer Fremden und nicht von einer Frau, mit der er zwei Kinder hatte. Ich nannte sie also Fräulein Hambrecher, nicht nur vor anderen, sondern auch hier, wenn sie bei mir war. Sie blieb immer bis kurz vor dem Tagwerden, ging und legte sich zu dem Blinden. Sie sorgte für uns alle und schwieg, wenn die taube Alte, die Mutter des Blinden, sie Hure nannte.

Der Blinde sagte: »Sie hat viel für mich getan, aber sie ist jetzt bald am Ende.« Vielleicht erzählte sie ihm, was sie vor mir verbarg, oder er fühlte stärker die Nähe von Liebe und Tod. Fräulein Hambrecher konnte sich nicht mehr helfen. Kretzschmar war ihr überlegen. Manchmal versuchte ich des Nachts, wenn sie ruhig und zärtlich war, mit ihr über den Tod zu sprechen, aber sie ging nie darauf ein. Sie redete mit den Händen, sie liebte die Haut anderer Menschen. Ich sagte zu dem Blinden: »Wissen Sie, was draußen los ist? Zerbrochenes soll wieder zusammengefügt werden. Es zeigt sich, daß alles einen bestimmten Zusammenhang hatte, der nicht mehr gefunden wird. Aus einem Krieg taucht keiner auf wie aus einem Bad.« Er sagte: »Wer zerstört aus einem Krieg kommt, der ist schon ohne Halt hineingegangen. Mörder wird man nicht, man ist es.« – »Gehen Sie jetzt lieber«, sagte ich.

Wenn ich behauptete, daß ich und sie uns nicht beim Vornamen anredeten, so gilt das nur bedingt. Sie sagte manchmal Carl zu mir, Carl mit C, wie es im *Certificate* Vandebeekes stand.

Weihnachten feierte mein Volk – also auch ich, zusammen mit Fräulein Hambrechers Familie – auf die alte gefühlvolle

Weise mit Kerzen und Lametta, schönen Gesängen von heiliger, stiller Nacht. Still war die Nacht schon, es wurde nicht geschossen. Der lautlose Tod ging um. Heilig wohl auch für den, der mit Christgeburt und Friedensbotschaft was anfangen konnte. Und doch blieb es auch in diesem Haus nicht nur bei Äußerlichem. Der Blinde sagte ein Gedicht auf; die taube Alte kroch fast hinein in ihren Sohn, um sich kein Wort entgehen zu lassen. Fräulein Hambrecher rauchte teure Zigaretten und trank Schnaps. Ihre Kinder standen beim Lamettabaum und umklammerten ihre Geschenke; grauer Frost fiel auf dieses Bild. Ein Zug stählerner Reiter kam aus dem Wald, Schwerter klirrten, Pferde schnaubten, der Stern von Bethlehem zerbarst in drei Leuchtkugeln. Bald ging ich in meine Kammer, denn ich wollte keinen stören mit meinen Bildern. Sie fühlten, was in mir vorging. So lange lebten wir schon zusammen. Um Mitternacht kam der Blinde und fragte: »Was machen Sie gerade?« – »Ich friere«, sagte ich. Er verlangte: »Erzählen Sie mir ein Bild, eins aus Ihrer Kindheit. Das Leben war sicher nicht immer freudlos für Sie.« Nichts Dümmeres hätte er sagen können, denn ich war den Abend damit beschäftigt gewesen, zu vergessen und darüber nachzudenken, wie ich weiterleben sollte. Mit Mühe erinnerte ich mich für ihn. »Ich komme aus einer Stadt im Norden, selten liegt dort im Winter Schnee, meist ist es kalt. Ich fahre mit dem Wattschlitten zur Weihnacht. Aus Prielen und Waken steigt Nebel, ich bin sozusagen mit dem Schimmelreiter groß geworden. Wie ein graues Tuch ist das Land, der *blanke Hans* weit. Es ist Ebbe. Verstehen Sie?« Er nickte. »Es sind schwarze Pferde vor dem Schlitten, mit weißem Geschirr. Mein Vater, der Oberstudienrat, lenkt das Gespann. Wir lugen aus unseren Pelzen auf das Wattenmeer. Dann sind wir in einer Halligkirche und hören Orgelklang. Frauen singen. Reicht es?« – »Weiter«, sagte er, »das ist doch nicht alles.« – »Weiter? Schön. Immer mehr Schlitten. Weiber darauf und krumme Alte. Sie kommen aus Ostpreußen, manchmal fliegt ein Bündel aus dem Schlitten, Ballast, wertloses Gut, von welchem sie sich trennen, oder bloß ein totes Kind.« Der Blinde sagte: »Lassen Sie sich überprüfen. Ganz Schlimmes haben Sie bestimmt nicht getan. Sie sind jung, auch die Jahre im Lager vergehen. Sie wollen nicht die Ehre verlieren und geben vielleicht Ihr Leben dafür. Ihre Ehre heißt Treue? Treue zu wem? Auch ich werde Ihnen was erzählen. Kreta ist eine schöne Insel. Ich bin dort gewesen, aber ich habe sie nicht gesehen. Nicht von nahem. Ich bin mit der ersten Welle abgesprungen.« In dieser Nacht war ich drauf und dran aufzugeben. Ein paar Jahre Lager, wenn es schlimm kam, Arbeit, schwere Arbeit, aber dann vielleicht die Freiheit. Es kam anders.

In der ersten Januarwoche ließ mich Kretzschmar kommen. Er saß im Chefsessel, während Fräulein Hambrecher auf einen anderen Stuhl, ihm gegenüber, gesetzt worden war. Sie schwieg, als Kretzschmar mich verhörte, schrieb mit vorgebeugtem, tadellos frisiertem Kopf, sauber gekleidet – eine Gestorbene. »Warum hat man Ihnen keine Aufenthaltsgenehmigung erteilt?« fragte er. Ich merkte, daß es ernst mit uns beiden wurde. »Ich kann mir nicht vorstellen, daß es Sie etwas angeht«, sagte ich. »Vielleicht doch«, erwiderte er ruhig. »Ich werde eine beantragen«, sagte ich. »Können Sie denn einen festen Wohnsitz nachweisen?« fragte er und sah bedeutungsvoll auf den gebeugten Kopf Fräulein Hambrechers.

»Gewiß, ich habe ja noch meinen alten Gefechtsstand drüben bei den Russen. Dahin kann ich jederzeit zurück.« – »Aber der Krieg ist aus«, sagte er. »Den Eindruck habe ich nicht, wenn ich unsere Lage bedenke, Ihre und meine. Sie sind noch immer wer und ich auch, nur daß Sie jetzt andere Farben tragen.« – »Schön«, sagte Kretzschmar, »Sie wollen die Realitäten nicht anerkennen, das ist Ihre Sache. Kommen wir zu einer anderen Frage.« – »Nein, bleiben wir bei dieser Frage. Ich habe einen Arbeitsvertrag mit Ihnen beziehungsweise mit Ihrer Beauftragten, oder wie Sie es nennen wollen. Meine Papiere sind in Ordnung. Ich besitze ein *Certificate of Discharge* und die *Temporary Registration Card*. Die Vorstellungen der Alliierten von Ost und West gehen mich nichts an. Ich bin Deutscher. Aus dem Lager bin ich ordnungsgemäß entlassen worden. Und ich arbeite im amerikanischen Sektor. Wo ich wohne, kann Ihnen gleich sein. Daher rede ich von Ihrer wie von meiner Lage.« Kretzschmar sagte: »Ältere, mütterliche Frauen interessieren Sie aber auch.« Er lehnte sich zurück und betrachtete mich lange. Ich kochte vor Wut, aber ich hielt mich zurück. »Ich wollte eben auf Ihre Aktenlage zu sprechen kommen«, sagte Kretzschmar. »Ihr *Certificate* stammt von den Kanadiern, es wurde Ihnen oder einer anderen Person erteilt mit der Auflage, sich bei einem Arbeitsamt zu melden. Das haben Sie nicht getan. Ich nehme an, Sie haben Gründe, die Russen zu fürchten. Vielleicht wird dieser Vandebeeke gesucht? Jedenfalls sind Sie viel jünger als Vandebeeke, auch wenn Sie groß sind und ein bißchen zu blond, geradezu SS-Garnitur.« Die beiden Urkunden des Toten sahen so harmlos aus! Als ich sie ihm abnahm, dachte ich, damit bist du ein anderer Mensch! Schwör es dir:

Geh nie in ein Lager! Ehre verloren, alles verloren! Such nicht den Kampf! Aber gib dich nicht auf!

Kretzschmar sagte zu Fräulein Hambrecher: »Würden Sie mich mit dem jungen Mann für einen Moment allein lassen?« Sie ging, ohne mich anzusehen; ich nahm es ihr nicht übel. Wer für vier Menschen sorgen muß, dem bleibt keine Wahl. Den lautlos geführten Kampf um die Macht in der Firma hatte sie schnell verloren. »Sagen Sie mir offen, was mit Ihnen los ist. Ich kann Ihnen vielleicht helfen«, sagte Kretzschmar. Es sprach für ihn, daß er sich offen gab. Feige war er nicht, da er es riskierte, mit mir ohne Zeugen zu reden. »Ich habe meine Erfahrungen mit den Russen.« Ich überlegte, was es nutzen würde, mich ihm anzuvertrauen. Aber ich konnte den ersten Auftritt des Messerstechers nicht vergessen. Er lag mir nicht, ich verübelte ihm die Glätte, die Gelassenheit, mit der er die Fronten wechselte. Und was sollte ich ihm sagen? Wer war ich? Friese, Vater Oberstudienrat, drei Brüder, alle Soldaten, alle gefallen. Ihm sagen, daß ich eine ganze Menge mitgemacht, aber keinen feigen, hinterhältigen Mord auf dem Gewissen, nicht gefoltert, nicht geplündert hatte? Was sollte ich ihm erzählen, ohne meine Ehre und meine Würde zu verlieren? Vermutlich lag ihm daran, mich zu sich herabzuziehen. An Schuld glaubte Kretzschmar nicht; Schuld war für ihn sicher kein Problem, das ihn beschäftigte. »Wieso haben Sie eigentlich Zuzug bekommen?« fragte ich. »Zwischen uns beiden ist ein himmelweiter Unterschied«, sagte Kretzschmar. »Mein Entnazifizierungsverfahren läuft. Die Eigentümer der Firma haben mir persönliche Integrität bescheinigt und mich zum Direktor eingesetzt. Ich habe die ganzen Jahre Verbindung zu ihnen gehalten und mit Geld geholfen, wo ich konnte. So macht man das. Bringen Sie Ihre Angelegenheiten ebenfalls in Ordnung, sonst kann ich Sie nicht weiter beschäftigen, zumal Ihre Arbeitskraft ganz wertlos ist. Erstens Aufenthaltsgenehmigung, zweitens Arbeitsamt, drittens Überprüfung durch Ihre zuständige Behörde, also drüben bei den Russen.« Er reichte mir ein beschriebenes Blatt; ich steckte es in die Tasche, ohne es zu lesen. Der Messerstecher hatte alles gründlich vorbereitet. »Ich stelle Sie wieder ein, wenn das in Ordnung ist«, sagte Kretzschmar, »falls ich es für richtig halte. Oder wollen Sie auch auf mich losgehen wie neulich auf einen meiner alten Mitarbeiter?« Er wußte viel, sah ich, kannte sich aus, er verstand sich auf Menschen, konnte aus ihnen herauskriegen, was er wollte. Bei meinem Rückzug warf ich einen Blick auf den Prinzipal. Er hielt einen goldenen Füllfederhalter in der Hand und schrieb schon wieder.

Mein Volk ist sehr fleißig, es ist auch sehr anpassungsfähig, aber daß der Messerstecher einfach weitermachte, da, wo er vor ein paar Monaten aufgehört hatte, das gab mir doch zu denken. Gaupa kam mir wieder in den Sinn. Es war wie ein Vorzeichen. Gaupa würde bald die Bühne betreten, seine Zeit war gekommen; ein Mann wurde gebraucht, mit ruhiger Hand für Kugel und Dolch. Mein Volk bestand aus vielen solcher Kretzschmars; sie konnten alles schaffen, mit ihrem Fleiß, ihrem Verstand und ihrem ungeheuren Appetit auf Menschen.

Im Vorzimmer bei den Büroweibern saß Fräulein Hambrecher. Die beiden Weiber sahen mich an wie ein Monstrum, schadenfroh und gehässig. Fräulein Hambrecher ging sofort ins Chefzimmer. Mir kam der Gedanke, mich von meinen

Freunden in der Firma zu verabschieden. Also nahm ich eine Auftragsmappe und schlenderte nach hinten. Seit Kretzschmar herrschte, gab es regelmäßig Arbeit, alle schufteten für ihn, und es war Ruhe im Betrieb. Der-Herr-Fritz druckte in seinem Keller auf einer geliehenen Presse. Bei Žiska lagen Farbvorlagen und Ätzplatten. Holz stichelte an den geätzten Platten herum und qualmte seine Teezigaretten. Wahrscheinlich wäre alles auch ohne Kretzschmar in Gang gekommen, aber jetzt arbeiteten sie für ihn anstatt für sich und Fräulein Hambrecher. Der-Herr-Fritz blätterte in der Mappe, die ich ihm gab. »Sie sind noch da? Hat Kretzschmar denn nicht mit Ihnen gesprochen?« fragte er. Etwas zu sagen oder zu tun erübrigte sich, denn Der-Herr-Fritz dachte angestrengt nach. Konnte es nicht sein, daß sich der Messerstecher mit mir geeinigt hatte? Dafür sprach, daß ich noch in der Firma herumging. Schließlich gehörte ich zur Klasse der Kretzschmars, wie sich Der-Herr-Fritz sagen mußte. Ich ließ ihn einfach stehen. Bei Žiska pfiff ich leise; er ging in die Luft, wenn ihn einer in seiner Papierfestung aufschreckte. Žiska war gemütlicher geworden. Ich sah zu, wie er an der Platte schabte, ein tüchtiger Gehilfe Kretzschmars. Er fragte: »Haben Sie auch schon einen neuen Vertrag?« – »Was für einen Vertrag?« – »Dann wird der Prinzipal noch mit Ihnen reden.« Anscheinend machte der Messerstecher Nägel mit Köpfen, gab allen Sicherheit durch Einstellungsverträge. Ich verließ die Papierfestung und machte mich auf zu Holz. Žiska rief mir nach: »Wer macht das Rennen? Der-Herr-Fritz oder Holz?« Kretzschmar kreuzte meinen Weg; er blieb stehen, und ich erklärte auf seinen fragenden Blick, daß ich nur noch meine Arbeit abschließen wollte und also, bis zuletzt, seine Interessen wahrnahm. Er gab den Weg frei und stellte sich zu seinem Gehilfen Žiska.

Der kleine Raum war blau von Teezigaretten. Holz leckte ein Stück Papier an und rollte es zusammen. »Kretzschmar macht Arbeitsverträge«, sagte Holz, »nicht ungeschickt dieser Zug.« – »Und die Genossenschaft?« – »Wer redet noch davon? Ich habe es gewußt. Die Stunde ist vorbei, wo was geändert werden konnte.« Um ihn nicht wieder mit Kurt Eisner und dem Grafen Arco scheitern zu sehen, fragte ich, was Žiska meinte mit seiner Bemerkung über ihn und Den-Herrn-Fritz. »Kretzschmar lanciert den Betriebsrat. Es kann wichtig für ihn werden, einen Betriebsrat hinter sich zu haben. Fritz ist alter Sozi, mal ein bißchen bei den Unabhängigen, mal ein bißchen weiter rechts, je nachdem, wie der Wind wehte. Er war Feldwebel. In einer Kartendruckerei beim Stab hat er überdauert. Kretzschmar kennt ihn sehr lange, er hat ihn reklamiert, solange wie möglich.« – »Und Žiska?« – »Mit Žiska ist es ähnlich. Guter Fachmann, aber ohne Kraft.« – »Ist ein Wirrkopf, geht hoch, wenn ihn was stört, halb vertrottelt, hat aber Einfluß auf die anderen. Was mich betrifft, ich könnte auch ein paar Männer auf die Beine bringen, aber wozu? Auf Dauer hätte ich hier keinen Boden. Arbeit ist knapp. Und die Hambrecher? Die kämpft um ihr Geld, das sie in die Firma gesteckt hat. Unter falschen Voraussetzungen. Kretzschmar kann sie feuern, wann und wie er will. Wenn sie Glück hat, gibt er ihr einen guten Vertrag, vielleicht findet er sie auch ab. Aber sie wird ihn verklagen müssen, braucht Zeugen. Na, das ist ihre Sache.« Ich fragte: »Wer hat eigentlich nun den Krieg gewonnen, Holz?« Er hob die Schultern. »Und du? Bist du bei der SS gewesen? Wenn es stimmt, dann nimm dich in acht. Noch besser, häng dich an Kretzschmar. Der wartet nur darauf.«

Der Rat kam zu spät. Zwei Stunden danach wurde ich von drei Amerikanern abgeholt. Sie waren groß und jung und trugen saubere Operettenuniformen mit weißem Lederzeug und weißen Helmen. Auch im Wagen blieben sie dicht neben mir. Heizungsrohre gingen durch den Keller, in den sie mich brachten, und vier Pritschen standen herum. Ich legte mich hin und versuchte zu schlafen, aber es kamen immer neue Gefangene. Am Ende waren wir sieben. Der letzte, den sie brachten, war Gaupa. Er legte sich auf den Fußboden, hielt eine Hand über beide Augen und stöhnte. Mager war er geworden, unrasiert, sah verwahrlost aus. »Gaupa«, sagte ich, »wollten Sie nicht nach Hause, in die Ostmark? Was machen Sie denn noch hier?« Er erkannte meine Stimme, regte sich jedoch nicht auf und sagte: »Halblink!« Gegen Morgen gingen wir in eine Ecke und tauschten unsere Geschichten aus. Seine erschien mir noch verrückter als meine. Um die Mittagszeit wurde ich abgeholt. Ein Major führte die Untersuchung. An der Wand hing ein Bild vom Präsidenten Amerikas, und daneben standen allerlei Fahnen; eine davon erkannte ich als das Sternenbanner der Vereinigten Staaten. Ich blieb bei meiner Geschichte: Vandebeeke, entlassener Kriegsgefangener, in diese verdammte Trümmerstadt gekommen, letzte Wohnung im jetzt russischen Sektor, ausgebrannt, im Keller gehaust, Arbeit in Kretzschmars Graphischer Kunstanstalt gefunden, krank gewesen und so weiter, eine feine Saga vom Heimkehrer. Ich fragte den Major, was er mir vorzuwerfen habe. »Wir werden im Entlassungscamp anfragen, ob Ihre Angaben stimmen.« – »So lange wollen Sie mich aber hier doch nicht festhalten«, sagte ich. »Kommen wir zur Sache. Waren Sie Mitglied der SS? Wie lange? Bei welcher Einheit? Wann eingetreten? Wo zum Einsatz gekommen?« Ich zeigte auf meine Papiere in seiner Hand und sagte: »Da steht, was und wo ich war.« Er schenkte sich die Antwort und drückte auf einen Knopf. Zwei Mann kamen herein, stürzten sich auf mich und zerrten mir das Jackett und das Hemd herunter. Ich ließ sie auf meinem Körper suchen, aber sie fanden nichts. »Nun können Sie mir noch die Kopfhaut abziehen lassen«, sagte ich zu dem Major. »Halten Sie das Maul«, antwortete er wütend. Zum Zeichen, daß er kein Provisorium war, sondern entschlossen, der Wahrheit über mich auf den Grund zu kommen, gab er seinen beiden Helfern freie Hand. Ich hielt die Arme vor Gesicht und Bauch und kam einigermaßen durch. Alles ging schnell vorbei. »Nun«, sagte der Major, »haben Sie mir jetzt was zu erzählen?« Auf den grauen Estrich im Vernehmungszimmer fielen rote Tropfen, mein Blut, der Anblick beruhigte mich. Jetzt würde ich schweigen können. Ist man erst mal so weit, kann einem nicht mehr viel geschehen. Der Tod als Vision ist etwas anderes als der wirkliche Tod; das Sterben erleben nur wenige als ihre eigenen Beobachter. Wahrscheinlich würden sie später weitermachen, ich durfte mich einstweilen im Handwaschbecken säubern und wieder anziehen. Mit einem Taschentuch suchte ich das Blut zu stillen. Ärgerlich sagte der Major: »Haben Sie sich nicht so!« Er ärgerte sich vielleicht über das Blut, vielleicht über sich. Er konnte nichts machen, wenn er einigermaßen gesittet bleiben wollte und falls gegen Vandebeeke nichts vorlag. Wollte er sich wirklich an das kanadische

Camp wenden und sich meine Integrität bestätigen lassen, so würde auch das wenig ändern. Einen Vandebeeke mußten sie dort führen, ihre Kartei war sicher in Ordnung. Allerdings hatten sie noch den Daumenabdruck Vandebeekes, den *thumbprint*, aber Vernehmungsoffiziere sind keine Kriminologen. Ich durfte meine *Certificate of Discharge* wieder einstekken und die *Registration Card* auch. Daraus schloß ich, daß der Major meine Vernehmung erst mal für beendet ansah. Ein paar Tage und Nächte verbrachte ich im Keller, zusammen mit Gaupa. Dann hatten sie wohl Nachricht von den Kanadiern. Sie brachten mich und Gaupa, dessen Verfahren ähnlich gelaufen war, bis zum Tor und ließen uns gehen. Da erst sah ich, wo wir uns befanden. Den großen modernen Kasernenkomplex nahe bei einem botanischen Garten kannte ich von früher. Vor der Tür boten sich geschminkte Huren an, und wir, Gaupa und ich, gingen durch das Spalier dieser aufdringlichen Weiber. Mich erschütterte die Zahl: ein ganzer Krähentroß war hier versammelt, Aasfliegen auf einem Misthaufen, Frauen meines Volkes mit den gerühmten besonderen Gaben, mit freien, schönen Stirnen, klaren Augen und mütterlichen Händen. Wir gingen die Straße entlang, zu beiden Seiten die Weiber; auf dem Fahrdamm rasten die Autos der Amerikaner. Gaupa sagte: »Sieht schlimm aus, Ihr Gesicht. Was wollen Sie denn jetzt machen?« – »Ich versuch es mal bei den Russen. Ging es einmal gut, geht es immer gut.« Gaupa gab mir seine Adresse und erklärte: »Ich habe Verbindung bekommen. Man kümmert sich um uns. Wenn alle Stränge reißen, kommen Sie vorbei. Und bringen Sie Ihr Gesicht in Facon, bevor Sie zum Russen gehen.« Zwar nahm ich den Zettel, aber wir hatten getrennte Wege. Mein Weg führte in den Osten.

Fräulein Hambrecher kam des Nachts nicht mehr zu mir. Als ich mein Gesicht wieder zeigen konnte, ohne Aufmerksamkeit zu erregen, fuhr ich rüber. Mein zuständiges Amt kannte ich ja schon. Aber mir kamen eigenartige Gedanken über das letzte halbe Jahr meines Lebens. Viermal war ich in zwei verschiedene Rathäuser gelaufen, das erstemal, um als Vandebeeke anerkannt zu werden, dann mit Fräulein Hambrecher, drittens auf die Vorladung. Ein viertes Mal endete mit meiner Flucht. Nun saß ich wieder hier. Es schien, als sei die Schlange Wartender nicht kürzer geworden. Sie entließen vielleicht jetzt mehr und schneller Kriegsgefangene. Es dauerte daher ziemlich lange, bis ich an die Reihe kam. Und es saß eine Frau auf dem Amtsstuhl, eine ältere, mit Brille und grauem Haar, die nichts Mütterliches an sich hatte, sondern eine leise kühle Stimme und etwas Stoisches im Gesicht. Ich traute ihr nicht, aber alles ging geschäftsmäßig zu. Sie fragte nicht mal, warum ich mich erst nach so langer Zeit meldete. Hier würde ich meine Papiere bekommen, davon war ich überzeugt. Dann wendete sich das Blatt langsam, wie ich merkte. Sie fragte mich: »Warum steht hier nicht, wohin man Sie nach der Entlassung überwiesen hat?« – »Das kann ich nicht sagen. Ist denn das üblich?« Sie gab keine Antwort. »Ich habe zum erstenmal einen aus kanadischer Gefangenschaft hier«, erklärte sie. »Englisch kann ich auch nicht. *Labour control?* Arbeiten Sie denn?« Ich schluckte und suchte nach einer Antwort, die sie zufriedenstellen würde. Da entdeckte sie schon wieder was. »*That he is not verminous or suffering from any infactions or contagious. Medical officer.* Was heißt das? Ist das von einem Arzt ausgestellt? Ein Gesundheitszeugnis? Ihr wurdet gut behandelt, was?« – »Doch, das muß man schon sagen. Da steht, daß ich gesund und frei von ansteckenden Krankheiten bin.« Sie war sehr stolz auf ihre Leistung, etwas aus mir rauszukriegen, aber sie konnte doch nichts anfangen mit mir. Da war nur noch der Daumenabdruck, der *thumbprint*. Wenn sie auf die Idee kamen, meinen Daumen mit diesem zu vergleichen, war alles aus. Aber ich rechnete damit, daß sie niemand hatten, der sich auf solche Sachen verstand. Sonst hätte es der amerikanische Major in der ehemaligen SS-Kaserne machen lassen. Soldaten, auch Vernehmungsoffiziere kennen nur direkte Wege zum Ziel. Sie schlagen meist nicht mal gern, sind selten Sadisten, aber sie müssen ja was rauskriegen. Wieviel Leben durch Schlamperei im Krieg erhalten wird, ist erstaunlich, wenn man die Ursache bedenkt. Umgekehrt stimmt der Satz auch; viel wird durch Schlamperei verloren. Das ganze Untersuchungsverfahren war Blödsinn; in diesem Durcheinander von Toten, Halbtoten und langsam Verhungernden fand keiner, wonach er suchte. Ich wollte in kein Lager, nicht im Osten und nicht im Westen; ich wollte nicht wiedergutmachen. Ganz schlecht war ich nicht beraten gewesen, als ich dem Vandebeeke die Papiere abnahm, denn sie schrieb den geliehenen Namen in einen Vordruck. Zwischendurch, so nebenbei, sagte mein weiblicher Beamter: »Das kann ich nicht sofort entscheiden. Sie müssen wiederkommen.« Sie raffte meine Papiere zusammen und legte die Hände darauf. Aber ich brauchte meine beiden Urkunden, so schlecht sie auch waren. Mit ihnen hatte ich eine geringe Hoffnung durchzukommen, ohne sie gar keine. Aber wie kam ich heran? Ich konnte doch keinen Ringkampf mit der Frau beginnen, um meine Papiere zurückzukriegen. Ich sagte: »Aber irgendein Papier brauche ich doch.« – »Warten Sie draußen«, sagte sie kurz angebunden. »Ich will sehen, ob ich jemand kriege, der Ihren Fall entscheiden kann.« Was sie nicht wissen konnte, war, daß sie mein Schicksal ganz allein entschieden hatte, ohne einen kompetenten Mann. Je sicherer und gründlicher sie arbeitete, desto kleiner wurde meine Chance. Ihre beiden Vorgänger hätten nur ebenso genau, nur nach dem Buchstaben gehen müssen. Meine Wartezeit war zu Ende. Ich verließ das Amt als ein Toter. Obwohl es keinen Sinn mehr hatte, ging ich zu Fräulein Hambrecher, riskierte es, in eine Razzia zu kommen und damit ganz sicher in die Falle zu laufen. Sie fingen gerade mit diesen Razzien an, um Schieber aufzubringen. Vielleicht glaubte ich an mein bißchen Glück, das jeder hat; allerdings war mein Glück längst aufgebraucht, wie ich mir eingestand. Aber dieses Risiko wollte ich noch eingehen, um mich von ihr zu verabschieden. Fräulein Hambrecher traf ich in der Küche; es mochte Mitternacht sein. Weil Stromsperre war, brannte die Kerze auf dem Küchentisch. Wir waren allein, und wir schwiegen. Fräulein Hambrecher war in diesen Wochen groß im Schweigen geworden. Mir tat es leid, daß ich sie verlor, obwohl ich sie ja eigentlich nie besessen hatte. Als Andenken ließ ich ihr meine konturenlosen Bilder, die nur der Blinde verstand, meine Staffelei, das alte Feldbett, die Decken und ein paar Pinsel zurück. Dafür behielt ich Anzug und Mantel des Blinden. Jedenfalls würde ich kein Bild mehr von ihr malen, ich würde überhaupt keine Bilder mehr malen, sondern welche erleben, ich war zum Blinden geworden, der aufnahm, bis ihm die Welt nichts weiter vermitteln würde. Fräulein Hambrecher war bei mir aufgesprungen und mitgefahren. Jetzt ging meine Fahrt in anderer Richtung weiter, über die Grenzen Europas hinaus. Das wußte ich, ihr

Gesicht würde ich nicht vergessen, so wie man das der Toten nicht vergißt. Sie sagte: »Mußt du weg?« – »Ich habe keine Papiere. Für mich ist es schwerer als für andere, welche zu kriegen. Das hat der Messerstecher gut gemacht. So hätte ich es nicht gekonnt.« – »Ich könnte dich bei Freunden unterbringen, für eine gewisse Zeit.« – »Nein«, sagte ich. »Schön, du verstehst, daß ich dir nicht helfen kann. Wer ist eigentlich Vandebeeke?« Ich wußte es nicht und konnte ihr daher auch nicht sagen, wer dieser verdammte Vandebeeke war. Seine Rolle hatte ich gespielt, nicht gerade gut, eher stümperhaft. Meine eigene wäre nicht besser ausgefallen. Ich wußte, daß Fräulein Hambrecher ihren eigenen Kurs steuerte, aber ich bot ihr an, mit mir zu gehen. Sie mußte ihren Kampf gegen Kretzschmar verlieren, und sie würde schlimmer dran sein als ich, wenn sie ihn verloren hatte und um Gnade betteln würde. »Unsinn«, sagte sie. »Ich will meinen Teilhabervertrag, und wenn ich durch alle Gerichtsinstanzen muß. Ich werde es schon schaffen. Außerdem, ich muß ihn, seine Mutter und meine Kinder durchbringen. Es war doch klar: keine Bett-, keine Tischgemeinschaft.« – »Wir nehmen uns beide nichts«, sagte ich, »wir beide aus dem Totenhaus. Also machen wir es kurz.« Ich holte aus der Kammer, was ich mitnehmen wollte. »Wohin gehst du jetzt?« fragte sie ruhig und kühl, wie ich sie kannte und wie ich es an ihr gemocht hatte. »In kein Lager, zu keiner Registrierung.« Sie weinte nicht, ich tat es auch nicht, aber ich fühlte die Winterkälte stärker. Fräulein Hambrecher ließ die Haustür hinter mir zuschnappen; es krachte wie ein fallendes Beil. Gaupa fand ich schnell. Er wußte Rat, aber ich kannte diesen Rat schon. Eine Schleuse führte quer durch Europa bis ins Ungewisse, ein Weg für Tote. Jetzt, wo der große

Friede ausgebrochen war, hielt sich die Welt an ihre kleinen Kriege, bis zum nächsten großen Krieg.

Gaupa brachte mich in dem Zimmer unter, in dem er selbst schlief. Ich hörte nur, daß er bei einer Frau lebte oder sie bei ihm; nie bekam ich sie zu Gesicht. Ich erfuhr auch nicht, was er eigentlich tat. Gaupa aber, der aß und trank und verdaute und zeugte bei passender Gelegenheit mit irgendwem Kinder, Gaupa, die vollkommene Menschmaschine, der immer zweckgerichtet dachte und manchmal sogar gutmütig war. Er besaß ein paar Grundsätze wie andere eine Einrichtung. Sie waren ihm beigebracht worden, daran hielt er fest und kam im großen und ganzen damit durchs Leben. Natürlich besaß er keine Bilder ohne Konturen; nichts staute sich in ihm und wollte hinaus. Ich mochte ihn ganz gern, er hing an mir und bewunderte mich sogar. Hätte ich ihn nicht gemocht, würde er auch nicht anders gewesen sein. »Wann geht es denn los?« fragte ich einmal. Gaupa sagte: »Kommt Zeit, kommt Kamerad. Fehlt es Ihnen im Moment an was?« Es war erträglich und verqualmt bei Gaupa. Er trug eine Hose mit Hosenträgern und ein schwarzes Turnhemd, er war groß und überall dunkel behaart. Muskulös war er auch, nur seine Hände waren klein. Mir fehlte trotz aller Kameradschaft eine ganze Menge bei Gaupa. »Süden«, sagte er lächelnd, »übers Mittelmeer. Afrika im Aufbruch! Afrika ruft! Wir brechen mit auf. Sie brauchen Ausbilder für ihre kleinen schwarzen und braunen Scheißer.« Ich lehnte mich in den alten Sessel zurück, wurde müde und ließ mich in den Schlaf sinken. Ich merkte noch, wie mich Gaupa zudeckte und mir das Kissen zurechtrückte. Dann begann das Wiegen und Schweben wie auf einem Schiff oder im Sattel.

Der Weg des Ritters

Den Gedanken brachte Pauli auf, aber die gedankliche Verknüpfung des *Bushido* mit dem Ende der Stadt Hiroshima lag nahe, zumal für Pauli, den Sinologen, Japanisten, Schriftsteller und Gleichnisjäger. Pauli kehrte als einer der ersten aus Amerika zurück, mit einem Truppentransporter, der eine Masse Intellektueller beförderte, halb Missionstouristen, halb Luxuskreuzfahrer, alle brennend vor Ungeduld, die Stadt zu erobern, aus der sie vor Jahren vertrieben worden waren. Es stand in den Sternen, daß sich unsere Bahnen am Soundsovielten unter diesen und jenen Koordinaten kreuzen mußten – mit einigen Folgen für Pauli, für mich und für Eva, Paulis Geliebte, die ihn verließ und in meine Bahn überwechselte. Pauli hatte sie am Rande seines Fluchtweges aufgelesen, in Frankreich, er schleppte sie mit durch Europa bis nach Amerika. Pauli war Jude, ich Arier; er zählte vierzig, ich fünfundzwanzig, als wir aufeinanderprallten, er mich hassend, ich von ihm gleichzeitig angezogen und abgestoßen. Wir waren uns von Anfang an darin einig, einander nicht zu schonen, bis aufs Messer zu kämpfen. Ich sollte Pauli helfen; er wollte ein Blatt herausgeben über alle Zonen, Grenzen, Meere und Galaxien hinweg – eine Tribüne des allbeherrschenden Geistes.

Wenn ich sage, wir kämpften miteinander, so meine ich natürlich den Zweikampf der Gehirne. Pauli behauptete zwar, daß mich nur die Umstände daran hinderten, ihn mit den Händen zu würgen statt mit Argumenten, aber das stimmte nicht; zum Beispiel sagte ich bei unserer ersten Begegnung zu Pauli: »Sie entsprechen genau dem Bild, das ich vom Juden habe. Sie sind ein typischer Jude in Statur und Haltung, Nase, Lippen, in Ihrer gequetschten gestenreichen Sprechweise und in Ihrem Zynismus; unbarmherzige Logik, ätzend, nichts heilig, das soll ja Ihr rassisches Signalement sein.« In jenen Tagen kam der erste Film über Auschwitz; ich ging, ihn anzusehen. Mir schien damals, die Sieger hätten sich bei der Inszenierung dieses Filmes in der Dimension vergriffen. Es ging aber doch eine Reinigung durch das deutsche Volk und ein Entsetzen. Es mußte zu jener Zeit als gewagt erscheinen, sich so zu äußern, wie ich es Pauli gegenüber tat, dem ich im übrigen über meine Vergangenheit – wenn fünfundzwanzig Lebensjahre schon eine sind – reinen Wein eingeschenkt hatte.

Ich war aus einem Lazarett entlassen worden, und zwar schon im Januar. Mein linker Arm hing dürr und leblos an mir herum mit durchschossenem Hauptnervenstrang. Der berühmte Professor Sauerbruch hatte ihn operieren wollen, dann war alles so schnell zu Ende gegangen, daß nichts mehr aus der Operation wurde. Eine Tante nahm mich auf; lebende nähere Angehörige besaß ich nicht mehr. Auf meinem toten Arm wuchs jetzt Haar dicht wie Moos; die Muskeln zehrten sich selber auf. »Sie haben Massel gehabt mit Ihrer Verletzung«, sagte Pauli bei unserer ersten Auseinandersetzung. »Der Arm hat Sie vor dem Galgen bewahrt, an den Sie eigentlich gehören. Was nicht ist, kann aber noch werden. Vielleicht finde ich heraus, wer Sie sind; dann gibt es keine Gnade.« Er verhielt sich konsequent. »Jetzt sind Sie oben. Das kann sich wieder ändern«, sagte ich noch. Pauli erwiderte: »Darum eben geht es, zu verhindern, daß sich wieder was ändert. All die Jahre im Exil habe ich mir gewünscht, einen von euch zu kriegen. Machen Sie mir die Freude, denn Sie entsprechen ganz genau meinem Bild von einem sogenannten Arier, einsfünfundachtzig, zusammengedrückter flacher Kopf mit wenig Inhalt, langsam im Denken, aber eine Tötungsmaschine, schön anzusehen wie Wolf, Tiger oder Schlange: die blonde Bestie. Oder ein anderes Bild gefällig? Klein, dick, mit Stiernacken und Säuferphysiognomie. Ich hatte wirklich schon Angst, keine Nazis mehr zu treffen.«

An einem grauen Tag im September lernten wir uns kennen, Pauli und ich. Ich hatte im Lazarett eine Geschichte geschrieben. Während meiner Genesung war irgendwas mit mir geschehen. Vor meiner Verwundung, im Feld hielt ich mich wie alle oder wie die Mehrzahl, durchdrungen vom Stolz auf meine Siege wie auf sportliche Erfolge, stolz auf meine Zähigkeit und sogar auf die Erschöpfung nach einer großen Anstrengung. Auf der Straße zum Helden befand ich mich in zahlreicher Gesellschaft, meine Ehre hieß Treue. Meiner Meinung nach lebte ich in einer guten Tradition von Gehorsam, Unterordnung, Hingabe, Selbstlosigkeit, Mut. Im Lazarett dann brach etwas auf, ein Wandel kündigte sich an; merkwürdigerweise von stiller, innerlicher Art. Von meiner Erziehung, meinen Idealen brauchte ich nichts abzustreichen. Beim Lesen der Zeitungen und auch mancher Bücher empfand ich diese und jene Wendung plötzlich als leer. Begriffe, die ich täglich gedankenlos gebraucht hatte, mißfielen mir plötzlich wegen ihres Mangels an Klarheit. Ich schrieb darüber an meine Tante. Sie antwortete: *Du hast eine eigentümliche Art angenommen, die Dinge zu sehen. Ich finde Deinen Stil besser als früher. Was mich überrascht, ist, daß Du zu schildern verstehst, nicht bloß über Dich selbst reflektierst; eine unter deutschen Schriftstellern seltene Gabe. Daran solltest Du arbeiten.* Mich erstaunte dieser Brief sehr. Sie, die Lehrerin für deutsche Sprache, die Germanistin, fand etwas Besonderes an meinem Ausdruck? Was ich unbewußt handhabe, nannte sie meinen »Stil«? Übrigens mußte ich ja auch nach einem zivilen Beruf suchen, ein mir widerwärtiger Gedanke. *Einmal*, schrieb meine Tante, *muß geschildert werden, was mit der deutschen Jugend geschehen ist, weshalb sie wurde, wie sie ist, nüchtern – sine ira et studio.* Aber was war denn mit uns? Verhielten wir uns anders als andere?

Zuerst legte ich in einem Tagebuch meine Auffassungen zu Ereignissen dar, die mich betrafen, und auch zu denen, die mich weniger betrafen; reine Übungen; es kam mir auf Genauigkeit bei der Wiedergabe meiner Empfindungen an. Ich wollte kontrollieren, ob das Geschriebene tatsächlich meiner Wirklichkeit entsprach und vor allem, ob ich immer so dachte und empfand. Beispielsweise schrieb ich Sätze wie diesen: *Am Soundsovielten haben wir den Elbrus bestiegen, für den Siegeszug meines Volkes. Ich wünsche mir,* schrieb ich noch, *daß dieses Volk über das herrscht, was es erobert. Später will ich in Indien leben, ich will meiner germanischen Berufung, die Welt besser zu ordnen, folgen; gerecht, streng. Andere Rassen werden niemals den sittlichen Rang erreichen, der zu dieser Berufung nötig ist. Der Süden verweichlicht, Luxus verführt. Daher wird es nötig sein, ein hartes Training beizubehalten. Kampf mit Waffen, Hunger und Askese. Nur so kann ich mir die Überlegenheit meines Blutes bewahren.* Einige Monate später verwarf ich alles als abgeschrieben, kindisch und lächerlich. Es waren nicht meine eigenen Gedanken. Aber welche Vorstellungen kamen eigentlich aus mir selbst? Ich hatte nie den Süden gesehen, also beschrieb ich einen Zustand, von dem ich keine Ahnung haben konnte, wenn ich über den angeblich verweichlichenden Süden urteilte. Was ich nach längerem Suchen wirklich bei mir entdeckte, war Neugier auf diesen Süden. Um diese Zeit verwies mich meine Tante darauf, Sorgfalt in der Beobachtung als Grundlage meines Talents zu üben. So wendete ich mich den Erlebnissen im Felde zu, beschrieb beispielsweise einen Panzerangriff. Hier stand ich auf dem festen Boden eigener Erfahrung, wie ich sofort spürte, und da dem Text jegliche Phrase fehlte, so las sich später alles lebendig und frisch. Meine Tante schickte mir auch Bücher ins Lazarett. Jünger, Beumelburg, Renn und Zweig, weil diese Männer den Krieg zum Stoff gewählt hatten. *Es ist immer besser,* schrieb meine Tante, *bei dem zu bleiben, was man als wahr erkannt hat, auch wenn man später erkennen muß, sich geirrt zu haben.*

Vom Lazarett ging ich nach Bad T., im Februar und übrigens rein zufällig, obschon ich wußte, was hinter dem Begriff »Alpenfestung« steckte. Einen Marschbefehl hatte ich in der Tasche. Dort saß ich fest, fand aber einen Stabsarzt, der versuchen wollte, meinen Arm zu flicken. Er zeigte mir auf einem Bild den Querschnitt des Nervs: Er sah aus wie ein gebrochenes Kabel. Ich zweifelte sofort daran, daß der Arzt das Kunststück zustande bringen könnte, diese vielen Fasern zusammenzuführen, und verweigerte meine Zustimmung zur Operation. Lieber wollte ich warten, bis ich Sauerbruch wiedertraf, der mich einmal untersucht und mir Hoffnung gemacht hatte. Das Lazarett wurde aufgelöst, vielmehr verschwanden einer nach dem anderen Ärzte wie Pfleger. Ich sollte bleiben. Noch war Krieg, aber ich spürte das Ende. Ein Kammerbulle verschaffte mir Hosen, Schuhe und Jacke, ich bekam Geld und Papiere und stand auf der Straße, ohne zu wissen, wohin. Der Ort barst vor Flüchtlingen, die nach Italien oder in die Schweiz und noch weiter wollten. Ich kannte keinen, fand weder ein Privatquartier noch ein Hotelzimmer. Jede Minute konnten die Amerikaner eintreffen und in diesen Korb mit lebenden Aalen greifen. In Zivil verkleidete Offiziere sahen mich entweder gar nicht, oder sie sahen über mich hinweg. Ich entschloß mich, nach B. zu gehen, zu meiner Tante. Bei Magdeburg überwand ich die Elbe, und ich kam in die Hauptstadt, als der letzte Bunker geknackt war. Die Trümmer rochen nach Brand und Leichen. Auf den Straßen lagen Gefallene. Hungernde schnitten Aas aus dem Fell verwesender Zugpferde. Es gab kein Wasser – eigentlich gab es gar nichts.

Meine Tante schickte eine meiner Kriegsgeschichten an eine Zeitung; sie wurde angenommen und gedruckt. Über Nacht war ich Schriftsteller geworden, wie meine Tante sagte. Sie freute sich, aber ich blieb zurückhaltend. Gedruckt las sich alles ganz anders, und in den paar Monaten hatte sich schon wieder eine andere Sicht bei mir eingestellt. Um sie nicht zu kränken, wollte ich ihr nicht sagen, daß die Saat, die sie gesät, nicht aufgegangen war. Es ging mir um die genaue Wiedergabe eigener Erlebnisse, ohne Aufmachung und Kunst. Ob diese Art des Sehens einen Schriftsteller hervorbrachte, wollte ich abwarten. Übrigens dachte ich, daß meine Natur mehr nach praktischer Tätigkeit drängte. Gleichwohl schrieb ich täglich ein paar Stunden, konnte auch gar nichts anderes tun, ich, der Einarmige, und ich las viel. Neue Bücher gab es noch nicht, aber Zeitschriften.

Auf Drängen des Verlages, der mehr von mir haben wollte, versuchte ich es mit einer anderen Form. Ich erfand Figuren, Soldaten und Zivilisten, legte ihnen bestimmte Reden in den Mund und schrieb ihnen Denkweisen zu. Was ich selbst dachte und wie ich redete, so schneiderte ich mir meine Puppen. Damit entstand zwar so etwas wie Geschichten, aber ich merkte, daß ich mit meiner ersten Methode dem Kern des Lebens viel näher gekommen war. Meine Tante, die immer als erste las, was ich geschrieben hatte, die mich pflegte und ernährte, riet mir, auf diesem Weg nicht weiterzugehen. Ich gehorchte ihr, aber nun fehlte es mir an Stoff; was ich wirklich gesehen hatte, schien mir aufgebraucht.

Es ging damals alles sehr schnell; es mußte schnell gehen, sonst wäre es überhaupt nicht gegangen. Wieder schickte meine Tante einige der Sachen an den Verlag. So kam ich mit Pauli in Berührung. Weshalb gerade Pauli, weiß ich nicht. Es fehlte an jungen Leuten, die sich formen ließen, die biegsam genug waren, glaube ich. Vermutlich spielte die Ahnung auf seiten Paulis eine Rolle, in mir einen Gegner zu finden, der ihn munter bleiben ließ. Als ich zu ihm ging, um mich vorzustellen, ahnte ich natürlich nicht, was mich erwartete. Meine Tante hatte mich, so gut sie konnte, ausstaffiert. Ich trug Anzug und Hemd und sah aus wie ein heruntergekommener Gentleman, ein zu groß geratener, zu blonder, magerer junger Mann, der nichts kann, aber eine hohe Meinung von sich hat. Soweit die Vorgeschichte – ein Fünfundzwanzigjähriger hat keine längere.

Pauli befaßte sich also gerade mit seinem Plan einer überregionalen Zeitschrift, die er »Koordinaten-Ostwest« nennen wollte, und er beschäftigte sich mit der neuen Lage, die durch jene erste auf der Grundlage der modernen Physik gebaute Bombe ausgelöst worden war. Die Geburtsstunde der Bombenangst, der Urangst, sagte Pauli, und er prophezeite für die Zukunft ganz neue Antriebselemente des Lebens. Noch stand er ganz unter dem Eindruck eines positiven Friedens. Im September und Oktober sah für Pauli alles noch sehr einfach aus. Einstein führte das naturwissenschaftliche Lager der Guten an, die im Besitz des Mittels bleiben sollten, die Bösen niederzuhalten. Noch gab es keine Bilder und keine Beschreibungen aus Hiroshima. Pauli konnte sich freuen, daß die Hitlerleute ohne die Wunderwaffe, die sie erstrebt hatten, abtreten mußten. In diesem Zusammenhang fiel dann wohl das Wort vom Weg des Ritters, dem Ideal soldatischer Praxis und zivilen Ethos. Pauli sagte: »Man wird ab jetzt nur noch an Altersschwäche sterben. Wir haben die äußerste Begrenzung des Bushido erreicht. Ende des Weges. Aus. Sinnlos geworden. Der Krieg ist jetzt immer ein absoluter Krieg, der alle Menschen, die Natur und den Kosmos umfaßt. Wir gleiten zurück ins Chaos der Materie, wenn wir ihn jemals führen. Und doch ist es gut, daß wir diese Waffe zum Zwecke der Angst besitzen.«

Ich entdeckte den Frieden zuerst nicht in philosophischen Umschreibungen wie Pauli, sondern erlebte ihn als Zustand. Seit meiner frühen Jugend sah ich zum erstenmal wieder einen stillen Sommer am Fluß, sah eine Ebene grünen und nicht wie ein vulkanisches Feld, das im Lavastrom der Einschläge kocht. Es war ein biblischer Friede nach den heroischen Jahren im Felde, und ich hörte eine Stimme in mir, die, leise zwar, aber die Stille übertönend, warnte, daß nichts unwahrer sei als diese Ruhe. Weshalb übrigens von der Stadt B. ein solcher Reiz für mich ausging, ist schwer zu begreifen. Vielleicht, dachte ich, sollte, weil von hier alles seinen Anfang nahm, die Erneuerung Deutschlands auch von hier wieder ausgehen. Vielleicht blieb ich auch meiner Tante zuliebe.

In Pauli hatte ich einen erwartet, mir gleich oder mir wenigstens ähnlich, möglicherweise etwas älter; vielleicht hätte ich ihn ohne diese Vorstellung nicht aufgesucht. In der Jugend ist die Zukunft wie ein Frühlingsmorgen, alles liegt in der blauen Ferne, alles scheint erreichbar, keine Mühe zu groß. Deshalb wird die Jugend den Krieg wie jeden Kampf gern annehmen. Bedauerlicherweise gehört der Jugend auch die Zukunft; jede Generation fängt im Grunde bei der Erfahrung Null an, und jede Jugend verliert sich in ihrer Mehrheit in Anpassung und Gewohnheiten. Unsere Jugend läßt uns gerade dann im Stich, wenn wir die ihr eigene Treue zu sich selbst, Glauben, Kraft und Zuversicht dringend brauchten. Fixer Opportunismus beherrscht uns. Jugend vertritt immer das reinere Prinzip, sie ist noch nicht unter dem Druck von Kompromissen zur Jammerfigur geschrumpft. Jugend kann es sich leisten, Unschuld wie eine Fahne vor sich herzutragen. Mag sein, daß ich noch etwas von alledem besaß, als ich Pauli gegenüberstand.

Bei meinem Antrittsbesuch hatte ich also mit einem jungen Mann gerechnet, mit dem sich die Bekanntschaft lohnt; ich fand einen um die vierzig, bestürzend gewöhnlich dazu; eine stark herabhängende Nase, kalte graue Augen, deren Pupillen durch lupenartige Gläser enorm vergrößert wurden, dicke, genießerische Lippen. Pauli gab sich nachlässig, er trug Hose und Hemd von trauriger Beschaffenheit. Ehe noch ein Wort gefallen war, wußte ich, daß ich ihn nicht mochte, und ebenso schnell oder noch schneller hatte sich Pauli entschlossen, mich zu hassen. Pauli sagte: »Ihre soziale Geschichte kenne ich wie mich selbst. Sie sind der HJ-Lümmel, der Nazistudent, der Bücherverbrenner und natürlich Antisemit, waren Landsknecht Hitlers und sein Büttel. Sie hassen alles Geistige. Ich bin Ihr Antipode. Linker, Intellektueller, Kulturmensch, Emigrant, von Ihresgleichen vertrieben. Ich bin Mose. Sie haben ausgespielt, ein neues Zeitalter dämmert herauf. Sie und Ihresgleichen sind auch historisch am Ende, nichts habt ihr mehr anzubieten, jetzt kommen wir dran.«

Paulis Arbeitszimmer im Erdgeschoß einer requirierten Villa im vornehmsten Viertel der Stadt, weit im Westen, lag zwischen großzügig bebauten Grundstücken, Seen und Wäldern. Vor den Fenstern hingen ungewaschene Gardinen. Kostbare Möbel standen an den Wänden, aber auf ihnen lag Staub. Wo Pauli Gläser und Flaschen abzustellen pflegte, zeigten sich dunkle Ringe. Er wirkte hier wie auf der Durchreise. Ich fand, daß er und ich nicht zusammengehen sollten. »Ich habe mich nicht aufgedrängt. Sie haben mich eingeladen. Ihr Vortrag, also Ihre Meinung über mich, ist keine Grundlage für gemeinsame Arbeit.«

Pauli las die Geschichte aus meiner Lazarettzeit mit unglaublicher Schnelligkeit. »Sie haben einen Blick für das Detail. Sie denken klar. In dieser Arbeit sind Sie wahr und dicht am Leben. Vermutlich gibt es in Ihrer Familie mehr als einen Juden, der das Gift der Wahrheit, die intellektuelle Säure in Ihr Blut gebracht hat. An das Blut glauben Sie ja doch wohl auch jetzt noch wie an den Heiligen Geist? Andererseits ist dieses Werk schlimm; kein Wort des Bedauerns, kein Mitleid mit den Opfern, kaum mit sich selbst.« Etwas steckte hinter dem Gerede, Pauli gebrauchte Phrasen, ähnlich wie ich in meinem von mir selbst verworfenen Tagebuch. Später sollte ich herausfinden, daß Pauli diese Phrasen gegen sich selbst richtete, auch dann noch, als sie für andere längst ohne Bedeutung waren oder als falsch erkannt wurden.

Er legte die Blätter zusammen, deponierte sie auf einem Stapel Manuskripte und fragte: »Was können Sie denn sonst noch? Was würden Sie in einer Redaktion tun? Von Ihren Arbeiten abgesehen, die will ich später in Ruhe lesen.« Er war sich also bewußt, daß er zu schnell las, aber er war zu kritisch oder umsichtig, es bei dem einen Mal zu belassen. Eine Weile fixierte er mich, als überlegte er, was mit mir anfangen. Er wollte von mir hören, was ich tun könnte, wie ich mir die Arbeit hier dachte. Ich erzählte ihm, daß ich zwar nur ein Jahr studiert hatte, Sprachen und Geschichte, dann in den Krieg gezogen war, Anfang vierundvierzig verwundet wurde und Monate im Lazarett verbracht hatte. Sein Blick streifte meinen Arm. Mich genierte die mit Haaren bewachsene Hand, und ich suchte sie zu verbergen. »Arm ist durchschossen«, sagte er, und dann kam der Satz, daß ich Massel gehabt hätte. »Zu Ende der Weg des Ritters, aber auch einarmig sind Sie noch gefährlich genug.« Ich antwortete: »Also leben Sie wohl! Vielleicht haben Sie mehr Glück auf Ihrem Weg.« – »Empfindlich ist er auch noch«, sagte Pauli. »Ich wollte von

Ihnen wissen, was Sie in meiner Redaktion tun können. Ich bemühe mich um eine Zeitschriftenlizenz für alle Besatzungszonen. Da haben Sie mein ganzes Dilemma: Ich hasse diese Bürokratie und klebe doch daran wie die Biene am Honig. Ich sammle den süßen Stoff, aber für andere. Ich liebe Wagner und Goethe, Friedrich den Großen und Beethoven, ich liebe sogar den deutschen Mist und Mief. Gern wäre ich damals mit euch jungen Männern mitmarschiert und hätte mitgebrüllt und heroisch ausgesehen: Deutschland, Deutschland über alles. Auch ich hätte gern mit meiner Heldenbrust die feindlichen Lanzen aufgefangen, die mein Deutschland bedrohten. Aber ihr wolltet mich nicht. Wir werden uns also gut verstehen. Freilich kann auch ich mich mal in der teutonischen Seele irren, doch Sie werden mich daran erinnern, wie ihr wirklich seid.«

So fing ich bei Pauli an, ahnungsvoll auf manches gefaßt.

Alle Selbsttäuschungen fanden mit dem Verschwinden Paulis ihr Ende. Bei der Überfahrt von Palermo nach Ägypten fühlte ich mich erleichtert. Menschen, Orte, Abstrakta hatten den Weg von meiner *Stunde nach zwölf* bis hier ausgefüllt; die Menschen Pauli und Eva, die Orte B. und Hiroshima – letzterer gehört auch in die Kategorie meiner Abstrakta. Erst auf dem alten Dampfer wurde mir alles klar. Ich hatte im Grunde für mich gekämpft, der Krieg war mein persönlicher Krieg gewesen, und alle meine Handlungen im Krieg waren auf mich bezogen, mochte ich auch einem fremden Willen gedient haben. Wir, die Jugend des *Dritten Reiches*, waren der Auseinandersetzung mit diesem Reich und mit uns selbst dadurch entzogen, daß wir den Streit mit feindlichen Kräften ausfochten. Unsere eigenen Toten rechtfertigten das Töten der anderen. Als ich mit Pauli zusammengetroffen war, lagen die Dinge schon wieder ganz anders; ich zweifelte an der verändernden Kraft der Gewalt, und nach meinen Erfahrungen konnte ich diese Zweifel begründen, denn alle Gewalt hatte nichts an der Welt gebessert. In meine Friedensphase fiel die Gewalt der anderen. Ich taumelte Pauli in die Arme und in meinen tödlichen Konflikt, wie konnten wir, Jäger und Gejagter, künftig miteinander leben? Mein Konflikt endete, als Pauli auf mich schoß und mich verfehlte, obschon ich stehenblieb und ihm Gelegenheit gab, mich zu töten. Der Anlaß zu Paulis Entgleisung war seiner nicht würdig. Aber davon später. Um auf die Orte zurückzukommen: B. war konkret, der Ortsteil Roseneck und das untergegangene Hiroshima ließen sich auf der Karte nachweisen. Andererseits verband sich für mich Hiroshima eher mit dem Zustand, den Pauli täglich in mich hineinzauberte, gerade weil wir nur wenig über den Untergang dieser Stadt wußten. In der Frage, wie es weitergehen sollte, mündeten alle Überlegungen; wenn es schon ein Weiter gab, so mußten es existenzielle Überlegungen sein. Durch einen Krieg läßt sich die Welt nicht völlig zerstören, Keime des Lebens bleiben erhalten und fortpflanzungsfähig. Insekten und die Säugetierspezies Mensch können Selektionen überdauern, allen Naturkräften trotzen, zu sehr selbst primitive Natur die einen, allzu anpassungsfähig an Gifte und Strahlungen, Mängel und Klimabedingungen die anderen. Menschliches Sperma läßt sich im Kühlschrank bewahren, Embryonen bedürfen keiner menschlichen Mutter. Das ahnten wir damals, aber wie ging es historisch weiter? In ein Vakuum strömt alsbald fremde Energie, einem

Naturgesetz zufolge. Unsere Verwandlung begann früh, eigentlich schon während der letzten Kämpfe in dieser Stadt, deren Fall zwar nicht entschieden hatte, was historisch nicht längst entschieden war, die aber symbolisch für das Ende einer Epoche europäischer Nationen stand. Es begannen die Rückgriffe auf Ideologien und Heilslehren. Oder sind das Fortschritte? Gleichviel, dieser Prozeß sammelte Kräfte und schied andere aus. Manchmal verlief er in oberflächlichem Gezänk, auf den lächerlichen tagespolitischen Zweck gerichtet. Mit Neugier folgte ich Pauli auf dem Weg in die soziale Utopie des Platon, des Campanella, Saint-Simon und immer weiter. Pauli war ein Einzelgänger wie ich. Eva ging die ihr vorbestimmten Wege, obschon diese Wege an kein Ziel führten, es sei denn ans Ziel: Herrschaft über den Mann. Alle drei waren wir selbstsüchtig und erdichteten Gründe, um unsere wirklichen Antriebe hinter Worten zu verstecken. Wie das Radium gaben wir täglich Strahlungen ab und zehrten uns zugleich selbst dabei auf. Jedenfalls waren wir erhaben über die Urteile einer sich dauernd wandelnden und sehr mittelmäßigen Welt. Zuletzt zersprangen wir, gespalten von unserer eigenen, frei gewordenen Energie. Ich flüchtete auf geheimen Wegen über mehrere Grenzen hinweg und kam erst zu mir, als das Schiff bereits mit südlichem Kurs auf dem Mittelmeer schwamm.

In Afrika traten die realen Kämpfe der Welt wieder an mich heran. Europa konnte die Auseinandersetzungen nicht mehr führen. Selbstaufgabe der Nationen, der europäischen Kultur, das Ergebnis seiner endlosen Kriege.

Als Paulis Redakteur mußte ich mich einmal in der Woche bei ihm sehen lassen. Er kannte keinen Unterschied zwischen Arbeit und anders verbrachter Zeit. Die Zeitschrift, die er schließlich herausgeben durfte, hieß nun »Brückenschlag«; er bezeichnete den Vorgang als einen Modus vivendi, nicht endgültig. Meine Arbeit bestand darin, Texte zu lesen, nicht nur die neu eingegangenen, sondern mehr noch die alten; ich mußte Auszüge aus Büchern machen und sie zwangsläufig ganz lesen. Ich erkannte, daß Pauli mir damit ein Privileg verschaffte, für das andere zahlten. Meine Arbeit war manchmal umsonst, der Herausgeber Pauli entschied nicht allein, was in den »Brückenschlag« kam. Für jede der unregelmäßig erscheinenden Nummern focht er einen Kampf mit Kontrolloffizieren aus. Nichts stand allein in seiner Macht, alles stand zur Disposition. Weshalb die Offiziere, oft ebenfalls Emigranten, ihm Schwierigkeiten machten, verstand ich nur langsam.

Pauli offenbarte sich mir gegenüber nicht, beschränkte sich auf Anweisungen. Er hatte meist nur eine Ahnung, wo ein Zitat zu finden war, und so blieb mir nichts anderes übrig, als die Bibliotheken durchzusehen, manchmal nur, um einen Satz zu finden, den dieser oder jener Schriftsteller, Politiker oder Philosoph beiläufig geäußert hatte; für das alles gab es eine geheime Konzeption. Leitartikel schrieb Pauli selbst, oder er ließ sie nach seinen Ideen schreiben. Mit Erstaunen sah ich der literarisch-politischen Cliquenbildung zu, verstand aber schnell, daß ein Blatt dieser Art soviel wert ist wie eine Armee.

Ich las zu Hause, also bei meiner Tante, legte Zettel in die Bücher und tippte die Auszüge später sauber ab. Pauli wählte aus, machte das Layout und den Umbruch immer allein, wobei er gereizt und nervös war, wenn er Korrektur las. Einmal in der Woche traf ich ihn, entweder in der Villa oder in einem Café. Ich war sein Kolporteur, und ich bekam kein Gehalt. Manchmal fragte mich Pauli nach dem Stand meiner Finanzen und zahlte aus seiner Tasche. Mit dem Ausweis, der Kennkarte, hielt ich mich über Wasser, bekam Lebensmittelkarten und konnte mich anmelden. Wollte mich Pauli einstellen, so wäre ich überprüft worden, hätte vielleicht nach bestandenem Verfahren auch Anspruch auf erheblich mehr Lebensmittel gehabt aus Care-Sendungen und dergleichen.

Aber mir war es recht so; ich wäre mir wie ein Kollaborateur vorgekommen. Pauli dachte entweder nicht daran oder ahnte, wie schwierig meine Überprüfung sein würde, und stellte sich dumm. Ich ließ mich treiben und wollte die Zeit abwarten.

Wohl hätte ich Paulis Hilfe in Anspruch nehmen können, zum Beispiel, als das Amt ein Zimmer unserer Wohnung beschlagnahmte und eine dreiköpfige Flüchtlingsfamilie hineinsetzte. Pauli half vielen, warum nicht auch mir, seinem Mitarbeiter; aber meine Tante ertrug lieber die Einschränkung, als daß sie sich erschlichen hätte, was ihr nicht zukam. Was stand uns denn aber noch zu? Als ehemals beamtete Lehrerin hatte sie ihre Rente bis zum Kriegsende erhalten. Jetzt strich ihr die von der Besatzung errichtete neue Verwaltung dieses Geld. Meine Tante hätte ein Überprüfungsverfahren anstrengen müssen, dessen Ausgang mehr als ungewiß war, denn was gab es noch an ihrem Leben zu entdecken, was nicht schon in den Akten stand? Sie unterließ es. Mit siebenundsechzig Jahren wollte sie neben der äußeren Sicherheit nicht auch noch die Selbstachtung verlieren. Auch benötigte sie wenig. Etwas bekam ich von Pauli; so ging es ganz gut, das heißt etwas besser als schlecht. Lebensmittel auf Marken waren billig, die Mieten gering. Zu kaufen gab es nichts. Pauli hätte sich für uns verwendet und vielleicht was erreicht. Damit aber wäre unser Verhältnis unerträglich geworden. Das fühlte meine Tante. Sie half mir beim Abschreiben, schrieb auch selbst manchen Kurzkommentar zu einem Buchauszug. Einmal gelang ihr der Text zu gut. Pauli merkte etwas. Das geschah in seiner unordentlichen Wohnung. Er blätterte wie immer zuerst schnell die Seiten durch, die ich ihm gegeben hatte. Sein Blick für Manuskripte fing sofort den fraglichen Text auf; der erfahrene Redakteur entdeckt das Ungewöhnliche so schnell, wie ein Seefahrer auf einem leeren Meer eine Veränderung auf der Wasseroberfläche bemerken wird. »Wer hat das geschrieben?« Ich sagte es ihm, ging aber nicht weiter darauf ein, bot jedoch an: »So kann ich es auch, wenn Sie es wünschen.«

Pauli war nervös oder gespannt; ich mochte ihn aber nicht fragen, warum. Er schien bestimmten oder vielmehr unbestimmten Geräuschen zu lauschen, und auch ich glaubte, Seide oder dergleichen rascheln zu hören. Pauli sagte: »Ich habe Nachrichten aus Japan. Es muß eine Explosion von katastrophaler Wirkung gewesen sein; die Opfer gehen in die Hunderttausende. Es wird eine Strahlung frei, eine Langzeitstrahlung.« Nachrichten waren es also, die ihn beunruhigten, er schob die Arbeit weg. »Offiziell wurde eine Nachrichtensperre verhängt, aber es sickert ja immer was durch. Natürlich ist dieser Schlag nötig gewesen, um den Krieg zu beenden, gleich, wieviel Opfer der Frieden kostet, wenn es nur Feinde sind, die sterben. Dazu ist jeder Staatsmann verpflichtet. Ein großer Name deckt das Unternehmen. Ich hätte Lust, Sie nach Japan zu schicken.« – »Fangen Sie lieber mit dem Layout an«, sagte ich. Er antwortete sonderbar ruhig: »Eva wird das in Zukunft machen. Sie ist meine Lebensgefährtin, ich habe sie aus Amerika herüberkommen lassen. Sie ist da, wann immer ich sie brauche.«

Evas Gesicht war schmal, ihre Brauen dicht und schwarz, sie blinzelte mit beiden Augenlidern, so als bewegte ein Insekt die Flügel, aber sie war nur kurzsichtig und verabscheute Brillen. Den Hals, der ziemlich hoch und gebläht war wie bei einem Schwan, umschloß ein schmaler weißer Kragen. Auch die Ärmel ihres lichtblauen Kleides hatten einen weißen Besatz; das Kleid war lang wie ein Abendkleid. Eva wirkte elegant-verführerisch.

Paulis Redefluß stockte, als sie wie auf ein Stichwort die Szene betrat, lächelnd, ihrer Wirkung auf mich sicher. Etwas Gefährliches, Tückisches trat in Paulis Augen; er fixierte mich lange und, wie mir schien, mit der Warnung, dieser Frau fernzubleiben. Sie wirkte neben ihm wie eine Birke neben einem Hauklotz. Vielleicht übertrieb Pauli seine Haltung noch. Wir standen verlegen herum, bis uns bewußt wurde, daß wir uns lächerlich benahmen. Pauli faßte sich, er fläzte sich auf das Sofa. Eva nahm ein Buch, setzte sich ans Fenster und begann zu lesen. Nach einer Weile redete Pauli weiter, aber seinem Vortrag fehlten Lust und Schwung. An Arbeit dachte er nicht, er wollte mich los sein. Pauli hatte sich überschätzt. Sie blickte oft zu mir hin. Uns trennten vier oder fünf Meter, und während Pauli redete, entspann sich zwischen uns eine erste Komplizenschaft, was ihm kaum entging. Wir verständigten uns mit Augen und Bewegungen. Schließlich kam sie heran, griff an mir vorbei auf Paulis Schreibtisch und nahm sich eine Zigarette. Aus der Nähe war ihre Haut weiß, glatt und schön, ohne Zweifel führte sie mir diese Haut vor.

Eva überstieg meinen Begriff von Weiblichkeit. Wir lebten in einer Trümmerwelt am Rande des Todes, lebten von der Hand in den Mund; manch einer tat verzweifelt etwas für eine schönere Welt. Nicht alle hatten Visionen, und inmitten dieser Auflösung und Umgestaltung landete ein Wesen wie diese Eva. Sie gehörte Pauli, sie gehorchte ihm, war sein Werkzeug, jedenfalls nach seinen eigenen Worten. Sollte ich das glauben? Ich schickte einen Blick zu Pauli hinüber, der auf dem Sofa lag und ruhig atmete, als schliefe er. Pauli, der häßliche Alte, der zynische Besitzer dieser lebenden Herrlichkeit! Er hatte keinen Anspruch auf die Liebe und die Unterwerfung dieses Wesens. Es gibt in der Jugend jedes Menschen Augenblicke, die ihn schneller reifen lassen; das geschah mir jetzt. Ich erkannte die Schwäche Paulis, ich wußte, daß Eva und ich ihn betrügen würden. Er ahnte es und konnte nichts daran ändern. Am Ende unseres Verhältnisses würde auch wieder ein Betrogener stehen, wahrscheinlich ich. Trotzdem wollte ich mit Pauli um den irdischen Besitz Evas ringen, aus dem Recht der Jugend und obwohl der Besitz einer beliebigen anderen Frau leicht zu erlangen gewesen wäre. Ich wollte aber keines dieser erschöpften, seelisch ermatteten Wesen, für die jeder Mann, der auf sich hielt, nur Mitleid empfinden konnte. Fünfundzwanzig Lebensjahre berechtigen noch zu solchen Vorstellungen. Mit dem Besitz dieser Frau wollte ich das Prophetentum erwerben und lernen, in die Zukunft zu sehen, trotz der Erziehung zum Realismus, die ich bei Pauli erhielt. Lange dauerte das Schweigen zwischen uns nicht, aber ich wollte auch nicht einfach das Feld räumen.

Ich fragte ihn: »Wie groß ist Hiroshima überhaupt? Sicher sind Sie mal dort gewesen.« Verdrossen antwortete Pauli: »Vielleicht bemühen Sie sich mal selbst und lesen es nach. Gehen Sie jetzt, Eva und ich wollen allein sein.«

Es gab Schwierigkeiten für Pauli. Ich hörte ihn am Telefon schimpfen und noch häufiger betteln, um Lizenzen, um Geld und um Papier. Seit Eva hier war, ließ Paulis Kraft nach. Wegen eines Artikels über die Entnazifizierungsprozesse gerieten wir aneinander. Pauli wollte, daß ich einen von ihm geschriebenen Aufsatz zeichnete. Dazu konnte ich mich nicht entschließen, diese geläufige Praxis der Presse gefiel mir nicht. Zunächst nahm ich den Artikel mit nach Hause, um ihn zu lesen, aber daß Pauli Namen und Meinungen manipulierte und einen Dummen suchte, ließ mir keine Ruhe. Der Dumme wollte keinesfalls ich sein.

Bei ihm hieß es: »*Wir, die junge Generation, unschuldig an den Naziverbrechen, mißbraucht und verraten, fordern allein deshalb unnachsichtige Bestrafung der Schuldigen, weil wir den Anspruch erheben, als Deutsche in einem deutschen Vaterland wieder in den Kreis der Völker aufgenommen zu werden. Je schneller die Selbstreinigung unseres Volkes beendet sein wird, desto näher sind wir unserem Ziel: Frieden, Freiheit und soziale Gerechtigkeit. Wir, die Jugend, haben den Krieg hassen und den Frieden schätzen gelernt.*«

Meine Tante schüttelte den Kopf. »Das ist nicht das ganze Programm dieses Pauli. Wie alt ist er? Vierzig? Da hat man seine Kämpfe hinter sich und weiß genau, wohin man will. Es ist die alte Geschichte mit diesen jüdischen Herren. Stets wollen sie dabeisein, nicht eingegliedert werden, sondern auffallen. Immer müssen sie Ordnung in die Unordnung bringen, nur ertragen sie ihre eigenen Ordnungsvorstellungen nicht. Willst du den Strohmann für ihn abgeben? Kannst du mit gutem Gewissen unterschreiben, was hier steht? Was hast du selbst im Osten getan? Du bist zu keiner Überprüfung gegangen, zu diesen Volkskommissionen, oder wie heißen sie? Der Verlag des Blättchens liegt im Osten, du lebst bei den Amerikanern. Pauli wandert hin, her. ›Brückenschlag‹ – ein schönes Wort; für welche Arbeit? Wessen Geschäfte betreibt Pauli? Wohin führt das? Du bist Schriftsteller, wenn auch unentwickelt. Alles dies ist Gift für dich! Laß diese kommunistischen Herren ihre Geschäfte selber besorgen. Ich sehe, daß du den Artikel unterschreiben willst. Ist es wegen dieser Eva? Bedenke, daß eine Frau schon durch viele Hände gegangen sein muß, ehe sie an einem Pauli klebenbleibt. Es gibt freilich auch Menschen, an denen nichts haftet. Sieht man an deinen Händen Blut, sollte welches dran sein? Vielleicht paßt ihr deshalb zusammen.«

In der Tat, ich hatte das Werk zeichnen wollen, denn was stand schließlich drin? Daß Kriegsverbrechen begangen wurden, lag auch für mich außer Zweifel, aber hier blieb keine Seite hinter der anderen zurück, dachte ich. Daß wir, die Jungen, nicht der geistigen Vorbereitung dieser Verbrechen beschuldigt werden konnten, lag auf der Hand. Blind gingen wir in diesen Krieg; daß wir ihn angesichts der Niederlage nicht liebten, stand auf einem anderen Blatt. Wollte ich Eva gefallen? Meine Tante gehörte einer strengeren Generation an, Calvinistin, hugenottisch-preußisches Gemisch, großdeutsch dazu und Hitleranhängerin. Von Beruf Germanistin und Romanistin, lange am Französischen Gymnasium zu B. angestellt, asketisch und ungeheuer redlich, gleichgültig gegen Hitze und Kälte, Hunger und Durst, aber empfindlich in Fragen der Ehre, des Mutes, der Sittlichkeit. Mein Vater, ihr Bruder, das männliche Pendant, wie sie adliger Abkunft und verarmt und verbürgerlicht, war längst gestorben. Nur meine Mutter entstammte märkischem Boden, auch sie war tot. Ich begriff, daß ich mit meinem Vermächtnis brechen würde, wenn ich meinen Namen *de Longue* unter Paulis Pamphlet setzte. Bevormundet hatte mich noch keiner, aber ich war zum Glauben an den Wert von Stand, Familie und Ehre erzogen worden.

Die Ehre überwog auch diesmal, ich legte Pauli das Werk und meine schriftliche Ablehnung auf den Tisch. Er wußte, wer ich war, und mußte meinen Vorstellungen nachgeben. Ohne Rhetorik nahm er meine Ablehnung auf. Er würde schon einen finden, der für mich einsprang. Zufrieden mit mir war er nicht, denn kurz darauf sagte er schneidend: »Vermutlich hindert Sie Ihre teutonische Ehrpusseligkeit, an Kämpfen dieser Art teilzunehmen. Sie kennen nur die Kampfesweise von Fleischerhunden: knurren und anspringen. Was die Schuldfrage betrifft: Interessant ist wirklich nur die erste Kategorie Schuldiger, aber die steht heute längst in anderen Diensten. Mir ging es um die Zukunft Deutschlands. Leider fehlt Ihnen die Weitsicht. Heute abend gehen wir in eine Versammlung. Es werden sich eine Menge Esel treffen, junge und alte. Es gibt ja auch alte Esel.«

Dieser Winter sechsundvierzig zu siebenundvierzig wollte kein Ende nehmen, ein Fimbulwinter mit andauernden Tieftemperaturen ohne Schnee und Sonne. Schwarze Nacht ging am Tage in ein düsteres Grau über; scharfer, anhaltender Nordost laugte die Wärme aus den hungrigen Menschen, wirbelte Trümmerstaub durch die Straßen, die wir am Abend zu dritt passierten. Unser Ziel, ein Kinosaal, war ungeheizt; die Menschenmenge erwärmte den Raum nur wenig. Vorn stand ein langer Tisch, daran saßen zwei Leute. Pauli belegte drei Plätze für uns in der freigehaltenen ersten Reihe. Ich setzte mich zwischen ihn und Eva. In den Abendstunden wurde kurz Strom ins Netz gelassen, noch brannten die Seitenkandelaber im Saal. Schäbig sahen die Wandbespannung und die Polster der Stühle aus. Der aufgezogene Vorhang ließ eine grauweiße Projektionsleinwand sehen.

Dieser Abend bezeichnete eine Wende in meinen Beziehungen zu Pauli: Ich erlag der Versuchung, mich als Darsteller in einer Komödie der Irrungen zu erproben, tat es ohne Überzeugung, aber aus freien Stücken. Nichts lag mir weniger als die Rolle des Demagogen; ich erkannte das Verhältnis zwischen Führer und Geführten an, nicht aber zwischen Verführer und Verführten. Übrigens mußten wir drei in dieser grauen Masse auffallen, wenigstens den Leuten, die neben und hinter uns saßen, Menschen, die ihre Überlebenschance kennenlernen wollten. Laut Einladungstext auf dem handgeschriebenen Plakat sollte diese Frage heute beantwortet werden. Alle wußten, daß keiner, wer auch hier aus der Kulisse treten würde, eine stichhaltige Antwort geben konnte; sie waren doch gekommen, die ewig Hoffenden. Eva trug einen auffallenden Pelz, glänzende Stiefel und Handschuhe, von ihr ging ein starker Parfümgeruch aus, der sich mit der muffig kalten Luft des Kinosaals mischte. Pauli ging korrekt angezogen, mit Anzug und Krawatte, ich im Halbzivil des Heimkehrers; wie der Waffenrock ohne Rangabzeichen für den politisierenden Leutnant in den Jahren unmittelbar nach der Revolution typisch war, so für uns dieses Heimkehrerzivil. Aber zwischen jenem Typus aus den Jahren nach 1919 und uns lag eine Welt.

Vorn setzte sich ein als Gast angesagter Oberst, das heißt ein ehemaliger Oberst, irgendwann übergetreten, im Lager *umerzogen* und jetzt Werkzeug einer bestimmten Politik, die erklärt werden sollte und geklärt. Der hagere Oberst, ein Mann im schlotternden Zivilanzug, blickte nicht auf, solange die Eröffnungsrede dauerte. Er wirtschaftete in Zetteln und Papieren; seine Geschäftigkeit erinnerte an einen Stabsoffizier im Planungshauptquartier einer Armee; der Oberst schien an solche Auftritte gewöhnt, denn sein Verhalten zeigte weder Unruhe noch Furcht. Lange Reden wurden nicht gehalten; nach der Einführung durch den Gesprächsleiter sollte der Oberst also Fragen beantworten. Warum gerade er? Weil sein Rang Vertrauen weckte? Die Fragen kamen schleppend und drehten sich um die einfachsten Dinge: ob und wann es Kohlen, Arbeit, mehr und bessere Nahrungsmittel geben würde. Auf eine Frage Paulis nach der Atombombe antwortete der Oberst, die neue Waffe werde in ihrer Wirkung weit überschätzt. Er könne sich nicht vorstellen, was eine Waffe nutzen sollte, die nicht mehr einsetzbar war; räumte allerdings ein, daß sie, allein im Besitz der einen, für die anderen eine Bedrohung darstellte. Clausewitz hätte den umfassend geführten Krieg abgelehnt. Ein bestimmtes ziviles Potential müsse immer erhalten bleiben, um den Krieg möglich zu machen. – Für mich wurde undurchschaubar, was hier geschah: Ein paar Kommunisten ließen einen Konvertierten schwatzen, der nicht zu überzeugen vermochte, der nicht mal eine vernünftige Antwort geben konnte, geschweige denn die nächsten Schritte kannte. Kriege werden immer totaler geführt; wer siegen will, muß auf die Vernichtung auch des zivilen Potentials zielen. Clausewitz beschränkt noch den Krieg auf die Vernichtung des kriegführenden Teiles. In diesem Punkt spricht er sich klar aus. Pauli – Partei, Beobachter und Fragender in einem – führte das Zwiegespräch mit dem Oberst noch etwas weiter, schonte ihn aber, wo er konnte, wie ich merkte. Eva, die von der Wirklichkeit unseres Lebens unberührt blieb, die nur zuschaute, wie man lebte und starb, die Masse im Kino, die bloß wissen wollte, wann es Brot und Kohlen gab und weshalb die Marken verfielen, wenn Lebensmittel nicht rechtzeitig herankamen – diese Masse bildete eine nicht minder gleichgültige Folie für das Geschehen im Kino. Auffordernd sah Eva mich an und wies mit dem Kopf zur Bühne, Ironie in Haltung und Blick; sie wiederholte diese Bewegung. Endlich begriff ich, daß sie wünschte, mich reden zu sehen, und noch ehe ich wußte, was ich tat, stand ich vorn. Der Blick hinunter in die Menge, auch von dieser schwachen Erhöhung aus, verschaffte mir plötzlich das Gefühl großer Überlegenheit. Ich konnte von allen gesehen werden, aber alle sehen nur einen: mich. Mir wurde klar, daß ich Charisma, die Gnadengabe der Anmut, brauchte, um zu gefallen, der Menge, Pauli und Eva; für mich wäre es das Charisma des Scharlatans gewesen. Was ich sagte, wie lange ich redete und mit Worten Trost spendete, ist gleichgültig; ich selbst vergaß jeden gesprochenen Satz sogleich. Es kostete mich nichts, ihnen zu sagen, daß sie alles Glück der Welt vor sich hätten. Zuerst rührten sich ein paar Hände. Ich fühlte Bewegung im Raum, Sympathie für mich, und das war mehr, als mein Vorgänger, der Oberst, erreicht hatte. Vermutlich gab es zwei Gründe für meinen Erfolg als Redner: Ich wollte Eva gefallen und den Oberst ausstechen. Vom Rest des Abends weiß ich nichts mehr. Weiter passierte jedenfalls nichts, oder es wurde durch den Fortgang der Ereignisse verdrängt. Nach der Rede war ich verausgabt. Ich hatte die Erfahrung machen müssen, daß solche Auftritte auslaugen bis auf den Grund; obwohl sichtbar nichts geschieht, ist die Selbstzufriedenheit da, aber auch die Leere des Schauspielers, der in einem schlechten Stück eine lächerliche Partie geliefert hat.

Eva drückte meinen gesunden Arm. Als wir vor dem Kino standen, schlug Pauli vor, noch ins Kabarett zu gehen. Ich hielt mich zwischen Pauli und Eva, wir griffen zugleich nach unseren Händen. Pauli schien nichts davon zu bemerken. »Sie haben den Oberst ausgebootet. Er hat Ihnen nicht gefallen, Sie halten ihn für einen Verräter. Aus Haß sind Sie gut gewesen. Zorn ist immer hilfreich, der Redner beeindruckt auch, wenn er nichts sagt. Wie fühlen Sie sich?« Eva ließ mich los, streifte den Handschuh ab und gab mir die Hand sozusagen entkleidet zurück. Sie war lang, schmal und glatt. »Hoffentlich fühlen Sie sich beschissen. Was glauben Sie, was die Zeitgenossen von dem bequemen Aaron hielten und was von Mose, der ihnen Plagen über Plagen brachte? So ist das Gesetz des Lebens.« – »Was ist das Gesetz des Lebens?« fragte ich. Er antwortete: »Handeln können. Wir haben immer zu viele Leute in Deutschland gehabt, die alles vergeistigen, aus

Trägheit, nicht nur wegen der Verhältnisse. Philosophen dieser Art gibt es heute schon wieder in Massen.« – »Pauli«, sagte Eva tadelnd, aber nicht unfreundlich. »Ja, was ist? Bin ich zu weit gegangen? Dieser junge Aaron verspricht den Leuten Kirmes, verheißt ihnen Tanz und Wein. Das hat er doch gesagt, oder?« Eva schmiegte sich dichter an mich. Hatte sie Furcht vor Pauli? Warum, wenn sie seine Gefährtin war und ihm immer gehorchte, wie er einmal behauptet hatte? »Weiß er, wovon er geredet hat, der junge Aaron? Hat er sie schon liegen sehen, in Reihen, übereinander, nebeneinander, nackt, Köpfe und Glieder verrenkt? Das hat er, aber er machte sich weiter keine Gedanken. Sein Gesetz des Lebens lautet: Handeln ohne zu denken, denken ohne zu handeln. Ahnt er, weshalb ich auf dem trockenen sitze?« Pauli beendete sein Selbstgespräch. Wir betraten den Kassenraum des Kabaretts, er verlangte Karten für uns. Lieber wäre ich nach Hause gegangen; ich fühlte, daß irgend etwas geschehen würde. Der völlig veränderte Pauli, Evas Spiel mit uns, die Versammlung, Leere, innerer Aufruhr, jetzt ein Nachtkabarett. Wir lösten die Eintrittskarten und nahmen unsere Plätze ein.

Auf der Bühne fing das Getingel an, ich fand wenig Geschmack an den trostlosen Späßen und Witzchen, den forschen Gesängen und den kleinen Seitenhieben auf dies und das, kaum der Rede wert. Dann jedoch geschah es: Auf der Bühne nahm eine Prinzessin den Pappthron ein: Die Karte Deutschlands auf einer Schärpe, ins Lächerliche übertrieben, so, wie politisches Kabarett arbeitet. Drei Prinzen in den Uniformen der Alliierten bewerben sich um sie, jeder verspricht was, jeder bietet ihr Hand und Herz an. Alles das klang banal, bis zu dem Augenblick, als die Prinzessin dem sowjetischen

Bewerber sagt: »Mein Herr, Sie gehen zu weit.« Auch dies noch banal – bis der Beifall durch den Saal ging, wie Feuer in ein trockenes Haus schlägt. An einigen Tischen saßen sowjetische Offiziere, verzogen keine Miene; standhaft blieben sie sitzen. In den Beifall hinein sprang Pauli; bellte fassungslos mit sich überschlagender Stimme das Publikum an. Sein Beispiel von Aaron und Mose wurde schauerliche Wirklichkeit. Das tanzende, singende und hungernde Volk hatte genug von den Predigten über Schuld und Sühne; es verlangte nach dem berauschenden Trank des Überflusses, der alle glücklich macht. Offiziere aller Besatzungstruppen und ihre Huren mit nackten Schultern, geschminkt und frisiert, amüsierten sich zusammen mit den Deutschen über diesen Verrückten. Alkohol floß nicht eben in Strömen, aber es gab ihn, in mitgebrachten Flaschen: Whisky, Sherry, Wodka, Sekt. Ich fühlte, wie viel oder wie wenig in diesen knapp zwei Jahren geschehen war, ein anderes Publikum saß schon auf den Stühlen, anders als noch vor einem Jahr. Unser Rettungsfloß hielt nicht mehr lange zusammen. Pauli schrie Beschimpfungen in die angeheiterte Menge, als Pausenclown wurde er genommen. Zuletzt verließ er mit langen Sprüngen den Saal, wie gehetzt, panisch.

Wir blieben nur noch ein paar Minuten, bis das Programm auf der Bühne weiterging. Der Vorraum war leer; die Garderobenfrau schlief, im Mantel, mit einer Decke um die Schultern, hinter ihrem Tisch. An den Haken hingen Zivil- und Uniformmäntel, Koppel und Mützen. Wir weckten sie und fragten nach Pauli. Sie erinnerte sich nicht, einem Herrn den Mantel herausgegeben zu haben. Die Friedrichstraße, kaum beleuchtet, war noch ziemlich belebt. »Wohin?« fragte ich.

Ohne zu antworten, führte sie mich, als sei ihr der Ablauf dieses Abends von vornherein klar gewesen. »Er muß jetzt allein sein, ich kenne ihn. Wir lassen uns solche Freiheiten«, sagte sie. Welche Freiheiten, das hätte ich wissen wollen, aber ich ließ mich weiter von ihr führen, ohne zu fragen, wohin. »Gefällt Ihnen diese Stadt?« fragte Eva. »Ich kann mir vorstellen, wie diese Stadt einmal gewesen ist. Damals hätte sie mir vielleicht gefallen.« – »Was haben Sie bisher gemacht?« Ich gab soviel preis, wie ich für richtig hielt. »Keine ganz neue Geschichte, aber traurig und sicher nicht die ganze Wahrheit«, sagte Eva. Mit der Stadtbahn fuhren wir bis W., stiegen aus und gingen in ein locker gebautes Siedlungsgebiet. Mich überraschte nicht, was sich anbahnte oder vielmehr schon zu einem Abschluß gekommen war. Alles hatte seine innere Logik. In der unteren Etage eines Kleinhauses besaß Eva eine Wohnung, nicht besonders vornehm, sondern eher einfach, solide, eine Zuflucht, wie sie es ausdrückte. Sie hängte meinen Mantel weg. Ihre Wohnung war ordentlich aufgeräumt; Lebensmittelkonserven, Kaffeebüchsen, Flaschen, bunt bedruckt, wie ich es nicht kannte, gab es in Mengen. Trotz der vielen Dinge wirkte es unpersönlich, wie ein Hotelzimmer. Neben der Eingangstür standen Damenschuhe, niedrige und hohe, Stiefel, Sandaletten. Eva schlüpfte aus den Stiefeln in ein paar andere Schuhe, hochhackig und elegant. Mit gespreizten Fingern fuhr sie sich durchs Haar, goß zwei Gläser voll, zündete sich eine Zigarette an, sicher, gelassen. Ihr Zimmer war angenehm möbliert und sauber, von Amerikanern für Amerikaner beschlagnahmt. Nicht nur wegen des Überflusses, sondern mehr noch wegen des in allem freieren Lebensstils empfand ich das Ganze wie eine Filmszene, in der ich eine Rolle spielen sollte und wollte, hätte ich nur meinen Text gekannt. Alles wechselte so rasch; vor ein paar Stunden im Kino mit dem hungernden Volk, das verzweifelt und in Angst vor dem Morgen lebte, dann dieses aufdringliche Kabarett mit dem frechen Spiel vor einer frivolen Nachkriegsgesellschaft, die Verhöhnung, dunkle, nächtliche Straßen, ihre Leere und Stille, kaum Autos, wenig Licht, die schlafende gedemütigte Stadt; war das nun die letzte Verwandlung und die ganze Auflösung meines Volkes, der Schritt ins Nichts, aus dem es einst aufgestiegen war? Oder befand es sich im Übergang zu neuer Auferstehung? Gab es denn wirklich einen Sinn in der Geschichte, oder wurde sie nur vom jeweils stärksten Exponenten eines gemeinsamen Willens bestimmt? Einem Führer, dem Demagogen und Pragmatiker?

Ich trank von dem Zeug, das Eva uns eingegossen hatte. Plötzlich war Pauli da. Er trat auf wie ein Schauspieler aus der Kulisse; hielt die Hände in den Taschen seines Mantels. Die Erscheinung Paulis, sein Gesichtsausdruck gab mir die Gewißheit, daß im nächsten Augenblick etwas Verrücktes geschehen würde. Ehe ich weiterdenken konnte, zog Pauli eine Hand aus der Tasche und feuerte aus einer kleinen Waffe auf mich. Hinter mir schlug die Kugel in die Wand. Verblüfft darüber, daß ich noch aufrecht stand, nicht schwankte, betrachtete Pauli die Pistole in seiner Hand. Was Eva tat und ob sie überhaupt etwas tat, entging mir, da ich Pauli beobachtete. Er würde mich nicht treffen, nicht so, nicht in dieser Verfassung. Weshalb er überhaupt auf mich schoß, konnte ich mir nicht erklären; er hätte doch über wirksamere Mittel verfügt, um mich loszuwerden, falls es ihm darum ging. Ich trat einen Schritt vor, ihm entgegen, da schoß er noch einmal.

Aus dieser Entfernung hätte er mich treffen müssen. Wenn er den Arm ausstreckte, konnte er meine Schulter erreichen. Pauli überwand die Hemmung nicht, nahm seine Niederlage im Kampf um Eva ohne Gegenwehr hin; um nichts anderes als um Eva ging es ja. Pauli ließ sich von ihr zu einem Sessel führen, sie flößte ihm Schnaps ein. Müde sagte er: »Ich denke, Ihr Arm müßte operiert werden. Lassen Sie es bald machen.«

Meine Tante redete mir zu, den von Pauli genannten Chirurgen aufzusuchen. Immerhin war die Verletzung älter als zwei Jahre, der Arm von der Schulter bis in die Fingerspitzen steif und von bräunlicher Haut überzogen, fleischlos und behaart, ein abscheulicher Anblick. An Tagen der Mut- und Hoffnungslosigkeit ertrug ich mein Spiegelbild nicht. Ich vermied es, mich anzusehen. Mein Bild schien mir fremd und hassenswert, mein Körper feindlich. Ich war ein junger Mann, den Jahren nach, aber mein Leben spielte sich an Schreibtischen und in Bibliotheken ab. Meine Tante hätte Klagen meinerseits überhört; nein, anders: sie hätte mich gar nicht verstanden. Allerdings deutete sie meine schnelle Gereiztheit auf ihre, das heißt auf die richtige Weise und redete mir sicherlich auch aus diesem Grunde zu, den Chirurgen zu fragen, ob er eine Operation wagen und mit guten Aussichten für mich beenden würde. Auch Eva drängte, sie vielleicht aus anderen Gründen als meine Tante. Mißgestaltetes konnte sie nicht um sich dulden. Sie hielt meine Wiederherstellung für wahrscheinlich, geborener Optimist, als den sie sich selbst, nicht einmal schlecht, bezeichnete. Was Eva dazu trieb, mich Pauli vorzuziehen, sie, eine halbe Amerikanerin und ganze Weltbürgerin, die überall leben konnte, ohne ihren Stil zu verändern, blieb mir unklar. Eva, in Saar-Louis geboren, besaß keine nationalen oder kulturellen Bindungen; sie sprach und schrieb in vielen Sprachen. In jenen Tagen glaubte ich sie noch auf komplizierte Weise an Pauli gebunden, ihm zwanghaft unterworfen, glaubte, daß sie ihn liebte, wenn auch auf ihre Art. In Wirklichkeit lebte sie ganz nach ihrem Willen.

Meine freie Zeit verbrachte ich mit und bei ihr. Pauli sollte nicht wissen, in welchem Verhältnis wir zueinander standen. Er wußte es natürlich doch, hielt sich aber an die Regel, so zu tun, als bemerke er ihren Treuebruch nicht, wenn es denn einer war. Er sagte nie ein Wort, wenn wir unter einem Vorwand gemeinsam weggingen, und er kam auch nicht in Evas Wohnung, solange er annehmen mußte, mich zu treffen. Von den beiden Schüssen sprach er nicht. Er und Eva hatten im Konkubinat gelebt. Sie duldete ihn, tat ihm seinen Willen oder verweigerte sich. Alles lag bei ihr. Auch wir, sie und ich, wollten keine Ehe.

Mut ist für mich die höchste Tugend. Es macht keinen Unterschied, wie und bei welcher Gelegenheit er sich zeigt. Mit Mut hatte mein Verhalten in jener Nacht nicht viel zu tun gehabt, zumindest nicht bei dem ersten Schuß. Ich hätte nicht fliehen können. Pauli jedenfalls erwartete von mir so etwas wie eine Flucht, wie mir klar wurde, auch jetzt, immer, vom ersten Tag unserer Beziehungen an. Auf Pauli loszugehen, die positive Seite des Mutes, die ihn zur Notwehr berechtigt hätte, verbot sich von allein. Mit nur einem Arm tritt man keinem bewaffneten, tötungsbereiten Mann entgegen, falls man nicht lebensmüde ist. Ich mag so gedacht haben:

Ein banales Ende. Racheakt eines jüdischen Emigranten. Dreieckstragödie vor politischem Hintergrund. Verzweifelte Tat. Paulis Versagen beim zweiten Schuß ist mir rätselhaft geblieben. Fühlte er, daß in dieser Stunde alle seine Pläne zusammengebrochen waren? Daß die Geschichte ihren eigenen Weg ging, ihn nicht brauchte? Pauli war es zweifellos nach all den vergeblichen Kämpfen um seine Zeitschrift klar, daß er im Aus landen mußte, in der Bedeutungslosigkeit. Ich sollte noch erfahren, was er wirklich dachte und plante; um es gleich hier zu sagen, noch träumte er von einem deutschen Zentralstaat, einem Mehrparteienstaat von sozialistischem Typus. Darin eingeschlossen die bürgerlichen Freiheiten, ohne die er selber gar nicht existieren konnte. In jenen Tagen mußte eine solche Vorstellung sowjetfeindlich wirken, jedenfalls aber intellektuell und versponnen, wie noch später die Umkehrung der Begriffe *sozialistische Demokratie* in *demokratischen Sozialismus* das verrückteste Paradigma des Paulischen Einfalls darstellen mag.

Seit den zwanziger Jahren war Pauli Kommunist und marxistischer Theoretiker. Die höhnischen Pamphlete, die er an fremde Adressen richtete, vom deutschen Steckenpferdreiter, der groß an Idealen, arm an Taten sei, trafen am meisten auf ihn selbst zu. Pauli entschlüsselte mir die Psychologie des deutschen Judentums, das sich in vielen seiner Vertreter eifrig deutsch gebärdet hatte. Mehr noch: Mit Stolz verwies dieses Judentum auf seinen großen Beitrag zur deutschen Kultur, auf die Blutopfer jüdischer Offiziere im ersten Weltkrieg. Jene nicht konfessionell gebundenen Teile gerieten erst durch rassische Klassifizierung in die endgültig hoffnungslose Stellung zum Deutschtum; mancher dieser Juden war deutscher, als selbst von Deutschen verlangt wurde. Von Verfolgungen war Pauli also doppelt betroffen, als deutscher Jude und als deutscher Kommunist, eine nicht seltene, fast notorische Kombination. Die Deutschen hatten die deutschen Juden jedenfalls ein für allemal von ihrem Träumen befreit. Und wie sollten wir zusammenleben nach dieser Todeszäsur? Zurückgekehrt, stand Pauli noch immer vor demselben Problem: Er hoffte, in einem Staat seiner Träume alles miteinander im Widerspruch Liegende in Harmonie vereinen zu können. Weshalb hatte er versucht, mich zu töten, wo er nur den Telefonhörer abzunehmen brauchte, um mich bei Eva auszuschalten? Bloßes Theater führte Pauli nicht auf, nicht in jener Nacht; dagegen sprachen seine Erregung und sein ungespielter Ausbruch im Kabarett. An Eva band ihn, den Unsteten, Zuneigung; ihr Verrat hatte ihn getroffen und tief verletzt. Logischerweise hätte er Eva töten müssen, aber er tat das Unsinnigste und schoß auf mich, riskierend, daß er wegen Mordes vor Gericht gestellt wurde, auch wenn ihm, nach Lage der Dinge, von einem amerikanischen Gericht nicht allzuviel geschehen konnte. Nein, seinen Handlungen lag eine andere Berechnung zugrunde. Und Eva, die den Erledigten gleich nach den verfehlten Schüssen wegschickte, verlor kein Wort über den Zwischenfall, kein Wort des Verwunderns, kein bedauerndes. Sie kannte ihn zu gut, um sich durch ihn behindern zu lassen, verbrachte die Nacht mit mir, als wäre ich heimgekehrt, war zärtlich und willig. Nicht einmal der Arm störte sie, oder sie zeigte ihren Ekel nicht. Sie also redete mir auch zu, mit dem Chirurgen zu sprechen, wahrscheinlich mehr um meiner selbst willen, nicht sosehr ihretwegen.

So entschloß ich mich denn, von beiden Frauen überredet, wirklich zu einem Besuch des Arztes, ohne Hoffnung, in Erinnerung an den Chirurgen aus Bad T., der mir die Schwierigkeiten eines Eingriffs nur allzu deutlich gemacht hatte. An Sauerbruch kam ich nicht heran, wußte nicht mal, ob er noch lebte und wo. Die völlige Wiederherstellung der Beweglichkeit meines Armes hatte keiner der Ärzte versprochen, nicht mal Sauerbruch, höchstens eine Besserung. Alles ging dann doch sehr schnell, ich faßte Vertrauen zu dem Chirurgen, akzeptierte seine Termine und seine im ganzen maßvollen Honorarforderungen. Noch einmal sprang meine Tante ein, verkaufte ihre Schreibmaschine und andere Wertgegenstände, Porzellan und Tischsilber, Reste ihres Wohlstandes, an Eva, um mir zu helfen. So brachten wir die nötige Summe auf. Nach kurzer Vorbereitung kam ich auf den Operationstisch. Die Heilung ging rasch. Bald erhielt ich eine stabile Bandage aus Leder und Stahl und wurde zur Therapie mit einer Schaufel für die ersten Wochen in den Kohlenkeller verbannt.

Es war eine Roßkur. Wenn ich zwei oder drei Kohlen auf die Schaufel nahm, erwarteten alle meinen Zusammenbruch. Man hatte jenem kaputten Nervenstrang, der wie ein gebrochener Kabelbaum aussah, fehlende Stücke aus anderen Teilen meines Körpers transplantiert, Nervenfaser für Nervenfaser. Nun mußte ich den Gebrauch des Armes üben, um wieder Fleisch auf die Knochen zu bekommen. Bald ließen sich Arm und Finger bewegen, Muskeln bauten sich auf, die Behaarung ging zurück, Haut erneuerte sich. Schließlich konnte mir die Bandage abgenommen werden, die Hand lernte wieder schreiben. Ganz erhielt ich die frühere Kraft nicht zurück, aber verglichen mit dem alten Zustand, befand ich mich in einer weit besseren Lage. Folglich verschwand auch meine zeitweilige Niedergeschlagenheit. Ich hatte wieder ein volles Leben vor mir.

Einmal stand ich im Badezimmer, nackt bis auf eine Badehose, und betrachtete mit Lust meinen Körper. Im Türrahmen lehnte meine Tante und belächelte meine Eitelkeit. In den letzten Jahren hatte ich sie selten lachen und nicht einmal lächeln gesehen. Impulsiv wollte ich sie umarmen, aber sie trat einen Schritt zurück und streckte mir abwehrend die Hände entgegen. Mir fiel zu spät ein, daß sie körperliche Berührungen nicht ertrug. Ich sagte also nur: »Danke!«

»Schön«, sagte sie, »es hat gelohnt, nur wirst du wenig davon haben, wirst dich so nicht öffentlich zeigen können. Diese Eva wird dich nie wirklich sehen, ohne aufzuschreien. Du trägst ein Zeichen, woran dich jeder erkennt. Trenne dich beizeiten von den Leuten.« Sie spielte auf Eva und Pauli an. Ich stand in seiner Schuld und empfand eine gewisse Dankbarkeit auch für Eva. Es ist schwierig, dieses eben im Entstehen begriffene Gefühl der Schuld gegen beide genauer zu bestimmen; ich brauchte sie nicht mehr, konnte meinen eigenen Weg gehen. Freilich war ich nicht soweit, sofort etwas zu tun, aber ich atmete freier, die Welt mußte sich mir wieder ergeben. Mit der zeitlichen Distanz zu dieser blödsinnigen Schießerei wuchs die Entfremdung, falls es jemals zwischen Pauli und mir eine, wenn auch nur lockere Freundschaft gegeben haben sollte. »Ich hatte übrigens Besuch«, fuhr meine Tante fort. »Dein Vetter wollte zu dir. In die Klinik wollte ich ihn nicht schicken, aber er hat eine Nachricht für dich dagelassen.« Das klang feierlich. Ich nahm den Brief entgegen, den sie mir gab, und las ihn. Ernüchtert zog ich ein Hemd über, das Zeichen der Blutgruppe auf meinem Körper fremden Blicken entziehend; unter der Behaarung war die Tätowierung nicht zu sehen gewesen.

Ich konnte mir nicht recht vorstellen, wie Pauli und Eva mit mir oder wie Eva und ich mit Pauli ohne Schwierigkeiten auskommen sollten. Vielleicht schoß er noch mal auf mich, oder er erschoß sich, oder Eva erschoß ihn oder mich oder uns beide. Als Warnung behielt ich die Nacht mit Paulis Attentat im Gedächtnis. Ob alles so weitergehen konnte wie bisher, hing vielleicht nur von Eva ab; sie hielt die Fäden in der Hand. Daß sich unsere Beziehungen auf ganz andere Weise lösen würden, durch das Eingreifen anderer, sah ich nicht voraus, wie ich auch den Antrieben Paulis auf seinem Weg des Ritters nie bis auf den Grund kam. Ausgestanden war die Geschichte zwischen uns nicht. Ich kannte von Pauli einige Seiten, nicht die dunkelsten und auch nicht alle. Seine Hefte »Brückenschlag« trugen auch meine Handschrift, obschon mein Name nicht genannt wurde. Auf Dauer und im Auf und Ab der Arbeit schliffen wir uns doch einander glatt wie Kiesel in einem fließenden Gewässer. Natürlich las ich seine kleinen Aufsätze und drang bis zu einem gewissen Grad in seine Gedankenwelt ein. Hier zeigte sich mir die Wiederholung oder, wie ich später entdeckte, die ins Unendliche führende Linkswende der Intelligenz, die der zwanziger wie die der vierziger Jahre, besser gesagt, der in die Utopie gekehrte soziale Traum. Pauli war Amerikaemigrant; mochte ihn auch der Zufall in die Westhemisphäre geführt haben – der Weg über Prag, Frankreich, Spanien ist für Männer seines Schlages kein ungewöhnlicher gewesen, er entging dem französischen Konzentrationslager, ihm wurde die Flucht über den Ozean organisiert. Es mag eben kein anderes Schiff dagewesen sein als ein Amerikadampfer, der ihn und andere aufnahm. Abermals hatte er Glück, konnte an Land gehen, in Mexiko, um, wie gesagt, später in die Nordstaaten einzuwandern und sich mit verlegerischen Gelegenheitsarbeiten durchzuschlagen. Sonderbar genug: Amerika nahm ihn auf; die Mentalität der Amerikaner entsprach der seinen. Im Krieg zog er, der Hitlerfeind, eine Uniform an und kehrte nach Europa zurück. Zuletzt befand er sich allerdings wieder in den USA, als Besatzungsoffizier hatte er nicht heimkehren wollen, er mußte auch gemerkt haben, daß ihm, dem internationalistischen Kommunisten, kein Weizen im Land seiner Wahl mehr blühen würde. Diese Geschichte kannte ich, wußte sie von Eva, dieser Schriftstellerin ohne Ehrgeiz, Abenteuerin, wie ja auch Pauli der desperate Zug nicht abgesprochen werden darf. Nur daß sie ruhiger lebte, nie tat, was ihr schadete, und vor allem: Immer erkannte sie rechtzeitig, was ihr schadete. Ihre Dichtung entsprach ihrem Naturell, langweilig-schön und wertneutral. Wie ich aus Paulis gelegentlicher Bemerkung erkannte, galt sie in Paris und bei den Modedichtern jener Zeit als ein wichtiges, eigentlich als das einzige poetische Talent. Was mich betraf, ich liebte ihren Körper, nicht ihre Gedichte, sie, die Nymphomanin, liebte in mir die Begegnung mit dem Tod.

Ich sagte schon, wir standen vor einer Wende, und zwar in vieler Beziehung. Erstens wurde unser Dreiecksverhältnis von Tag zu Tag komplizierter, zweitens saß Pauli mit seinen Plänen fest, und drittens hatte sich die politische Lage verändert. Es gab keine Antihitlerkoalition mehr, einst der

Schlüssel zum Sieg über uns. Damit entfiel die Bereitschaft der Sieger, untereinander zu kooperieren. Die Stadt litt; B. wurde zum Zankapfel. In jener Periode begann sich etwas zu regen in dem Steinhaufen, dem zerstörten Karthago; das Trümmerchaos ging in eine Trümmerordnung über. Ich zählte die von den Frauen aufgeschichteten Steinsäulen, schwerste Arbeit und oft genug Zwangs- und Wiedergutmachungsarbeit; ich fragte mich, wieviel solcher Steinsäulen ein Haus, eine Straße, eine Stadt ergeben würden. Neben dem Neuen sah ich auch das Gestrige leben, wenn ich von einem erhöhten Punkt aus hinunterblickte auf das Gewimmel am Schloßplatz und ergrimmt in den Wind redete. Alle Himmel hätten sich auftun müssen, um zu brennen, zu sengen und auszurotten dieses Geschmeiß, das schacherte, um zu leben, als ob das eigene Leben das größte Gut ist. Dazwischen die römischen Söldner und Zöllner, mitfeilschend, mithandelnd, raubend, um ihre Huren zu erhalten. Hier nun kamen mir Paulis Ideen zu Hilfe; ich komponierte aus allen Lehren eine mir gemäße und keineswegs neue Lehre: entschlossene Männer führten die Erneuerung herbei, unter dem Zeichen Kreuz und Schwert und Hammer und Sichel. In diesem Zeichen siegen! Moralisten, trugen wir mosaische Grundsätze auf ehernen Tafeln vor uns her, worin gemeißelt die Worte: Die heilige kommunistische Gesellschaft. Die Partei. Die Gleichheit. Die Genügsamkeit. Die Arbeit. Arbeit macht frei. Der Friede. Deutschland. Die germanische Sendung. Uns folgend die Aufsichtsengel der irdischen Paradiese, unbarmherzig strafend, lobend. Die Welt ohne Gott, Gott ohne Welt. Die eiserne Menschenwelt im goldenen Zeitalter der Gerechtigkeit. Während ich spöttisch hinuntersah und darüber nachdachte, wie denen da unten beizukommen sei, die um das Goldene Kalb tanzten, empfand ich keine Spur von Mitleid, nur Ärger, Mose gleich. Mitleid schafft eben nicht den absoluten Menschen. Soviel will ich sagen: Es begannen sich Vorstellungen in mir zu formen.

Pauli erhielt schwarz auf weiß, was ich über die Welt dachte, denn als werdender Literat vermochte ich meine Gedanken nicht bei mir zu behalten. Meine Tante übrigens nahm an dieser inneren Entwicklung nicht mehr teil; sie hatte vorausgesehen, wohin meine Begegnung mit Pauli und Eva führen würde. Sie gab mich verloren und tat etwas, worauf ich später zu sprechen komme. Pauli sagte kopfschüttelnd: »Manchmal denke ich, Sie sind verrückt. Jedenfalls sind Sie – außer mir – nicht der einzige Verrückte. Wir sind Ritter auf verschiedenen Wegen. Immer werden Heiligtümer errichtet um abstrakte Einfälle. Heine war der erste, der sich bei den Deutschen auskannte, diesem harmlosen, liebenswerten Volk. Es war Lessing im teutonischen Lager, der den Konflikt mit dem Judentum klar überblickte und von gewaltsamen Lösungen abriet, nicht nur aus Gründen seiner Ethik, sondern wegen der Gefahren, die mit Gewalt, für den, der sie ausübt, immer verbunden sind. Sie könnten mir einen Gefallen tun, de Longue, ich habe meine Gründe, mich zurückzuziehen, und möchte Sie mit der Aufsicht über das Blatt und mein Haus hier betrauen.« Mich überraschte dieses Angebot, ich fühlte wie er, daß für ihn und für uns, die wir mit ihm zu leben hatten, eine gefährlichere Periode begann. »Wollen Sie in den Osten?« fragte ich. Pauli stopfte eine Pfeife, er trug Baskenmütze, weißes Hemd und Fliege, darüber eine Anzugweste. Das Sakko hing über der Stuhllehne. »Jetzt fällt mir ein, was ich Ihnen noch sagen wollte. Eva will ein bißchen zu Ihnen ziehen. Sie hat mich satt oder ich sie. Was sagen Sie dazu?« Niemals hätte meine Tante Eva unter ihrem Dach geduldet. Pauli entnahm meinem Gesicht die Ablehnung und zuckte mit den Schultern. »Ihr könnt euch natürlich auch hier einrichten.«

Pauli verschwand bald danach in den Osten, schrieb, telefonierte, vereinbarte Treffs; fest behielt er die Leitung des Blattes in der Hand. Auch den Umbruch machte er allein, ohne uns. Ihm lag daran, wie es scheint, seinen Anspruch nicht aufzugeben; »Brückenschlag« sollte im Westen erscheinen, aber ohne dem Zugriff westlicher Instanzen ausgesetzt zu sein. Und er gab seinen Artikeln immer häufiger kritische Wendungen gegen Maßnahmen der Westalliierten. Um das noch zu sagen: Die Zeitschrift blieb literarisch und auf Nachdrucke angewiesen. Eingestreut wurden Kurzkommentare, Berichte von Versammlungen, von Tagungen, Reportagen, in der Tendenz alle auf ein Ziel gerichtet, was keineswegs auf den ersten Blick erkennbar war. »Brückenschlag« bezeichnete sich als unabhängig. »Brückenschlag« vertrat die gute, saubere Richtung, die Kavalierslinke. Pauli kochte seine eigene Suppe auf diesem Feuer. Er wünschte ein zentralistisch regiertes Deutschland, halb sozialistisch, halb nach dem Muster westlicher Demokratien, bündnisfrei, unbewaffnet; ein Kleindeutschland unter Garantiemächten, unter einem Status-quo-Frieden. Der Spinner, Träumer und Literaturkenner lebte derart weit entfernt von dem Gang der Ereignisse, daß er nicht mehr ernst genommen wurde. Vielleicht war Pauli deprimiert und enttäuscht, als er in den Osten verschwand.

Jedenfalls glaubte ich daran und irrte mich gründlich, denn Pauli war eben kein Spinner.

Mit Eva führte ich eine seltsame »Ehe«. Wir bezogen die Villa; Eva breitete sich aus, wie sich Blumen auf einer Wiese verstreuen. Überall lagen ihre Sachen herum: Kleidungsstücke, Wäsche, Kämme, beschriebenes Papier. In der Küche häuften sich Konserven und leere Flaschen. Ständig bekam sie Pakete aus den USA. Sie arbeitete: las Korrekturen, tippte rasch dieses oder jenes ab, das Technische ging ihr leicht von der Hand. Den Umbruch brachte sie zu Pauli, blieb ein, zwei Tage und kam mit dem Imprimatur zurück. Für den »Brückenschlag« schrieb sie selten und dann höchstens eine kurze Spalte. Bald nach unserem Einzug ... Aber ich sollte zuvor noch etwas einschieben, was allein mit mir zu tun hat.

Meine Tante mißbilligte, was ich nach meiner Wiederherstellung unternommen hatte: nämlich wenig. Und wirklich konnte ich in dieser Zeit nicht schreiben, obschon ich nicht viel Arbeit mit dem »Brückenschlag« hatte. Etwas fraß mich auf, nahm mir Zeit. Ich wußte, daß ich auf diesem Weg alles andere, nur kein Schriftsteller werden konnte. Diese dunkle, vergiftete Atmosphäre mit dem Ruf nach raschen und dem Augenblick entsprechenden Halbwahrheiten ruinierte mich, wie übrigens jeden werdenden Schriftsteller, der auf sich selbst verwiesen ist. Meine Tante versuchte alles, mich aus dieser Verstrickung zu lösen; für sie war Eva schuld. Der Brief meines Vetters an mich lautete kurz und bündig so: »*Lieber Werner, wir sind dabei, die Fäden wieder zu knüpfen. Manch einer ist unter die Räder gekommen. Wir sammeln erst einmal, schreib über deine Verhältnisse. Wir sehen dann weiter.*« Ich hatte nicht geschrieben. Mit meinem Ausweis aus dem Lazarett in Bad T. kam ich ja gut durch. Und wer sollte mich erkennen? Es hätte eines Zufalls bedurft, wie er sich nicht ausdenken läßt, um mich in Schwierigkeiten zu bringen. Unbekleidet zeigte ich mich nicht in der Öffentlichkeit. Da ich mich ungezwungen gab und meinen Arm nicht verbarg, fiel Eva nichts daran auf. Ich befand mich in einer Art Metamorphose; bis zum ausgebildeten neuen Wesen fehlte nur ein Schritt.

Eines Tages erschienen zwei Herren in der Villa, sie fragten nach Pauli. Eva sagte, daß ich an Paulis Stelle die Redaktion leite. Der Herausgeber halte sich zur Zeit im Osten auf, wegen einer Rundreise oder dergleichen. Die beiden gefielen mir nicht. So bestimmt fragt kein Besucher. Literaten erkannte ich mittlerweile am Gestus; diese hier hatten nichts mit Literatur zu tun. Dann zog einer ein Schriftstück heraus und gab es Eva. Sie las es und nickte schweigend. Nicht ohne Eifersucht auf Pauli bemerkte ich, daß er ihr die Führung anvertraut hatte, denn Eva war auf den Fall einer Haussuchung vorbereitet. Sie öffnete Schränke und Schubladen. B. wimmelte damals von geheimen Agenturen. Pauli und Eva kannten sich darin gut aus, wie ich endlich begriff. Ich wollte die Villa verlassen, aber der eine Zivile verlangte plötzlich meinen Ausweis. Er prüfte die Eintragungen und fragte, wie ich denn nach Bad T. gekommen wäre, und ich sagte es ihm. »Die Operation wurde hier gemacht«, setzte ich hinzu. Nachdenklich betrachtete er meine Hand, ich sah ihm ins Gesicht; eine Durchschnittsphysiognomie, die eines kleinen Beamten, der diensteifrig, aber nicht bösartig ist, immer verfügbar, politisch disponibel. Zufällig war jener vielleicht nicht in der Partei gewesen und ließ sich übergangslos wieder in

Dienst nehmen. Ohne Kommentar reichte er meinen Ausweis zurück und fragte, ob ich etwas über Paulis Wohnsitz wisse. Auskunft konnte ich ihm nicht geben. Auch Eva nicht. Es war gut möglich, daß sie nicht wußte, wo Pauli lebte. Ich traute ihm zu, sich unter diesen Bedingungen an neutralen Orten mit ihr zu treffen, möglicherweise in Hotels. Sie war ihm vielleicht zur Marotte geworden, diese Vorsicht, die sich hundertmal bewährt haben mochte. Die Männer gingen, nahmen nichts mit und blieben höflich korrekt. Eva ordnete die Sachen, die verstreut auf dem Tisch liegengeblieben waren. In den Tagen nach diesem Besuch überstürzten sich die Ereignisse, soweit sie mich betrafen. Aber auch Pauli und Eva blieben nicht verschont. Die Stadt lag in Agonie; Teile davon, nämlich die drei den Westalliierten zur Disposition stehenden Sektoren, hatten sich schon separiert, oder sie waren im Begriff, es zu tun, in einem langsamen Prozeß, mit vielen Winkelzügen und Erklärungen, mit Gegendarstellungen, Diffamierungen, Loyalitätsbeteuerungen auf allen Seiten, mit inszenierten Krawallen; schwer, alle Vorgänge zu durchschauen und zu erkennen, welchem Ziel diese Bewegungen zustrebten, denn die lokalen Ereignisse stellten nicht das Ziel dar, sie waren der Weg. Die Stadt oder der Teil, der für mich in Betracht kam, blieb einstweilen offen.

B. lag so ungünstig wie möglich, eingeschnürt und abgegrenzt gegen Hilfen, wenn es denn überhaupt welche gab. Alles konnte jederzeit zusammenbrechen. Kälte, Mangel an Nahrungsmitteln, Brennstoffen und elektrischem Strom überfielen B. wie die apokalyptischen Reiter. Morgens fuhren die Hinterbliebenen mit dem Handwagen ihre steifgefrorenen Toten, in Papier oder Säcke eingehüllt, zum Friedhof.

Im Morgendunst reckten kalte Schornsteine ihre Schlünde in den Himmel. Die Währungen verfielen mehr und mehr, die Preise für Lebensmittel stiegen, die Kurse wurden auf dem schwarzen Markt festgesetzt. Dieser Markt glich einer internationalen Börse. Nicht ein paar Schieber erhielten und versorgten ihn; das wäre unmöglich gewesen. Das Treiben erinnerte mich stark an die Besatzungszeit nach dem Zusammenbruch des polnischen Staates, den ich in Kraków erlebt hatte. Wie Berlin aber gegen das allgemeine Elend aufbegehrte, ging über diese Erinnerung noch hinaus.

Als der Winter voll hereinbrach, die Invasion von Schnee und Eis, gab mir Eva Konserven, Kaffee, Tee und dergleichen. Meine Tante empfing mich frostklamm, aber gelassen wie immer. Ihr Zimmer war ungeheizt, sie hatte sich wie zum Empfang angezogen, stellte Wasser für Tee auf einen Petroleumbrenner und nahm Evas Geschenk nicht an. Ich fühlte Scham gegenüber ihrem Stolz und ihrem sittlichen Mut. Licht gab es nicht, meine Tante entzündete eine Kerze. Auch Kerzen waren knapp geworden, sie opferte eine, um mir aus ihrem Tagebuch vorzulesen. Dann sagte sie: »Wolf hat sich wieder gemeldet. Ich handele in deinem Sinne, wenn ich Kontakt zu ihm halte. Du solltest dich endlich mit ihm treffen.« Dazu war ich an diesem Tage eher bereit. Sie fühlte wohl, daß ich im Begriff stand, mich innerlich zu befreien, sagte jedoch nichts mehr. Vor dem Hintergrund der politischen Lage in der Stadt fand meine Tante leicht die richtigen Deutungen und Schlüsse. Sie sagte: »Wir haben dieses leichte Blut Evas nicht. Nachdem ich sie gesehen habe, einmal, als ich dir Sachen in die Klinik brachte, war mir sogleich alles klar. Solche Beziehungen sind immer von kurzer Dauer. Blind folgt sie diesem Pauli auf seinem Weg; sie ist eine Abenteuerin. Andere Beziehungen als eine Ehe darf ich nicht zur Kenntnis nehmen. Möglicherweise gibt es Krieg zwischen Amerikanern und Russen; so sieht es wenigstens aus. Entschließe dich, wegzugehen, ehe es zu spät für dich ist.« An Krieg, an eine Weiterführung des zweiten Weltkrieges unter neuen Koalitionen und Bedingungen, glaubten damals viele; manche hielten ihn für die einzige Lösung des Deutschlandkonfliktes. Trat der Kriegsfall ein, so besaß ich keinen Spielraum für eine Entscheidung; aus einer Nationalpolitischen Erziehungsanstalt gekommen, nach einem Jahr Ersatzdienst anstelle des Reichsarbeitsdienstes zum Studium, freiwillig gemeldet und Front bis zuletzt, jetzt literarischer Dilettant und Defraudant. Immerhin lagen viele Jahre Leben vor mir. Was damit anfangen? Ich versprach, mich mit Wolf zu treffen, und ich war auch entschlossen, auf ihn zu hören. Wolf war älter als ich und so etwas wie einer meiner Mentoren gewesen.

Ich vermied es, in den Osten zu fahren, ging aber noch regelmäßig in die Villa. Mir schien auch, als würde das Haus beobachtet. Männer schlenderten paarweise auf der Straße hin und her und musterten jeden Passanten. Auf mich hatten sie es nicht abgesehen. Auf wen dann? Auf Pauli? Oder auf Eva? In der Redaktion gab es nichts mehr zu erledigen. Ein Heft, die letzte Nummer des »Brückenschlag«, kaufte ich am Kiosk. Pauli veröffentlichte eine Erklärung, in der es hieß, die Arbeit an dem Blatt sei unmöglich geworden. »Brückenschlag« werde jedoch weitergeführt. Alle Abonnenten sollten sich gedulden. Mir fiel ein, in der alten Wohnung Evas nachzusehen, ob sie sich dort aufhielt. Sicher hatte sie dies

Zuhause nicht aufgegeben, sie brauchte immer ein Stück Unabhängigkeit. Ich traf sie wirklich dort an. Daß auch Pauli es wagte zu erscheinen, verwunderte mich. Beide packten Evas Sachen; ein Offizier, Major in der sowjetischen Armee, saß im Sessel und las in der Zeitung. Zurückhaltend gab mir Eva die Hand, dann küßte sie mich flüchtig auf die Wange. Dieses Zeichen veranlaßte den Major aufzustehen, sich vorzustellen und mich »Genosse« zu nennen. Er zeigte auf eine Schachtel Zigaretten. Pauli gab mir nicht die Hand, er sah nur kurz auf und fragte, wie ich auf die Idee gekommen wäre, ihn und Eva hier zu suchen. »Es lag nahe«, sagte ich. »Sie ziehen sich jetzt zurück?« – »So kann man es nennen. Unser Zusammentreffen geht einstweilen wie ein Remis aus. Sie sind auch nur ein kleiner Fisch.« Er packte eine Mappe mit Bildern ein – Bildern aus Hiroshima. Sie kamen endlich in reichlicher Zahl über die Agenturen. Pauli bemerkte meinen Blick. Er fächerte die großformatigen Fotos in einer Hand auf wie ein Blatt Karten und sagte auffordernd: »Ziehen Sie eine! Welche Sie wollen.« Ich zog jenes Bild des Schattens an der Wand, der zu einem Kind gehört hatte; als dieses längst verbrannt war, bestand der Schatten noch immer, festgehalten durch die Intensität der Strahlung – eine für die Welt neue Sache; Verstümmelungen, nicht von Wunden, die Männer in einem Krieg empfangen, sondern Verletzungen, die den Kern menschlichen Lebens angreifen. Gegen diesen neuen Tod konnte niemand mit Waffen ankämpfen. Es ist ein Schnitter, der heißt Tod, hat Gewalt vom großen Gott; aber der Dimension dieses Schneidens ließ sich mit keinem Bild beikommen. »Wenn es das gibt«, sagte Eva, »wovor haben wir uns dann eigentlich bisher gefürchtet?« – »Es gibt kein Gegenmittel«, sagte ich, »der Weg des Ritters ist zu Ende. Nehmen Sie es zur Kenntnis.« – »Ich muß davon ausgehen«, erklärte Pauli, »daß es doch ein Gegenmittel gibt. Es schien doch mit dem Ende des letzten Krieges, man sagt ja immer ›der letzte Krieg‹ und meint damit die unsichere Hoffnung, den überhaupt letzten hinter sich gebracht zu haben, es schien also, als sei das Urböse aus der Welt geschafft.« Er raffte die Bilder zusammen und verstaute sie. »Befinden wir uns deiner Ansicht nach noch im Krieg?« fragte Eva. Pauli erwiderte nichts. Man hatte ihm keine dauernde Lizenz gegeben; seine Aufsätze kamen von den Zeitungen oder Zeitschriften zurück, sein Kurswert sank. Wie schnell und aus welchen Gründen solche Leute vergehen, dachte ich, machte hierüber eine Bemerkung und Pauli meinte: »Ich bin nicht wenig stolz auf meine Fähigkeit, Entwicklungen schnell zu erkennen. Mich beschäftigt die Zukunft, oder was sie in der Hauptsache ausmachen wird, die Kriegsfurcht, die Denunziation der positiven Naturwissenschaft. Wer wird über diese neuen Waffen gebieten, die nur spezialisierte Physiker erzeugen können. Das ist die Frage!«

Lohnt es noch, sich dieser kurzen Spanne Zeit nach dem Krieg zu erinnern, das Vakuum in der Bewußtseinslage zu untersuchen? Aus allem wuchs letzten Endes die neue Welt und ihr Bild. Um die Zeit, als die Bombe schon nicht mehr das große Geheimnis war, erschien Pauli mit dem sowjetischen Major, um Eva und einige Sachen zu holen, so, wie ein Vater seine Tochter heimholt, die sich ein bißchen verirrt hat, was ihrer Jugend, ihrer Dummheit und einer gewissen angeborenen Flatterhaftigkeit zuzuschreiben ist. Pauli überwachte das Einpacken ihrer Sachen, der blauen und weißen Kleider, der Strick- und Stickwerkzeuge, der Berge von Konserven und der Mappen mit Gedichten. Er lief umher und reichte Eva das Zeug; er kannte alle ihre Sachen.

Der Mittelmäßigkeit ist ja unter allen Umständen ein beharrlicher Aufstieg beschieden, worüber sich niemand aufregen sollte. Ich machte aus dem Bewußtsein meiner Niederlage die Tugend unerschütterlicher Konformität mit den herrschenden Ideen und ihrer Praxis. Dennoch sagte ich, man hätte mich zumindest verständigen müssen, mit mir reden sollen, sagen, daß Eva mich verläßt. Mich entrüstete, daß zwischen uns dreien offenbar niemals eine wirkliche Gemeinsamkeit bestanden hatte. Um dieses Beste, das Einvernehmen zwischen einer Geliebten und einem Geliebten, zwischen der Welt und ihrem Bild, wenn Pauli so wollte, hatten sie mich gebracht. Ein eiskaltes betrügerisches Paar. Mit Humor sagte Pauli: »Sie sind damals schon ungern auf die Straße gegangen, um Wahrheiten zu suchen. Aber es sind erhabene Epopöen, die Sie erfahren haben. Eva ist wie die unberührbare Welt, um die Sie und ich ewig ringen.« – »Solche Dinge bespricht man, oder man geht still beiseite.« – »Wir gehen still beiseite«, sagte Pauli. Es war eben nicht mehr viel zu reden und zu machen.

Nach einigen Wochen reizte es mich zu sehen, wie sich Pauli befand. Wieder suchte ich das Haus auf, stieg die Stufen zur Wohnung Evas empor, gedachte der Zeit, als ich in B. ankam mit einer Druckseite und einer Empfehlung an Pauli, wie dieser mich aufnahm, einspannte und schob. Paulis Texte stellten Warnungen dar; *nie wieder,* eine empfindsame Seele, die ihre eigenen Zustände beschrieb und Widerhall fand bei anderen empfindsamen Seelen, wiewohl alles ironisch und artistisch zugedeckt blieb. Dagegen glich ich dem Mädchen mit den Sterntalern, das alles, sein Herzblut inbegriffen, wegschenkt und dafür auch belohnt wird. An der Tür des Hauses stand ein anderes Namensschild; trotzdem zog ich die Klingel. Es öffnete ein älterer Offizier. Ich warf einen Blick in die Wohnung und sah, wie drinnen Gardinen angemacht wurden, Lampen aufgehängt, ein paar junge Burschen werkelten noch mit Malerpinsel und Farbe. Der Mann sagte: »Pauli? Hat nie hier gewohnt.« Was ja stimmte, aber ich kannte Evas Vatersnamen nicht mehr. Paulis Geschichte hat kein Ende, wie man sieht, und es scheint mir auch nicht nötig, ihr eins zu geben.

Pauli und Eva verschwanden spurlos, ich weiß nicht, wohin. Eines Tages bestiegen mein Vetter Wolf und ich eine Maschine. Sie startete vom Flugplatz der Stadt B., die nun endgültig von der Welt abgeschnitten schien, und sie überwand spielend alle Hindernisse. Wolf rechts neben mir, die Wolken von oben, ein entschieden seltsamer Anblick, wir flogen nach Afrika, zwei junge Männer; Europa am Ende. Wolf sagte, meine Tante habe ihm die Geschichten gezeigt, die ich im Lazarett und später verfaßt hatte. »Sie haben mich stark beeindruckt«, sagte er. »Vielleicht ist das dein Weg, später, meine ich.«

Jahre danach sah ich Pauli und Eva wieder, in Kairo, unter anderen Bedingungen; sie waren auf dem Wege nach Israel. Wir gingen aneinander vorbei, ohne uns zu grüßen.

Helmut H. Schulz und Armin Mohler

EINIGE ERLÄUTERUNGEN VON GÖTZ KUBITSCHEK

Den Schriftsteller Helmut H. Schulz (geboren 1931) las ich, weil Armin Mohler (1920–2003) ihn mir empfahl: Ich las zunächst die drei Erzählungen aus dem 1988 erschienenen Band *Zeit ohne Ende*, dann die vier aus *Stunde nach Zwölf* (1985) und zuletzt den Roman *Dame in Weiß* (1982), also rückwärts genau die drei Bücher, über die Mohler mit Schulz korrespondierte.

Der Austausch dieser beiden Männer begann 1983. Mohler besprach in der rechtskonservativen, damals wesentlichen Zeitschrift *Criticón* die *Dame in Weiß*, im Duktus sehr für Kenner, voll des Lobes und mit der für ihn typisch zugespitzten Art. Zwei Sätze daraus: »Aber von der Lektüre her nimmt sich die Ankündigung der DDR-Führung, man werde die ganze nationale Erbschaft übernehmen, weniger harmlos aus. Man sollte das andere Deutschland nicht bloß auf dem Sportplatz ernst nehmen.« Mohler sandte seinen kurzen Text an Schulz, der bedankte sich und führte aus: »Mein Krieg ist eigentlich der Nachkrieg gewesen mit seinen Widersprüchen.« Und: »Darin bestand wahrscheinlich die seelische Tragödie meiner Generation: Zweifel an der Rolle, die wir gespielt hatten, suchten uns nicht heim. Diese politische, historische, militärische und kulturelle Katastrophe war, so schien es, ohne unsere positive Mitwirkung zustande gekommen. Der moralischen Zucht, in die uns die Sieger nahmen, fehlte die Einsicht in unsere wirkliche Lage.« Und verstärkend: »Mit der Einteilung der Deutschen in Nazis, Antifaschisten und Mitläufer konnte ich gar nichts anfangen, das alles war zu locker gehandhabt.«

Solche Sätze unterstrich Mohler, sie trafen ihn in einer Phase, in der er dabei war, die dritte Welle einer nicht enden wollenden Vergangenheitsbewältigung als perfides politisches Instrumentarium zu beschreiben. Diese Bewältigung setze Grobeinteilungen voraus, Raster, die mit nachgereichter Moral über das schillernde Leben, Leben-Müssen, Leben-Wollen, über das Machthaben und Durchkommen gelegt wurden und die Verhaltensmöglichkeiten reduzierten und schematisierten. Was Mohler an Schulz faszinierte, war der Ton eines sich alle »Haltung« untersagenden Schreibens. Er sah in Schulz die »Extremform eines Nur-Erzählers«, dem Konkreten zugeneigt, »zu jeder Produktion von Allgemeinheiten unfähig«. Welche Bedeutung einer solchen Erzählhaltung beizumessen sei (und welche wir ihr heute beimessen müssen!) führte Mohler in weiteren knappen Rezensionen für *Criticón* und vor allem in einem umfangreichen Autorenporträt für Hans-Dietrich Sanders Nachwendeprojekt *Staatsbriefe* aus. In Publikumszeitungen konnte Mohler für Schulz nicht mehr werben – der Feuilletonchef der *Welt*, Günter Zehm, selbst freigekaufter Häftling in Waldheim und Torgau, lehnte nach einem ersten positiven Überblick Mohlers über vier Bücher von Schulz jede weitere Rezension ab – auch er eher ein kalter Krieger denn jemand, der unbefangen und damit übergeordnet las und dachte. Mohler wich aus, konnte aber nicht mehr in die Breite wirken.

Der Briefwechsel zwischen Mohler und Schulz nahm nie Fahrt auf. Er besteht aus zwei Dutzend Briefen und Karten, die jedoch dicht und ernsthaft sind. Mohler tat für Schulz, was ihm möglich war. Man erfährt, daß Mohler nicht nur dem Verfassungsrechtler Ernst Rudolf Huber Schulz nahebringen wollte, sondern auch mit den Schriftstellern Sten Nadolny und Manfred Bieler über Schulz korrespondierte. Über die Lektüre der Erzählungen aus *Stunde nach zwölf* etwa schreibt Mohler am 18. Juni 1985: »Bieler und ich bekamen heute Ihr neues Buch – beide haben wir es in einem Zug gelesen – eben telefonierten wir miteinander und sind uns (wiedereinmal) in Sachen Helmut H. Schulz einig: Dieser Band ist ein großer Sprung weiter, eine neue Sprache.« Außerdem organisierte er in Zusammenarbeit mit seinem Nachfolger in der Siemens-Stiftung, Heinrich Meier, einen Vortrag, den Schulz 1986 in München tatsächlich halten konnte.

Eine späte Frucht der Bemühungen Mohlers ist diese Neuausgabe der sieben Erzählungen, die in den Tagen und Monaten vor und nach der totalen Niederlage spielen, in und um Berlin. Ich schrieb Schulz 2001 an, bat um Nachdruckgenehmigungen und fragte nach unveröffentlichten Manuskripten. Wir trafen uns am Alexanderplatz, aber Antaios war noch nicht kräftig genug für solche Vorhaben. Zwanzig Jahre später, im September 2021, besuchten Erik Lehnert und ich Schulz, skizzierten den Plan, die beiden Erzählbände in einem Band vorzulegen und konnten ihn umsetzen. Schulz übergab uns außerdem seinen Briefwechsel mit Mohler und vererbte dem Verlag die Rechte an zweien seiner Romane. Davon ist mittlerweile *Dame in Weiß* erschienen, als sechster Band der Roman-Reihe bei Antaios.

Der Erzähler Helmut H. Schulz

VON ARMIN MOHLER

Der 1931 in Berlin geborene Schriftsteller Helmut H. Schulz hat zwischen 1964 und 1989 in der DDR zehn Bücher veröffentlicht und mit ihnen beachtliche Auflagen erreicht. In Westdeutschland aber ist er bis heute fast unbekannt geblieben. In den hier veröffentlichten Darstellungen der DDR-Literatur taucht sein Name nicht auf, und die bestellten bundesrepublikanischen Kenner dieser Literatur verwechselten ihn beharrlich mit dem zehn Jahre älteren Max Walter Schulz, den sie von seiner Tätigkeit als Direktor des Literaturinstituts Johannes R. Becher in Leipzig her kannten. Gelesen wurde er nur von Leuten, die zufällig in DDR-Zeitschriften auf Erzählungen von ihm stießen, von der Lektüre gepackt waren und sich nun die Bücher von Helmut H. Schulz zu beschaffen suchten.

Das war nicht leicht. Über die Libresso-Buchläden, die in den westdeutschen Großstädten die DDR-Literatur vertrieben, waren sie nur zähe zu bekommen. Sowohl die Bücher der DDR-Staatsschriftsteller wie auch die der Dissidenten lagen dort in Halden auf – die einen wegen der Politik, die anderen wegen der Devisen. H.H. Schulz-Bücher hingegen mußte man sich erst bestellen und wochenlang auf sie warten: Oft wurden sie als »vergriffen« gemeldet, selbst wenn sie drüben noch zu haben waren. Ganz offensichtlich war dieser Schulz ein Mann zwischen den Fronten, aus einem Niemandsland.

Auch ich wurde durch Zufall auf H. H. Schulz aufmerksam, im Jahr 1977. Damals hatte ich in der *Welt* die Kolumne »Zeitschriftenkritik« inne und blätterte mit steigender Langeweile in einem Stapel von DDR-Zeitschriften. Man wurde dort nicht nur durch Marxismus-Leninismus belästigt, sondern auch durch manierierte Innerlichkeit, die bloß der Kontrapunkt dazu war. Da stieß ich in Heft 1977/4 von *Sinn und Form* auf die Erzählung »Meschkas Enkel« von einem Helmut H. Schulz, las mich fest und wußte nach der Lektüre, daß ich einen großen Erzähler entdeckt hatte. Die Geschichte spielt im DDR-Alltag und ist von eigenartiger Spannung. In kleistisch lapidarer Sprache werden einfache Leute vorgeführt, die sich simpel äußern – welch komplizierte (und durchaus moderne) Gefühle und Gedanken sie bewegen, wird daran ablesbar, wie sie sich zueinander verhalten und aneinander vorbeireden. Keine Regiebemerkungen, kein Geschwätz, keine Abflachungen in Allgemeinheiten. Ich spürte, daß ich etwas recht selten Gewordenes in der Hand hielt: eine reine Erzählung.

So machte ich mich eines Tages daran, mir auf verwickelten Wegen die Bücher dieses Autors zu beschaffen (sei es auch nur in Fotokopie), denn ich wollte alles lesen, was er bisher geschrieben hatte. Nach der Lektüre der ersten vier Bände von Schulz (in Wirklichkeit waren es die Bände 2 bis 5; sein fast verschollener Erstling war mir damals noch nicht bekannt) war ich so überzeugt von ihm, daß ich beschloß, für diesen Autor die Trommel zu rühren und ihn in der Bundesrepublik bekannt zu machen. Ich hielt das für möglich, weil ich damals fester Mitarbeiter der *Welt*, also einer der meinungsbildenden überregionalen Zeitungen, war.

Ein erster Schritt gelang. Am 5. Mai 1979 berichtete ich in der *Welt* über die vier zwischen 1973 und 1977 erschienenen Bücher von Schulz (vgl. die Liste seiner Bücher). Grundton der Besprechung war: »... wir haben sie mit einem Gewinn gelesen, den uns die Lektüre eines gleichaltrigen westdeutschen Autors schon lange nicht mehr eingebracht hat.« Gezeichnet hatte ich mit einem Pseudonym, da ein so hohes Lob ohnehin schon drüben Verdächte wecken mußte. Es war ja in einem Blatt zu lesen, das damals (und auf lange noch) die DDR nur in Anführungsstrichen nannte. Mehr davon wollte ich dem mir unbekannten Autor nicht aufbürden. Leitlinie der Vorstellung von Schulz war, ihn als etwas Drittes zwischen den kommunistischen Staatsautoren einerseits und den Dissidenten (»Samisdat-Schriftsteller aus Honecker-Land« schrieb ich) auf der anderen Seite hervorzuheben. Die Kant und Kuba waren mir fremd – die Biermann und Bahro hingegen kannte ich nur zu gut. Von dieser Art Linksliberalen gab es in der Bundesrepublik schon eine Menge.

An dieser Unterscheidung lag mir viel, da ich mich seit 1975 öffentlich darauf festgelegt hatte, daß das deutsche Nationalgefühl zum mindesten im Volk der DDR die entscheidende Kraft geblieben sei. Die üblichen Auseinandersetzungen über die DDR gingen mir nicht tief genug — sie waren mir zu sehr Ideenstreit zwischen Linken und Liberalen. Die Fragestellung, ob die deutschen Stalinisten »Sozialismus« und »Humanismus« verraten hätten, war mir zu akademisch. Für mich als Rechten war die entscheidende Frage, ob sich der in der DDR unternommene Versuch einer

Totalreglementierung aller Lebensbereiche (was das Dritte Reich in diesem Ausmaß gar nicht erst versucht hat) gegen tief eingerastete Mentalitäten, gegen anthropologische Gegebenheiten durchsetzen könne.

Die Präsentation in der *Welt* schrieb den Büchern von Schulz die Fähigkeit zu, die DDR »von ganz oben, sozusagen aus der Stratosphäre« zu sehen: »Da Schulz den Alltag der DDR schildert, kommen bei ihm auch Kommunisten vor. Im Springer – einem Ingenieur, Chef eines Erdöl-Bohrtrupps, der Karriere-Stufen überspringt – zeichnet er sogar einen Erfolgsmenschen aus der Führungsschicht. Aber er zeichnet ihn weder als Teufel noch als Engel, sondern als Menschen mit all seinen Widersprüchen. Vor allem aber: Diese Menschen mit kommunistischen Ideen und staatstragender Tätigkeit sind zwar selbstverständliche Bestandteile dieser mitteldeutschen Welt – aber ebenso selbstverständlich treten neben ihnen andere auf, die genau das Gegenteil sind. Und mehr noch: In all diesen Menschen, auch den Kommunisten, werden immer wieder Kräfte wach, die den Einzelnen etwas tun (oder nicht tun) lassen, was zu jeder Ideologie oder Geschichtsphilosophie im Gegensatz steht. Der gesellschaftlich-zeitliche Bereich verschränkt sich so irritierend mit dem überzeitlichen, zeitlosen, wie es nun einmal das Charakteristikum jeder Wirklichkeit ist.«

Mit dieser Auffassung der Wirklichkeit hatte ich mir, ohne es zu wollen, jede weitere Werbe-Möglichkeit für Helmut H. Schulz in der *Welt* blockiert. Damals war Günter Zehm in der *Welt* die absolute Autorität für alle DDR-Fragen: Er kam von dort, hatte dort als politisch verdächtig im Knast gesessen, was ihm Authentizität und Autorität verlieh – außerdem genoß der glänzende Journalist das besondere Vertrauen von Axel Springer. An sich standen wir gut miteinander, doch als Zehm nach der Rückkehr von einer Reise meine Schulz-Besprechung las, war er gereizt und gab zu verstehen, daß er sie nicht hätte durchgehen lassen. So differenziert Zehm bei jedem anderen Thema war – in Sachen DDR kannte er nur Polarisierungen.

Das nächste Buch von H. H. Schulz erschien erst zwei Jahre später: sein Meisterwerk *Das Erbe* (1981), ein Generationen-Roman, welcher in großem Bogen das Schicksal einer Familie vom wilhelminischen Reich über die Weimarer Republik und das Dritte Reich bis zum geteilten Deutschland der 70er Jahre nachzeichnet. Ich war von der Objektivität dieses Buches fasziniert, die so kraß von den beflissenen Verzerrungen vergleichbarer westdeutscher Familienchroniken absticht, und schickte an die *Welt* eine lange Besprechung. Zur Kontrolle meines Urteils sandte ich *Das Erbe* an Ernst Rudolf Huber, der sich mit seiner monumentalen *Deutschen Verfassungsgeschichte* als der bedeutendste Kenner jenes historischen Bogens erwiesen hat. Er dankte mir »für den Schulzschen Roman, den ich gleich gelesen habe – endlich ein Buch, das man, ohne sich zu zwingen, in einem Zug lesen kann und das man nicht vergißt. Ein schon an sich erstaunliches Buch; um so erstaunlicher, daß es ›drüben‹ erscheinen kann ...« Doch die Besprechung in der *Welt* erschien und erschien nicht; Zehm ließ einen Abdruck nicht zu. Nach einem halben Jahr Schweigen, versuchte er das zu begründen mit der Behauptung, das Buch sei »biederster Soz-Realismus, vergleichbar etwa einem Willy Bredel«.

Von nun an konnte ich die Bücher von Helmut H. Schulz nur noch in kleineren Zeitschriften für Anspruchsvolle anzeigen und ihm manchen Kopf als Leser gewinnen. Zum Durchbruch in die Öffentlichkeit reichte das nicht.

Vielleicht war es unsinnig, einen so zwischen die Kategorien fallenden Autor wie Helmut H. Schulz der sogenannten öffentlichen Meinung der Bundesrepublik andienen zu wollen – einen Autor, dem Moralismus das letzte aller Anliegen ist. Schließlich agierten sowohl die Anhänger wie die Gegner des SED-Staates hochmoralisch gegeneinander, und zwar im Namen der gleichen Moral – wobei der eine dem anderen vorwarf, diese Moral verraten zu haben. Kein Wunder, daß dann die Vereinigung zum mindesten im Vordergrund als Gesinnungs-Wechsel mit strafrichterlicher Nachhilfe inszeniert wurde.

Von einem Autor wie Schulz hätte man lernen können, daß Mitteldeutschland weit effektiver umgespatet wurde, als man das mit Ideologien und roher Gewalt tun kann. Von den drei reifen Romanen, die Schulz bisher vorgelegt hat – *Der Springer* (1976), *Das Erbe* (1981), *Dame in Weiß* (1982) – handeln die beiden ersten von sozialen Aufstiegen im Ulbricht-Honecker-Staat, die sich an einer unsichtbaren Mauer totlaufen. Zwar hat Schulz die in diesen Romanen auftretenden Stasi-Leute nicht als solche benennen dürfen. Wer jedoch die beiden Bücher achtsam las, erkannte schon damals den eigentlichen Antrieb dieses Staates: eine perverse Verflechtung zweier menschlicher Urtriebe, des Neides und der Trägheit (d.h. Bequemlichkeit), die zum Erstickungstod der DDR führte. Dieses Wegbleiben der Luft richtete tiefere Schäden an, die außerhalb des Gesichtskreises von Politologen und Juristen liegen.

Daß Schulz mit diesen Romanen und mit politisch aufgeladenen Erzählungsbänden wie *Stunde nach zwölf* (1985) und *Zeit ohne Ende* (1988) an die (DDR-)Öffentlichkeit treten konnte, hat einen einfachen Grund: Er ist die Extremform eines Nur-Erzählers. Er schreibt entweder Romane oder Erzählungen – »essayistische« Prosa gibt es nicht von ihm, weil er zu jeder Produktion von Allgemeinheiten unfähig ist. Das ist die Wurzel seiner Meisterschaft in der Vergegenwärtigung der deutschen Geschichte unseres Jahrhunderts.

Schulz ist weder für noch gegen etwas – er sieht etwas, und er sucht das Gesehene möglichst »rund«, »ganz« darzustellen. (Auf gebildet: Er sucht die Wirklichkeit in ihrer Komplexität zu fassen.) Es geht ihm nicht darum, aus der Geschichte eine Lehre abzuleiten. Dazu paßt, daß Schulz nie eine Theorie über die eigene Art des Schreibens entwickelt hat, obwohl das heute ein »muß« für Schriftsteller ist. (Ein prominenter mitteldeutscher Autor, der lange schon in Westdeutschland lebt und die Schulzschen Bücher schätzt, sagte nach persönlichem Kennenlernen: »Mit dem kann man ja nicht einmal über Literatur reden ...«) Ein solcher Autor ist schwer faßbar für die Überwachungsdienste – im Fall Schulz scheinen sie oft erst nach Erscheinen eines Buches und den Reaktionen im Leserkreis ein »Ach so«-Erlebnis gehabt zu haben.

Hinzu kommt, daß die Darstellung der DDR und ihrer Gesellschaft auf dem Hintergrund der deutschen Geschichte nicht das einzige Thema des Erzählers Schulz ist. Es wird auf verwirrende Art durchkreuzt von zwei anderen Themen. Aus jenem geschichtlichen Hintergrund hat sich ein Stück, das Dritte Reich, in recht intensiver Weise verselbständigt. Man entsinnt sich, daß Schulz 1931 geboren ist und also den

Zusammenbruch dieses Reiches in dem Alter erlebt hat, in dem sich dramatische Umbrüche am tiefsten einprägen. Der dritte große Roman von Schulz, *Dame in Weiß*, spielt während jenes Zusammenbruchs; die Dame des Titels ist eine frühere Frauenschaftsführerin, die ihre Vergangenheit nicht so schnell vergessen kann, und mit einem abenteuerlichen Rudel von Halbwüchsigen wird der Roman zugleich ein Denkmal der Flakhelfer-Generation. Es ist kein Zufall, daß im Schulzschen Werk die stärksten Erzählungen im fahlroten Untergang des Nationalsozialismus spielen: die Edelweißpiraten-Story »Rulaman« (in *Zeit ohne Ende*) und vor allem die in der Auflösung der Ostfront spielende Geschichte »Das Leben und das Sterben« (in *Stunde nach zwölf*), der Manfred Bieler prophezeit hat, sie werde im nächsten Jahrhundert als eine der großen Erzählungen unseres Jahrhunderts angesehen werden.

Neben DDR und Drittem Reich nimmt sich das dritte Erzthema von Schulz zunächst privater aus. Angefangen bei »Meschkas Enkel«, zieht es sich durch eine ganze Reihe von Schulzschen Büchern hindurch: Ein kleiner Junge lebt in der Obhut seiner Großeltern, weil es den Eltern während einiger Jahre nicht möglich ist, sich um ihr Kind zu kümmern. Man ist, im Zeichen des landläufigen Psychologismus, verlockt, auf ein »traumatisches Erlebnis« zu tippen. Aber auch hierin ist für Helmut H. Schulz die Welt nicht so simpel wie für so manche Zeitgenossen. Dieser Knabe, auf den wir in seinen Romanen und Erzählungen immer wieder stoßen, fühlt sich bei seinen Großeltern nicht ausgesetzt, sondern behütet und geborgen; sie verkörpern für ihn die Herkunft, das selbstverständlich stützende Erbe. Die Eltern hingegen führen ihn ins

Leben hinein: Der Vater ist das geistige Abenteuer, das aus dem Chthonischen herausführt ins ausgreifende Ordnen – so wie die Mutter weniger die Behüterin ist, als die Frau mit ihrer besonderen Welt. Die Liebe zu den Großeltern ist weder kleiner noch größer als die zu den Eltern, sondern von ganz anderer Art.

Diese eigenartige Konstellation ruft uns die skandinavisch-angelsächsische Erziehungstradition des »Fosterage« (engl. *to foster* = nähren) in Erinnerung, die im deutschen Kulturbereich nie recht hat Fuß fassen können. Sie besteht darin, daß Kinder nicht nur in Notfällen, sondern bewußt und gutgemeint Zieheltern (Substantiv »fosterer«, was sowohl Pflegevater wie Pflegemutter meint) zur Erziehung übergeben werden, und zwar meist vom sechsten oder siebten Lebensjahr an. Wobei dieses Amt sowohl Blutsverwandten (Großeltern, Onkel) wie auch dazu geeignet scheinenden Personen von außerhalb übergeben werden kann (weshalb »Fosterage« in der rechtsvergleichenden Literatur unter dem Stichwort »künstliche Familie« behandelt wird). Dies und vieles andere erfahren wir von einem der wenigen Gelehrten, die sich nach 1945 in deutscher Sprache mit diesem Phänomen befaßt haben, dem Salzburger Kultursoziologen Mohammed Rassem (vgl. seinen Beitrag zum Symposium »Jugend in der Gesellschaft«, abgedruckt im gleichnamigen Tagungsband, München 1975, S. 102f). Rassem gibt recht schön die Ambivalenz dieser Erziehungspraxis wieder: »Versucht man, sich in das Lebensgefühl in solchen Systemen hineinzudenken, so wird man einerseits irgendwie nostalgisch das Persönliche und menschlich Konkrete solchen Lebens empfinden, die Patriarchenluft, sofern sie milde und schön ist. Andererseits kann man sich kaum verhehlen, daß diese den leiblichen Müttern entrissene Jugend, die aus nüchternen Erwägungen heraus recht eigentlich verschickt wird, doch auf harte und abrupte Weise mit dem Sozialleben konfrontiert wird.«

Die drei Grundthemen von Helmut H. Schulz – DDR, Drittes Reich, Leben zwischen Großeltern und Eltern – sind eng ineinander verstrickt. Dies ist sozusagen das Markenzeichen von Schulz, macht den seltsamen Reiz seiner Erzählwelt aus. In der Rechtfertigung seines Vetos gegen jede positive Hervorhebung von Helmut H. Schulz in den Spalten der *Welt* suchte Günter Zehm 1981 eines dieser Themen als bloße Taktik eines gehorsamen DDR-Untertanen zu entlarven: »Was Schulzes ›politische Kühnheiten‹ betrifft, so gehen sie nicht über das hinaus, was die (Ost)NPD schon seit Jahr und Tag behaupten darf. Diese (Ost)NPD und ihr ›Verlag der Nation‹ dienen der SED dazu, ehemalige Nazis mit der neuen Lage halbwegs zu versöhnen und sie für den ›Aufbau‹ einzuspannen.« Das mag für die Zensoren eines der Motive gewesen sein, weshalb sie die Bücher von Schulz in der uns bekannten Form freigaben (auch wenn die Zensurvorgänge, wie wir heute wissen, längst nicht so methodisch und rational abliefen, wie das die westlichen DDR-Kritiker damals meinten).

Daß bei Helmut H. Schulz selbst der Antrieb aus einer tieferen Schicht kam, daß seine drei Hauptthemen in ihrer Verflechtung für ihn unausweichlich waren und sind, zeigen seine beiden ersten Veröffentlichungen nach dem Fall der Mauer: In der Form haben sie sich drastisch geändert – die Problemstellung ist die gleiche geblieben.

Die Formulierung von den »beiden ersten Veröffentlichungen nach dem Fall der Mauer« ist übrigens ungenau. Nur eine von ihnen ist wirklich erschienen: die an Umfang kleinere. Die andere, weit umfangreichere, war zwar bereits offiziell angekündigt, ein Teil von ihr ist bereits gesetzt, die wirtschaftliche und sonstige Krise der bisherigen DDR-Verlage hat jedoch zunächst die Veröffentlichung unmöglich gemacht, sogar die rechtlichen Verhältnisse scheinen unklar zu sein. Wir sprechen vom Ponte-Roman. Der Schreibende hat zwar Einblick in den Satz und (soweit vorhanden) in das Manuskript erhalten, sieht sich jedoch nicht imstande, ein Urteil über dieses als *opus magnum* angelegte Werk abzugeben. Der Grund ist, daß er dreierlei nicht weiß: ob der Roman überhaupt erscheinen wird – dann, wenn ja, wann er erscheinen wird – und schließlich, drittens, ob er dann in seiner heutigen Form oder völlig umgearbeitet erscheinen würde.

Belassen wir es also bei zwei Feststellungen. Inhaltlich ist der Ponte-Roman, an dem Schulz seit einigen Jahren arbeitet, der Versuch einer umfassenden und abschließenden Aussage zur DDR anhand einer fiktiven Biographie eines erfundenen hohen Würdenträgers des Ulbricht-Honecker-Staates. Formal unterscheidet sich der Roman dadurch von allen bisherigen Veröffentlichungen von Schulz, daß er nicht mehr »realistisch«, sondern in einer Kunstsprache geschrieben ist: nämlich im »pikaresken« Stil nach Art des barocken Schelmenromans. (Wobei man vermuten kann, daß sich Schulz zu dieser Kunstform entschloß, weil ursprünglich eine Veröffentlichung unter dem SED-Regime vorgesehen war – dem kam jedoch der Fall der Mauer zuvor.)

Wirklich erschienen ist von Helmut H. Schulz seit dem Fall der Mauer nur eine Erzählung von 159 Seiten mit dem Titel *Götterdämmerung* (1990). Der Blickfang auf dem Umschlag ist das Foto einer nächtlich lodernden Flamme. Dazu paßt, daß in dieser Erzählung die beiden andern Zentralthemen von Schulz, Drittes Reich und Künstliche Familie, eng ineinander verwoben sind. Schulz hat noch in keinem andern seiner Bücher die übermächtige Kindheitserfahrung vom Untergang des Reichs seiner Großeltern und Eltern so intensiv Bild werden lassen. Daß das auch diesmal mehr als eine taktische Finte ist, läßt sich daran ablesen, daß in diesem Band keine Spur jenes wattigen Betroffenheitsjargons zu finden ist, mit der sich der Bundesbürger die Erinnerung an jene Welt mit ihren Höhen und Tiefen vom Halse zu halten pflegt. Auf die andere übliche Prophylaxe, die Schnodderigkeit, läßt Schulz sich ebenfalls nicht ein. Auch hier geht er einen dritten Weg.

Wie der Ponte-Roman ist auch dieser schmalere Band formal ein Ausbruch aus der von Helmut H. Schulz bisher so meisterhaft gehandhabten Erzähltechnik des modernen Realismus. Allerdings ersetzt er sie hier nicht, wie im Ponte, durch eine Kunstsprache, sondern durchsetzt sie mit einem kontrastierenden Element: Zitate aus der Edda und den Sagas werden einmontiert. Dem sechsjährigen Jungen, durch dessen Augen und Ohren der Leser die Erzählung aufnimmt, werden von der Großmutter (S. 8) »alle die alten Geschichten von Asen und Menschen, von Wanen und Riesen ins Herz gepflanzt, als handelte es sich um Realitäten und nicht um Mythen. Sie fielen wie Früchte vom Baum der Erkenntnis in meinen Kopf, nisteten sich ein und blieben für immer. Mir oblag es, die geschaute mit der geträumten Welt zu verknüpfen.« Die Szene ist ein Hof in der Nähe der Ostsee: »Bäume, Gras, Wasser, Himmel und Wolken, Tiere und menschliche

Heimstätten waren greifbar nahe und dem Gleichnis zugänglich.« Der großzügige, gütige Großvater Karl Stadelhoff wird für den Knaben zu Asa-Thor, der listig-abenteuerliche Onkel Georg nimmt die Züge von Loki an, und bei ihren seltenen Besuchen verwandelt sich die Mutter in die von allen umworbene Freya ...

Ist wirklich alles dem Wandel unterworfen? Auf S. 46 liest man: »Ein Baum ist nicht nur Holz für den Zimmermann, sondern Gestalt und Wohnung eines Geistes, wie auch die ganze Welt gleichnishaft in der Weltesche untergebracht ist.« Doch das ländliche Idyll an der See vermag nicht alles unter seine Gleichnisse zu zwingen. Die Schlote der großen Städte recken sich in der Ferne, und als Asa-Thor geschlagen dorthin zieht, wird er wieder zum Handwerksmeister Karl Stadelhoff. Zwischen die pathetischen Szenarien der Edda schieben sich die nüchtern geschilderten Lebensläufe der einzelnen Mitglieder dieser Großfamilie, die sich aus Riesen zurückverwandeln in Städter, Büromenschen, Parteigenossen. In solchen Bilderfolgen läßt uns Schulz die Risse durch ein Reich spüren, das mit dem Anspruch aufgetreten war, Land und Stadt, Macht und Geist, Erbe und Zukunft zu versöhnen.

Die Erzählung *Götterdämmerung* vom Helmut H. Schulz endet mit einer hintersinnigen Pointe. Kurz vor dem Zusammenbruch des Dritten Reiches wird »Onkel Loki« – man weiß nicht, ob er wirklich ein Blutsverwandter ist – zum letzten Ziehvater des zum Halbwüchsigen herangereiften Knaben Buri und zieht mit ihm durch die brennenden deutschen Städte. Der Ziehvater-Onkel kümmert sich bei dieser Wanderung unter Bombenhagel mehr um die umsichtige Vorbereitung seiner erfolgreichen Nachkriegsexistenz als um seinen

Zögling. Buri wird im Ruhrgebiet im Keller eines bombardierten Hauses verschüttet und erst nach neun Tagen wunderbarerweise gerettet. Als er im Lazarett erwacht, sitzt – ein zweites Wunder – seine Mutter weinend an seinem Bett. Die Erzählung endet mit den Sätzen: »Aber sie brachte mich nicht zu Asa Thor, sondern nach Z. in Oberschlesien, und es war noch nicht das Ende. Ihren Untergang hat die Welt noch vor sich.«

Mohlers Text erschien erstmals 1991 in den Hans-Dietrich Sander herausgegebenen *Staatsbriefen* (Heft 5, S. 19–22). Er wurde durchgesehen, die folgende Bücherliste ergänzt.

Bücher von Helmut H. Schulz

1964 Der Fremde und das Dorf. Erzählung, Berlin: Union, 84 S.
1973 Jahre mit Camilla. Roman, Berlin: Verlag der Nation, 196 S. (2. Aufl. 1974, tschechische Übersetzung 1976, Taschenbuchausgabe 1987)
1974 Abschied vom Kietz. Roman, Berlin: Verlag der Nation, 200 S. (2. Aufl. 1975, 3. Aufl. 1977, 4. Aufl. 1983)
1976 Der Springer. Roman, Berlin: Verlag der Nation, 353 S.
1977 Alltag im Paradies. Erzählungen, Rostock: Hinstorff, 235 S. (2. Aufl. 1979)
1979 Spätsommer. 2 Erzählungen, Rostock: Hinstorff, 176 S.
1981 Das Erbe. Roman einer Familie, Berlin: Verlag der Nation, 532 S. (2. Aufl. 1982, Heinrich-Mann-Preis 1983, slowakische Übersetzung 1984)
1982 Dame in Weiß. Roman, Rostock: Hinstorff, 567 S. (2. Aufl. 1983, 3. Aufl. 1986)
1982 Meschkas Enkel. 3 Erzählungen, Illustrationen von Hartwig Hamer, Rostock: Hinstorff, 254 S. (2. Aufl. 1985, die Titelerzählung wurde 1981 von Klaus Gendries für das DDR-Fernsehen verfilmt)
1985 Stunde nach zwölf. Mit Pinselzeichnungen von Joachim John, Rostock: Hinstorff, 115 S.
1988 Zeit ohne Ende. Drei Berichte über eine Jugend, Rostock: Hinstorff, 143 S.

| 1988 | *Der Sündenfall. Zwei Erzählungen*, Berlin: Verlag der Nation, 149 S. (2. Aufl. 1990, Helmut Dziubas Spielfilm *Verbotene Liebe* von 1990 basiert auf der Titelerzählung)
| 1990 | *Götterdämmerung. Erzählung*, Berlin: Neues Leben, 159 S.
| 1995 | *Die blaue Barriere. Roman aus dem Fischland*, Rostock: Hinstorff, 222 S.
| 1995 | *Das Ende der »Clara«. Seglergeschichten*, Rostock: Hinstorff, 152 S.
| 1995 | *Briefe aus dem Grand-Hotel. Vom 4. November zum 18. März, eine Evidenz aus Zeitung und Fernsehen*, Berlin: Gotthardt, 187 S.
| 1996 | *Kaiserin Augusta. Ihre Ehe mit Wilhelm I.*, Berlin: Neues Leben, 317 S.
| 1996 | *Glanz und Elend der Friedrich Wilhelms. Hofberichte*, Berlin: Neues Leben, 299 S.
| 2001 | *Der Hades der Erwählten. Eine deutsche Biographie*, Berlin: Nora, 299 S.
| 2008 | *Erzählungen aus drei Jahrzehnten*, 2 Bände, Berlin: Trafo, 218 / 212 S.

Im HeRaS Verlag sind zwischen 2013 und 2016 einige dieser Bücher sowie Erstveröffentlichungen, darunter der von Mohler erwähnte Roman *Jakob Ponte. Eine deutsche Biographie* (2013) als eBook oder PoD erschienen und teilweise noch verfügbar: www.herasverlag.de